언익스펙티드

스파이

The Unexpected Spy

by Tracy Walder with Jessica Anya Blau

KODEF 안보총서 110

언익스펙티드 스파이

The Unexpected Spy

트레이시 월더 지음 | 이승훈 옮김

플래닛미디어
Planet Media

이미 나의 영웅인 딸에게

CONTENTS

저자의 말

● 이 책은 내가 CIA의 대테러작전 운용요원 및 FBI 특수요원으로 보낸 몇 년간의 경험담이며, 기억에 바탕을 두고 썼기 때문에 오류가 있을 수 있다. 그렇지만 나는 개인 기록, 인터넷 그리고 내가 참여했던 작전들에 관한 다른 책을 참고해서 최대한 사실에 가깝고 정확한 기술을 하고자 모든 노력을 다했다.

같이 일했던 FBI 요원들은 언더커버 요원(신분을 숨기고 첩보활동을 하는 정보기관 요원-옮긴이)은 아니었지만 프라이버시 보호 차원에서 이름을 모두 바꿨다.

하지만 CIA는 비밀공작을 통해 성과를 거둔다. 나는 CIA의 위상뿐 아니라 전·현직 직원을 비롯해 내 재직 기간에 함께 일했던 모든 이들의 안전을 지켜야 한다. 그래서 내가 만났던 사람들의 정체가 드러나지 않도록 이름뿐 아니라 삶의 세부 사항도 다르게 고쳐 적었다. 그렇지만 이 사람들의 성격은 되도록 본질에 가깝게 기술하려고 노력했다. 따라서 독자 여러분은 이 사람들과 머리를 맞대고 일하는 것이 어떤 것인지를 이해할 수 있을 것이다.

나는 CIA 재직 중 방문했던 나라와 도시 대부분의 이름을 지웠다. 이 책의 어떤 부분에서는 CIA에서 내가 수행한 임무의 성질을 일부러 모호하게 기술했다. 내 의도는 기밀 정보를 누출하지 않으면서 내가 최선을 다해 수행했던 임무의 성질을 전달하는 것이다. 나는 CIA, 미국 국민 그리고 미국 국민의 안전에 충성을 바친다. 이것을 염두에 두고 이 책의 문장 하나하나를 쓴 것이다.

나는 이 책을 출간하기 전에 원고를 CIA의 검토위원회에 제출했다. 위원회는 국가안보에 위협이 된다고 본 몇몇 구절이나 문장의 편집을 조건으로 출간을 승인했다. 나는 이 편집 흔적(본문 중에 나오는 ***** 표시 부분)을 그대로 남겨두면서 좀 더 이야기가 매끄럽게 이어지도록 노력했다.

요컨대 나의 이야기에는 생략한 것이 많으며 말할 거리는 아직도 많다. 나는 9·11 테러에서부터 이라크 침공 내내 나날이 높아지는 긴장감 속에서 공작을 수행했다. 그 과정에서 느꼈던 긴박감과 겪었던 사건의 이야기를 독자들에게 오롯이 전하는 것이 나의 바람이다. 국가와 우리 모두를 위해 일하는 사람들을 위험에 빠뜨릴 내용은 절대 드러내지 않으면서 말이다.

트레이시 월더 Tracy Walder

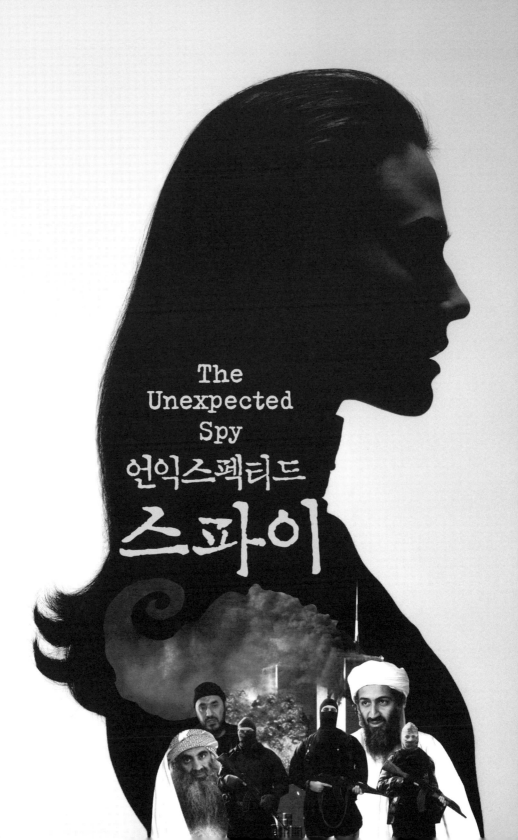

CHAPTER 1

전쟁구역

/

9·11 이후

● 그건 정말 자그마한 일이었다. 그러나 나의 본 모습을 잃지 않기 위해서 또 나도 인간이라는 걸 느끼기 위해서 그 사소한 일이 필요했다. 나는 세상이 완전히 변하지는 않았다고 믿고 싶었다.

"엄마."

나는 전화기에 대고 말했다.

"버지니아주 레스턴^{Reston}에 있는 르네 조지$^{Renee\ George}$ 미용실에 내 앞으로 뿌리염색 예약해줄 수 있어?"

"뭐라고?"

어머니가 말했다.

"어디서 전화하는 거니?"

나는 무기를 들고 짙은 회색 파시미나^{pashmina}(부드러운 모직으로 만든 긴 숄-옮긴이)를 어깨에 늘어뜨린 채 섭씨 42도가 넘는 폭염 속에서 폭파된 건물 잔해에 서 있었다. 지구 반대편이었다. 어머니는 내가 어디 있는지

까맣게 몰랐다. 나와 랭글리^{Langley}(버지니아주 소재, CIA 본부가 있는 도시-옮긴이)의 동료 다섯 명만 빼고 내 위치를 아는 이는 없었다. 그런데 방탄조끼를 놓아두던 방에서 인말새트^{INMARSAT}(인공위성을 이용한 국제통신 서비스-옮긴이) 전화기—벽돌만큼 컸다—가 눈에 띄었다.

나는 전화기를 잡아채고는 밖으로 뛰쳐나와 귀에 전화기를 가져다 댔다. 뺨으로 땀이 흘러내렸다. 등 뒤로 두 발자국 떨어진 곳에는 무장 경비원 두 명이 필터 없는 담배를 피우고 있었다. 내가 서 있는 경계선의 경비는 철통같았지만 그 너머에서는 급조폭발물^{IED}(주변에서 구할 수 있는 폭발성, 인화성 물질이나 군용 폭발물을 이용해 제작한 사제 폭탄-옮긴이)이 터져 사람들이 산산조각이 나고 있었다. 박물관들이 약탈당하고 있었고 어딘가에 숨은 자들이 모여 단번에 가장 많은 사람들을 죽일 최고의 방법을 궁리하고 있었다.

내 삶이 거꾸로 뒤집힌 것 같은 느낌이었다. 그리고 똑바로 서는 데는 단 하나가 필요했다. 정상이라는 느낌을 만들어낼 그 뭔가 하나. 그게 내 머리카락 뿌리염색이라는 정말 작은 일이었지만 말이다.

조니 *****가 나를 찾으러 왔다. 부츠가 자갈을 밟으며 으드득으드득 소리를 냈다. 이게 주변에서 들리는 가장 큰 소리였다. 나는 몸을 돌려 잠깐만 시간을 달라고 신호했다.

"엄마, 가봐야 해……. 전화해서 다음 달로 예약해줘. 12일, 13일, 14일에는 거기 있을 테고, 그러고 여기로 다시 올 거야."

그리고 말했다.

"사랑해."

전쟁구역에서 통화할 때 이 마지막 한마디는 매번 감정을 더 울리고 가슴을 아프게 한다.

이날 아침도 여느 날과 다를 바 없었다. 나는 어느 버려진 건물 주방으로 갔다. 이곳은 우리가 *****라고 이름을 붙이고 사무실, 식당 그리고 임시 바^{Bar}로 쓰고 있는 공간이다. 여기서 나는 프렌치프라이를 먹었다.

블랙커피, 병에 담긴 물 그리고 미국에서 가져온 쿠키 반죽맛(미국에서는 굽지 않은 쿠키 반죽이 인기 있는 간식이다-옮긴이) 파워바^{PowerBar}(에너지바의 상표명-옮긴이) 말고는 이 프렌치프라이가 나를 버티게 하는 유일한 양식이었다. 이 시설에 기거하는 사람 대부분은 이질로 고생하고 있었다. 프렌치프라이와 에너지바 식사 덕에 지금까지 나는 별문제 없이 잘 지냈다.

아침 식사를 하고 과일 저장통에서 상태가 가장 좋은 오렌지를 골라 챙긴 다음 나는 복도를 따라 내려갔다. 그리고 금고가 있는 방으로 가서 자물쇠가 있는 상자에서 글록^{Glock} 권총과 권총집을 꺼내고 방탄조끼를 입었다. 그다음, 경사진 옛날식 대리석 계단을 종종거리며 내려와서 건물 밖으로 나가 먼지 가득한 공기를 뚫고 한 사람이 쓸 수 있을 만한 크기의 트레일러로 갔다. 나의 집이다.

'4'라는 번호가 붙은 이 트레일러는 안팎으로 평범한 흰색 상자 모양이었다. 개인 물건은 핑크색 독서등이 유일했는데, 여기서 여러 날들을 보냈지만 밤에는 너무 피곤해서 켜본 적이 없다. 그러나 피곤하지 않을 때면 독서는 마음을 비우고 낮 동안의 강도 높은 업무에서 생긴 긴장을 풀어줄 최고의 방법이었다.

왼쪽에 있는 트레일러의 주인은 의사였다. 그는 *****를 주기적으로 방문했고 이곳에 있는 정부 직원이 도움을 요청한다면 언제든 출동할 준비가 되어 있었다.

오른쪽에 있는 트레일러는 인사 부서 남자 직원이 거주했다. 그 너머에는 상주 심리사가 살았는데 여기 있는 몇 안 되는 여자 중 하나였다. 의사와 마찬가지로 심리사의 임무는 직원뿐 아니라 *****의 정신 상태를 돌보는 것이었다. 모두의 트라우마는 서로 연결되었기 때문에 상당히 어려운 일이었으리라. 분명 *****인 사람이 되는 것보다 *****이 되는 것이 더 나쁠 것이다. 하지만 ***** 경험이 정서적으로 쉽다고 생각해서는 안 된다. 하면서 기쁜 마음이 드는 일은 결코 아니니까.

이렇게 모두 네 명이 사는 트레일러 주변은 온통 자갈과 먼지투성이 였고 장식이라곤 아무것도 없었다. 그러나 다른 다수의 트레일러 주변, 특히 네이비실Navy SEAL(미 해군 소속 특수부대, 1962년 창설-옮긴이) 대원들 이 사는 트레일러 주변에는 핑크색 플라밍고, 바람을 넣어서 부풀리는 풀장, 그리고 라운지 의자가 있었다. 미국식 트레일러 야영장의 삶을 여 기서도 재현하려고 한 어색한 시도라고나 할까.

트레일러 내부 침대의 흰색 관급 시트는 철저한 신원 조사를 받은 현 지인이 일주일에 한 번씩 갈았다. 모든 출입문에 있는 경비원들과 주방 에서 일하는 사람들 역시 현지인이었다. 이 시설에 머무는 한은 언제든 이들의 눈에 띌 수밖에 없고, 나도 그들 외에는 이 나라 사람을 보기 어 려웠다. 그래서 지금 머물고 있는 이 나라에서 내가 아는 유일한 현지인 은 이 시설의 노무자들이었다. 나는 이 사람들을 믿고 목숨을 맡겨야 했 고 내 짐작으로는 이들도 우리를 믿고 목숨을 맡기고 있었다. 하지만 우 리는 언제나 예의를 지키며 거리를 두었고, 그래서인지 나는 이들을 잘 안다고 느껴본 적은 없다.

트레일러 안에서 나는 짐과 함께 가져온 파시미나 세 개를 꼼꼼히 살 핀 후 가장 어두운색을 집었다. 핑크색은 언제나 내가 제일 좋아하는 색 이었다. 대학 다닐 때, 그리고 랭글리의 CIA 본부에서도 나는 핑크색 옷 을 자주 입었다. 그런데 여기에서 핑크색 옷을 입는 것은 깃털 목도리를 두르는 것만큼이나 경솔한 짓이라는 느낌이 든다.

내가 여기서 입는 기본 복장은 카고바지와 긴소매 갭Gap 티셔츠 그리 고 전투화였다. 그래도 매일 마스카라를 바르기는 한다. 그리고 본국에 있을 때면 나는 언제나 반드시 머리에 하이라이트를 주거나 뿌리염색을 한다. 얼마나 먼 곳으로 떠나건 간에 내면에 있는 대학 시절의 나에게 의 지해야 했다. 그때의 나든 지금의 나든 이 모든 고난 속에서도 꼭 살아남 으리라 믿을 필요가 있었다.

나는 양쪽 어깨와 방탄조끼 위로 파시미나를 두르고 밖으로 나갔다.

체육관 트레일러에서 운동할 시간은 없었지만 지금쯤 거기 있을 사람들에게 인사하러 잠깐 들렀다. 체육관은 늘 그렇듯 네이비실 대원들로 만원이었다. 내가 운동할 때면 TV 채널 선택권을 두고 이 친구들과 다투곤 했다. 네이비실 대원들은 대개 폭스 뉴스Fox News를 원했던 반면 나는 BBC나 알자지라Al-Jazeera(카타르 수도 도하에 있는 아랍 방송사-옮긴이)를 선호했다. 정치적으로 의견이 맞지 않을 때가 많았지만 나의 안전을 지켜주고 위기 시에 내 목숨을 구해줄 사람들이 바로 이들이라는 것을 추호도 의심해본 적이 없었다.

또한 이들은 언제나 함께 지내기에 즐거운 사람들이었다. 예컨대 폭발물 탐지견을 데리고 복도를 달리며 물어오기 놀이를 할 만큼 말이다. 우리는 까다롭고 강도 높은 임무를 수행하고 있었다. 주변 환경은 달 표면만큼이나 황량했다. 온전한 정신으로 있으려면 아주 조금의 분별없는 즐거움, 약간의 핑계, 그리고 마치 커다란 플라스틱 부케 같은 핑크색 플라밍고를 연약한 땅에 박아놓는 것 같은 기발하고 우스꽝스럽기까지 한 생각이 필요했다.

"거기요!"

카일Kyle이라는 네이비실 대원이 나를 불렀다.

"오토바이가 기다리고 있어요."

카일은 옆에 있는 빈 오토바이를 가리켰다.

"*****이 있어서요. 밤에 봐요."

내가 말했다.

"맥주! *****가 일곱 개나 있어요!"

카일이 말했다.

이 마초, 상남자 네이비실 친구들에 대해, 믿기 어렵겠지만 재미있는 것을 하나 말하겠다. 나와 같이 일한 네이비실 대원 중 성차별적이거나 선정적이거나 여성을 무시하는 행동을 한 사람은 없었다. 같은 곳에 기거하면서 나와 다른 두세 명의 여자들이 안팎으로 하는 일을 직접 목격하면서 이들은 우리가 임무와 기술은 달라도 부인할 수 없이 동등하다는 것을 그 누구보다 잘 알게 되었기 때문일 것이다. 그리고 자신의 생명이 주변 사람들의 지능과 능률에 의지하게 된다면 존경은 완전히 다른 뜻을 가지게 된다.

조니 *****는 나의 모든 '회의'에 동행하곤 했다. 조니는 키가 크고 덩치가 있었지만 인상만큼은 부드러웠는데 네이비실 대원들과는 정반대의 인물이었다. 출신 지역에 관해 이야기를 나눠본 적이 없어서 이 사람이 어디 출신인지는 몰랐지만 조니는 중서부 사람 특유의 차분하고 점잖은 예의범절을 갖췄다.

그가 빙긋 웃을 때면 입 모양 절반은 스칸디나비아인 같은 금색 수염 뒤로 숨곤 했다. 그리고 *****를 하지 않을 때는 안경—콜라병 같은 녹색 렌즈에 두꺼운 검은 테로 된—을 끼는 경우가 많았는데 그럴 땐 라이프타임 채널Lifetime Channel(미국의 케이블TV 채널-옮긴이) 영화에 나오는 모범생처럼 보였다. 목소리 역시 다른 신체 특징들처럼 평범했고 위압적이지 않았다. 이 점을 특기할 필요가 있다. 왜냐하면 조니가 아주 비범한 CIA 요원이어서가 아니라 그가 맡은 임무의 일부는 *****이기 때문이었다. 부드러운 배에다 얼굴에는 모범생 같은 안경을 썼으며 수줍은 미소를 짓는 조니는 규정을 따르는 사람이었다. 그리고 규정대로 임무를 수행할 때면 그는 완전히 다른 사람이 되었다.

"준비됐어요?"

조니가 오래된 오렌지색 SUV에 기댄 채 물었다. 우리를 다른 시설로 데려다줄 차다. 어딜 돌아다닐 때면 언제나 그렇듯, 방탄조끼의 찍찍이 접착 부분을 열어둔 채였다. 바깥 날씨는 뜨거웠다. 그리고 기온이 더 높아지고 장비 무게가 늘어나면 나 역시도 차에 들어가 앉아 있는 게 어려웠다. 가끔은 의사, 심리사 그리고 다른 *****가 합류하기도 했다. 그날은 조니와 나만 차를 탔다.

"옙, 다이노Dino나 애스트로Astro가 벌써 와 있나요?"

다이노와 애스트로는 폭발물 탐지견이다. 개들이 괜찮다고 신호를 해야만 누구든 차량에 탑승할 수 있다.

조니는 다이노와 그 담당 요원 빌Bill이 있는 쪽으로 고개를 끄덕여 보였다. 빌은 선글라스를 끼고 티셔츠에 반바지 차림이었다. 금빛 래브라도 리트리버종인 다이노는 나의 아빠가 준 적갈색 서던캘리포니아대학교University of Southern California 개목걸이를 차고 있었다. 작업 중인 다이노를 만지는 것은 허용되지 않았다. 그래서 나는 다이노가 차를 한 바퀴 돌기를 기다린 후에 허리를 굽히고 다이노 뺨에 뽀뽀하면서 벨벳처럼 부드러운 귀 뒤를 긁어주었다. 네이비실 친구들과 흥겹게 노는 것처럼 개들도 중압감을 덜어내는 역할을 했다. 이곳에서는 이게 필요했다.

여기에서는 여성이 운전하는 게 금지돼 있다. 그래서 자신이 즐겨 쓰는 선글라스를 착용하고 야구 모자를 쓴 조니가 운전을 도맡았다. 그리고 우리가 일하는 곳과 거주지의 위치는 모두 기밀인지라 두 곳 중 어느 한 곳이라도 떠날 때면 나는 언제나 짐칸에 숨어 있어야 했다. 비행사용 선글라스를 끼고 머리에 파시미나를 둘렀다 해도 금발 머리 미국 여자는 지나친 이목을 끌게 되고 따라서 미행당할 위험도 불필요하게 커질 터였다.

"하죠."

내가 말했다. 그리고 뒷문을 열고 올라타서 짐칸에 들어갔다. 옆으로 누워 웅크리면 파시미나는 내 머리 위로 걸쳐지고 총은 엉덩이를 파고든다. 조니는 뒷문을 아래로 휙 밀어 닫고 운전석에 앉았다. 가는 길은 울퉁불퉁 험했다. 한때 이 나라에 포장도로는 하나밖에 없었을 정도였으니까. 그리고 자동차는 낡고 삐걱거렸다. 에어컨을 최대한으로 높였던 탓에 소음은 컸지만 우리는 때때로 짐칸과 운전석에서 주거니 받거니 이야기했다. 실제로는 고함쳤다는 게 맞겠다. 대개 조니는 카 오디오car audio에 CD를 넣었고 우리는 에이시/디시AC/DC나 건즈앤로지즈Guns N' Roses를 들었다. 조니는 이렇게 귀를 울리는 혼란스러운 음악을 들으면 기운

이 나는 것 같다. 음악을 들으면 통통한 모범생은 늠름한 전사로 변했다. 그런데 지금 우리가 듣는 전자기타, 절규하는 목소리, 신경을 거스르는 소음으로 된 음악은 고문의 일종으로, 억류된 테러리스트에게 계속 트는 음악이기도 하다.

나는 음악에 최대한 신경 쓰지 않고 기억해놓았던 중요 사항들을 예행연습했다. 내가 확실히 아는 사실, 한데 짜 맞추고 있던 생각들, 그리고 지금 만날 이 사람에게서 입수하기를 희망한 단 하나의 가장 중요한 정보를 어떻게 얻어낼지를 곰곰이 되짚어보는 것이다.

나는 파시미나의 가장자리를 잡아당기고 잠시 하늘을 살짝 엿봤다. 아름다운 푸른 날이었다. 하늘은 광을 낸 보석처럼 잡티 하나 없이 광채를 발하고 있었다. 땅 위에서 벌어지는 일들은 서로 완전히 딴판인데도 어느 한 곳의 하늘이나 다른 어디에 있는 하늘이나 어쩜 모양이 그렇게 똑 닮았을까, 이상하다는 생각이 들었다.

짐칸에 실려 여행하기는 이번이 처음이 아니었다. 서던캘리포니아대학교 재학 시절, 델타 감마 하우스Delta Gamma House에 살고 있을 때인 스물한 살 생일날이었다. 몇몇 여학생회 회원들이 저녁 일찍 스시와 사케를 먹으러 가는데 나를 데리고 갔다. 내가 우리가 탄 차를 운전했다. 그리고 스시보다 사케를 더 많이 먹게 되자 나는 자동차 키를 친구 멜리사Melissa에게 건넸다.

"누워야겠어."

나는 주차장을 비틀비틀 건너가며 웅얼웅얼 말했다.

멜리사는 내 애큐라Acura(일본 혼다자동차의 브랜드-옮긴이)의 키에 있는 잠금 해제 버튼을 눌렀다. 그리고 나는 짐칸 문을 열었다. 친구 몇 명이 나를 뒷좌석으로 잡아끌려 했지만 나는 누워야겠다는 말만 반복하며 다 뿌리쳐버렸다. 그러고 나서 나는 애큐라의 짐칸으로 올라갔다.

"생일 축하해."

멜리사는 이렇게 말하고서 문을 쾅 닫았다. 차에 타고 있던 내내 나는 짐칸 문의 기울어진 창문으로 하늘을 쳐다보고 있었다. 10월 21일이었고 해는 방금 전에 졌다. 그리고 주황색과 검은색이 섞인 으스스한 느낌의 어스름이 내려왔다. 날카롭게 솟은 나무 꼭대기와 전신주의 실루엣이 옛날 영화처럼 깜박이며 지나갔다. 나는 주머니에서 전화기를 꺼내 부모님 집에 전화했다. 아빠가 전화를 받았다.

"아빠, 경치가 너무 아름다워."

내가 말했다.

"뭐가 아름다운데? 너 술 마시고 있었니?"

아빠가 웃음을 터뜨렸다. 나는 법적으로 음주가 가능한 나이였고 아빠는 내가 그날 술을 마실 거라는 걸 알았다.

"하늘. 지금까지 봤던 것 중에 제일 아름다워."

"어디니?"

"자동차 짐칸."

나는 통화 중이라는 것을 잊어버리고 몇 분간 멍하니 있었다. 정신을 차리자 아빠가 걱정하는 목소리로 말한다는 것을 깨달았다.

"내 차 짐칸. 멜리사가 운전하고 있는데 난 누워 있어야 했거든. 여기 하늘을 보니까 세상에서 제일 아름답게 보이더라고."

"세상 어디서나 같은 하늘인걸. 우리 발아래 세상이 똑같은 거나 마찬가지지."

아빠가 말했다.

"음."

그리고는 인사도 없이 내가 전화를 끊어버렸던 것 같다.

● ● ●

지금 나는 중동에 있고 정신은 말짱하다. 하늘은 어느 곳이든 아직도 아름답다. 하지만 이곳의 하늘 아래 세상은 로스앤젤레스나 버지니아와 비교했을 때 그렇게나 달라 보일 수 없었다.

차가 게이트 앞에 멈춰 서자 조니는 음악을 껐다. 그는 차창을 내리고 무장 경비원들과 이야기했다. 무슨 말을 하고 있었는지 잘 들을 수는 없었지만 억양으로 미루어보건대 우호적인 잡담 같았다. 게이트를 지나자마자 나는 똑바로 앉아서 파시미나를 다시 양어깨 사이로 걸쳤다. 조니는 차를 주차한 다음 짐칸 문을 휙 열고 팔을 뻗어서 내가 내릴 수 있게 도와줬다.

근처에 서 있는 몇몇 무장 경비원들을 빼면 이 장소는 얼마 전 버려진 듯 아주 고적해 보였다. 주변에는 무너진 콘크리트 더미와 돌무더기만 있고 푸른색의 식물이라고는 아무것도 없었다. 인류 멸망 이후를 연상시키는 음산한 풍경이었다. *****와 마찬가지로 여기에서도 섭씨 37도가 넘는 열기가 사정없이 내리쬐었다. 그런데 여기는 왜 그런지 모든 것이 더 뜨겁게 느껴졌다. 그리고 어디를 둘러보든 흰색이거나 갈색 아니면 베이지색이었다. 요컨대 색조만 다른 사포sandpaper의 색이다. 게다가 모든 표면은 분필처럼 건조했다. 임시 막사—전에 어느 산업체가 쓰던 건물—로 걸어가는 동안 우리 발밑에서는 조개껍데기가 부스러지는 듯한 소리가 났다. 면담이 예정된 테러리스트를 만날 장소가 이 건물이다.

조니와 나는 경비원들에게 인사를 건네고 건물 안으로 들어갔다. 그리고 어느 자그마한 방으로 가서 거친 시멘트 바닥 위에 방탄조끼를 벗어 던졌다. 그때 선반 위로 인말새트 전화기가 눈에 띄었다. 나는 전화기를 집어 들고 뛰쳐나오면서 뒤에 있던 조니에게 소리쳤다.

"어머니한테 전화해야겠어요!"

● ● ●

전화를 끊자마자 나는 정신을 가다듬고 온통 주의를 그에게만 쏟았다. 이 사람이야말로 나의 많은 질문에 대한 답을 쥐고 있는 인물이었다.

Q와 이야기해본 사람은 나 말고도 있었다. 그러나 우리가 쫓고 있는 핵심 정보를 얻어낸 이는 없었다. 나는 당시에 스물네 살이었다. 그리고 내가 왜 그때 테러리스트의 믿음을 사서 입을 열게 하는 것 같은 복잡한 일을 해낼 수 있다고 생각했는지 지금도 잘 모르겠다. 다른 사람은 실패했는데 말이다. 아마 순진해서 그랬는지도 모르겠다. 결의에 차서 그랬을 수도 있다. 아니면 언제나 내 마음속에 있던 죄책감이 원동력이었을지도.

나는 2001년 9월 11일에 버지니아주 랭글리의 CIA 본부에 있었다. 대테러작전 운용요원으로서 나는 오사마 빈 라덴Osama bin Laden(사우디아라비아 출신 테러리스트, 9·11 테러의 주동자이자 테러 조직 알 카에다의 수장-옮긴이), 칼리드 셰이크 모하메드Khalid Sheikh Mohamed(파키스탄 출신 테러리스트, 9·11 테러의 가장 중요한 모의자 중 하나-옮긴이), 모하메드 아테프Mohamed Atef(이집트 출신 테러리스트, 알 카에다의 2인자-옮긴이) 같은 자들로부터 미국을 지키는 임무를 맡은 팀에 있었다. 대부분의 사람이 이들의 이름을 몰랐을 때도 나는 알았다. 사실 고등학생이었을 때 뉴스광이어서 그랬던 건지 몇 년간 내 마음 한쪽에는 빈 라덴이 특별한 위치를 차지하고 있었다. 그랬으니 당연히 나는 더 잘해야 했다.

해체된 소비에트연방과 중미의 마약 전쟁에 미국 정부가 관심을 집중하는 동안 나는 중동의 사막을 찍은 영상을 연구하고 있었다. 나는 테러리즘이 자라나고 번창하는 곳을 지켜보며 그 위치를 표시했다. 가지치기를 잘한 나무처럼 새로운 분파들이 계속 뻗어나가고 있었다. 나는 바위투성이의 건조한 풍경을 기억했다. 뱀처럼 구불구불 이어진 동굴이나 간소한 가재도구만 있는 안가에 숨은 자들의 얼굴을 기억에 담았다. 나는 이자들이 어디 있는지 알았다. 그리고 어디로 가는지 안다고 생각했다.

나는 닥쳐올 사태를 내다봐야 했다. 그러나 그러지 못했다. 얼마 후 이라크 침공이 이뤄졌다. 전쟁 개시 여부는 전적으로 사담 후세인Sadam Hussein(1937~2006, 이라크의 독재자-옮긴이)의 대량살상무기 축적에 대한 증거 발견에 달렸었다. 나는 그 증거를 찾는 팀에 속해 있었는데 성공하지 못했고 우리 팀 모두 실패했다. 어쨌건 전쟁은 발발했다. 그리고 그러잖아도 나빴던 상황은 생각할 수 없을 정도로 심각해졌다. 나는 악화일로로 치닫는 상황을 멈출 수 없다는 것을 알았다. 하지만 최소한 나는 철거된 건물에서 기어 나오는 바퀴벌레처럼 전쟁 와중에 여기저기서 뛰쳐나오는 테러리스트들을 저지할 수는 있었다.

나는 젊고 두려움이 없었으며 긍정적이었다. 나는 스물한 살에 서던캘리포니아대학교를 졸업하자마자 CIA에 들어가서 경력을 쌓기 시작했다. 좀 더 자세히 말하자면 델타 감마 여학생회Delta Gamma Sorority(1873년에 창립된 북미 범대학 여대생 사회봉사 조직-옮긴이)에 있다가 CIA에 들어갔으며, 이 여학생회 소속 학생의 90퍼센트는 나처럼 긴 금발 머리의 소유자였다.

CIA 요원이 된 첫해는 짜릿했다. 낮에는 정치학에 대한 내 안의 열정을 불태우며 열심히 일했고 밤에는 여대생 시절처럼 동성 친구들과 어울려 놀거나 데이트를 즐겼다. 하지만 9월 12일 일출을 바라볼 때쯤 모든 것이 변했다. 나 역시 국가적 차원의 슬픔과 함께 이러한 상황을 개선해야 한다는 책임감을 느꼈다. 그리고 미국이 이라크를 침공하자 이 책임감은 더 무거워졌다.

나는 가끔 햄스터 볼hamster ball 안에서 사는 듯한 느낌이 들 때가 있었다. 달리고 또 달리며 이 나라에서 저 나라로 공을 굴리면서 투명한 플라스틱 구면球面을 통해 보는 것은 막아야 할 테러리스트들뿐이었다. 더 먼 곳으로 공을 굴리며 하루하루가 지날수록 고국에서의 나의 삶, 진짜 세상의 대부분이 내게서 슬그머니 빠져나가고 있었다.

Q는 내가 직접 대면하는 첫 테러리스트가 될 터였다. Q가 지내고 있는 구역으로 조니와 함께 걸어가는 동안 손톱만큼도 신경이 날카로워졌다거나 겁이 나지는 않았던 것 같다. 나는 머릿속에 아주 많은 정보를 담아두었고 조니가 옆에 있었다. 그리고 사전에 읽은 자료에 따르면 Q는

이 장소에 들어오면서 자기 이름을 밝히기조차 꺼렸지만 사실 쾌활하고 말이 많다고 했다. 물론 그런 사람이라도 반항에서 협력으로 태도를 바꾸기란 쉽지 않을 것이다.

지금 한 가지 밝힐 것이 있다. 나는 고문을 정보 수집 수단으로 쓸 수 있다는 데 반대한다. 그리고 경험으로 미루어보건대 고문이 효과적이지도 않다고 생각한다. 하지만 나는 미국 영토 안에서 가장 큰 피해를 입힌 테러 공격에 대응하는 동안, 그리고 테러리스트들이 '2차 공격'을 준비하는 동안 CIA와 CIA가 행한 고문을 비난하는 사람들에 동의하지 않는다. 만약 이때 우리가 알 카에다 고위 간부를 생포했다면 무슨 일을 할 수 있을지 상상해보자. 역사에서 이 순간이 가진 전후 맥락을 생각해보면, 그리고 그에 더해서 빈 라덴이 핵무기 설계도면 입수를 위해 파키스탄 핵과학자들과 만났다는 게 거의 확실하다면 이자가 중요 정보를 불게 만드는 것은 생사가 달린 임무가 된다.

전쟁구역에 억류된 자들은 기꺼이 죽을 준비가 되어 있을 뿐 아니라 대의를 위해 싸운 순교자로 추앙받기 위해 죽음을 원하기까지 한다는 것을 기억하라. CIA는 고등 심문 기술Enhanced Interrogation Technique, EIT(또는 고문)을 테러리스트로부터 정보를 얻어내는 가장 효율적 방법이라고 믿었다. 그리고 우리는 부시 행정부와 의회에 모든 것을 보고하고 승인을 받은 다음에 이를 실시했다. 그리고 고문은 한번 시도해볼 수 있는 수단이 아니라 다른 대안이 없을 때 쓰는 최후의 수단이었다. 8년 동안 전쟁구역에 억류되었던 800명 중 30명만 EIT의 대상이 되었다. 이들을 다치지 않게 하는 점이 중요했다. 목숨을 살려야 한다는 점이 중요했다. 여기서 목숨이란 미국인의 목숨만이 아닌 인류의 목숨이다. 나를 비롯해서 내가 알고 지낸 CIA의 모든 사람들은 세계가 안전한 곳이 되기를 원했다. 여기에 예외란 없다.

나는 현관문 바로 안쪽에 있는 Q의 방으로 들어갔다. 내부는 어두웠다. 나는 어릴 적부터 몸에 밴 대로 얼굴에 웃음을 지었다. 내가 언제나 인사하는 방법이었다. 그리고 상대가 테러리스트라고 해서 그러지 말아야 한다는 생각은 들지 않았다.

"차 한잔 하시겠습니까?"

Q가 물었다. 나의 미소처럼 그의 질문도 몸에 밴 예의범절이었다. 범죄자든 아니든 그는 나에게 차를 내겠다고 말함으로써 예의를 차리고 있었다. 비록 차를 구하거나 대접할 길은 없었지만 말이다. 이자가 저지른 어마어마한 짓을 고려한다면 나보다 수십 년은 더 산 것처럼 생각될 수도 있겠지만 실제 Q는 나보다 그다지 나이가 많지 않았다. 아마 이것이 첫 번째 접점이었던 것 같다. 우리 둘은 모두 각자 유년기의 문화를 이 방으로 가지고 들어왔다.

나는 차 대접을 정중하게 사양하고 카페테리아에서 그를 위해 가져온 오렌지를 들어 보이며 말했다.

"얘기하기에 좀 더 좋은 방으로 가시죠."

묘하게도 이 말이 마치 워싱턴의 포시즌즈Four Seasons호텔에서 대화를 나누다가 단색 가구와 현대풍 사각 샹들리에가 있는 회의실로 이동하기라도 하듯 고상하고 정중하게 들렸다. 사실 우리가 처음 만난 곳은 반쯤 파괴된 어느 건물의 차고 자리였고 그다음 장소를 옮긴 곳은 아마도 그 건물에서 저장 창고로 쓰던 거대한 벽장 안이었다.

Q와 나는 작은 금속제 테이블 앞에 마주 앉았다. 머리 위에는 조명이 있었지만 샹들리에와는 거리가 멀었다. 나는 오렌지를 건넸고 그는 고개를 끄덕이며 고맙다는 표시를 했다. 곧이어 가장 중요한 질문이 나왔다. 내가 여기 온 목적은 바로 그 질문의 답을 얻는 것이었으니까. Q는 새로 기른 턱수염으로 손을 가져갔다. 그리고 키보드라도 연주하듯 손가락을

수염 사이로 움직였다. 그는 어쩌면 지금까지 우리에게 예의를 갖추고 협조적으로 행동했었을 수 있다. 그러나 그는 내가 필요로 하는 핵심 정보는 줄 준비가 되어 있지 않았다.

저 간단한 제스처를 보니 나는 Q가 싫어하는 모든 것의 총체라는 사실이 불현듯 떠올랐다. 나는 저자가 죽이기를 원하는 모든 집단의 일원이었다. 나는 내 안에 있는 어릴 적의 내가 가늘게 떨고 있는 것을 느낄 수 있었다. 어쩌다가 시나고그Synagogue(유대교 회당-옮긴이)에 가던 여자애 말이다.

우리 가족은 베트 암Beth Am(메릴랜드주 볼티모어에 있는 보수적 유대교 회당-옮긴이) 성전에 속했다. 성전에 들어가려면 벨을 눌러 허락을 받아야 했고 제복을 입은 무장 경비원 여러 명을 지나쳐야 했다. 캘리포니아의 오렌지 카운티처럼 햇살 좋고 안전하게 느껴지는 곳에서 도대체 누가 트레이시 샨들러Tracy Shandler와 그 부모, 오빠, 할아버지 잭Jack 혹은 할머니 제럴딘Geraldine에게 위험하거나 못된 짓을 하러 성전에 오려고 할까? 그런 일은 상상할 수 없었다. 은행 강도, 자동차 도둑, 로스앤젤레스의 복잡한 고속도로에서 일어나는 보복 운전은 알겠다. 하지만 베트 암 성전은 이것들과는 아무 상관이 없어 보였다. 이런 일들과는 무관한 성전은 겉으로 보기엔 집만큼이나 조용하고 안전한 곳이었다.

하지만 지금 나는 여기 있다. 그렇게 오랜 세월이 지난 것도 아닌데⋯⋯. 지나갈 때마다 팔을 뻗어 주먹 인사를 하곤 했던 베트 암 경비원 토바이어스Tobias가 테이블 건너편에 앉아 내가 그를 위해 특별히 골라 온 실한 오렌지 껍질을 까고 있다는 이유로.

그래도 나는 지금껏 두렵지 않았다. 그렇다, 나는 유대계 미국인 여성이다. 나는 자유로운 몸이었고 Q보다 더 큰 힘을 행사하고 있었다. 곰같이 큰 체구의 Q에 비하면 나는 왜소했지만 내 뒤에는 조나라는 지원군이 있었다.

Q는 구둣주걱만 한 엄지손가락을 오렌지 가운데로 밀어 넣어 절반으

로 쪼갰다. 테이블 위로 과즙이 찍 하고 튀었다. 나는 살짝 웃었다. Q는 쪼갠 오렌지 절반을 내게 권했다.

"다 드세요."

나는 다음 행보를 준비하며 잠시 한숨 돌렸다. 나는 똑바로 해낼 것이다. 어떻게 일을 진행할지는 알았다. 신뢰감을 쌓을 필요가 있었다. 관계를 맺는 것이다. 내가 죽어버렸으면 하는 이 남자와의 접점을 찾아야 한다. 나도 마찬가지로 그가 평생을 감옥에서 썩었으면 했지만 말이다.

"어머니가 그리운가요?"

내가 물었다.

"나도 어머니가 그리워서요."

● ● ●

그 뒤로 몇 주 동안 나는 하루 중 몇 시간을 Q와 테이블 앞에 마주 앉은 채 보냈다. 그러는 동안은 조니가 내 뒤쪽 어디에선가 어슬렁거리고 있었다. Q를 만날 때마다 나는 특별히 고른 신선하고 실한 과일을 그에게 가져다주었다. Q는 굶주리거나 배고프지는 않지만 과일을 좋아했다. 그리고 단 몇 분간이지만 과일은 그에게 손으로 무엇인가 할 거리를 주었고 마주 앉은 금발의 젊은 미국 여성 말고도 관심을 가질 만한 대상을 제공해주었다.

Q가 들려주는 부모님의 사랑에 관한 이야기, 갑자기 종교적 헌신으로 화제를 바꾸어 열변을 토하는 내용, 자신이 테러를 저지른 곳에 불운하게도 우연히 있다가 잔혹하게 살해된 이슬람교도나 서구인에 관한 이야기, 이것들을 내가 하나로 맞추려고 애쓰다 보면 가끔 뇌가 불꽃을 튀기는 전기 패널이 된 것 같은 느낌이 들었다.

그의 이야기는 어릴 적 봤던 어떤 책 같았다. 표지 다음으로는 위아래 절반으로 나뉘어 있어서 서로 다른 위쪽 페이지와 아래쪽 페이지를 맞출 수 있게 되어 있었다. 위 페이지에는 기린의 머리가, 아래 페이지에는 하마의 몸이 있었고, 원숭이 머리와 곱슬곱슬한 털의 고양이 몸도 역시 위아래로 나뉘어 있었다. Q는 그렇게 짝이 안 맞는 두 페이지로 된 인물이었다. 한 페이지에는 교활하고 증오에 찬 살인자가 있었고 다른 페이지에는 동족과 조국, 종교를 사랑하는 사람이 있었다.

내가 Q에 대해서 알게 된 것은 다음과 같다. 그는 교육받지 못한 가난한 사람이었고 고국에서 발발한 전쟁으로 난민이 되었다. 알 카에다는 그에게 먹을 것과 집, 의료, 교육뿐 아니라 어린 Q가 마음에 품었던 것을 최선의 형태로 구현한 공동체와 삶의 목적을 제공했다. 알 카에다 '가족'의 매력을 나는 쉽게 알 수 있었다. 하지만 지하드 전사로서의 삶의 방식이 매력적인지는 이해하기 어려웠다. 나는 Q가 왜 종교적 의미를 넘어선 지하드 전사로 살다가 죽기를 택했는지를 좀 더 잘 이해하고 싶어서 그에게 여러 번 그 이유를 질문했다. Q는 사회는 자신을 비난했지만 알 카에다는 반대로 자존감을 높여주었다고 답했다. 자기는 목숨을 포함한 모든 것을 알 카에다에 빚졌다는 것이다.

개방적이고 젊은이다운 나의 호기심 때문이었을지도 모른다. 답을 듣고도 두려움이 들지 않아서였을지도 모르겠다. 단지 행운이었을 수도 있다. 어쨌든 과일의 성찬과 겉보기에는 가벼웠던 대화를 몇 시간 한 끝에 Q는 내가 원했던 바로 그 정보를 알려주었다.

그리고 우리는 또 다른 테러리스트 일당의 살상 행위를 사전에 저지했다.

CHAPTER 2

CIA에 들어가기까지

/

**캘리포니아주 로스앤젤레스
1978년 ~ 2000년**

● 나는 집안의 장녀로 미국 독립 200주년이 되던 해로부터 2년 뒤에 태어났다. 나라가 자신감에 차 있고 안전하다고 느낄 때였다. 양차 세계 대전, 한국전쟁 그리고 베트남전쟁은 과거의 일이 되었고 모두가 미래를 바라보던 때였다. 아이들은 핵폭발의 버섯구름으로부터 몸을 지키려고 머리 위로 손을 올린 채 책상 밑으로 숨는 연습을 더는 하지 않았다. 쿠바 미사일 위기는 너무 오래된 옛날이야기였고 케네디 대통령이 1961년에 제안했던 집 뒷마당 방공호 설치의 열풍도 한물갔다.

모든 가정에는 ABC, CBS, NBC, PBS가 나오는 텔레비전이 있었고 대개는 컬러였다. 내가 살았던 로스앤젤레스 지역에는 메트로미디어 텔레비전과 채널11이 방송되었다. 채널11에서는 쇼를 시청할 때마다 중간에 칼 워딩턴Cal Worthington과 그의 개 스팟Spot이 등장하는 중고차 광고가 끼어들었다. 스팟은 사실 어느 해는 호랑이, 어느 해는 원숭이였다. 칼과 스팟은 커다란 은색 안테나가 달린 보트 모양의 낮고 넓은 차 수백 대가 늘어선 어마어마하게 큰 주차장을 뛰어다녔다. 그러면 배경에서 조니 캐시Johny Cash(미국의 가수, 싱어송라이터. 컨트리음악의 대중화와 로큰롤의 탄생에 이바지했다-옮긴이)의 음성과 닮은 깊고 우렁찬 목소리가 이렇게 노래했다.

"가서 칼을 만나봐요, 가서 칼을 만나봐요, 가서 칼을 만나봐요……."

캘리포니아에서 월급이 들어오는 직업이 있는 사람이라면 누구나 차를 사고 집을 장만할 수 있었던 때는 이 몇 년이 마지막이었다.

내 아버지는 채프먼대학교Chapman University의 심리학 교수였다. 어머니는 나중에 은행에서 일하시게 되긴 했지만 그때는 가정주부였다. 부모님은 20세기 중반에 주거지로 개발된 밴 나이스Van Nuys 지역의 작은 랜치 홈ranch home(랜치 스타일 하우스ranch style house라고도 한다. 저층으로 간소하게 지었으며 1940년대부터 1970년대까지 미국에서 인기 있는 주택 양식이었다-옮긴이)에서 가정을 꾸리기 시작하셨다. 집에는 차 두 대가 들어가는 차고가 있었고 흰 말뚝 울타리를 둘렀다. 거리마다 한쪽에는 흰색 보도가 있었고 뒷마당에는 과일나무가 자랐으며 몇 집 건너 한 집씩 차고 문에 농구 골대가 매달려 있었다. (내가 여섯 살인가 일곱 살 때 우리 가족은 해변을 따라 내려가 오렌지 카운티로 이사했다. 마당은 좀 더 넓었고 집은 좀 더 커졌다. 전에 살던 집을 약간 키워놓은 것 같았다.)

밴 나이스에서는 모든 것이 완벽하며 아무런 문제가 없는 것 같았다. 부모님이 기대하고 원했던 대로 만사가 잘되어가고 있었다. 그런데 내가 생후 5개월쯤 되었을 때 어머니는 내가 이웃 아기들이 하는 것을 하지 않는다는 걸 깨달았다. 똑바로 앉아 있지 못했던 것이다. 기려고도 하지 않았다. 심지어 물건을 쥐지도 않았다. 웃고 옹알거리기는 했지만 내 머리와 몸은 인형처럼 힘없이 덜렁거리고 있었다. 아니, 어머니 말씀에 따르면 나는 '축 늘어진 물고기'였다.

내 연약한 작은 몸은 한 전문의에게서 다른 전문의로 손을 바꿔가며 수없이 많은 검진을 받았다. 나는 근긴장저하hypotonia라는 진단을 받았다. 이 병은 다른 말로는 '영아저긴장증후군'으로 알려졌다. 당시에는 인터넷이 없었고 도서관의 책에서는 찾아볼 만한 내용이 많지 않았다. 부모님이 얻은 정보는 찾아갔던 전문의들이 준 것이 다였다.

그리고 이렇게 얻은 정보는 '뇌가 손상되었을지 모른다.' '전혀 걷지 못할 수도 있다.' '특수학교가 필요할 것이다.' '대학 진학은 꿈도 꾸지 마시라' 등이었는데 부모님, 특히 어머니에게는 끔찍하기 그지없는 이야기였다.

"따님이 발레리나가 될 것이라고는 기대하지 마십시오."

한 의사가 내뱉은 말이다. 아직 이가 나지도 않은 입을 활짝 벌리고 웃는 이 꼬맹이 여자애에게 발레리나가 되는 것이 마치 단 하나의 큰 희망이라도 되는 것처럼.

물리적 요법은 없었다. 근긴장저하를 앓는 환아들에게는 치료법이 전혀 없었다. 비유하자면 부모들은 어깨에 있는 아이를 개 사료 포대처럼 바닥에 철퍼덕 던지고 현실을 받아들여 아무것도 기대해서는 안 되었다.

그러나 우리 어머니는 그러지 않았다. 어머니는 내가 아기용 방 맨바닥에 엎드려 있으면 발로 무엇인가를 밀고 앞으로 나아갈 수 있도록 자신의 손을 내 양쪽 발 뒤에 대곤 했다. 어머니 손을 밀며 나는 기어 다닐 수 있었다. 그런 다음 어머니는 내 손을 잡아 일으켜 세우고 한 발씩 교차해 앞으로 놓는 연습을 시켰다.

대다수의 보통 아이들보다 늦었지만 나는 두 살이 되면서부터는 아기용 방에 깔린 카펫을 걸어서 다닐 수 있었다. 한번 걸음마를 떼자 멈출 수 없었다. 나는 사람들이 내가 이런 일을 할 수 없다고 여겼다는 것을 몰랐다. 내 안에 있는 무엇인가가 단단히 마음을 먹은 듯했다. 나는 멈출 수 없는 엔진이 된 것 같았다.

두 살 반이 되자 나는 댄스반에서 기저귀를 차고 뒤뚱거리는 다른 아이들만큼의 재능을 보였다. 초등학교와 중학교에서도 나는 댄스반을 계속 다녔다. 그리고 현대무용, 재즈, 발레를 배웠다. 4년간의 고교 생활(미국에서 고등학교 학년은 우리나라의 중학교 3학년부터 고등학교 3학년까지에 해당한다-옮긴이) 내내 나는 학교 최고의 댄스반에 있었고 하루에 세 시간씩 연습하며 매주 토요일에는 모여서 발레, 재즈, 현대무용 실력을 겨뤘다. 나는 연습 과정과 거기에 따르는 격렬한 운동을 사랑했다. 그리고 남에게 보여주는 현란한 대중 공연은 댄스반의 일원으로서 다음날 다시 연습하기 위한 통과의례쯤으로 참아냈다.

서던캘리포니아대학교에 진학하자 나는 캠퍼스에서 댄스 수업을 듣고 로스앤젤레스의 개인 스튜디오에서 연습했다. 탭댄스와 클로깅 Clogging(주로 발로 리듬에 맞춰 바닥을 치며 추는 미국의 민속무용-옮긴이)만 빼고 나는 모든 댄스를 연구했다.

하지만 어릴 적 그 의사 말이 맞았다. 나는 발레리나가 되지는 못할 터였다. 내 마음속에는 다른 것들이 있었다. 트리플 피루엣triple pirouette(발레에서 세 번 연속 같은 방향으로 돌기-옮긴이)을 해낼 수 있는지 없는지보다 훨씬 더 시급한 일이다.

• • •

나는 대학교 1학년 때 델타 감마 여학생회에 가입했다. 여학생회를 접해보지 않은 독자를 위해 조금 설명하겠다. 학생회 생활은 독자 여러분이 상상하는 것 그리고 상상해보지도 못한 것 둘 다다. 그렇다. 파티가 열린다. 그리고 참석자들은 상황에 맞는 옷을 입고 특정한 방법으로 머리를 단장한다. 회원들이 자신이 회원이라는 생각을 강조하고 자랑스럽게 여기는 컨트리클럽과 비슷하지만 술을 진탕 마시고 간혹 마리화나도 한다는 점이 다르다. 나도 가끔 술은 마셨다. 그러나 마리화나나 그 어떤 마약도 하지 않았다. 지금까지도 그렇다. 그렇게 하면 소수자, 아웃사이더가 되리라는 것은 안다.

내가 이야기해본 많은 이들은 학생회 시스템을 혐오한다. 그렇지만 여기에도 높이 살 만한 점이 있다는 걸 지적하고 싶다. 학생회에 남아 있으려면 학점이 좋아야 한다. 회원의 일탈을 방지하는 방법이다. (그리고 학생회 소속 여학생들은 비소속 여학생들보다 평균 학점이 더 높았다.) 서던캘리포니아대학교처럼 큰 학교에서는 고립감과 단절감을 느끼기 쉬운데 여학생회(남학생회는 아닐지도 모르겠다. 여기에 관해서는 이야기할 수 없다.)는 속해 있을 공동체가 될 수 있다. 소속감을 느끼게 해줄 장소, 안전하다고 느끼게 해줄 장소다. 수줍음 많고 모임에서 편안함을 느껴본 적이 없는 나 같은 내성적 사람에게 여학생회는 은신처였다. 자랑하거나 나 자신을 그 일원으로 정의하는 대신 나는 델타 감마를 위장 수단으로 이용했다. 여학생회는 내가 그 무엇으로도 눈에 띄지 않을 장소였다. 희고 빛나는 치아에 자주색 자전거를 탄 금발 여학생, 〈피플People〉 대신 〈뉴스위크 Newsweek〉만 읽는 괴짜. 델타 감마 하우스에서 나는 상대적으로 그다지 눈에 띄지 않는다고 느꼈다. 그리고 나로서도 주목받지 않는 것은 선물이었다.

3학년부터 9학년까지(우리나라 학제로 초등학교 3학년부터 중학교 3학년까지옮긴이) 나는 가는 학교마다 이상한 아이로 찍혀 따돌림을 당했다. 가해자는 언제나 여자애들이었다. 열한 살이지만 키가 170센티미터까지 자랐다는 것은 도움이 되지 않았다. 치아 교정을 받기 전에는 이와 이 사이의 틈이 컸는데 애들이 보기에는 이게 웃겼던 모양이다. 게다가 당시 인기 있던 체조 선수 같은 날씬한 체형이 아니었던지 뚱보라는 놀림까지 받았다. 그리고 그때 몇 년간은 레틴 에이Retin A 크림 한 통을 다 쓴다 해도 어쩌지 못할 정도로 여드름이 심했다. 괴롭힘을 당하며 가장 자주 들었던 별명은 '지디엇Zidiot'이었는데 '지트zit(여드름)'와 '이디엇idiot(바보)'을 합친 말이었다. 애들 말을 빌리자면 나에 관한 한 모든 게 '이상했다.'

고등학교 댄스반의 여자아이들은 그래도 괜찮았다. 비록 내가 그 속에서 인사이더가 된 적은 없었지만. 아무튼 그렇게나 심한 왕따를 당하고 나니 내 가족 외의 사람을 믿기가 어려워졌다. 또한 내 머릿속의 세상은 주변 환경과 일치한 적이 전혀 없었다. 댄스반 여자애들이 남자애들에 대해 안달하는 동안 나는 넬슨 만델라^{Nelson Mandela}와 그가 암살되지 않고 남아프리카공화국의 첫 흑인 대통령으로 취임할 수 있을지에 대해 초조해했다. 반 애들이 당시 혁신적이던 새 영화 〈펄프픽션^{Pulp Fiction}〉에 관해 이야기할 때면 나의 마음은 오클라호마 폭탄테러 사건과 미국 연방정부 건물들이 취약하고 방비가 불완전하다는 사실에 맴돌고 있었다.

단지 복도를 걸어간다는 이유만으로 매일 놀림감이 되던 그때의 나에게 지금의 내가 시간을 거슬러 올라가서 이야기할 수 있다면 얼마나 좋을까. 그럴 수만 있다면 이렇게 충고해줬을지도 모르겠다. 네가 그 시절에 했던 바로 그것, 무시하고 버티며 다른 이가 너에게서 원하는 게 아닌 네가 원하는 것, 네가 되고 싶은 것에 집중하라고…….

12학년(우리나라 학제로 고등학교 3학년-옮긴이)일 때 나도 정확히 알 수 없는 이유로 홈커밍 프린세스^{Homecoming princess}(미국 고등학교의 동문 모교 방문 기간^{Homecoming days}에 재학생 대상 인기투표로 뽑히는 학생-옮긴이) 네 명 중 하나로 뽑혔을 때조차 나는 모교의 '인사이더'가 되었다고 느끼지 않았다. 마치 엘리자베스 2세라도 된 것처럼 장식된 차량에 앉아 군중에게 손을 흔들고 티아라(인조 보석 등으로 아름답게 치장한 왕관 모양의 머리 장식-옮긴이)를 쓰는 것은 끔찍한 경험이었다. 왜 뽑혔을까? 뭔가…… 혹시, 친절함? 아니면 댄스반에서 보인 실력? 그런 걸로 찬사를 받는다는 것은 감사한 일이지만 원치 않는 행사에 참여하게 된 데 어색한 기분이 들었고 차분히 있기 어려웠다.

내 어린 시절은 '영아저긴장증후군' 극복의 반복이었다. 그럴 때마다 나는 다른 이들의 기대는 내가 진짜 누구인지 혹은 내가 무엇을 해낼 수 있는지와는 아무 상관도 없다는 느낌이 들었다. 델타 감마 여학생회에 들어가기 전까지 그랬다. 그런데 여기에서는 완전한 아웃사이더라는 자각 없이 티 나지 않고 주변에 녹아 들어간다는 느낌이 들었다. 어떤 의미에서 이 모임은 진정한 나 자신이 모습을 드러낸 곳이기도 하다.

나는 델타 감마 여학생회의 규율부장 선거에 출마해 당선되었다. 자리가 자리였으니만큼 나는 학생회에서의 불만 사항에 대해 투덜대기보다 행동을 취할 수밖에 없었다. 나는 역사학을 전공했고 정치학에 푹 빠져 있었으며 시스템이 원활하게 작동하고 사람들이 자기답게 행동하는 것이 내가 원했던 바였다. 이런 점에서 나는 델타 감마 여학생회의 다른 회원들과 죽이 잘 맞았다. 이들은 있는 그대로 나를 받아들였다.

1997년 어느 날 아침 나는 델타 감마 하우스의 타원형 체력단련실 겸 TV 룸에서 운동을 하고 있었다. 그때 피터 버겐^{Peter Bergen}(1962~현재, 테러리즘에 대한 취재와 저술로 유명한 미국의 저널리스트-옮긴이)의 오사마 빈 라덴 인터뷰에 관한 언급이 TV 방송을 타고 흘러나왔다. 나는 방송을 듣고 바닥에 뿌리가 박힌 것처럼 꼼짝할 수 없었다. 버겐은 모든 것을 쉽고 간명히 설명했다. 소련이 아프가니스탄을 침공하자 빈 라덴이라는 백만장자가 아프가니스탄으로 가서 소련군과 맞서 싸웠다. 그때는 미군도 그와 함께 소련과 싸웠다. 그런데 나중에 그는 그곳에서 중동에서의 미국의 존재를 배격하는 이슬람 극단주의자들의 지도자가 되어버렸다.

인터뷰는 아프가니스탄 내에 어떤 곳에서 녹화되었다. 이 나라는 빈 라덴을 두 팔 벌려 환영하는 몇 안 되는 국가들 중 하나였다. 인터뷰에서 빈 라덴은 듣기 좋은 가벼운 목소리와 동요 없는 침착한 태도로 지하드 Jihad(이슬람교를 전파하거나 지키기 위한 이교도와의 싸움. 이슬람법에 의해 성인 남성 이슬람교도에게는 의무로 여겨진다. 반드시 무력으로 하는 것은 아니지만 극단주의자들이 자신의 테러 행위를 정당화하기 위해 지하드라는 말을 쓰기도 한다-옮긴이)를 설명했다. 이전에 그는 지하드를 미국 유대인과 미국 그리고 모든 아랍 국가에 있는 미국인에 대해 선포했었다. 아마 미국 대중이 지하드라는 단어를 들은 것은 이때가 처음일 것이다. 인터뷰가 거의 끝나가자 버겐은 빈 라덴에게 물었다.

"앞으로 무엇을 할 계획인지요."

빈 라덴은 교활하지만 점잖은 미소를 띠며 답했다.

"신께서 원하신다면, 언젠가 미디어에서 보고 들을 겁니다."

등에 소름이 쫙 돋았다. 그리고 분통이 터졌다. 빈 라덴의 얼굴과 그 미소 속에 희미하게 보이는 거만한 태도를 볼 때마다, 그자가 하는 말의 단어 하나하나를 들을 때마다 머릿속 어딘가가 불에 덴 것처럼 화끈거렸다. 나는 행동에 나서고 싶었다. 그러나 어디에서 어떻게 해야 할지 확실하게 아는 게 없었다. 미국인, 특히 중동에 있는 우리 장병들을 위협하는 지하드라니, 절대 용납할 수 없다. 그보다는 내가 딱 질색인 델타 감마 하우스의 광란적인 파티를 참는 편이 낫겠다.

혹시 내가 세계의 '규율부장'에 출마할 수 있었더라면 좋았겠지만 물론 그럴 수는 없었다. 그렇다고 가만히 앉아서 빈 라덴의 말이 현실이 되도록 놔둘 수도 없었다. 나는 시사와 외교 문제에 대한 모든 것을 배우려고 최대한 꼼꼼히 뉴스를 읽기로 했다.

나는 선생님이 되겠다는 계획을 세웠다. 전 세계, 즉 다른 사람들과 우리가 사는 세계에서 일어나는 일을 이해할 수 있게 젊은이들을 교육할 수 있다면, 그리고 바라건대 우리가 함께 정치와 정책을 통해 변화에 영향을 줄 수만 있다면…… 이러니 마치 〈뉴욕타임스〉의 논평 기사 같다! 계획을 세우니 안도감이 들었고 앞으로 무엇을 할 것인지 확신할 수 있었다.

그러고 나서 3학년 어느 봄날, 나는 캠퍼스를 가로지르며 자전거를 타고 있었다. 그리고 모든 것이 바뀌었다. 남부 캘리포니아의 어느 아름다운 날이었다. 태양은 눈부시게 밝았고 하늘은 표백이라도 된 듯 청명했다. 나는 분홍색 티셔츠와 청바지에 슬리퍼 차림으로 자주색 허피Huffy(미국 자전거 제조업체-옮긴이) 자전거를 타고 델타 감마 하우스를 나서서 시끄럽게 웅성거리는 학생들을 뒤로하고 달렸다. 다른 날도 그랬지만 그날도 서던캘리포니아대학교 학생들은 TV 화면을 잘 받는다는 생각이 문득 들었다. 마치 할리우드 영화 세트장에 나오는 엑스트라들 같았다.

캠퍼스의 보행자 도로인 트루스데일로^{Trusdale Parkway}에는 취업박람회 때문에 두 줄로 길게 테이블이 놓였다. 나는 전날 룸메이트 멜리사^{Melissa}와 함께 이력서를 작성해서 배낭에 다섯 부를 넣어두었다. 제발 석·박사 학위가 필요 없는 사립학교가 취업박람회에서 교사를 모집하고 있기를.

사탕 그릇을 올려놓은 테이블이 이곳저곳 많았다. 신입사원 모집담당자들이 욕심꾸러기 아이들을 유혹하는 동화책 속 마녀가 되기라도 한 걸까. 여기저기에 화려한 풍선들이 의자에 매여 이리저리 흔들리고 있었다. 닷컴 기업 테이블에는 학생들이 떼거리로 웅성웅성 모여 있었다. 대부분 스티브 잡스^{Steve Jobs}, 스티브 워즈니악^{Steve Wozniak}(애플의 공동 창업자-옮긴이) 그리고 빌 게이츠^{Bill Gates}의 숭배자였다. 내가 아는 남학생들은 모두 이런 회사에 입사하기를 원했다. 나는 이제 자전거에서 내려서 어깨가 닿을 정도로 모여든 인파를 헤치며 교사를 필요로 하는 곳을 찾아 두리번거리며 걸었다.

그러던 중 'Central Intelligence Agency'라고 쓰인 두꺼운 종이 플래카드가 눈에 띄었다. 그 밑의 테이블에서는 모집담당관이 혼자 조용히 자리를 지키고 있었다. 폴로셔츠와 카키색 바지를 입은 아시아계 중년 남자였다. 어쩌면 좋지 않은 인상을 받을 수도 있을 만큼 아주 외로워 보이는 남자였다.

"안녕하세요."

나는 늘 하듯 본능적으로 웃음을 지어 보였다. 그리고 어색하게 배낭 안으로 손을 넣어 이력서를 꺼내서 모집담당관에게 건넸다. 그는 한 장짜리 이력서를 훑어보고 말했다.

"안녕하세요, 마이크 스미스^{Mike Smith}라고 합니다. 트레이시 샌들러 씨군요."

"맞습니다."

나는 어깨를 으쓱했다.

마이크 스미스 씨는 내 이력서를 꼼꼼히 읽었다. 그리고 내 얼굴을 응시하며 말했다.

"자, 트레이시 샨들러 씨, CIA에서 일하고 싶습니까?"

"예, 그렇습니다."

나는 답했다. 스미스 씨가 물어보는 순간까지 CIA에서 일한다는 생각은 꿈에도 해본 적이 없었다. 나는 '축 늘어진 아기'였으니까! 그리고 앞니에 있는 틈 때문에, 엉덩이가 크다고, 또 뺨 전체에 빨갛게 난 여드름 탓에 끊임없이 놀림 받던 여자애였으니 말이다. 나는 총을 만져본 적도 없었고 쏘게 되리라 생각해본 적은 더더욱 없었다. 그러나 내가 마치 유력한 지원자라도 된 양 마이크 스미스 씨가 나의 이력서를 손에 쥐었다는 단순한 사실 하나 때문에 나는 언젠가 내 외면의 자아가 될 내면의 자아를 볼 수 있었다. 가장 좋아했던 과목이 이슬람 역사였고 중동의 국가, 종교, 종족 사이의 관계를 이해하려는 방법으로 중동의 지도 전체를 암기했으며 빌 게이츠보다 피터 버겐과 같이 일할 그 누군가로서의 나 말이다. 나는 변화를 불러일으키고 매일 생각했던 전 지구적 위협인 테러리즘을 잠재우는 데 영향을 끼칠 수 있을 것이다.

그보다 더 좋은 것은 언더커버 요원이라는 것이다. 나는 보이지 않는다. 델타 감마 하우스에서보다 더 보이지 않는 존재다.

●　●　●

델타 감마 하우스의 룸메이트들은 각자의 방에 어울리는 색채 조합을 선택해 꾸민다. 셔벗 옐로우, 파우더 블루, 본 화이트, 라임 그린이 많았고 또 모든 색조 계열의 핑크가 있었다. 멜리사가 아니었더라면 나는 우리 방 색으로 핑크를 골랐을 것이다. 포레스트 그린과 머룬 색으로 우리 방을 장식하기로 한 합의를 깨고 나는 고향 집에서 핑크색 가죽 빈백 beanbag(커다란 부대 같은 천 안에 작은 플라스틱 조각들을 채워 의자처럼 쓰는 것-옮긴이) 의자를 가져왔다. 편한 의자였다. 그리고 나는 책상 앞에 딱딱한 플라스틱 의자에 앉아서 공부하기보다 빈백에 앉아 공부하는 편을 더 선호했다.

취업박람회 2주 뒤 빈백에 편히 몸을 묻고 책을 읽는데 전화기가 울렸다. 당시는 유선전화의 시대였고 기숙사 각 방에는 고유 전화번호가 있는 전화기가 있었다. 내 옆의 책상에서 공부하던 멜리사가 전화를 받았다. 나는 노란색 형광펜을 손에 든 채 계속 책을 읽고 있었다.

"트레이이이이시, CIA야!"

멜리사는 놀리는 듯한 미소와 함께 수화기를 건네주며 덧붙여 말했다.

"응, 진짜라고!"

남학생회 남자애 하나가 장난치는 것으로 생각했으리라. 나는 멜리사나 그 누구에게도 내가 CIA에 이력서를 냈다는 사실을 이야기하지 않았다. 구직 활동에서조차 나는 벌써 '남몰래' 뭔가를 하고 있었다.

나는 멜리사에게서 수화기를 낚아채 귀에 바짝 댔다.

"여보세요?"

멜리사는 누가 전화했는지 알아내려고 머리를 내 쪽으로 기댔다. 나는 멜리사로부터 몸을 떼어냈다. 빈백 의자에서 나는 스티로폼 부서지는 소리 탓에 반대편에서 마이크 스미스 씨가 하는 말이 잘 안 들릴 정도였다.

가슴 속에서 토끼가 발길질하는 것처럼 심장이 뛰었다. 멜리사가 조금 더 가까이 다가왔다. 하지만 나는 의자에서 시끄러운 소리를 더 내고 싶지 않아 움직이지 않았다.

"안녕하세요, 스미스 선생님!"

귀에 들리는 목소리뿐인 수화기 속의 그에게 나는 미소를 지었다.

"괜찮은 이력서네요, 면접하고 싶군요."

나는 최대한 조용하게 의자에서 일어나 멜리사가 앉은 책상으로 몸을 굽히고 세 글자를 적었다.

'C, I, A.'

스미스 씨는 우편으로 서류를 보내겠다고 했다. 거기에 면접 과정의 첫 단계에 대한 정보가 담겼을 것이다. 전화를 끊고 나서도 나는 계속 웃고 있었다.

"너, 역사 선생님이 되고 싶었던 거 아니었어?"

멜리사는 고개를 갸우뚱하더니 웃었다. 자기는 아직도 전화를 건 사람이 남학생이라고 믿는다는 의미였다.

● ● ●

나는 자동차 운이 없었다. 내 첫차는 〈스타스키와 허치Starsky and Hutch〉(1975~1979년에 미국 ABC 방송국에서 제작한 경찰 주인공 TV시리즈물–옮긴이)에나 나올 법한 구닥다리 올즈모빌Oldsmobile(미국 GM사의 자동차 브랜드 중 하나–옮긴이)이었는데 어쩌다가 홈커밍 프린세스로 선출되었던 해에 동문 체육대회에 끌고 가다 발생한 화재로 홀랑 태워먹고 말았다. 나는 그 화재를 홈커밍 프린세스가 된 걸 내가 떨떠름하게 여긴 업보라고 늘 생각했다. 다른 많은 여자애들이 진짜 진심으로 그 자리를 원했었는데도 그렇게 생각했었으니까.

내 두 번째 차 중고 혼다 어코드는 1학년 겨울방학 동안 스포츠용품 가게에서 일하고 있을 때 학교에서 도난당했다. 도둑은 여자 3인조였다. 그런데 이들은 멀리 도망쳐 가기도 전에 고가도로에서 사고로 옆으로 튀어나가 하늘을 날다가 〈치티치티뱅뱅Chitty-Chitty-Bang-Bang〉(1968년 작 모험 뮤지컬영화. 이 영화 속에서 하늘을 나는 자동차의 이름이기도 하다–옮긴이)의 한 장면처럼 추락했다. 초조해서였는지, 다른 데 정신이 팔려서였는지, 아니면 과속 때문이었는지 늘 궁금하다. 모두 병원에 입원했고 내 차는 폐차장에서 생을 마감했다. 차는 앞부분부터 땅에 떨어져 완전히 파손되었다.

다음 차는 어코드의 보험금으로 산 해치백 애큐라였다. 나는 CIA 1차 면접 때 이 애큐라를 몰고 갔다. 3학년이 시작되기 전 여름 오렌지 카운티의 부모님과 지내는 동안 면접이 이루어졌는데, 이때 나는 검은색 정장에 핑크색 블라우스 그리고 볼이 좁은 검은색 펌프스pumps(발등이 보이는 단순한 디자인의 구두-옮긴이)를 신었다. 가지고 있던 유일한 정장이었기에 나는 차에 앉기 전에 운전석 먼지를 떨어내는 등 신경을 많이 썼다.

그런데 고속도로에 들어서자마자 갑자기 멀미가 몰려왔다. 신경이 날카로워져서가 아니었다. 나는 과민해지거나 겁을 내는 경우가 드물었다. 그리고 숙취도 아니었다. 토할 정도로 많이 마신 적은 전혀 없었다. 가벼운 병이거나 식중독이었을 것이다. 원인이 무엇이었건 금방이라도 토할 것 같았다. 나는 고속도로에서 위태롭게 빠져나가 주차 브레이크를 당기고 문을 연 다음 길바닥에 토했다. 그리고 다시 또 토할 것 같은 느낌이 들 때까지 운전석에 기대고 앉아서 몇 분을 기다렸다. 곧 마저 다 토한 다음 나는 면접 장소인 로스앤젤레스공항 근처의 호텔로 차를 몰았다.

정식으로 차고에 주차하려면 10달러가 드는데 당시 내게는 큰돈이었다. 도로 건너편 굽은 길에 적당한 곳이 보이기에 나는 그곳에 차를 댔다. 그리고 비틀거리며 로비로 가서 회의실로 안내하는 표지판을 따라갔다.

면접자는 40명 정도 있었다. 여자는 내가 입은 것과 같은 종류의 정장을 입었고 남자는 재킷과 타이 차림이었다. 모두 기다란 포마이카Formica(나무의 한 종류, 이 나무를 가공한 표면에 수지를 입힌 가구 재료-옮긴이) 테이블 앞에 앉으라는 지시를 받았다. 그러고 나서 각자 차례로 이름을 말하고 출신교를 밝혔다. 또다시 구토하지 않으려고 위장에 온 신경이 쏠려서인지 남들이 뭐라고 이야기하는지는 거의 들리지 않았다.

우리는 자기소개가 끝나고 한 사람씩 호텔 스위트룸으로 이동할 때까지 대기하고 있었다. 스위트룸에 들어갈 때 맨 먼저 든 생각은 면접관의 안경 취향이 꽝이라는 것이었다. 그는 텔레비전 수상기 같은 큰 렌즈가 달린 안경을 썼는데 납치범이나 부모님 집 지하실에 숨어 사는 외톨이 변태가 썼을 법한 종류의 안경이었다. 두 번째 생각은 구토가 또 나려고 하면 토할 장소를 찾아야 한다는 것이었다. 나는 안경 씨가 앉은 책상 건너편 의자에 자리를 잡고 팔을 뻗어 검은색 플라스틱 쓰레기통을 내 쪽으로 잡아당겼다.

"죄송합니다. 독감이 있는 것 같아서 바로 옆에 쓰레기통이 필요해서요."

내가 말했다.

"아, 그래요, 알겠습니다."

안경 씨는 자신이 앉은 의자를 30센티미터 정도 뒤로 물려 우리 사이의 공간을 넓혔다. 면접관 앞에는 내가 중국근대사 수업을 들었을 때 썼던 리포트가 놓여 있었다. 이 리포트에서 나는 내가 생각하는 공산주의가 성공하는 이유를 설명했다. 면접 인터뷰 몇 주 전, 나는 내 글솜씨와 세계정세에 대한 나의 지식을 보여줄 수 있는 작문 샘플을 보내라는 요청을 받았다. 뭔가 새로운 것을 쓰는 대신 나는 이 리포트를 보냈다.

"그래서, 면접자분은 공산주의자군요."

안경 씨가 말했다.

"저는 확고부동한 자본주의자입니다."

나는 쓰레기통에 눈길을 한 번 주고는 그걸 조금 더 가까이 내 쪽으로 잡아당겼다.

"하지만 면접자분은 중국에서의 공산주의를 지지한다고 하지 않았습니까?"

면접관은 검지로 커다란 안경을 콧마루 쪽으로 밀어 올리며 말했다.

"저는 중국 정부가 자국에서 한 모든 행동을 지지하지는 않습니다. 하지만 세계에서 가장 인구가 많은 나라에서 공산주의는 자본주의가 할 수 없는 방법으로 많은 사람들의 필요를 충족시키고 있다고 생각합니다. 제 말은 12억 5천만 명이나 되는 사람들을 먹여 살리고 있는 체제라면 그것이 어느 정도 수준을 가지고 작동하고 있다고 봐야 한다는 뜻입니다. 그렇지 않겠습니까?"

면접관이 대꾸하지 않았으므로 나는 계속 말을 이었다.

"중국의 현 체제를 제거한다면 결국 1960년대의 기근 같은 결과로 끝날 것입니다. 그 기근으로 인해 중국 인구의 상당 부분이 사라졌습니다.”

'부분'이라는 단어를 말하다가 목이 막혔다. 나는 쓰레기통을 힐끗 쳐다보고 토하지 않으리라고 마음을 다졌다.

안경 씨가 손가락으로 안경을 다시 위쪽으로 밀어 올리더니 잠시 동작을 멈췄다. 그러고 나서 의자에 등을 기대고서는 다트 화살처럼 날카로운 질문을 던져대기 시작했다. 모두가 중국과 공산주의에 관한 질문이었다. 나는 내 믿음을 굳게 지키며 할 수 있는 최선의 답변을 했다. 하지만 내 위장 속에서 출렁거리는 내용물을 진정시키는 데 정신을 집중하느라 제대로 된 생각을 하기는 어려웠다.

면접실에서 나오자마자 나는 로비에서 전화번호를 교환하던 다른 면접자들에게 작별 인사를 할 겨를도 없이 호텔 밖으로 뛰쳐나갔다. 서둘러 길을 건너 보도에 서서 보니 차를 대놓았던 굽은 길은 비어 있었다.

차가 견인되었다.

● ● ●

그해 늦여름 나는 마이크 스미스 씨로부터 또 한 통의 전화를 받았다. 면접 당일 몸이 좋지 않았고 나의 공산주의자 성향이 좋게 받아들여진 것 같지는 않았지만 그럼에도 안경 씨는 나에게서 좋은 인상을 받았던 모양이다. 마이크 스미스 씨는 다음 채용 절차를 진행한다고 말했다. 거짓말탐지기 검사, 신체검사, 정신검사다. 이 모든 검사는 랭글리의 CIA 본부로부터 멀지 않은 버지니아주에서 진행된다.

나는 어머니에게 버지니아에 같이 가자고 부탁드렸다. 그때 내 나이는 겨우 스물이었고 졸업하려면 아직 1년이 남았으며 부모님 없이 여행해본 적도 없었다. 비행기로 가는 내내 어머니는 렌터카 회사를 잘 찾을 수 있을지, 그리고 워싱턴에서 버지니아까지 어떻게 길을 찾아갈지 걱정하고 있었다. 나는 어머니의 딸은 길눈이 좋다는 사실을 환기시켜 드리고 공항은 렌터카 회사로 안내해줄 사람들로 넘쳐난다고 말했다. 또 어머니는 내가 가짜 신분증을 가지고 있었던 걸 걱정했다. 실은 이 신분증은 델타 감마에서의 첫해에 어머니가 하누카Hannukah(11월 말~12월 말 사이에 있는 유대교 종교 축일. 북미 유대인 사이에서는 크리스마스와 같은 의미가 있다-옮긴이) 선물로 사 준 것이었다. 나는 술고래가 아니었지만 술을 살 수 있는 신분증을 가지고 다니는 것은 모든 여학생 기숙사에서 암묵적 관례였다.

비행기가 델레스공항Dulles Airport에 착륙하기 전, 어머니는 빨간 매니큐어를 손톱에 흠잡을 데 없이 바른 섬세한 손을 뻗으며 말했다.

"내 생각에 네 가짜 신분증은 내가 가지고 있어야겠구나."

이 가짜 신분증 소지가 완벽한 내 기록의 유일한 흠이었다. 어머니께 신분증을 넘기자 델타 감마의 규율부장은 무결해졌다.

지원자들은 체인 모텔 두 곳에서 묵었다. 아침 일찍 날이 밝자마자 CIA 버스 한 대가 두 모텔을 차례로 들르며 지원자들을 태웠다. 우리는 주차장과 건물을 둘러싼 가느다란 나무들만큼이나 특징 없는 저층 건물로 갔다. 건물에는 아무 표시도 없었다. 나는 근처 맥도날드에서 식사하는 사람들이 사방에 스파이가 좍 깔려 있다는 것을 알기나 할지 몹시 궁금했다.

첫째 날에 우리는 '논리' 시험을 봤는데 시험이라기보다는 개인적인 설문지같이 느껴졌다. 어떤 문제를 봐도 정답을 추론해내기란 불가능했으며 CIA가 어떤 종류의 사람을 찾고 있는지를 정확히 알 수도 없었다. 나는 추론이나 짐작을 그만두고 질문에 정직하게 답하기로 마음먹었다. 시험지를 제출하고 나자 지원자들 사이에서는 CIA 사람들이 숨기지 않고 드러낸 것과 그렇지 않은 것에 대해 이러쿵저러쿵 이야기가 많았다. 나는 다섯 명이 모여 있는 곳에 끼었다. 모두 초조해하며 자기 답을 남의 답과 맞춰보고 있었다.

"목욕을 좋아한다고 했나요, 샤워를 좋아한다고 했나요?"

한 여성 지원자가 나에게 물었다. 강렬한 푸른 눈동자를 가진 여자였는데 말하면서 계속 눈을 깜박였다.

"샤워요. 목욕을 싫어하거든요."

내가 말했다.

"내 생각에 그건 정답이 아니에요!"

그 여자가 말했다.

"목욕을 싫어한다는 게 어떻게 틀릴 수 있나요?"

내가 물었다.

"나도 목욕이 싫어요. 하지만 어쨌건 목욕이 더 좋다고 답했습니다."

한 남자 지원자가 말했다.

"목욕이 분명 정답이라고요! CIA는 지원자가 느긋한지, 어, 긴장을 풀었는지를 알고 싶은 거겠죠, 그렇죠?"

여자 지원자가 말했다.

"바로 그거죠."

남자가 답했다.

신체검사에 대해서는 상세히 토의하는 사람이 없었다. 우리는 소변검사용 컵에 소변을 담고 피를 뽑았다. 그런 다음 체중을 달고 신체 치수를 잰 다음 청진기검사를 받았다. 모두 이전에 해본 일이었다.

두 번째 날은 강도가 더 높았다. 내 '라이프 스타일'에 대한 첫 거짓말 탐지기 검사일이었다.

검사관은 아마 40대에 불과했겠지만 나이보다 늙어 보이는 사람이었다. 흰색 버튼다운 셔츠와 카키색 바지 차림이었고 손은 크고 울퉁불퉁했다. 그리고 얼굴에는 어찌나 주름이 깊게 팼는지 큰 나무토막으로 조각해 만든 사람 같았다. 입술을 벌려 웃는 일도 없었다.

우리는 책상, 컴퓨터, 단방향 거울이 있는 작은 방에 있었다. 나무조각 사나이는 나에게 단 한마디도 하지 않은 채 내 손가락 끝과 심장, 복부에 전선을 붙였다. 그런데 내 팔에 매려던 혈압계 압박대가 너무 컸다. 그가 방에서 나가더니 어린이용 압박대를 가져왔다. 이번에는 잘 맞았다.

필기시험에서 그랬듯 나는 정직하게 답했다. 이 검사의 질문들은 덜 추상적이었다. 나는 불법 약물을 한 적이 있는지, 알코올을 섭취하는지, 친구들이 나를 정직한 사람으로 생각하는지, 그리고 내가 자신을 정직한 사람으로 생각하는지 등의 질문을 받았다. 나의 성생활에 관한 질문도 있었다. 하지만 내 성적 경험은 아주 제한적이라 (집에 주로 머물면서 빈 라덴이 무슨 짓을 저지를지 걱정하는 내성적인 여자는 남자들이 그렇게 쫓아다니지 않는다.) 처음 몇 개의 질문에 답하고 나니 다음 질문이 없었다.

세 시간에 걸쳐서 누가 봐도 갓 내린 눈처럼 새하얀 과거를 밝히고 났는데도 나는 검사에 통과하지 못했다는 말을 들었다. 그렇다고 불합격한 것도 아니었다. 나무조각 사나이에 따르면 거짓말탐지기 검사 결과로는 확실한 결론을 내릴 수 없었다. 나는 다음날 다시 와서 재검사를 받아야 했다.

그날 밤 나는 거짓말탐지기 검사 결과가 너무 걱정되어 잠을 이룰 수 없었다. 어머니도 내 기분을 느꼈는지 제대로 주무시지 못했다. 나의 불안한 기분이 당신 내면의 확대경에 비쳐 증폭되었기 때문이리라. 모텔 침대에 몸을 던지고 잠자리에 들자 어머니도 침대에 쓰러졌다가 두 번 깨어나시더니 주무셨다. 그날 밤의 반이 지나가도록 나는 지나가는 차의 헤드라이트에 비쳐 반짝거리는 커튼의 틈새를 바라다보고 있었다. 불빛이 비칠 때마다 외계인이라도 나타났나 싶었다.

나도 모르는 나에 대한 진실이 있었을까? 진실을 말하고 있다고 생각했건만 결국 내 잠재의식만이 이해하고 있는 무엇인가에 대해 거짓을 말하고 있었던 건가? 한번 스파이가 된다고 상상하고 나니 그 외에 다른 직업은 싫었다. 나는 이 꿈에 조금 더 가까이 다가가고 있었다. 하지만 내가 거짓을 말하지 않았다는 걸 입증하지 못하면 모든 것이 곧 끝날 터였다.

"내가 숨기고 있던 뭔가가 있었는지 생각이 안 나."

나는 새벽 네 시쯤 나직이 말했다. 나는 내 인생에서 매해 일어난 일들을 머릿속으로 들춰보며 저녁과 밤 시간을 이미 보냈었다. 열여섯 살 때 앨리슨Alison B.네 집 거실에서의 첫 키스부터 친구 켈리Kelly의 흡연을 목격한 순간까지 모든 것을 다 생각해보았다. 심지어 나는 흡연을 시도조차 해본 적이 없었다. 단지 구경만 했을 뿐이었다.

"나도 다른 생각이 안 나는구나."

어머니가 나직한 목소리로 답했다. 지금까지 살면서 내가 어머니께 말하지 않은 것은 거의 없었다.

다음날 아침 나무조각 사나이와 나는 어제와 같은 방에 있었다. 그는 내 몸에 전선과 혈압계 압박대를 부착한 다음 내 앞쪽 의자에 앉아서 허벅지 위에 양 팔뚝을 올리고는 물었다.

"트레이시 씨, 뭔가 우리에게 말하지 않는 게 있지요? 무엇을 숨기고 있나요?"

"모르겠어요……. 기억을 다 더듬어봤는데도요."

"뭔가 있어요, 뭔가 숨기는 게 있어요. 그렇지 않다면 검사 결과가 '결론 내릴 수 없음'으로 나올 수 없어요."

나무조각 사나이가 말했다.

"아무 생각도 나지 않는걸요……."

비행기에서 어머니에게 건넨 가짜 신분증이 있었지만 말할 가치는 없어 보였다. 어쨌거나 CIA는 가짜 신분으로 공작하는 기관이 아니던가.

"약을 해본 적이 없다고 확신하나요? 해봤어도 괜찮습니다. 대개는 대학교에서 최소 한 번은 시도해봤을 테니까요."

그가 물었다.

"관심을 가져본 적이 없습니다."

내가 답했다.

"마리화나에 대해 호기심을 느껴본 적도 없다고요?"

"네, 전혀."

사실 여학생회 회원 몇몇이 마리화나를 피우고 올 때까지 웃는 것을 보고 약간 호기심이 든 적은 있었다. 그러나 마리화나를 피우고 나면 먹는 '안줏거리'가 무서웠다. 오랫동안 뚱보라고 놀림 받으며 따돌림당하고 보니 프링글스Pringles 캔이나 프리토스Fritos 봉지를 비우는 것은 꿈에서라도 할 수 없는 일이었다. 그리고 스무 살이었던 그때 나는 여자는 말라야 한다는 강박적 문화에 매몰되어 있었다. 당시 남부 캘리포니아 전체에서는 아니었지만 특히 여학생회 같은 곳에서는 지배적이던 문화였다.

　아직도 나는 사탕을 좋아하고 언제나 가방에 조금씩 가지고 다닌다. 그날 아침에는 모텔에서 아침 식사로 주는 공짜 파스타를 걸렀더니 배가 고팠다. 나는 몸에 전선이 부착된 채 검은색 토트백으로 손을 뻗어 핫 타말리스Hot Tamales 한 상자를 꺼냈다. 내가 가장 좋아하는 사탕이다.

　"이거 좀 먹어도 괜찮을까요?"

　나는 나무조각 사나이를 향해 사탕 상자를 들어 보였다. 그는 안 된다는 신호로 고개를 저었다가 내가 상자를 뒤집어 손 위에 몇 개를 놓고 먹는 것을 지켜보았다.

　"그리고 이상한 성적 접촉을 해본 적이 없다고요?"

　"네, 전혀!"

　나는 핫 타말리스 한 줌을 손에 쥐었다.

　"11학년(한국 학제에서 고등학교 2학년-옮긴이) 때 토니 그린스펀한테 받은 정말 끔찍한 키스만 뺀다면요. 혀가 제 콧구멍으로 들어갔다니까요."

　한밤중에 지금까지의 삶을 반추해보기 전까지 나는 이 키스 사건을 잊어버리고 살았다.

　"동물을 해친 적이 있습니까? 집에서 키우는 고양이의 수염을 자른 적이 있나요?"

　"아니요, 우리 가족은 개를 키워요. 그리고 저는 우리 개를 사랑합니다."

　나는 검사를 다시 받았다. 끝나기까지 몇 시간이 걸렸고 나무조각 사나이는 고백할 마지막 기회를 주었다.

"트레이시 씨, 우리에게 말하지 않는 뭔가가 있어요. 말해요. 말하기만 하면 됩니다."

그가 말했다.

머릿속에 한 이미지가 갑자기 떠올랐다. 얼굴이었다. 그리고 내가 여태 무의식적으로 숨기던 게 무엇이었는지 알 것 같다는 생각이 들었다.

"예, 그럴게요. 하지만 경찰에 신고하지만 말아주세요."

내가 말했다.

"날 믿어요."

나무조각 사나이가 말했다.

"저희 어머니가 고용한 청소부 로사Rosa는 불법 이주민이에요."

나는 눈을 세게 깜박이며 나무조각 사나이의 얼굴을 쳐다보았다. 그의 입술이 잠깐 움찔했다. 미소가 아니고 조금 위로 들린 것이었다.

"우리는 그런 일에 관심이 없어요."

그는 일어서더니 방을 나갔다.

나는 거울로 된 벽을 힐끗 보았다. 그 너머에는 누군가가 (팀은 아니더라도) 나를 지켜보고 있을 것이다. 잠시 후 몸에 전선이 부착된 채 똑바로 앉아 눈을 감고 금세 깊은 잠에 빠졌다.

잠 덕분에 나는 나무조각 사나이가 다시 들어와서 나를 깨우기까지 얼마나 시간이 걸렸는지 알지 못했다.

"축하합니다. 거짓말탐지기 검사를 통과했습니다."

그가 말했다.

3일에 걸친 면접의 마지막 순서는 정신과 진단이었다. 거짓말탐지기 검사에서 내 의식의 모든 층위를 있는 대로 다 파헤쳐본 다음이라 정신과 검사는 프라이버시 침해로 전혀 느껴지지 않았다.

● ● ●

여학생회 회원들은 학기가 시작할 즈음 '러시 위크Rush Week'라고 바쁘게 돌아가는 새학기 첫 주에 대비해 8월 초에 기숙사로 돌아와야 했다. 이때 남학생회와 여학생회 모두 5일간 파티를 열어서 신규 회원을 모집하는 동시에 전통적인 의식을 거행한다. 이 기간에 여학생회 회원들은 노래와 응원 그리고 합창을 많이 하게 된다. 나는 책임을 회피하지 않고 요구대로 모든 활동에 참여했다. 하지만 남들 눈에 띄는 걸 좋아하지 않던 나로서는 완만하게 경사진 건물 앞 잔디밭에서 지나가는 사람들을 향해 노래를 부르거나 좀 더 복잡한 도어 챈트door chant를 하는 건 고역이었다. 우리는 2주간 예행연습을 하기로 계획했다.

도어 챈트는 이렇게 한다. 델타 감마 입회를 원하는 여학생은 장중한 연방 양식Federal Style(1780~1830년대 미국 독립 초기 건축양식-옮긴이) 건물의 붉고 거대한 문을 연다. 그러면 출입구 바닥부터 천장까지를 꽉 메우며 웃는 표정으로 목청껏 노래하는 선배 회원들의 얼굴과 마주칠 것이다. 어쩌면 만화책에서 식인종이 쌓아 올린 머리 탑처럼 보일 것이다. 적절한 효과를 얻기 위해 회원들은 사다리, 의자 그리고 각자의 어깨 위에 올라섰다. 나는 내 안전을 걱정했다기보다는 언제나 눈에 띄지 않는 곳을 찾아 그 누구도 관심을 기울이지 않을 무명의 머리 하나가 되려고 했다.

이 예행연습 기간 중 어느 점심시간 직전에 회원 몇 명이 로스앤젤레스 지역 복지관에서 총격 사건이 일어났다고 이야기하기 시작했다. 나는 위층 골방으로 달려가 TV를 켜고 뉴스를 봤다. 여학생 몇 명이 살금살금 들어왔다. 우리는 소파와 의자에 빼곡히 앉아 무슨 일이 일어났는지 TV를 바라봤다.

버포드 O. 퍼로우Buford O. Furrow라는 (이 이름에만도 한두 문단은 할애해야겠지만 그냥 넘어가겠다.) 남자가 유대인을 죽이려는 목적으로 워싱턴주 타코마Tacoma에서 로스앤젤레스까지 차를 몰고 왔다. 시몬 비젠탈Simon

^{Wiesenthal}센터의 관용 박물관처럼 큰 시설 근처에 갈 수 없게 되자 그는 그래나다 힐$^{Granada\ Hill}$의 유대인 공동체 복지관 로비로 뚜벅뚜벅 걸어 들어갔다. 거기에서 그는 다수의 아이도 있는 군중을 향해 기관단총을 쏘기 시작했다. 나중에 바닥에서 탄피 70개가 발견되었다. 어린아이 세 명을 비롯한 많은 이들이 총에 맞았다.

우리는 격분했고 공포에 휩싸였다. 이런 총격 사건은 이제 너무 흔해져서 예전에는 이런 일이 일어났을 때 얼마나 충격적이었는지 기억하기가 어렵다. 어떻게 우리 마음과 영혼 깊숙한 곳을 뒤흔들었는지, 왜 우리가 전에 없이 TV 주변에 몇 시간을 모여 앉아 이 비극이 전개되는 과정을 지켜보았는지를 말이다. 그리고 이 비극에 대해 어떻게 그리고 얼마나 긴 시간 동안 생각했는지도. 독자분들이 만약 나 같은 사람이었다면 몇 달 동안 이 한 가지 사건만 생각하며 보냈을 것이다.

그날 오후 TV룸에서 나는 동료 회원들과 지금껏 했던 것 중 가장 깊고 의미 있는 대화를 나눴다. 우리는 반유대주의, 인종차별, 테러리즘과 총기에 관해 이야기했다. 팔다리에 맥박이 느껴졌고 심장은 조용히 고동치고 있었다. 나는 그 방에 밤새 앉아 나라를 짓누르는 혼돈을 해결할 방법을 찾아 고민할 수도 있었다. 그 어느 때보다 나는 우리나라와 세계가 직면한 문제를 해결하는 데 일조하고 싶었다. 하지만 나는 이 결의를 입 밖에 낼 수 없었다. 나는 신원보증인으로 이름을 제출한 여학생회 회원 네 명에게만 나의 CIA 지원 사실을 말했다. 룸메이트와 부모님에게도 말하지 않았다. 그리고 신원보증인이 되어준 그들에게 그 사실을 다른 데 알리지 말라고 입단속을 시켰다. 어떻게 보면 너무…… 터무니없는 것 같았다. 그리고 만약 다른 사람들이 알게 되면 이렇게 의문을 품을지 모르겠다.

'트레이시는 왜 스파이가 될 수 있다고 생각할까?'

대화는 한층 더 가열되었다. 논쟁이 아닌 해법을 향한 탐구였다. 한 사람이 다른 사람의 아이디어를 발전시켜 또 다른 아이디어를 내는 방법이다. 우리는 현재의 정치, 행동, 의회 의원에게 편지 쓰기를 논의했다. 그때 알리시아^{Alisia}라는 붉은 머리 여학생이 시계를 쳐다보더니 소리쳤다.

"아이고, 도어 챈트 연습 시간이야!"

그게 다였다. 우리는 줄지어 방에서 나간 후로 이 주제를 놓고 다시는 이야기하지 않았다.

내 몸은 도어 챈트 예행연습을 하고 있었지만 마음은 유대인 공동체 복지관에 남아 있었다. 러시 위크 주무를 맡은 클레어^{Clare}는 도어 챈트에서 배경조명이 단 몇 센티미터라도 출입구로 새어 들어오지 않도록 모두를 제자리에 배치하느라 필사적이었다. 첫 예행연습에서는 출입구에 설치된 사다리 꼭대기에 있던 여학생들이 계속 밑을 내려다보곤 했다. 아마도 자칫하다 추락해서 대리석 바닥에 부딪혀 머리를 다칠까 봐 걱정했던 것이리라.

"위를 보라고! 위! 위! 위!"

클레어가 고함을 질렀다. 문 바로 옆 창문까지 넘쳐나게 자리를 잡은 다른 회원들 뒤에 숨어 있어서 그런지 나는 지적당하는 머리는 아니었다. 출입구가 주 공연이 펼쳐질 무대였기에 우리는 조연이었다.

다음날 두 번째 도어 챈트 예행연습을 할 때가 왔는데도 나는 외국 세력에 의한 테러와 내국인이 벌이는 테러에 대처할 방법을 골똘히 궁리하며 아직도 공동체 복지관 생각을 하고 있었다. 나는 입구 홀로 들어가 창가에 선 회원들 뒤에 섰다. 그동안 다른 회원들은 풋 스툴^{footstool}(앉아 있을 때 발을 얹는 받침-옮긴이)과 사다리에 불안하게 서 있었다. 우리는 합창을 시작했다.

"디-이-엘-티-에이, 델타! 디-이-엘-티-에이, 델타, 지-에이-더블-엠-에이, 감마! ……."

클레어가 소리쳤다.

"아래를 보지 말고 위를 좀 봐!"

나는 사다리에 서 있는 회원들이 클레어의 지시를 따르는지 보려고 힐끔 위쪽을 쳐다봤다. 모두들 위를 바라보자 그 순간 나는 그만 웃음을 터뜨리고 말았다. 문 위 채광창에는 1970년대 중반 〈플레이걸Playgirl〉 잡지에 껴 있던 커다란 사진이 테이프로 붙어 있었다. 모델은 몸에서 털이 날 만한 곳이라면 어디에나 꼬불꼬불한 털이 수북하게 난 남자였다. 그리고 허벅다리에는 엄청나게 큰 성기가 애완동물이라도 되는 양 걸쳐져 있었다. 이 순간만큼은 나도 잠시나마 끊임없이 머릿속에 떠오르는 온갖 테러리즘에 대한 생각을 잊어버릴 수 있었다.

이틀 뒤 거대한 성기의 남자가 아직도 문 위 창문에 붙어 있는데 사전 연락도 없이 CIA 요원 한 명이 왔다. 그는 내가 지원할 때 신원보증인으로 이름을 제출한 네 명을 인터뷰하러 왔다고 말했다. 그리고 모두 집에 있거나 일찍 귀가할 수 있었으면 한다고 덧붙였다. 내 눈은 CIA 요원과 사진 속 남자 성기 사이를 왔다 갔다 했다. 나는 혹시라도 이 사람이 머리를 돌려 내가 보고 있는 걸 보게 되지나 않을까, 그러지 않기를 속으로 빌었다.

"접견실에서 이야기하지 않으시겠어요? 아니면 도서관에서라도?"

나는 이 순간에 어울리지 않게 너무 활짝 웃고 있었다.

"아뇨, 당신의 침실을 살펴봐야겠습니다. 그리고 거기에서 신원보증인들과 이야기하죠."

이 요원은 180센티미터가 조금 넘는 키에 내가 CIA에서 만났던 그 누구보다 나이 들어 보였고 군인처럼 아주 짧은 머리를 하고 있었으며 행동거지 하나하나가 모두 절도가 있었다. 심지어 하는 말조차 최소한으로 했다.

"예, 그럼요."

나는 손가락으로 벽에 붙은 인터컴 시스템의 버저를 눌렀다. 남학생, 외부인 남성은 델타 감마 하우스 1층 위로는 못 올라오게 되어 있었다. 무슨 용무가 있어서 위로 올라가야 한다면 사전에 통지해야 했다.

"신사 방문객 한 명 올라갑니다."

나는 스피커에 대고 말했다. 신사 방문객은 기숙사에 오는 남자의 통칭이었다. 여학생들은 '……를 찾는 신사 방문객 왔습니다.'라는 통지를 들으면 자신의 애인이나 남성 친구를 맞으러 나오곤 했다.

나는 그날 청바지에 티셔츠를 입고 있었는데 기숙사생 대부분은 여느 대학교 여자 기숙사생 옷장이라면 꼭 있는 반바지에 탱크톱rank top(민소매 티셔츠-옮긴이)이거나 운동복 차림이었다. 요원은 본인 혼자 내 방을 찾아가겠다고 말하고 면담하는 동안 아래층에 있으라고 말했다. 멜리사는 우리 방 침대에서 숙제를 하고 있었다. 그래서 요원이 멜리사와 먼저 이야기를 시작할 것이라는 짐작이 들었다. 나는 그가 앉을 장소를 상상해보려고 했다. 빈백 의자에 몸을 묻듯 앉을 리는 만무했다. 그렇다고 침대에 앉아 있으리라 생각할 수도 없었다. 또 그렇다고 뻣뻣하고 기다란 몸을 굽혀서 부실한 기숙사 책상의 의자에 앉을 수나 있을지?

그가 위층에 있는 동안 나는 청바짓단에서 삐져나온 실을 뜯으며 접견실에서 초조하게 기다렸다. 동료 사생들이 보기에 첩보요원이 되어 미국을 대표하는 데 어울리지 않는 짓을 내가 부디 하지 않았기를. 도어 챈트 연습에 열정적으로 몸을 던져가며 참가하지 않았다는 사실이 불리하게 작용할까? 그리고 성기 사진은? 요원이 계단을 내려가다 문밖에서 이걸 볼까? 면담이 끝나기까지 기다리는 동안 속이 답답해졌다. 끝나기만 하면…… 음, 친구들을 심문해서 무슨 말을 했는지 하나하나 다 알아야겠다. 하지만 옳은 일이 아니라는 것은 안다. 호기심을 자제해야 한다.

요원은 채광창을 쳐다보지 않고 기숙사를 떠났다. 뛰어난 요원이어서 나 모르게 그 거대한 성기를 보았을 수도 있다. 멜리사와 다른 세 친구는 딱 해줄 만한 말만 들려주었지만 그래도 요원이 책상 의자에 앉아 있었고 친구들은 침대에 앉아 있었다는 것은 알 수 있었다. 기본적으로 이들 각자는 내가 면접 볼 때 말한 신상 사실을 확인해주었고 혹시라도 면담해야 할 다른 사람이 있는지를 질문 받았다고 했다. 이런 방법으로 신원 조회는 내 학생회 학우들을 거쳐 어머니의 친구들로까지 범위가 넓어졌다. 어머니께 친구분들이 뭐라 말했는지를 물어보자 가장 친한 친구인 팻Pat이 제일 아끼는 골든 레트리버 머그잔에 커피를 대접했다는 것이 들을 수 있었던 유일한 답이었다. 어머니는 요원이 커피를 마셨는지어쨌는지는 확인할 수 없었다.

나에게 흠결이 없다는 것은 내가 안다. 나는 절도해본 적도 없고 뭔가를 피워본 적도 없으며 누구를 배신한 적도 없다. 그리고 나는 CIA에 들어가고 싶다. 나는 밤에 침대에 누워 가자지구의 보안 점검에 대해, 그리고 아프가니스탄에서 테러리스트가 은신할 만한 장소가 어디일지 생각하는 사람이다. 나는 여성이 되기 전의 브루스 제너Bruce Jenner(남성 육상 선수로 1976년 몬트리올 올림픽에서 금메달을 획득했으나 성전환 수술을 받고 현재는 케이틀린 제너Caitlyn Jenner라는 여성으로 살고 있다-옮긴이)처럼 벽장에 갇혀 있었다. 나의 이런 면을 모집담당관 마이크 스미스 씨에게 보여주지 않았더라면 과연 사람들이 나나 나의 갈망을 진지하게 받아들였을까?

● ● ●

델타 감마 하우스의 중앙계단 밑에 있는 우편함에 우편물을 분류해 넣는 태미Tammie라는 여학생이 있었다. 11월 말이었고 나는 달리기 운동을 하다 방금 돌아와 입구 홀에서 얼쩡대며 내게 온 편지가 있는지를 기다리고 있었다.

"맙소사, 도대체 CIA에서 편지를 받는 사람이 누구야?!"

태미가 소리쳤다. 그녀는 봉투에 적힌 이름을 보고 내 쪽으로 고개를 획 쳐들며 눈을 동그랗게 떴다. 그녀의 생각에 나는 이 기숙사에서 가장 스파이가 어울리지 않는 사람이었다.

나는 편지를 낚아채 내 방으로 뛰어 들어갔다.

빈백 의자에 앉으니 의자의 가죽 때문에 땀이 차는 것이 느껴졌다. 봉투를 찢어 열었다. 속이 뒤집히는 것 같았다. 그리고 고함을 치고 싶었다. 대신 나는 살짝 웃으며 입술을 깨물었다.

 몇 년 동안 놀림감이 되어온 축 늘어진 아기, 바트 미츠바Bat-Mitzva(유대인 아이가 12~13세가 되면 거행하는 성년식. 성년을 맞는 이가 여자라면 바트 미츠바, 남자라면 바르 미츠바Bar-Mitzva로 불린다-옮긴이) 파티 주제가 태양열 시스템이었던 아이, 부모님과 떨어져 해외로 나가본 적도 없는 아이, 서던캘리포니아대학교에서 열심히 역사를 전공하던 학생, 델타 감마 여학생회의 규율부장인 트레이시 샨들러가 마침내 CIA에서 일하게 되었다.

CHAPTER 3

전환점

/

버지니아주 랭글리
2001년 9월 11일

● 오전 6시 45분이었다. 나는 자동차 판매 영업장 크기의 CIA 주차장에 내 은색 애큐라를 대고 자동차들 사이로 요리조리 빠져나왔다. 한두 시간 뒤면 주차장은 만차가 될 터였다. 하지만 나는 청록색 유리창이 예쁜 CIA 본부 신관에서 가까운 곳에 차를 대려고 언제나 일찍 나왔다.

지난 몇 주 동안 나는 스팅Sting의 〈브랜드 뉴 시티Brand New City〉 CD를 계속해 듣고 있었다. 〈데저트 로즈Desert Rose〉는 내가 제일 좋아하는 곡이었다. 그래서 출근하는 동안 반복 재생 버튼을 눌러 이 곡만 계속 들을 때도 있었다. 음악에 맞춰 길고 애처롭게 울부짖으며 부르는 도입부는 서구 음악이라기보다 중동 음악 같았다. 그리고 물론 스팅 음악을 들으며 큰 소리로 가사를 따라 부르는 동안 내 마음속에 떠오른 사막은 아프가니스탄의 레기스탄Registan(아프가니스탄 남부의 사막 지대-옮긴이) 사막이었다. 내가 자란 고향 집 안마당보다 더 친숙하게 되어가던 장소다.

지난 한 해 동안 나는 작도과$^{mapping\ department}$에서 위성 영상을 판독하고 있었다. 대부분 중동에서 송신된 영상이었다. 2층의 좁은 파티션에 놓인 내 책상에서 나는 모니터 화면 우측 하단에 흰색으로 표시되는 지리 위치 표시자^{geolocator}를 지켜보며 내가 본 것을 기록했다. 이 일은 마치 모르는 외국어 읽는 법을 배우는 것과 비슷했다. 아니면 방사선 전문의로서 진단 사진을 보고 다른 이들에게는 로르샤흐테스트$^{Rorschach\ Test}$(사고장애와 정서장애에 민감한 투사시험. 흑색과 몇 가지 색으로 이루어진 합계 10개의 잉크얼룩 같은 도형을 이용한다-옮긴이)의 얼룩으로만 보일 모습에서 온전히 자라난 태아의 형상을 읽어내는 것에 더 가깝다고나 할까. 어떤 사진이라도 내놓기만 하면 나는 30초 안에 희미한 머리의 형상만 보고도 서 있는 사람이 누구이고 옆에 무엇이 있는지를 말해줄 수 있었다. 몇 시간이라도 푹 자기를 간절히 원하며 밤에 눈을 감으면 강조 표시가 된 삐죽삐죽한 산등성이, 바위틈에 희미하게 드리운 회색 그림자, 동굴, 계곡이 떠올랐다. 그리고 외따로 있는 초소 같은 사각형, 장방형의 윤곽을 가진 구조물은 사실 안가, 창고, 공장과 훈련 캠프였는데 미국인 대부분이 알지 못하는 사이에 알 카에다가 급속히 세력을 키우는 장소였다. 바인더 하나가 테러리스트들과 위치, 행동에 관한 이미지와 정보로 꽉 차면 내 손에서 새 바인더가 또 만들어졌다.

그리고 일주일 전 나는 CIA에서도 소수 내부자만 아는 비밀공작인 ***** 프로그램으로 자리를 옮기게 되었으므로 한 단계 더 높은 등급의 비밀 취급 인가를 받았다. 작업에는 긴 시간 동안 고강도 집중 유지가 필요했다. 그래서 각 팀─나는 가장 먼저 창설된 팀에 배치되었다─은 *****에서 4개월 동안만 근무할 예정이었다. 이때 나는 주중에 점심을 같이 먹거나 주말에 함께 놀러 나가는 직장 동료와 친구들이 있었고 남자 친구까지도 같은 직장에 있었다. 그는 공작원이었는데, 살아 있는 지아이조$^{G.\ I.\ Joe}$ 인형(근육질의 미국 군인 형상을 본뜬 액션 피규어-옮긴이)을 연상시키는 친구였다. 하지만 나는 이들 누구에게도 *****에 대해 말할 수 없었다. 심지어 과장에게까지 말할 수 없었다. 과에서는 내가 다른 부서로 전보된다는 사실을 알고 있는 유일한 사람이었는데도 말이다. 아직 사무실을 옮기지 않았으므로 며칠 동안 나는 일 년간 썼던 내 파티션 자리에 앉아 일하다가 두 상사에게 보고하러 다니며 두 세계를 왔다 갔다 하면서 지냈다.

노래가 끝났다. 그리고 엔진도 멎었다. 나는 핸드백에서 플립형 핸드폰을 꺼내고 글로브박스를 열었다. 거기에 찍찍이로 부착하는 신축형 허리보호대가 쑤셔 박혀 있었다. 몇 달 전부터 척추에 통증이 점점 심해져서 숨을 쉴 때마다 머리부터 발끝까지 칼날 여러 개가 몸을 저미는 듯한 느낌이 들었다. 서 있기도 힘들었는데 참을 수 있을 때까지 통증을 참으며 억지로 힘을 짜내 일했다. 결국 한계에 다다른 날 나는 바닥에 쓰러져서 꼼짝할 수 없게 되었다. 병원으로 이송되어 진찰을 받아보니 골조직이 척추뼈에 덧나 척수신경을 압박하고 있었다. 유일한 해결책은 수술이었다. 수술로 덧난 골조직을 제거하고 공간을 만들어 압박을 줄이는 것이다. 몇 달의 회복 기간이 끝나자 몸 상태는 괜찮아졌다는 느낌이 들었다. 하지만 교통 체증에 꼼짝 못 하고 차 안에 갇혀서 오래 앉아 있기 힘들게 되었을 때를 대비해 한참 지나서까지 허리보호대를 근처에 두었다.

전화기는 글로브박스에 있는 허리보호대 틈 사이로 치워두었다. CIA 건물에 휴대전화를 가지고 들어가면 입구에서 보안요원이 압수한다. 차에서 나오기 전에 선바이저를 내리고 거울에 나를 비춰 보았다. 이날 입은 옷이 맘에 들었다. 새로 장만한 신상품이었다. 푸른 버튼다운 블라우스에 푸른 펜슬 스커트pencil skirt(허리부터 엉덩이까지 거의 일정한 너비로 디자인되어 대개 엉덩이와 허벅지 부분은 신체에 밀착되는 스커트-옮긴이)다. 둘 다 제이 크루J. Crew에서 샀다. 신발은 앞이 트인 누드 펌프스다. 발가락이 조였지만 전반적으로 모양이 괜찮아서 참을 만했다. 가방에서 핑크색 립스틱을 꺼내 다시 발랐다. 며칠 전에 ***** 팀과 회의를 했는데 그게 계속 내 머릿속을 맴돌고 있었다. 회의에는 나를 포함해 이 프로그램 수행을 위해 선발된 일곱 명과 직속상관인 팀장이 있었다. 당시 스물두 살이던 나는 가장 어린 팀원이었다. 유일한 여성이기도 했다. 남성 팀원들은 자신감 때문인지 나보다 훨씬 연상으로 보였다. 아직 서른이 안 된 사람도 있었지만 대부분 30대였다. 팀장은 키가 큰 히스패닉계 사람이었는데 긴 넥타이 끝을 바지춤에 끼워 넣곤 했다. 우리는 서로의 이름을 불렀다. 그리고 나는 작도과 과장도 이름을 불렀었다. 하지만 이번 상사는 엄격하고 원숙해 보이는 사람이어서 이름을 불러야 하는지 아닌지 확신이 들지 않았다. 그래서 대놓고 팀장의 이름을 부르지는 않았지만 머릿속으로는 앤턴^{Anton}이라고 불렀다.

앤턴은 우리가 할 일은 특정한 장소에서 테러리스트들과 훈련 캠프를 감시하는 것이라고 말했다. 그 장소를 나는 '금고실^{The Vault}'이라고 불렀다. *****. 나는 이 프로그램에 대해 알아야 할 모든 것을 배운 다음 질문했다.

"이게 필요해질 가능성은 얼마나 될까요?"

앤턴이 말했다.

"아주 적어, 그들이 공격하지 않는다면."

그는 우리가 만약 *****를 *****한다면 철저한 분석, 통찰력, 정보 없이는 행동을 취할 수 없으며 토미 프랭크스^{Tommy Franks} 장군의 최종 재가를 받아야만 한다고 설명했다. 프랭크스 장군은 북아프리카, 중앙아시아, 중동지역 미군의 군사작전 책임자로 그가 맡은 지역은 지구 지표 면적에서 상당한 부분을 차지한다.

바꿔 말하자면 '이것은 모두가 심각하게 받아들여야 할 문제였다.' 그리고 이런 일이 일어나기 '전에' 우리가 지금 관찰하는 사람과 사물을 정밀하고 정확히 판독해야 한다는 우리의 임무는 그 어느 때보다 더 중요하게 느껴졌다.

나는 선바이저를 위로 올리고 빵빵한 가방 속으로 립스틱을 집어넣었다. 가방에서 푸른색과 금색 목줄이 달린 신분증을 찾는 데는 1분이 걸렸다. 나는 신분증을 목에 걸고 차에서 나와 잠금장치 버튼을 누른 다음 앞이 트인 구두를 신은 채 건물 입구를 향해 건들거리며 걸었다. 하늘을 쳐다보았다. 완벽한 날이었다. 하늘은 밝고 맑았으며 햇빛이 찬란했다. 공기에서는 방금 뜯은 풀처럼 신선한 냄새가 났다. 나는 건물로 들어가기 전 마지막 1분 동안 따사롭게 내리쬐는 햇볕에 얼굴을 맡겼다. 내 자리로 들어가자마자 나는 스크린에 뜨는 지도를 더 잘 볼 수 있게 태양과 작별 인사를 하고 창문의 블라인드를 바로 내려야 한다.

경비원들은 언제나 친절했고 내 신분증을 스캔하며 인사했다. 나는 에스컬레이터를 타고 내려가 신관을 가로질러 푸드코트로 나와서 스타벅스로 향했다.

CIA 본부의 푸드코트는 크기만 작을 뿐 쇼핑몰 푸드코트와 비슷하다. 제대로 된 식당은 없고 큰 공간 가운데 테이블과 의자를 갖춘 스탠드가 있을 뿐이다. 여기에서 일하는 사람들도 엄격한 신원 조회를 거친다. CIA 푸드코트에서 일한다고 말하는 것은 허용되지 않는다. 그리고 질문도 금지다. 고객들의 이름조차 물어봐서는 안 된다. 이것은 고객 호출을 위해 컵에 이름을 적어야 하는 스타벅스 직원들에게 문제가 되었다. 이들은 언더커버 요원은 가명을 대서도 안 된다는 걸 이해하지 못했다. 가짜 이름—예를 들어 할머니의 결혼 전 성姓—을 역추적해 당신을 찾아낼지 누가 알겠는가. 무작위로 숫자를 댄다고 해도 당신의 진짜 정체와 연계될 수 있다. 그래서 가명이라도 이름을 대지 않는다. 그리고 절대 업무에 관한 대화는 하지 않는다. 나는 언제나 웃으며 스타벅스 직원들과 가볍게 이야기했다. 그날은 여직원 한 명이 내 주문을 받았고 우리는 바깥 날씨가 얼마나 아름다운지, 그리고 밖에서 일하면 얼마나 좋겠는지에 대해 이야기를 나눴다.

나는 여직원에게 인사하고 늘 마시는 벤티 사이즈 다크 로스트를 들고 나왔다. 컵은 설탕과 우유가 들어갈 수 없을 만큼 커피로만 꽉 채웠다. 이제 아침 7시였다. 점심때까지 말짱한 정신으로 일하려면 커피가 필요했다. 점심시간이 되면 나는 책상머리에 또 한 잔의 커피와 오늘의 샐러드를 놓고 계속 영상 분석을 하면서 마치 로봇처럼 아무 생각 없이 먹었다.

커피와 가방을 들고 나는 건물 구관으로 이어지는 에스컬레이터를 향해 걸었다. 그리고 구관에서 엘리베이터를 탔는데 온통 회색 머리칼의 한 남자가 같이 탔다. 허옇게 센 머리에 비해 열 살은 젊어 보이는 얼굴이었다. '스트레스야.'라는 생각이 들었다.

이 직업과 국민 전체의 생명에 대해 느끼는 책임감이 CIA 사람 모두에게서 젊음의 흔적을 사정없이 쪼아내고 있었다. 한 해 동안 나는 동료들이 마치 저속 촬영 영화에서처럼 나이가 들어가는 모습을 보았다. 나는 지난 12개월간 밤에 잠을 푹 잔 적이 없었고 눈 밑 다크서클은 눈에 띄게 커져 있었다. 껌 한 통을 쓰듯 커버걸Covergirl 컨실러(다크서클 같은 피부 문제를 커버하는 화장품인 컨실러의 상표명-옮긴이) 한 통을 다 쓰고 있다는 느낌이 들었다.

회색 머리의 남자가 7층 버튼을 눌렀다. 나는 3층을 눌렀다. 이제야 이 남자의 머리가 왜 그렇게 회색이 되었는지 알았다. 7층은 거의 신화 속의 장소처럼 수수께끼에 싸인 곳이었다. 당시 CIA 국장 조지 테닛George Tenet의 집무실이 바로 7층에 있었다. 직급상 테닛에게 더 가까워질수록 7층에 더 가까이 가게 된다. 7층에 있지 않더라도 말이다. 부시 대통령이나 체니 부통령 혹은 행정부에 있는 누군가를 만날 일이 생긴다면 7층을 통해야 했다. 나는 더 중요한 자리로 옮겼고 더 높은 등급의 비밀 취급 인가를 받았지만 아직도 나 자신이 갓 입사한 풋내기라고 생각했다. 7층행 엘리베이터 버튼을 누르는 누군가를 지켜볼 수밖에 없는 사람이지 7층으로 가는 사람은 아닌 것이다. 이메일, 메모, 공지에서 이름을 본 적은 있어도 7층 사람들을 만나본 적은 없었다. 동료 린지Lindsey는 테닛 국장도 함께였던 7층 회의에 참석했었는데 끝나자마자 바로 내 책상으로 와서 국장과 같은 방에 앉아 있는 느낌이 어땠는지를 말해주었다.

테닛 국장이 직접 간여하면 해당 사안은 더 중요하고 크게 느껴졌다.

엘리베이터는 3층에 멈췄다. 그리고 회색 머리의 남자가 고개를 까딱하며 인사했다.

"들어가십시오."

나는 웃으면서 손을 들어 어색하게 흔드는 둥 마는 둥 하며 엘리베이터에서 내렸다.

우리 부서 15명 가운데 3분의 1 정도는 이미 출근해서 자리에 앉아있었다. 창가 멀리 떨어진 구석에 있는 내 파티션으로 가면서 나는 동료 몇 명과 가벼운 이야기를 나누었다. 블라인드를 닫기 전에 태양을 향해 머리를 돌렸다. 오늘 같은 완벽한 날씨에 고마워할 수 있는 마지막 순간이었다.

컴퓨터가 부팅되는 동안 커피 한 모금을 마셨다. 영상이 모니터에 뜨기 시작하자 온 신경이 거기에 집중되었다. 거의 꿈을 꾸는 듯한 상태였다. 모든 사진은 훈련 캠프를 촬영한 것이었는데 지난 몇 주간 있었던 사람들이 퇴거하는 것 같았다. 나는 인원수를 파악하고 다른 영상들과 교차 검증해서 같은 사람을 두 번 세지 않았음을 확인했다. 모두 남자였고 일부는 쉽게 정체를 알아볼 수 있었다. 전부가 등이 굽지 않은 젊은이였다. 캠프에 있지 않다면 이들은 지금 어디에 있을까? 우리는 이들의 미국 내 불특정 목표물에 대한 공격 계획을 알고 있었다. 이 젊은 친구들이 무장한 채 사라졌다는 사실이 지금 미국 안에서 이들이 우리가 아직 찾지 못한 이름으로 차량과 트럭을 빌리고 폭탄을 제조하면서 터널을 통과하고 있다는 뜻이 아니기를……. 내가 잠을 이룰 수 없었던 것도 당연했다.

오전 8시 30분경 과원 대부분ㅡ전부는 아닐지라도ㅡ은 자기 자리에서 업무를 보고 있었다. 동료 랜디Randy가 내게 들러 잠깐 이야기했다. 랜디는 알 카에다 내에서의 계급에 따라 알아볼 수 있도록 감시 대상별 폴더에 색상 코드 지정 작업을 시작하자는 아이디어를 내놓았다. 그가 말하는 동안 나는 이런 생각이 떠오르는 것을 금할 길이 없었다.

'랜디, 나는 여기 없을 거라고. 나는 금고실에 있을 거야. 하지만 말은 못 하겠어, 너뿐 아니라 다른 누구에게도. 금고실이 존재한다는 것조차도.'

그때까지만 해도 나의 CIA 요원으로서의 비밀 생활은 그렇게까지 비밀스럽게 느껴지지 않았다. 일주일에 50시간 동안 무엇을 하는지를 밝힐 수 없었기 때문에 진정 가까운 사이가 되기 어려운 벽이 생겼고, 따라서 직장 밖의 사람들과 교우 관계를 유지하기란 힘들었다. 결과적으로 나는 CIA 안에서만 친구를 사귀었다. 이들은 내가 작도과에서 일한다는 것을 알았기 때문에 일상에 관한 이야기를 자유로이 주고받을 수 있었다. 그런데 지금 다른 부서로 옮기게 됐고 동료에게도 비밀을 지켜야 해서 다소 심란한 생각이 들었다. 이상했다. 남자 친구 지아이조는 심지어 내가 다른 남자와 만나느냐고까지 물었다. 나는 절대 그렇지 않다고 했지만 (더 매력적인 다른 남자를 만났다면 차라리 헤어지고 말았을 것이다.) 뭔가 새로운 일에 연관되었고 그것이 무엇인지 밝힐 수 없다고 말했다. 지아이조는 만족하지 못한 것 같았다. 내 남자 친구는 1년차 새내기에 불과한 나보다 선배인 데다 경험이 많았다. 거기에서 비롯한 우월감이 우리 관계에서 그가 즐기던 즐거움의 상당 부분을 차지하지 않았나 하는 느낌이 그 순간 들었다.

내 책상에는 전화기가 두 대 있었다. 검은색 전화기는 바깥세상으로 이어지는 전화였는데 매일 어머니와 통화하는 데 썼다. 그리고 베이지색 전화기는 내부 전용 보안 전화였다. 아침 8시 50분, 책상의 보안 전화가 울렸다. 전화를 건 사람은 나와 비슷한 시기에 CIA에 들어온 친구 제프 Jeff였다.

"CNN 틀어봐. 월드트레이드센터 북쪽 건물에 방금 비행기가 충돌했어."
제프가 말했다.

"아이고, 무슨 일이야."

나는 이렇게 말하고 수화기를 어깨와 귀 사이에 낀 채 컴퓨터 모니터로 나오는 폐쇄회로 TV로 CNN을 틀었다.

알 카에다가 비행기를 납치하리라는 것과 건물을 폭파할 것이라는 이야기는 계속 떠돌고 있었다. 하지만 CIA의 그 누구도 정확한 장소와 시점에 관한 세부 정보를 입수하지 못했다. 모든 것은 추정이었다. 단어, 어구 그리고 여기저기서 모은 이동 정보를 내가 봤던 가장 머리 좋은 사람들이 아귀를 맞춰보려고 노력하는 중이었다. 또한 그 누구도 알 카에다가 비행기로 건물을 들이받는 일을 해낼 만큼 조직과 기술을 갖췄다는 걸 알지 못했다. 분명 미국 전역의 1만 5천 개소 이상의 공항 중 어느 특정 공항을 폐쇄하거나 전국을 종횡으로 가로지르는 8만 7천 편에 달하는 항공편 중 어느 특정 항공편을 취소할 수 있을 만한 충분한 정보는 없었다. 비유하자면 폭발물을 실었을지도 모르는 무명의 운전사가 몰고 가는 불특정 차량에 대비한다고 해서 이 나라의 모든 터널을 폐쇄할 수는 없는 것과 마찬가지 정보 수준이었다.

지금 나는 9·11 조사위원회가 알 카에다를 막지 못한 가장 큰 원인 중 하나로 CIA와 FBI의 소통 실패를 지목했다는 것을 안다. 하지만 내가 당시 입장에서 판단하건대, 진실은 다음과 같다. 내가 접촉했던 모든 사람, 같이 일했던 모든 사람, 내가 정보를 보내거나 받았던 모든 사람들은 같은 목표를 가지고 일하고 있었다. 바로 미국의 안전을 유지하고 알 카에다의 테러 공작을 차단하는 것이다. CIA에서는 수천 명의 직원들이 이런 목표를 가지고 근무하고 있었다. CIA와 FBI 사이에 발생한 혼선은 돌이켜보면 비난받아야 할 부분일지 모른다. 하지만 이 비극적 사태가 단 하나의 실수에서 비롯되었다고 말하는 건 서구 세계의 파괴를 원한 자들과 이를 지키고자 했던 우리들 사이에 벌어진 복잡한 전투를 지나치게 단순화하는 것이다.

여기에 더해 잠을 잊고 헌신적으로 일하던—내가 직접 보았다—모든 요원들과 분석관들이 바친 시간을 무시할 수 없다. 그리고 더 중요하게도 조지 테닛 국장이 부시 행정부를 여러 번 방문해서 '미국 내 목표물을 노리는' 테러 공격이 계획 중이며 국토 방어를 위한 사전 대책 마련이 필요하다는 걸 설명했다는 것은 문서로 남았으며 그냥 넘길 수 없는 사실이었다. 부시 행정부는 알 카에다의 심리를 이해하거나 이들이 얼마만한 재원을 가지고 얼마나 넓게 퍼져 있는지를 상상조차 하지 못했던 것 같다. 이들의 관심은 해체된 소비에트연방과 중앙아메리카의 마약 카르텔에 맞춰져 있었다. 행정부는 현재 하는 것 이외의 다른 활동 승인을 거부했다.

제프와 나는 전화를 끊지 않았다. 통화 시간 대부분 우리는 중계 화면을 보면서 침묵을 지켰다. 둘 다 망연자실해 있었다. 책상, 컴퓨터, TV 스크린마다 사람들이 삼삼오오 모였다. 그다지 시끄럽지는 않았지만 이야기와 설명하는 소리가 들렸다. 나는 지금까지 살펴던 영상들을 마음속으로 빠르게 떠올렸다. 내가 빠뜨린 것이 있었던가, 내가 보지 못한 비행기 모형이 어딘가에 있었던가, 포착해야 했는데 그러지 못했던 것이 있었던가? 그리고 지난 며칠간 캠프에서 보이지 않던 사람 모두가 지금 미국 여객기에 앉아 있었단 말인가?

오전 9시 3분, 유나이티드 에어라인^{United Airline} 175편이 월드트레이드 센터 남쪽 타워에 충돌했다. 내가 있던 층은 완전히 침묵에 빠졌다. 사람들이 마치 최소한 1분은 숨도 쉬는 것 같지 않았다. 나는 다시 한 번 최근에 보았던 영상을 되짚어가며 생각했다.

'캠프에서 사라진 인원수가 얼마나 됐지? 얼마나 더 많은 비행기가 테러에 동원될 수 있을까?'

"나중에 이야기해."

마침내 나는 제프와 통화를 끝내며 말했다. 그리고 바인더를 끄집어내서 지난주에 보았던 영상을 죽 훑어봤다. 6주 혹은 8주 전 영상과 비교해보려고 했다. '내가 뭘 빠뜨렸지?' 하는 반복 질문에 갇혀서 머리가 얼어붙은 듯했다. 나는 바인더를 덮고 회의실 TV 주변에 모인 다른 사람들과 합류했다. 지금 있는 층의 모든 관리자급 간부 방문은 모두 굳게 닫혔다.

오전 9시 37분, 아메리칸 에어라인American Airline 77편이 펜타곤 건물의 남쪽 측면에 추락했다. 이 비행기는 어쩌면 내가 있는 사무실 남쪽 측면에 추락했을 수도 있었다. 내 실수 탓에 사람이 죽었다는 느낌, 엄청난 죄책감과 고통이 엄습해 왔고 아무 생각도 나지 않았다.

에이프릴April이라는 여성 요원이 있었다. 다른 친구의 묘사에 따르면 "지금껏 만난 사람 중 가장 마르고 피부가 하얀 사람"이었다. 그 요원이 웃는 얼굴로 흥분해서 손뼉을 치며 말했다.

"이제 시작이야!"

이 상황에서 어울리지 않는 표현이었다. 훈련밖에 받은 게 없는데 실전에 투입된다는 말을 들은 것이나 마찬가지였는데도 말이다. 전쟁터로 나가서 사람을 쏴 죽이는 걸 진정으로 원하는 이는 없다. 하지만 실전에 대비해서 훈련받았던 몇몇 기술을 실제 사용하게 되었다는 것을 알게 되면 흥분을 느끼기 마련이다. 나처럼 테러리스트 훈련 캠프를 추적해왔던 에이프릴은 그동안 엄청난 시간을 들여서 해왔던 일이 헛되지 않았다는 데 흥분하지 않았나 싶다. 하지만 그때의 박수 소리가 지금도 가끔 떠올라 괴롭다.

오전 10시경 CIA 전 직원은 청사가 폐쇄되었으며 안전한 곳으로 대피하라는 이메일을 받았다. 뒷머리에 깍지를 끼고 책상 밑으로 들어간 사람은 없었다. 우리는 계속 TV를 시청하고 대화하며 무슨 일이 일어났는지 추정하고 있었다. 그날 나와 대화했던 모두는 그때까지 해왔던 업무를 다시 검토하며 빠뜨린 것이 없는지 오판이 있었는지 혹은 뭔가를 잘못 읽었는지를 찾아내려고 노력하고 있었다.

오전 11시 무렵 모두 청사에서 철수하라는 공지가 내려왔다. 대테러 작전 관련 부서에 있는 우리는 제외였다. 지아이조가 전화를 걸어 같이 떠나자고 말했다.

"난 여기 있어야 해."

사무실을 훑어보았다. 내 근처에서 떠나는 사람은 없었다.

"철수 지시가 떨어졌잖아."

남자 친구의 말에 나는 답했다.

"대테러작전 관련 부서 직원들은 모두 남아야 한다고."

남자 친구는 한숨을 쉬고 머뭇거리며 작별 인사를 하더니 갑자기 전화를 끊었다.

11시 30분쯤 여러 층 곳곳에 몇 명씩 모인 대테러작전 요원들과 분석관들 그리고 7층의 고위 간부들을 뺀 모두가 건물을 비웠다. 내가 있던 층의 모든 간부 사무실 문은 닫힌 채였다. 그리고 우리도 계속 TV 앞에 한데 모여 방금 일어난 일의 퍼즐을 짜 맞추려 애쓰면서 알고 있는 모든 것을 하나하나 곱씹어보고 있었다.

푸드코트는 문을 닫았다. 점심으로 사 올 샐러드도 없었고 스타벅스도 문을 닫았다. 그러나 시간이 지나면서 이런 것들에 전혀 개의치 않게되었다. 나는 겁나지 않았고 공황에 빠지지도 않았다. 오로지 훈련 캠프에서 촬영된 사진이나 특정 집단에 대한 정보와 교차 검증할 수 있도록 이 공격에 연루된 테러리스트들 하나하나의 정체를 알아내겠다는 결심뿐이었다. 그자들의 이름이 필요했다. 그리고 그자들의 이름과 공범들의 위치가 필요했다. 하지만 내가 가장 알고 싶었던 것은 오사마 빈 라덴의 정확한 위치였다. 아직 언론에서 확정 보도가 나오기 전이었지만 나를 비롯한 대테러작전 부서의 모든 직원은 이 극악무도한 공격의 배후에 빈 라덴이 있다는 걸 알았다.

오후 2시에 과장이 퇴근 지시를 내렸다. 직원들이 자기 물건을 챙기러 책상으로 가는 동안 나는 과장에게 가서 새로운 부서의 상사 앤턴을 만나러 가야 할지를 물었다. 과장은 고개를 잠깐 갸우뚱하더니 웃어 보였다. 내가 갈 새 부서의 사람들이 무엇을 하는지 그가 정확히 알 도리는 없었다. 테닛 국장과 이 프로그램을 위해 선발된 인원을 빼고는 그 누구도 알지 못했다. 그러나 이 질문으로 과장은 내가 자기보다 더 높은 등급의 비밀 취급 인가를 받았다는 것을 알게 되었을 것이다. 그렇지만 과장은 부하를 아끼는 사람이었으므로 내 질문에 기뻐했을 것이다.

"그래."

그가 말했다.

"가보라고, 자네가 필요한 곳은 거기니까."

앤턴은 CIA 본부 신관의 SCIF(CIA에서 보안이 유지되는 방이나 공간을 부르는 이름)에 근무하고 있었다. '금고실'도 그곳에 있었다.

새 상사의 이마에는 땀이 몇 줄기 흐른 흔적이 있었지만 공황에 빠진 것 같지는 않았다. 테이블 앞에는 다른 여직원이 그와 같이 앉아 있었다. 테이블 위에는 서류, 차트와 함께 화이트보드가 놓여 있었다.

"어떤 일을 해야 할지요."

내가 물었다.

"도대체 우리가 뭘 해야 할지 모르겠구먼."

앤턴이 말했다. 나보다 더 심하게 그 공격에 대한 죄책감을 느끼는 것이 보였다.

"이렇게나 빨리 *****를 사용해야 할 거라고는 생각하지 않았는데."

"그렇습니다. 절대 사용할 필요가 없기를 바랐는데 말입니다."

내가 말했다.

"일이 많이 힘들 거야."

앤턴이 말했다.

"귀가해. 그리고 식사하고 쉬고 자. 그리고 내일 아침 6시 30분에 여기서 봐. 앞으로의 일정은 그때 가야 알 수 있을 거네."

"잠들 수 있을 거라고 생각하지 않습니다. 아직 숙달하지도 못했는데요."

내가 말했다.

"그래."

앤턴은 테이블 위로 흩어진 물건들을 내려다보았다. 검은색 무선호출기가 한 무더기 쌓여 있었다. 앤턴은 몇 개를 들춰 보더니 내 이름이 적힌 호출기를 찾아 건넸다.

"어디서나 언제나 지니고 있도록."

"예, 알겠습니다."

어떻게 어디에 착용해야 할지를 확실히 몰라 나는 호출기를 가방에 넣었다. 이 당시 무선호출기는 마약상이나 의사들의 전유물로 여겨졌다. 나는 전에 만져본 적도 없는 물건이었다.

"그리고 어떻게든 잠을 청해봐."

그가 말했다.

"오늘부터 앞으로 잘 수 없을 정도로 바쁠 테니까. 이 미친 짓을 멈추게 하는 건 자네와 팀원들이야."

위장에 납으로 된 볼링공이 떨어진 것 같은 느낌이 들었다. 나는 아마도 그제야 처음으로 새로운 직위가 얼마나 중요하고 불가결하며 앞으로 중대한 영향을 끼칠지를 이해했던 것 같다.

● ● ●

주차장은 거의 비어 있었다. 광활하고 텅 빈 아스팔트 주차장을 보니 평상시보다 더 넓게 보였다. 태양을 향해 하늘을 다시 올려다보았다. 한순간에 나라 전체가 뒤바뀌었는데도 태양은 그대로 하늘에 떠 있으면서 오늘이 지상에서 가장 아름다운 날이기라도 한 듯이 빛을 발하다니 얼마나 이상한가.

나는 차에 올라 탄 다음 글로브박스에서 핸드폰을 꺼내 어머니에게 전화하려고 했다. 통화 연결이 되지 않았다. 몇 번 시도해보다가 전화기를 좌석에 던지고 엔진 시동을 건 다음 카오디오에 다시 CD를 넣었다.

스팅이 부르는 〈데저트 로즈〉를 다시 들으며 나는 랭글리를 떠나 버지니아주 알렉산드리아^Alexandria에 있는 내 아파트를 향해 차를 몰았다. 20분 뒤 내 차가 조지 워싱턴 공원도로^George Washington Parkway에 진입하자 도로는 완전히 꽉 막혔다. 도로가 흡사 한낮의 CIA 주차장 같았다. 나는 브레이크에 발을 얹은 채 몸을 뒤로 젖히고 음악을 틀었다. 스팅은 〈디 엔드 오브 더 게임The End of the Game〉을 부르고 있었다. 서쪽 하늘과 태양을 노래하는 잊을 수 없을 정도로 으스스한 곡이었다. 그리고 가사에는 '나를 죽이지 않는 것은 나를 강하게 만든다……'라는 부분이 있었는데 9월 11일에 관해서는 크게 가슴에 와닿지 않았다.

알렉산드리아에 있는 내 아파트로 돌아가기까지 많은 시간이 걸리리라는 것이 분명해졌다. 교통 체증에 갇혀 있으니 나는 다음번 출구에서 나와서 친구 제니Jenny의 집으로 가는 편을 택했다. 제니는 CIA 분석관이었고 숫자, 통계와 기타 추상적 수학 개념에 밝았다.

제니와 나는 거의 동시에 아파트 주차장에 차를 댔다. 내가 카오디오의 CD 플레이어에서 스팅의 노래를 껐을 때 제니도 라디오를 끄는 모습을 볼 수 있었다. 우리는 차에서 나와서 서로를 꼭 끌어안았다. 누구도 이야기하지 않았다.

"젠장."

마침내 제니가 말했다.

"알아."

나도 말했다. 제니는 CIA 본부 청사의 다른 층에서 일했기 때문에 온종일 만나거나 이야기할 기회가 없었다.

나는 제니를 따라 아파트로 갔다. 신발을 벗기도 전에 TV를 틀었다. 나는 작은 소파에 앉아서 발가락을 조이는 펌프스를 벗어 던졌다. 나중에 언제라도 이 신발을 신거나 보게 될 때면 이날을 떠올리지 않을 수 없을 것 같다.

우리는 몇 시간 동안 CNN을 보며 소파에 앉아 있었다. 동료가 아니고서는 나와 그 시간을 함께 보낼 사람은 없었다. 빈 라덴의 지휘로 비행기를 몰고간 알 카에다 전사들이 바로 이번 테러범들인 것으로 추측된다는 (확인되지는 않았지만) 보도를 들을 때마다 내 폐부를 찌르는 죄책감을 그 누가 이해할 수 있을까? 제니와 나는 머잖아 사실이 확인되리라는 것을 알았다.

제니는 소파에서 일어나지도 않은 채 중국 음식을 배달시켰다. 가방에서 꺼낸 전화기로 전화한 곳은 길 건너에 있는 중식당이었다. CIA에 들어온 지 2주 만에 전화번호를 외워버렸다고 제니는 내게 말했다. 누가 돈을 냈는지는 기억이 안 난다. 하지만 누가 음식값을 냈는지 거의 신경이 미치지 않았던 때라는 것은 기억한다.

우리나라가 공격받고 있었다. 이 시점에서의 점수는 빈 라덴 1점 대 미국 0점이었다.

자정 무렵 나는 알렉산드리아의 내 아파트로 차를 몰았다. 스팅의 CD를 플레이어에 다시 넣으려다가 마음이 내키지 않아서 라디오를 들었다. 라디오 출연진이 테러리스트에 대해 말하는 동안 내 마음속에서는 훈련 캠프에 모인 깨알처럼 작게 보이는 사람들을 찍은 위성사진 이미지가 그림자처럼 어른거렸다.

귀가해서 나는 옷을 벗어 바닥에 아무렇게나 던졌다. 그러고는 파자마 바지와 탱크톱을 입고 침대에 들어가 TV를 켰다.

"자라고."

나는 자신에게 명령했다. 그리고 잦아드는 소음을 들으면 잠들 것이라는 헛된 기대를 가지고 볼륨을 줄였다.

결국 한숨도 못 잤다. 하지만 오전 5시가 되자 나는 침대에서 나와 샤워하고 옷을 입었다. 바지는 호출기를 끼워 달 수 있도록 벨트 달린 것을 입었다. 호출기가 어떻게 작동하는지, 그리고 호출이 오면 무엇을 해야 할지 확실히는 몰랐다.

아침 6시 30분이 되기 전 나는 동료들과 함께 *****에 있었다. 모두 일찍 출근했다. 정신은 아주 말짱했다. 나는 깨어 있었고 집중하고 있었다.

이제 빈 라덴에게 동점타를 날릴 준비가 갖춰졌다.

CHAPTER 4

금고실

/

버지니아주 랭글리
2001년 9월 ~ 2002년 1월

● 나는 CIA 본부 7층에 올라갈 만큼 출세하지는 못했다. 그럴 필요도 없었다. 왜냐하면 7층이 내게로 내려왔기 때문이다.

나는 '금고실'에서 보낸 세 번째 밤 자정에 처음으로 조지 테닛 CIA 국장을 만났다. 밤 11시 30분에 시작되는 교대근무에는 아직 익숙해지지 않았을 때라 보온병의 커피를 들이켜고 있었는데도 조금 정신이 멍했다. 작은 방에서는 세 명이 일하고 있었다. 벽의 스크린들이 방을 푸른색으로 밝히고 있었고 우리는 모두 스크린을 노려다 보고 있었다. 미국보다 8시간 빠른 중동 국가 대부분과 달리 내가 감시하던 나라는 8시간 30분 앞서 있었다. 사소한 일이라는 것은 안다. 하지만 이 30분의 시차는 '금고실'이 다른 보통의 세상과 얼마나 동떨어진 곳인지를 증폭해 보여주는 듯했다.

테닛 국장은 어두운 방으로 들어와서 모두에게 인사하고는 나갔다. 나는 가슴이 뛰었고 커피 몇 모금을 마셨다. 얼마 후 국장이 옆방에서 의자 하나를 밀며 다시 들어왔다. 그 옆방은 회의나 식사를 하거나 아니면 불을 켜둔 채 휴식하는 데 쓰던 방이었다.

"트레이시, 맞지?"

그가 물었다. 그리고 내 의자 옆으로 의자를 밀고는 거기 앉아서 테이블 위로 다리를 올려 꼬았다.

"예, 그렇습니다."

나는 웃으며 대답하고 국장의 긴 다리가 놓일 공간을 더 만들어주려고 보온병을 치웠다. 내 상관인 앤턴은 국장을 '조지'라고 불렀지만 나는 그를 그렇게 부를 수는 없었다.

"안녕하십니까, 국장님."

내 동료 브레이든Brayden이 인사했다. 브레이든은 매일 넥타이를 매야 하는 기숙학교를 나와 조지타운대학교Georgetown University에서 국제정치학을 전공하며 전부 A를 받았다. 나는 나 자신이 그래도 올곧게 살아왔다고 생각했는데 브레이든은 그런 나를 제멋대로 사는 불량 청소년으로 보이게 할 정도였다. 장담컨대 그 친구는 아마 주차위반 딱지조차 떼어 본 적이 없을 것이다.

"그래, 그래."

테닛이 말했다. 그가 말할 때마다 입에 문 시가가 위아래로 까닥까닥 움직였다. 시가는 불을 붙이지 않은 채였다. 이 방은 언제나 좀 쌀쌀했다. 아마 장비의 온도를 낮게 유지하려고 그랬을 것이다. 나는 밝은 파란색 플리스fleece(양털같이 부드러운 직물-옮긴이)재킷을 입고 있었다. 테닛은 봄버 재킷bomber jacket(기장은 허리 길이에 품은 넉넉하고 소매단과 밑단에 밴드가 달린 미국 공군 조종사들이 입는 재킷-옮긴이) 차림이었다. 그때는 몰랐지만 테닛 국장은 봄버 재킷을 즐겨 입었고 불붙이지 않은 시가를 물고 있는 때가 많았다.

"여기서 뭘 지켜보고 있나?"

테닛은 다리를 내리고 반쯤 섰다가 다시 앉아 의자를 당겼다. 나는 국장에게 무함마드Muhammad B에 관한 파일을 건넸다. 하도 조사를 많이 한 나머지 이제는 개인적으로 아주 친하다고 느껴질 정도가 된 인물이었는데 빈 라덴과 함께 사우디아라비아에서 자란 최측근 일원이었다. 알 카에다 조직원들이 대부분 교육받지 못하고 사회적 지위가 낮은 젊은이였던 데 반해 그는 재력가 집안 출신으로 미국에서 유학한 적도 있었다.

"훈련 캠프입니다. 계속 지켜보며 분석하니 앞줄 가운데 있는 자가 무함마드 B라는 확신이 점점 듭니다."

"그자는 캠프를 들락거리고 있었습니다, 국장님. 그가 걸을 때 다른 자들은 그의 뒤에서 걷습니다."

브레이든이 말했다.

방에서 같이 일하는 세 번째 사람은 빌Bill이라는 공군 소속 군인이다. 그는 우리를 힐끔 보더니 스크린으로 다시 얼굴을 돌렸다. 공군에서 파견된 인원들이 늘 그랬듯 빌도 친절한 사람이었다. 그러나 그는 우리와 어울리는 법이 거의 없었고 교대근무가 끝나면 나나 다른 동료들과 함께 아침 식사 하러 가자고 한 적도 없었다.

"빈 라덴이 있다는 징후는?"

국장이 물었다.

"없습니다."

브레이든이 답했다.

"어제 흰색 로브robe(신분의 상징으로 또는 특별한 의식 때 입는 예복-옮긴이)를 걸친 남자를 따르는 세 사람이 목격되었습니다……. 아니면…… 아시다시피 어젯밤입니다, 어젯밤에는…… 여기, 어제 저기, 아…… 실제, 오늘은 거기……."

테닛 국장은 웃었고 나도 일순간에 긴장이 풀렸다.

"그래, 자네 말은 알겠네. 계속해봐."

국장이 말했다.

"음, 키가 너무 작아 보였습니다. 흰색 로브 차림의 남자 말입니다."

내가 말했다.

"그래서, 우리가 추적하는 그 미친놈은 아니란 말이지?"

빈 라덴의 키는 약 191센티미터에서 195센티미터 사이로 확인되었다. 중동 사람으로서는 걸어 다니는 마천루나 마찬가지였다.

"그렇습니다, 국장님."

브레이든이 말했다.

"예, 근처의 세 명 가운데 둘은 그자보다 키가 더 크고 한 명은 키가 같습니다. 따라서 그자가 빈 라덴일 리는 없습니다. 이 친구들은 그렇게 키가 자랄 정도로 잘 먹지는 못합니다."

내가 말했다.

"그렇군. 저자들이 농구팀은 아니니까. 그건 확실해."

테닛이 말했다.

우리는 조용히 계속 스크린을 지켜보았다. 나는 커피 한 모금을 마셨다. 몇 분이 지나고 테닛 국장이 물었다.

"보온병에 무슨 커피를 담았나?"

"블랙커피입니다. 다크 로스트요."

내가 말했다.

"정신 차리고 있으려고?"

"예, 아니면 제게는 반대 효과를 발휘하는지도 모릅니다. 커피를 마시면 마음이 가라앉습니다."

내가 말했다.

"그럴 수 있지."

테닛이 고개를 끄덕였다. 그다음 그는 브레이든을 쳐다보고 물었다.

"자네는 어떤가?"

"저는 커피를 마시지 않습니다, 국장님. 저는 커피 없이도 정신을 차릴 수 있도록 제 몸을 단련해왔습니다."

그가 말했다.

테닛은 웃더니 앞쪽으로 몸을 기울여 브레이든의 어깨를 살짝 토닥였다. 그러고는 몇 분 더 있다가 부인과 자고 있는 아들에게 가봐야 한다고 말했다. 그의 부인은 이 생활을 매우 잘 견디고 있다고 덧붙였다.

다음날 아침 7시, 교대근무 시간이 끝나기 30분 전에 테닛이 스타벅스 블랙커피 한 잔과 물 두 병을 들고 다시 방에 모습을 나타냈다.

"자네들 모두를 위해 도넛 한 상자도 있다네."

그는 고갯짓으로 다른 방 쪽을 가리키고는 남자 직원들에게 물을 주고 내게는 스타벅스 커피를 건넸다.

"도넛을 12개 주문했는데 두 개는 출근길에 차에서 먹었어."

국장은 미소를 지어 보였고 나는 소심하게 웃었다.

"저희 셋에게 10개는 충분합니다. 물 감사히 마시겠습니다."

브레이든은 웃음기가 조금도 없는 얼굴로 고개를 끄덕이며 말했다.

테닛 국장이 다녀간 지 고작 며칠밖에 되지 않은 어느 날 아침 6시 30분이었다. 부시 대통령이 '금고실'에 들어왔다. 나는 네브래스카주 링컨Lincoln에서 자란 필립Phillip이라는 남자 요원과 밤샘 근무 중이었다. 필립은 아마 내가 만난 첫 네브래스카 사람일 것이다. 그는 브레이든보다는 약간 더 여유 있는 모습이었고 차이를 만들어낼 수 있는 미세한 것들—예를 들면 어떤 모자는 요르단산일 수밖에 없다고 지적하는—을 알아보는 사람이었다. 날카로운 관찰력 때문에 나는 필립과 같은 근무조로 일할 때가 좋았다. 우리는 장소, 캠프, 화학 실험실을 판독하는 중이었다. 이들의 제거 작전은 우리 근무시간에 실행될 수도 있었다. 정신 집중이 중요했고 머리부터 발끝까지 막중한 책임감을 느끼는 임무였다. 나는 근무 중에 신발을 벗은 적도 없었고 책상 위로 두 다리 뻗고 쉰 적도 없으며 자리에서는 늘어진 적도 없다시피 했다.

"아침부터 수고가 많아요."

대통령이 인사했다. 나는 즉시 자세를 고쳐 똑바로 앉았다. 필립과 공군 소속인 티미Timmy라는 남자 직원은 모두 일어섰다. 나는 일어서야 하는지 안 그래도 되는지 확신이 들지 않았다. 하지만 동료들이 일어섰으므로 나도 일어섰다. 티미가 손을 뻗어 부시 대통령과 악수했다.

"자네 이름이 뭔가?"

대통령이 물었다.

티미가 이름을 말했다. 대통령은 필립에게 갔다. 필립은 자기의 성과 이름을 밝히고 이렇게 덧붙였다.

"네브래스카주 링컨에서 왔습니다."

"그런가, 콘허스커스Cornhuskers(네브래스카링컨대학교University of Lincoln-Nebraska 미식축구팀-옮긴이)! 대학 미식축구 최상위 팀이지."

부시가 말했다.

"허스커스 파이팅!"

필립은 이렇게 말하고 얼굴을 붉혔다.

"그리고 자네는?"

부시는 내게 손을 내밀었고 우리는 악수했다.

"트레이시 샨들러입니다."

나는 웃으며 고개를 끄덕여 인사했다.

"티미, 네브래스카주 링컨에서 온 필립 그리고 트레이시 샨들러, 열심히 일해줘서 고맙네. 나한테 신경 쓰지 말고 다들 자기 일 하게. 나는 여기 서서 여러분이 일하는 모습을 잠깐 지켜보겠네."

부시는 팔짱을 끼고 서서 눈을 가늘게 뜨고 스크린을 쳐다보았다. 대통령은 때때로 질문을 하거나 무엇인가를 말했다. 그가 우리 방에 오래 머무를수록 마음이 편안해졌다. 주변 사람들을 편안하게 해주는 부류의 사람이었다. 대통령은 다른 사람들이 어떻게 느끼는지에 대해 곰곰 생각하고 또한 알고 있는 것 같았다.

'금고실'에는 7층 간부, 행정부 고위 관계자나 의원 중 최소한 한 명은 매일 찾아오는 것 같았다. 미국은 9월 11일에 일어난 사건의 충격에서 아직 벗어나지 못하고 있었다. 무너진 월드트레이드센터의 잔해를 치우려면 앞으로도 몇 달이 더 걸릴 터였다. 그리고 우리가 하는 일은 능동적인 동시에 눈에 보이는 것이었다. 사람들은 테러 공격에 대한 대응을 눈앞에서 보길 원했다. 확실히 무엇인가가 되어가고 있다는 걸 알기 바라는 것이다.

반응은 대개 대동소이했다. 방문객들은 *****를 지켜보다가 이렇게 말하곤 했다.

"비디오게임을 하는 것 같군. 그렇지 않나?"

이들 대부분은 비디오게임을 하던 세대는 아니었지만 그래도 모두들 비디오게임을 많이 하거나 접했던 자녀와 손주는 있었다.

10월 20일에는 이 비디오게임이 전혀 게임처럼 느껴지지 않았다. 이날은 내 23번째 생일 전날이었고 처음으로 *****다. 우리는 그때 막 아프가니스탄에 있는 물라mullah(이슬람 율법에 정통한 예배 인도자의 존칭-옮긴이) 오마르Omar의 본거지가 있는 장소를 확인했다. 물라 오마르는 탈레반Taliban(아랍어로 '학생'이란 뜻. 20세기 말 아프가니스탄에서 결성된 이슬람 근본주의자 무장투쟁 단체-옮긴이)의 창립자이자 살육을 일삼는 도당의 두목이며 빈 라덴의 보호자 중 하나였다. 약 200명가량 되는 남녀가 거기 있었다. 물라 오마르 자신은 거기에 없지만 다른 탈레반 지도자 다수가 있다는 뜻이었다. 이 본거지 제거는 물라 오마르의 지도력에 큰 타격이 될 뿐 아니라 우리가 가진 힘과 무력을 과시할 기회가 될 터였다. 테러리스트들에게 이는 마술 쇼나 마찬가지일 것이다. 어떤 의미에서 *****에 있는 사람들 외에는 그 누구도 우리가 얼마나 어마어마한 능력을 갖췄는지 알지 못했다. *****.

나는 먼지와 파편의 구름이 떠오르며 날리는 장면을 지켜본 다음 부서진 외벽을 통해 진입하는 지상군 병사들을 계속해서 보았다. 몇 분 지나면 내 생일이라는 건 누구에게도 말하지 않았다. 말했더라도 어리석게 비쳤겠지만 한번 말해볼까도 생각했었다. 내가 살아 있다는 단순한 사실 말이다. 그리고 앞으로도 오래오래 살고 싶다는 것도. 바라건대 더 안전한 세상에서.

***** 우리는 복수심에 불타는 신처럼 보였음이 틀림없었다.

지아이조와는 '금고실'에서 교대근무를 시작한 지 몇 주 만에 헤어졌다. 아무리 졸라대도 나는 그에게 밤 교대근무 시간에 무엇을 하는지 이야기하지 않았다. 이 경험으로 인해 나는 또다시 동료 남자 요원과 너무 깊은 관계를 맺는 것을 꺼리게 되었다. 내가 감당할 수 있는 자아의 소유자들도 있었지만 그 누구와도 여기서 언급할 만큼 오래가지 못했다.

'금고실'에서 일하는 동안 내 사회생활은 누가 되었든 같이 야간 근무조로 밤을 보낸 사람과 또 본부에서 역시 야간 근무조로 일한 몇 명과 함께 버지니아주 매클레인McLean에 있는 실버 다이너Silver Diner(미국 동부를 기반으로 하는 레스토랑 체인-옮긴이)에 가는 것이 다였다. 우리는 별실 하나를 차지하고 낮 동안 먹지 못했던 것들을 주문하곤 했다. 이 자리에서는 대개 내가 유일한 여자였지만 신경 쓰는 사람은 아무도 없었다. 그리고 나는 모든 공작-식사 추진도 포함해서-은 언제나 여러 부류의 사람들과 서로 다른 관점을 한데 모음으로써 더 나아질 수 있다고 믿었다. 내게는 그것만이 중요했다. 말은 그렇게 했지만 그때 CIA에는 여자 요원도 분명 있었다. 그 당시 내가 근무하는 곳에 여자 요원이 없었을 뿐이다.

남자들은 언제나 베이컨을 곁들인 메뉴를 주문했다. 팬케이크와 베이컨, 달걀과 베이컨, 우에보스 란체로스huevos rancheros(토르티야에 얹은 달걀부침 또는 삶은 달걀에 토마토소스를 뿌린 멕시코 요리-옮긴이)와 베이컨. 한번은 누군가 베이컨을 곁들인 닭튀김을 주문하는 것도 본 적이 있다. 나는 대개 통밀빵 토스트와 달걀흰자, 과일 화채 그리고 가끔 그레이프프루트 반 개를 곁들여 주문했다. 비정상적인 근무시간 때문에 괴혈병 같은 이상한 병에 걸리지 않을까 걱정이 되어서였다.

아파트로 돌아온 다음 계획은 헬스장에서 운동하고 정신적으로라도 업무에서 몇 시간 벗어나기 위해 뉴스만 뺀 다른 TV 프로그램을 시청하는 것이었다. 운동은 가끔 다녔고 대개는 집에서 파자마 바지와 탱크톱 차림으로 침대에 누워 잠이 몰려올 때까지 기다렸다. 내 침실은 채광이 아주 좋아서 롤러 블라인드 가장자리로 새어 나오는 빛만으로도 책을 읽을 수 있을 정도였다. 그래서 바로 잠들지 않으면 일어나서 욕실의 회색 목욕 수건 한 무더기를 모아 왔다. 그러곤 침실 블라인드 쪽으로 하나씩 던져 걸쳐지게 해서 빛을 막으려 했다. 그런데 수건은 바닥으로 떨어지기 일쑤였고 처음 20분 동안은 누웠다 일어났다 하면서 수건이 오래 잘 걸려 있을 때까지 반복해 던지곤 했다.

수면 시간은 고작 3시간뿐인 경우가 많았다. 운이 좋으면 4시간이었다. 일어나면 일상적인 집안일을 했다. 식료품 쇼핑을 하고 머리카락이 너무 갈색으로 보이면 뿌리염색도 했으며 어머니께 전화하고 아파트를 청소했다. 할 수 있으면 오후 4시부터 6시까지 낮잠을 자려 했다. 대부분의 사람들이 일터에서 귀가를 시작하는 시점이었다. 잠을 다시 이루든 아니든 나는 밤마다 저녁 식사 준비를 했다. 나는 요리가 좋았다. 그래서 나는 성인에게 어울리는 진짜 음식―로스트 치킨, 살짝 볶은 아스파라거스, 이스라엘식 쿠스쿠스couscous(밀가루를 곡물 알갱이 굵기로 작게 반죽한 것. 중동과 북아프리카에서 주로 만드는데 찌거나 삶아서 밥처럼 먹는다―옮긴이)―을 만들었다. 식사는 TV 앞에서 했다. 가장 천박하고 물질적이며 지나치게 소비자 위주인 리얼리티쇼를 시청하면서 말이다. 나는 내가 생각하고 꿈꾸며 일하고 만들어내는 일이 뉴스 그 자체가 되었다는 것을 깨달았다. 그리고 나니 더는 TV에서 뉴스를 보기 힘들었다.

'금고실'의 분위기는 매일 심각해졌다. 멋진 바지정장 차림의 콘돌리자 라이스Condoleezza Rice 국가안보자문위원은 단골손님이었다. 라이스 위원은 '무엇을 보고 있나?' 같은 간단한 질문을 빼고는 나나 '금고실'의 그 누구에게도 말을 건 적이 없었다. 한번은 라이스가 방에 있을 때 이슬람 기도 시간을 알리는 소리가 울려 퍼졌다. 우리가 감시하는 장소에서 이 소리가 날 때마다 우리는 방의 컴퓨터 한 대가 이 소리―노래하듯 외치는 남자의 목소리—를 재생해 내도록 프로그램해 두었다. 기도 시간에 공격하지 않는다는 것은 규칙이었다.

라이스는 나를 바라다보았다. 걱정하는 듯 눈썹 미간에 주름이 잡혔다. "무슨 소리지?"

"아잔^{adhan}입니다. 기도하라는 권유입니다."

내가 말했다. 나는 처음 아잔을 들었을 때부터 그 신비롭고 구슬프며 거의 오싹한 기분이 드는 그 소리를 사랑하게 되었다. '금고실'에서 일하는 사람들 대부분은 아잔을 좋아했다. 기도하지 않을지라도 아잔이 울리면 잠시 일을 멈추고 생각하거나 반추해볼 여유가 생겼다.

"여기 누가 기도하나?"

라이스가 물었다.

"제가 합니다. 위원님."

공군 군인 매슈^{Matthew}가 말했다.

"자네, 이슬람교도인가?"

라이스가 물었다.

"기독교도입니다. 저 소리가 들리면 기도할 뿐입니다."

몇 분 뒤 컴퓨터에서 이카마^{iqama}가 들렸다.

"이건 또 뭔가?"

라이스가 물었다.

"앞서 들린 것은 모두 모스크로 오라는 권유입니다. 그리고 이번 것은 실제 기도할 시간이라는 뜻입니다."

내가 말했다.

라이스는 더 질문하지 않았다. 하지만 실제 기도하고 있는지 보려고 매슈를 노려보는 라이스의 시선은 알아볼 수 있었다.

딕 체니^{Dick Cheney} 부통령도 '금고실'에 여러 번 왔다. 다만 그가 있을 때는 기억에 남을 만한 사건은 일어나지 않았다. 도널드 럼스펠드^{Donald Rumsfeld} 국방장관은 내 근무시간에 온 적이 없었다. 정규 업무시간에만 근무해서인지 국방장관은 내가 있을 시간인 아침 일찍이나 밤늦게는 오지 않았던 것 같다. 콜린 파월Colin Powell 국무장관도 정기적으로 왔는데 매우 진지했다. 그는 똑바로 서서 눈 한 번 깜박이지 않고 스크린만 뚫어지게 응시했다. 부시 대통령도 계속 들렀다. 대통령은 언제나 친절했고 긴장감이 높아지는 와중에도 우스갯소리를 하곤 했다. 그런 밝은 기분, 에너지 그리고 지원은 '금고실'의 모두에게 든든한 버팀목이었다. 열여덟살 생일을 맞은 다음부터 나는 언제나 민주당 후보에게 투표해왔다. 하지만 '금고실'에서 일한 3개월 사이에 만약 부시가 대통령 선거에 나섰더라면 나는 그에게 투표했을 것이다.

물론 테닛 국장도 넓은 어깨에 간신히 걸친 봄버 재킷 차림으로 시가를 입에 문 채 자주 모습을 보였다. 국장은 모두의 이름을 기억했고 잠시 들르기만 해도 내가 정의의 편에서 선을 위해 싸우고 있다는 느낌을 갖게 만드는 사람이었다.

11월 중순께 아프가니스탄에서는 전쟁이 한창이었고 수도 카불Kabul이 함락되었다. 우리 그룹 모두는 일주일에 6일 일했고 '금고실'에 있지 않을 때면 호출기를 언제나 지니고 다녔다. 내 호출기는 단 한 번 울렸다. 앤디Andy라는 남자 요원이 쉬는 시간마다 구토하고 열이 났다. 나는 랭글리로 급히 가서 '금고실'에서 업무를 시작했고, 그러고 나서야 앤디는 집에 가서 쉬어도 된다는 허락을 받았다.

11월의 3주째로 접어들기 직전 일정이 바뀌어서 추수감사절에 근무하라는 지시를 받았다. 내 가족은 캘리포니아에 있었고 어쨌든 간에 가족은 볼 수 없었다. 비행기를 타고 집에 가는 데 필요한 24시간조차 여유가 나지 않았으니까.

그날 나는 늘 그랬듯 스크린에 온 신경을 집중하며 정신을 흩트리지 않았다. 하지만 쉬는 시간마다 서글픈 느낌이 들었다. 나는 이제 스물세 살이 되었다. 이때까지 내가 제일 좋아하는 휴일을 부모 형제와 떨어져 지낸 적이 없었다. 사랑하는 이들과 모여 앉아 좋은 음식을 천천히 음미

했어야 했지만, 나는 창문 없는 방에서 이제는 이름도 기억나지 않는 공군 소속 군인과 CIA에서 가장 고지식한 남자 브레이든과 함께 앉아 있었다.

나는 외로움을 느꼈다. 그리고 슬펐다. 배도 고팠다. 이날 일부러 점심 도시락을 싸 오지 않았던 탓이었다. 뭔가를 먹으면 추수감사절 저녁 식사를 하지 못한다는 게 생각날 것 같아서였다.

그런데 그때 조지 테닛이 방에 들어왔다.

"잘들 있었나, 트레이시, 브레이든?"

국장은 공군 군인의 이름을 몰라서 고개만 끄덕여 인사했다.

"안녕하십니까, 국장님."

브레이든이 답했다.

"내가 알아야 할 게 있나, 새로운 게 뭐 있나?"

테닛은 스크린을 가리켰다.

"더 많은 사람이 나타나는 것 같습니다."

나는 산들이 모여 있는 스크린 왼쪽을 가리켰다. 그곳은 밤이었고 춥고 황량했지만 어감이 좋은 토라 보라$^{Tora\ Bora}$라는 이름으로 불렸다. 그곳 지상 외부에는 아무도 없었다. 하지만 우리는 얼마 전에 도보로 도착하는 몇 명을 보았다.

"그래, 그대로 모습을 보이게 계속 내버려 둬. 우리도 반드시 나타날 테니까."

테닛은 스크린을 가리켰다.

"자, 자네들 수고를 진심 고맙게 생각하네. 다른 사람들이 추수감사절 만찬을 하고 있을 때 이 어두운 방에 앉아 있는 세 사람, 정말 감사하네."

"저는 여기 있어 행복합니다, 국장님."

브레이든이 말했다. 나는 고개만 끄덕였다.

"지금은 전 국민이 TV 앞에 앉아서 미식축구 경기를 보며 휘핑크림을 얹은 파이를 먹고 있지. 자네 셋이 눈이 아플 때까지 저 빌어먹을 장소를 뚫어져라 보는 동안 말이야."

"제 눈은 이런 데 익숙해졌습니다."

내가 말했다. 실제 그랬다. 내 눈이 아주 작은 움직임까지도 오래 추적할 수 있다는 데 나도 놀랐다. 한 시간 내내 감시하는데도 남자 한 명이 나와 바위 위로 소변을 누는 게 전부였다.

"자, 내 테이블에서 음식 몇 가지를 가져와서 옆방에 한 상 차려놓았네. 양은 자네 모두에게 충분할 거야. 남을지도 모르겠네."

"감사합니다, 국장님."

브레이든이 말했다.

공군 군인과 나도 감사 인사를 했다. 나는 몹시 배가 고팠고 방에서 뛰쳐나가 식사를 시작하고 싶었다. 하지만 별일 아니라는 듯 차분하게 행동했다. 국장이 방을 나갈 때까지 나는 음식을 건드리지 않고 침착하게 기다렸다.

음식은 놀랄 정도로 훌륭했다. 국장이 직접 만들었는지, 부인이 만들었는지 아니면 다른 이가 와서 만들었는지는 묻지 않았다. 하지만 음식은 집에서 만든 맛이 났다. '금고실'에서는 국장 부인의 요리 솜씨가 아주 훌륭하다는 소문이 있었다. 맛있는 음식을 배불리 먹고 나니 이번 한 번은 휴일에 가족과 떨어져 있어도 괜찮겠다는 생각이 들 정도였다.

우리가 하는 일은 중요한 업무였고 이 일을 하는 이들—이름을 기억할 수 없는 몇몇 동료까지—은 그 순간만큼은 내 가족이었다. 그리고 이 임시 가족의 가장이 우리에게 추수감사절에 어울리는 저녁 식사를 챙겨주기 위해 가족을 두고 집에서 나올 정도로 우리를 아낀다는 것을 보여주자 나는 이 가족의 일원이 되었다는 데 기쁜 마음이 들었다.

• • •

12월의 첫 주, 아프가니스탄에서 일하던 CIA 요원들은 빈 라덴이 토라 보라의 동굴에 있다는 것을 확인할 수 있었다. 이 동굴군은 화이트 마운틴White Mountain(아프가니스탄의 파슈토어로는 '스핀 가르Spin Ghar', 페르시아어로는 '사페드 코Safed Koh'-옮긴이)의 부드러운 석회암 바위가 하천에 침식되어 생겨났다. 1980년대에는 미군과 아프간 저항군(무자히딘) 그리고 빈 라덴과 그가 이끌던 팀이 아프가니스탄을 침공한 소련군에 대항해 나란히 싸웠다. 그때 이 동굴이 요새로 이용되면서 전쟁 뒤에도 굴착과 확장 작업이 계속되어 회의실, 침실, 탄약고까지 갖추게 되었다. 이 증축 작업 일부에는 미국이 돈을 댔다. 하지만 관통 도로를 포함한 건설 작업 대부분은 빈 라덴 가문 소유의 사업체 자금으로 한 것이다. 이것은 빈 라덴이 미국인을 죽이겠다고 밝히기 전의 일이다. 사실 그 당시에 빈 라덴은 칭송을 받기까지 했다. 테러리스트로 탈바꿈하자 그의 가족 그리고 거주국인 사우디아라비아는 오사마 빈 라덴이 저지른 일에 대한 책임을 부인했으며 어떤 방법으로든 결부되기를 원치 않는다는 의사를 내비쳤다.

이 동굴군은 예언자 모하메드를 본받고자 했던 빈 라덴이 큰 의미를 부여하는 곳이었다. 모하메드도 동굴에 은신한 적이 있었다. 빈 라덴이 물질적 사치를 거부한 것도 모하메드의 정신을 따라 한 것이었다. 그의 사명이 서구인 특히 '유대인, 기독교도와 그 끄나풀'을 죽이는 것이 아니었더라면 존경받을 만한 일이었다. 사실 피터 버겐이 미국인으로서는 처음으로 그를 인터뷰한 장소도 토라 보라의 동굴 어딘가였다. 나는 1997년에 그 인터뷰를 보고 빈 라덴에 관심을 가지게 되었다. 1996년에 빈 라덴이 칼리드 셰이크 모하메드Khalid Sheikh Mohammed와 만나기로 한 장소도 이 동굴 안이었다. 그는 1993년 월드트레이드센터를 폭탄 공격한 람지 유세프Ramzi Yousef의 삼촌이었다. 결국 9·11 공격으로 비화한 아이디어는 이 회합에서 나온 것이다.

2001년인 지금 토라 보라는 빈 라덴을 단장으로 하는 테러리스트 보이스카우트들의 클럽하우스였다. 부하들은 소련 침공의 유산인 대량의 미국제 스팅어Stinger 미사일(한 사람이 휴대할 수 있는 지대공 미사일. 아프간 전쟁 중 미국이 무자히딘에 대량으로 공급했다-옮긴이)로 무장하고 가까운 곳에 옹기종기 모여 있었다. 나는 빈 라덴이 자신을 따르는 보이스카우트들과 머무는 동안 다른 추종자들이 살인을 저지르기를 기다리며 물 만난 고기처럼 행복해했으리라고 상상한다. 살인자들은 빈 라덴의 왜곡된 사상을 실현한 보상으로 치하받을 것이다.

그때는 라마단Ramadan(이슬람 전승에 따르면 천사 가브리엘이 예언자 모하메드에게 쿠란을 가르쳤다고 하는 달. 이 한 달 동안 이슬람 신자는 낮에 금식하며 기도한다-옮긴이) 기간이었다. 한 달 동안 전 세계의 수백 수천만 이슬람교도가 낮 동안 금식한다. 라마단 기간에는 신심이 북받쳐 올라 자주 기도하게 된다고 한다. 신자 개인의 헌신과 독실함을 반추해볼 시간인 것이다. 이 기간은 공동체와 함께하는 시간이기도 했다. 사람들은 해가 뜨기 전 혹은 해가 진 다음 대규모 공동 식사를 하곤 한다. 그러나 전시에 라마단은 이슬람 전사가 쇠약해지는 시간이기도 하다. 낮 동안에 물과 음식 섭취를 거부하기 때문이었다. 빈 라덴은 언변으로는 독실한 이슬람교도였다. (행동은 절대 아니었다. 쿠란에서는 이슬람교도는 살인을 하거나 자살해서는 안 된다고 명시되어 있다.) 그리고 부하들에게도 자기만큼 독실하게 신앙을 지킬 것을 요구했다. 토라 보라에 있는 빈 라덴 일당은 금식 중이었고 이는 우리에게 유리한 점이었다.

계획은 동굴군을 공격해 빈 라덴을 제거하는 것이었다. 문제는 눈보라 치는 겨울에 토라 보라에 가는 것은 매우 어려우리라는 점이었다. 특히 그곳의 지형이나 약 4,267미터에 달하는 해발고도의 희박한 공기에 익숙해지지 않는다면 더 그랬다. 포장도로는 없었고 몇 년 전 간신히 개통한 비포장도로만 있었다. 그리고 토라 보라까지 이어지는 바위와 눈으로 덮인 능선에는 몸을 숨길 만한 곳도 없었다. 이곳으로 접근한다면 동굴에서 아래를 내려다보는 위치에 있는 이들에게 손쉬운 표적이 될 것이다.

1주일에 50시간씩 두 눈과 머릿속으로 토라 보라 상공을 비행하면서 나는 워싱턴이나 버지니아주보다 그곳의 지형을 더 잘 알게 되었다. 알 카에다를 동굴에서 나오게 하려면 폭격이 최고의 방법이라는 게 '금고실'의 우리에게 명백해졌다. 한번 동굴에서 몰아내면 생포해야 한다. 장비를 충분히 갖추고 있는 이 집단을 포위해 생포하기 위해서는 인력이 필요했다. 주변에 거대한 벽, 올가미를 만들어야 하는 것이다. 그래야 빈 라덴이 이끄는 게릴라들이 고작 32킬로미터 떨어진 파키스탄으로 도망치는 것을 막을 수 있다. 마치 거대한 숨바꼭질 놀이 같았다. 파키스탄을 숨을 장소로 정한 테러리스트들이 뛰어와서 술래를 건드리고 "나 잡아봐라!" 하고 외치는 꼴이었다.

테닛 국장은 프랭크스 장군, 부시 대통령, 럼스펠드 국방장관 그리고 다른 사람들에게 상황을 설명했다. 그는 미국 최악의 현상 수배범이 토라 보라에 있다는 걸 현지 CIA 요원들이 확인했다고 재차 강조하며 설명했다. 테닛 국장이 우리 주장의 정당성을 입증하려 애쓰는 사이 〈뉴욕타임스〉와 다른 신문들이 CIA가 빈 라덴이 있는 곳을 안다는 정보를 입수했다. 며칠 안 돼서 이 뉴스는 신문 지면에 실렸고 이제 빈 라덴은 우리가 자신을 찾아냈다는 것을 알게 되었다. 시간이 없었다.

그런데도 올가미를 만들 병력 사용은 승인되지 않았다.

왜 당장 필요할 때 그 지역에 있던 수천 명의 병사가 투입되지 않았는지는 짐작할 수 있었으나 나는 '금고실'에 앉아 있었으므로 이는 짐작일 뿐이다. 내가 아는 것은 이렇다. 부시, 체니와 럼스펠드는 이라크 침공을 준비하고 있었다. 이들은 사담 후세인과 대량살상무기를 연결 짓는 데 온 힘을 기울이고 있었다. 그것 말고도 행정부와 CIA 사이에는 긴장된 기류가 흘렀다. 우리가 예상하는 위협은 진짜이고 실제 벌어질 터였다. 그러나 행정부는 이런 위협을 자기들이 개전開戰 구실로 삼던 위협만큼 심각하게 받아들이지 않았다.

요청한 병력 지원은 받지 못했지만 프랭크스 장군은 조지 W. 부시 대통령의 재가를 얻어 공격을 승인했다. 9·11 이래 빈 라덴이 있는 곳을 정확하게 파악한 것은 이번이 처음이었다.

···

2001년 12월 3일, 7층에 근무하는 간부 전원이 '금고실'에 모였다. 봄버 재킷 차림의 조지 테닛 국장은 여느 때처럼 불붙이지 않은 시가를 입에 물고 있었지만 아주 진지하게 집중하고 있어서 다른 사람처럼 보일 정도였다.

대통령과 상원의원 몇 명이 방을 들락날락했다. 이날 '금고실'은 고동치는 심장처럼 느껴졌다. 이번 전쟁에서 시스템 전체가 돌아가도록 피를 펌프질하는 근육인 것이다.

토라 보라의 기온은 밤에는 영하로 떨어지는데 낮에도 그다지 따뜻하지는 않다. 눈이 약간 내리고 있었다. 석회암 동굴을 파서 만든 은신처 깊숙한 곳에 프레리도그^{prarie dog}(북미 대평원에 주로 서식하는 다람쥐과 포유류. 대규모로 모여 사회적 생활을 한다−옮긴이)처럼 숨은 빈 라덴과 그 잔악한 도당이 눈에 보이는 듯했다. 프레리도그는 곧 은신처에서 뛰쳐나와야 할 것이다.

토라 보라 지역에는 100여 명의 종군기자가 있었다. 이 전투에서 싸우는 미군 병력은 고작 60명이었다. 영국군과 독일군 특수부대원 소수가 이들과 함께 생명의 위험을 무릅쓰고 있었다. 아프간군과 소수의 독일군이 파키스탄 국경을 따라 난 도주로 차단을 맡았다. 국경을 지키는 인원이 극소수였으므로 아프가니스탄 테러리스트들의 도주를 막으려는 것은 역부족이었다. 그렇다. 군데군데 못 빠져나가는 곳이 있었겠지만 구멍이 훨씬 많았을 것이었다. 그렇지만 우리는 이 살인을 일삼는 시대착오적 보이스카우트들을 소굴에서 몰아낸 다음 이들이 도망쳐 가기 전에 최대한 많이 잡을 것이다.

전투 시작부터 '금고실'의 인원들은 공군과 지속해서 이야기했다. 공군에서 사용하던 미사일은 데이지 커터^{Daisy Cutter}(제식명 BLU-82. 사실 이것은 미사일이 아닌 레이저로 유도되는 초대형 폭탄으로 베트남전쟁 시기에 개발되었다-옮긴이)라는 별명으로 불렸다. 높은 정확도로 암반을 곧바로 뚫고 들어갈 수 있는 레이저 유도 미사일에 붙은 이름치고는 섬세한 명칭이었다. 공군이 이 미사일을 정확한 곳에 꽂아 넣으려면 우리의 눈이 필요했다.

대단한 강도가 요구되는 업무였다. 투하와 폭발이 끊임없이 계속되었기에 팀원들은 30분씩 교대로 근무했다. 30분 근무, 30분 휴식이었다. 옆방에서 다른 팀원들과 앉아 있을 때면 우리는 거의 아무런 소리도 내지 않았다. 마치 긴장감이 뼛속까지 파고드는 듯한 느낌이었다. 눈을 감으면 미사일이 떨어지는 장면이 처음부터 다시 보였다. 가운데 붉은색 화구火球가 번쩍였다 사라지고 먼지구름의 형태로 부풀어 올랐다가 스프레이처럼 소멸한다. 그날 저 아래에 있던 군인이었더라면 어땠을지는 잘 모르겠다. 왜냐하면 그 순간만큼은 내 목숨이 위태롭지는 않았기 때문이다. 하지만 일반적인 관점에서 현장의 군인이 어떻게 느낄지는 일부나마 이해했다. 최대 다수를 위한 최대 선을 위해 행동하려고 노력하면서 다른 편으로는 찰나의 순간에 생사가 달린 결정을 해야 하는 엄청난 책임감이 바로 그것이다.

그리고 더 큰 집단의 구성요소가 된다는 느낌도 있을 것이다. 개인 하나하나가 중요하다는 것은 말할 나위 없다. 하지만 그와 동시에 각 개인은 실제로는 개인이 아니기도 하다. 그보다 남녀를 막론하고 여기 속한 사람들은 큰 기계의 일부이며 그것이 임무를 제대로 수행하려면 부분 하나하나가 완벽하게 움직여야 한다고 보는 편이 맞을 것이다. 나는 엄청나게 중요한 존재인 동시에 아주 하찮은 부속이기도 했다.

방에서 한 걸음 물러나올 때마다 나는 숨을 한 번 크게 들이마시고 앞으로 닥칠 일에 대비했다. 나는 내가 맡은 부분을 정확하게 해내려고 했다. 그래야만 공군과 몇 안 되는 지상군이 자신들의 역할을 정확하게 해낼 수 있을 것이다.

공군은 56시간 연속으로 미사일을 투하했다. 이 56시간이 끝날 무렵 우리는 오사마 빈 라덴이 우리의 포위망을 뚫고 도주했음을 알았다. 빈 라덴이 사라졌음을 인정하자 방 전체가 싱크홀처럼 느껴졌고 우리는 진흙탕 속으로 추락하는 것 같았다. 누구도 말이 없었다. 지시는 최소한의 단어를 써서 내려졌다. 이 공격을 지원한 모든 이들은 심장이 뛸 때마다 타는 듯한 아픔을 느꼈다. 심장은 계속 뛰었지만 가슴 아프고 고통스러운 고동이었다.

우리가 왜 토라 보라에서 빈 라덴을 생포하지 못했는가에 대해 원인을 생각해보면 여러 각도에서 다양한 이유를 들 수 있다. 나는 결국 병력 부족이 이유라고 생각한다. 라마단 기간에는 빈 라덴의 전사들이 쇠약해졌을 것이므로 이때 공격한 것은 현명한 선택이었다. 그런데 우리를 돕던 아프간 병사들도 역시 이슬람교도였다는 것을 계산에 넣은 사람은 아무도 없었다. 전부는 아닐지라도 이들 중 일부가 일몰 후에는 단식을 마치고 가족과 식사하러 자기 자리를 떠났다. 그랬기 때문에 그러잖아도 사람이 없어 얄팍한 국경의 벽에 구멍이 더 났다. 그렇지만 우리는 빈 라덴의 부하 220명을 사살하고 52명을 생포했다.

우리는 그때 알 카에다가 불가사리 같은 존재로 탈바꿈하고 있다는 것을 깨닫지 못했다. 팔 하나를 자르면 또 다른 팔이 자라난다. 아니, 그보다 더 보기 흉하고 불길한 모습이었을 것이다. 하나를 자르면 두 개가 생겨난다. 온갖 방법을 써서 테러리스트를 아무리 많이 제거해도 줄어들지 않았다. 알 카에다는 이념이자 신념 체계이며 일생을 건 선택이었다. 우리가 팔을 잘라낼 때마다 조직도 타격을 입었지만 알 카에다는 번창했고 이는 알 카에다가 앞으로도 계속 번창하게 될 신화의 밑거름이 되었다.

CHAPTER 5

생화학무기 학교

/

미국, 서유럽
2001년 ～ 2002년

● '금고실'에서 근무한 네 번째 달이 끝나기 전쯤 나는 대테러작전센터 Counterterrorism Center, CTC의 대량살상무기국 소속 운용요원 직에 지원해 합격했다. 새 직책에서도 나는 계속 대테러작전 분야에서 일할 수 있었고 출장도 많이 다닐 터였다. 우리가 쓰러뜨리려 하는 자들과 직접 붙어봐야 한다.

내가 맡은 지역은 북미와 유럽이었다. 이 지역이야말로 모든 첩보활동의 중심지인지라 나는 흥분했다. 태풍에 비유하자면 나는 언제나 외부 대중에 섞여 관찰하는 것보다 태풍의 눈에 있기를 좋아했다. 조용하고 눈에 띄지 않는 모든 것의 중심 말이다.

새 업무를 시작해보기도 전에 나는 알 카에다의 생화학무기 제조법과 살포법을 그들이 아는 그대로 배우기 위해 2주 동안 생화학무기 학교에 나가야 했다. 불행히도 생화학무기 학교는 CIA 본부에서 멀리 떨어진 건물에서 오전 9시부터 오후 6시까지 문을 열었다. 이 것은 러시아워 시간대의 복잡한 교통을 뚫고 운전해야 한다는 뜻이다. 게다가 학교가 있는 건물에는 푸드코트가 없어서 점심 도시락을 싸 와야 했다. 나는 이것이 미국 직장인들 대부분이 매일 하는 일임을 깨달았다. 내가 다른 이들보다 나은 대접을 받아야 한다는 말은 아니다. 그렇지만 CIA가 가진 매력의 한 부분, 그리고 *****에서 즐겼던 일정 부분은 정해진 틀을 벗어나 사는 것, 어떤 면에서는 다른 세계의 일부가 되는 것이었다. 어떤 직장에서든 야간 근무조에서 일해봤던 사람이라면 내가 무슨 이야기를 하는지 알 것이다.

다행히도 세상에는 좋은 음악이 많다. 그래서 나는 출근길에 차에서 CD를 들었다. 대개는 스팅이나 트레인Train 아니면 데이브 매슈스 밴드 Dave Matthews Band였다.

생화학무기 학교에는 수강생 열세 명이 있었는데 모두 정보·국방 분야의 여러 기관 출신자였다. 내 친구 버지니아Virginia 역시 CIA에서 왔는데 이제 대테러작전 부서에서 근무할 예정이었다. 버지니아는 진정한 능력자로 세계대회에 나가도 좋을 만한 수영 실력을 갖추었고 3개 국어를 구사했다. 두 가지는 부모님의 언어인 터키어와 중국어였고 당연히 영어도 했다. 우리는 매일 교실에 함께 앉아 수업을 들었다. 우리 둘 다 진지하고 열정적인 학생이었다.

생화학무기 학교의 수업은 흰 벽으로 된 평범한 교실에서 진행됐다. 교실에는 긴 테이블과 파란색 플라스틱 의자가 있었다. 나는 교실이 실험실같이 보이는 곳이었으면 했지만 실물은 내 기대에 미치지 못했다. 학교는 전반적으로 평범한 중학교를 연상시키는 기능 위주의 건물인데 미적 가치는 거의 고려되지 않았다. 우리 수업의 강사는 거의 매일매일 카키색 바지와 폴로셔츠를 입고 다닌 진Gene이라는 여성으로 이 분야의 권위자이자 지극히 현실적이며 유머 감각이 없는 사람이었다. 진이 일하던 정부기관은 세계에서 가장 치명적인 병원체를 개발하고 있었다.

이 기관에서는 잘못된 생각을 가진 사람들이 비뚤어진 의도를 갖고 어떤 독극물을 만들어낼 경우 민간인이 입을 피해를 원상 복구하는 방법을 찾기 위해 그런 병원체를 개발하고 있었다. 이곳은 직원 모두가 생물학적 방호복, 고글, 장갑을 끼고 일했고 미래에서나 볼 법한 죽음의 연구기관 같았다. 그러나 아직 여기에서 죽은 사람은 없었다. 진의 조수인 마른 체구의 남자 개리Gary는 실험실을 설치하고 페트리접시petri dish(세균 배양에 쓰이는, 둥글넓적한 작은 접시-옮긴이)를 나눠주며 장갑과 마스크 착용을 돕는 것 같은 귀찮은 일을 맡았다.

훈련 과정의 첫 수업 시간에 개리는 알 카에다의 대량살상무기 제조 매뉴얼 몇 페이지를 우리에게 일일이 나눠주었다. 진은 수강생들이 이 과정이 끝나기 전에 매뉴얼을 전부 외울 수 있게 될 거라고 말했는데 진짜 그렇게 되었다. 여기서 사용된 어구와 톤은 기업체에서 쓰는 것처럼 무미건조한 것이 아니라 세상의 종말을 얘기하는 매우 극적인 예언서 같았고 신우파나 KKK 같은 극단적인 조직이 내놓을 법한 맹신적인 수사로 구성되어 있었다.

첫날이 끝날 무렵 나는 세 가지를 확실하게 알았다. 첫째, 생물학 무기 제조는 상대적으로 쉬우며 돈이 별로 없어도 만들 수 있다는 것. 둘째, 서구인을 죽이고 싶다는 소망에 생사를 건 자들이 생물학 무기 제조법을 배울 수 있다면 나 또한 이들보다 더 다양한 지식을 철저히 습득해야 한다는 것. 셋째, 랭글리의 본부에 앉아서 정보를 수집하는 것만으로는 충분하지 않다는 것. 그리고 결국은 생화학무기가 제조되는 곳, 그것을 사용할 계획을 세우는 자들이 있는 곳으로 가서 강제로 폐쇄해야 한다는 것이다.

생화학무기 학교에서는 정식 시험도 없고 쪽지 시험이나 학점도 없었다. 하지만 수강생 모두는 열정적이었고 이 주제에 대한 공통된 관심을 가지고 열심히 수업에 임해 A+를 받을 만한 결과를 만들어냈다. 수업에서 배우는 것은 매혹적이었고 어떨 때는 우스꽝스러우며 혐오스럽기도

했다가 또 어떨 때는 눈을 뗄 수 없을 정도로 흥미진진해지기도 했다. 지금도 생고기를 보게 될 때면 접시에 담긴 고기가 햇볕에 노출되어 부패해서 결국 보툴리눔 박테리아^{botulinum bacteria}(식품을 매개로 전파되는 신경독소 박테리아로, 고온 살균처리가 부실할 경우 빠르게 증식해 뇌 신경마비를 일으킨다-옮긴이)의 원료가 생겨난다면 어떨까 하는 생각이 떠오른다. 보툴리눔 박테리아에서 추출한 독을 원료로 미량으로도 치명적일 수 있는 여덟 가지 신경독 제조가 가능하다. 가장 적은 양으로만 사용한다면 이 독은 가벼운 마비만 일으킨다.

학교에서는 연구과제가 있었다. 알 카에다 매뉴얼을 암기하자 우리의 열정에 새로운 불이 붙었다. 과제는 알 카에다 단원들이 만드는 것을 그대로 만들어내라는 것이었다. 단, 그들이 평소 사용하는 것보다 적은 예산을 써야 했다. 우리는 장갑, 마스크 그리고 최첨단 실험실을 사용했다. 거기에 더해 우리에게는 실험 결과물이 시험관 밖으로 절대 새어 나가지 않도록 관리감독하는 감독관이 있었다. 알 카에다의 생화학무기 제조법이 우리보다 더 기발하거나 더 어렵지는 않다는 것을 직접 해봐서 알게 되니 마음이 놓였다. 그리고 그들의 방법을 정확히 알게 되자 이를 원상으로 돌리는 방법도 이해하게 되었다.

생화학무기 학교를 수료하자 우리는 수료증을 받았는데 나는 지금까지 이걸 간직하고 있다. 성취의 증거로서뿐만 아니라 즐겁고 보람 있게 보낸 2주일의 기념으로서.

● ● ●

대테러작전센터의 대량살상무기국은 CIA 본부 청사 저층에 있었다. 새 직책을 수행하면서 나는 차를 타고 일출 직후 출근해 푸드코트에서 진하고 향이 강한 스타벅스 다크 커피를 사서 일찍 내 책상으로 가는 일상생활로 복귀했다. 그렇지만 출근 시간에 관해서는 그레이엄 앤더슨^{Graham}

^{Anderson} 국장을 이길 수 없었다. 국장은 내가 언제 사무실에 모습을 나타내든 나보다 먼저 도착해서 파티션 사이를 유유히 걸어 다니거나 용무가 있는 사람이면 누구나 들어올 수 있도록 자기 방문을 열어놓은 채 앉아 있었다.

공식 직함이 대량살상무기국 국장인 그레이엄은 큰 키에 바이킹처럼 보였다. 옷 입는 방법에서 이메일의 어휘를 선택하는 방법, 말하는 동안 똑바로 가만히 서 있는 태도까지 그의 모든 행동거지에서는 자신감과 지성이 물씬 풍겼다.

빅터^{Victor}는 이 부서의 부국장인데 굵은 머리카락에 방금 폭풍우라도 헤치고 온 것처럼 완전히 뒤로 넘어간 올백 스타일을 했다. 옷매무새는 흠잡을 데 없었고 정장 가슴 호주머니에는 손수건을 꽂고 다녔다.

샐리^{Sally}는 대개 나와 비슷한 시간에 사무실에 도착했고 대량살상무기국에서 내가 근무하는 과의 과장이었다. 그녀는 마흔 살 정도 된 아이 엄마였는데 샘이 날 정도로 날씬했고 말하기 좋아하는 다른 사람이나 조지 테닛이 늘상 그랬던 것처럼 잡담하거나 농담하는 법이 없었다. 그러나 나는 그녀를 신뢰했고 다른 이들도 마찬가지였다. 아침에 다른 동료 둘이 도착하기 전에 우리끼리 단둘이 이야기할 시간은 몇 분밖에 없었지만 귀중한 시간이었다. 샐리 과장은 내가 하는 업무를 검토하고 필요할 경우 조언을 아끼지 않았으며 대량살상무기 추적 과정에서 내가 거둔 성과를 칭찬해주었다. 과장은 내가 'CIA의 미래'라고 말하곤 했다. 이 이야기를 꺼내는 이유는 내가 'CIA의 미래'라고 떠들고 다니고 싶어서가 아니라 훌륭한 상사가 주는 약간의 신뢰와 지지만으로도 세상을 보는 눈이 바뀔 수 있다고 말하고 싶어서다.

나의 직무 수행은 언제나 최고 수준이었지만 나는 아직도 축 늘어진 아기거나 여드름쟁이, 입 냄새가 심하다고 따돌림 받던 여자애라는 느낌이 들 때가 많았다. 내가 아주 훌륭하게 업무를 수행했을 뿐만 아니라 없어서는 안 되는 중요한 팀원이라고 샐리 과장이 말해줄 때마다 내가 나를 보는 관점도 변화했다. 자신감은 내면에서 스스로 찾아야 하는 게 맞다는 것은 안다. 하지만 실상 내가 조직에서 느낀 자존감은 샐리 과장의 칭찬에서 자라난 것이다.

다음으로 출근하는 사람은 벤Ben이었다. 아시아 담당자인 벤은 크고 마른 체구의 해병대 예비역인데 얼마 전 결혼했다. 그는 이탈리아 영화에 나오는 스타 배우처럼 생겼는데 언제나 최신 스타일에 맞춰 옷을 잘 입었다. 벤은 옷을 잘 입는 사람에게 보이는 까다로운 성격의 소유자가 아니었기에 아마도 그의 아내가 옷을 골라주었던 게 아닌가 싶다. 처음 만난 날부터 그는 친절하고 사려 깊게 나를 대했는데 같이 일하면 일할수록 더 재미있게 느껴지는 사람이었다. 이는 우리 생화학무기 삼총사의 마지막 구성원이자 매일 아침 가장 늦게 도착하는 데이비드에게도 해당하는 이야기다.

러시아 담당 데이비드David는 날씨에 상관없이 검은색 레인코트를 입고 사무실로 들어왔다. 데이비드의 진짜 모습을 알기 전까지는 나는 그가 뾰족한 모양으로 벗어진 머리와 그와 비슷하게 뾰족한 염소수염을 하고 검은색 레인코트를 입은 연쇄살인범 같다고 생각했다. 코트를 벗고 한숨 돌리면 이 친구는 봉제 인형처럼 부드러운 남자가 되었다. 데이비드는 러시아어를 했고 여우를 쫓는 사냥개처럼 테러리스트들을 추적했다. 매일 아침 데이비드는 우리 층의 프런트 데스크에 쌓인 세계 각국의 신문 더미에서 하나를 들고 와 화장실로 사라졌다. 오래 돌아오지 않는다는 느낌이 들었으므로 아마 변기 칸으로 갔으리라. 이 때문에 나는 벤이 돌아와서 제자리에 놓은 신문을 만지기가 꽤 힘들었다.

데이비드, 벤 그리고 나는 삼총사였다. 아니, 미녀 삼총사의 또 다른 버전이라고나 할까. (내가 삼총사의 일원이 될 수 있다면 벤과 데이비드도 미녀가 될 수 있겠지.)

매일 아침 모두 출근해서 제자리에 앉으면 그레이엄 국장은 우리가 있는 구역으로 왔다. 그러면 국장과 우리 세 명, 샐리 과장 그리고 대개 빅터 부국장도 함께 사무실 어느 한 파티션 주변에 모여 회의했다. 우리가 발견한 집단과 추적 중인 인물, 그리고 단서 추적 결과를 우리는 회의 참석자들에게 각자 돌아가며 설명했다. 이런 방법으로 우리 셋은 서로 협력해서 삼각측량으로 목표물이 있는 곳을 판단했다. 우리 각자는 맡은 지역의 훈련 캠프를 추적하고 이 캠프에서 나온 사람들이 어떻게 다른 지역으로 퍼지는지를 관찰했다. 우리는 키보드만 몇 번 두드리면 접근할 수 있는 공간에 테러리스트들에 대한 모든 정보를 축적해두었다. 작도 작업에서 얻은 사진, 현지에서 활동 중인 요원들과 타국 정보기관이 입수한 정보가 그것이다.

정보기관들은 도·감청으로부터 안전하고 추적할 수도 없는 이메일의 일종인 전문을 정기적으로 주고받으며 중동에서 출발해 북아프리카를 거쳐 서유럽에 도착하는 모든 테러리스트들의 이동 경로를 추적했다. 우리는 이자들이 어디에 갔는지, 거기서 누구를 만났고 무슨 일을 했는지를 밝히기 위해 최대한의 노력을 기울였다. 이들의 다음 행동과 다음 목적지에서의 계획을 알아내기 위해서였다. 이들이 서구인과 유대인을 죽이길 원했다는 것은 확실하다. 알 카에다는 이를 공식적으로 천명했고 이것이 조직의 목적이라고 지침서에 인쇄하기까지 했다. 문제는 이들이 언제, 어디에서, 어떤 방법으로 행동에 나서느냐였다.

생화학 공격으로부터 서구 세계를 구하는 과정에는 많은 노고가 필요하다. 생각해보자. 특정 테러리스트가 찍힌 사진을 보고 예멘의 우중충한 욕실에 만들어진 화학 실험실 사진을 본 다음 그가 런던행 비행기표를 끊었다는 것을 알게 되면 이자가 다음에 할 짓을 막아야 한다는 불타는 듯한 갈망을 느낄 수밖에 없다. 그리고 이런 종류의 강도 높은 긴장감을 버텨낼 수 있었던 유일한 방법은 경망스럽게 보일지라도 일상에서 명랑하게 지내는 것이었다. 벤과 데이비드는 이런 점에서 나와 죽이 잘 맞았고 이들 덕택에 버틸 수 있었다.

우리는 파티션을 각자의 개성에 따라 장식했다. 나는 크리스틸로 장식된 분홍색 계산기, 테이프 디스펜서, 마우스가 있었는데 지금까지 사용하고 있다. 파티션 안쪽 벽에는 주석 컵을 들고 웃는 미군 병사 포스터가 붙어 있었다. 헬멧을 쓴 머리 위에는 '맛있는 닥쳐 한 잔 어떠세요.'라고 적혔고 포스터 아래에는 '어리석은 말을 하기 전에 한번 생각해봐요.'라는 글귀가 있었다. 나뿐 아니라 다른 사람 모두에게도 해당하는 주의였다. 매일 아침에 선 채로 하는 국장 주재 약식 회의에서 발언 요청을 받을 때면 내가 원했던 바는 언제나 정확하게, 제대로, 적절하게 말하는 것이었다. 즉 언제나 실제로 뭔가 말할 게 있을 때만 발언하고 싶었다. 그리고 말할 게 없다는 느낌이 들면 뭔가 잘못하고 있다는 뜻이다.

데이비드는 자기 파티션에 야광 플라스틱으로 된 예수 얼굴 형상의 조명등을 두었다. 데이비드가 신자였는지 아니었는지는 모르겠다. 하지만 예수 형상 조명이 재미있는 아이디어라고는 말할 수 있을 것 같다. 흥미롭지 않은가! 벤의 파티션은 벤 자신처럼 부인의 손길이 닿은 것 같았다. 그리고 두 사람 사진이 담긴 고상한 은제 테두리의 액자가 있었고 거기에 걸맞은 어두운 색 목제 스테이플러와 테이프 디스펜서가 있었다.

나는 책상 맨 위 서랍에 언제나 간식을 두었다. 화장실에 가는 것도 건너뛸 만큼 쉴 새 없이 일을 계속하고 싶을 때 나를 버티게 할 연료였다. 그런데 한번은 자리에서 일어나 화장실에 다녀왔더니 벤과 데이비드가 내 서랍을 털었다. 둘은 며칠 동안 굶었기라도 한 듯 치즈이츠^{Cheez-}

Its(사각형 치즈 크래커의 상표명-옮긴이)나 요크 페퍼민트 패티^{York Peppermint} Patty(원형 초코과자의 상표명-옮긴이)를 바닥에 흘리며 마구 먹었다. 이 친구들의 목적은 내가 자리로 돌아오기 전까지 한껏 간식을 먹어 없애는 것이었다. 책상 서랍을 열고서 봉지나 상자가 통째로 없어졌음을 보고서야 나는 간식이 털렸음을 알게 되었다. 이런 일이 있으면 대개 빈 포장지만 남아 있었다.

아, 포스터가 하나 더 있다. 잡지 표지 형식으로 만든 것이었는데 내 파티션 안쪽 벽에 걸어두었다. 포스터는 재치 있고 유쾌한 방법으로 한 외국 도시를 조롱한 것인데, POI라고 부를 인물의 거주국 정보요원과의 의견 불일치가 계기가 되어 파티션 벽에 붙인 것이다. POI와 접촉하고 있던 내 정보원들은 그가 핵폭탄 제조에 필요한 부속들을 구하고 있다고 보고했다. POI가 폭탄 테러 계획에 연루되었음이 밝혀지자 내 친구 버지니아가 그를 맡았다. 그렇지만 나는 POI를 예의 주시하고 싶었다. 사건의 결말을 끝까지 지켜보고 무엇인가 엄청난 일이 일어나기 전에 그자를 막았다는 것을 확인하고 싶어서였다.

버지니아와 내가 일하고 있던 어느 일요일이었다. POI가 어느 주요 국가의 수도로 향하는 비행기에 탑승한다는 것이 발각되었다. 즉시 도착 국가 정보기관에 전문이 발신되었다. 전문에는 POI의 이름, 사진, 폭탄 테러 계획에 대한 사실관계, 비행 편, 착륙 예정 시간이 실렸다. 이렇게 하면 상대국 정보기관이 공항에서 그를 만나 감시할 수 있을 것이다. 즉각 회신이 왔다. 영어였다.

"유감임. 당 기관은 일요일 휴무임."

일요일에 쉬는 정보기관과 상대한 것은 그때가 마지막이 아니었지만 그런 경우는 그때가 처음이었던지라 나는 충격을 받았다. 화학전에서 문명을 지키기 위해 잠을 잊고 눈이 상할 정도로 컴퓨터 이미지를 밤낮없이 지켜보고 있는데 내가 구하고자 하는 사람들은 일요일에 그런 수고를 하기 싫어한다니. 미국과 다른 세계 사이에 문화적 차이가 크다는 것은 안다. 그리고 우리가 필요하다면 두말없이 주말 근무를 하는 몇 안 되는 나라 중 하나라는 것도 안다. 하지만 미국인으로서 나의 편견을 빼고 본다고 해도 사람 목숨이 위험에 처한 상황이라면 휴식을 취하고, 교회에 가고, 가족과 시간을 보낸다는 달콤한 의무는 몇 시간쯤은 제쳐둘 수 있지 않았겠느냐는 생각을 금할 길이 없다.

나는 문화권에 상관없이 모든 사람을 존중한다. 사람이라면 모두가 다 좋다는 말이다. 하지만 POI를 레이더망에 잡을 수 있었는데도 놓친 사건에 분개한 나머지 나는 그 가짜 잡지 표지 포스터를 붙이고 말았다. 이

가상의 잡지는 온라인에서 발견했는데 제호는 '솔저 오브 서렌더^{Soldier of} Surrender(항복하는 병사)'였고 '*****군 공식 잡지'라고 장난스레 적어났다. 표지에는 '항복을 쉽게 하자!' '팔을 늘리는 다섯 가지 굉장한 운동법!'과 같은 헤드라인이 있었다. 나는 그 나라 국민을 존경한다. 그러나 그날 나는 파티션 벽 아트를 통해 내 기분을 알릴 정도로 화가 나 있었다.

● ● ●

2002년 가을 무렵 우리 생화학무기 삼총사는 여러 곳에서 흘러오는 정보를 종합해 정보망을 구축했다. 출처는 CIA 해외공작원, 그들이 정보를 얻는 '정보원' 곧 고정간첩, 우리가 해외에 가지고 있는 다른 정보원들, 외국 첩보요원과 그 정보원, 억류 중인 테러리스트들을 심문한 CIA 공작원들, 전화 도청에서 얻은 정보, 중간에서 가로챈 이메일, 그리고 압수한 컴퓨터다. 우리는 이 정보망의 눈이었고 모든 것을 우리 파티션으로 모아 분류하고 파키스탄에서 아프가니스탄, 영국, 스페인, 프랑스, 이탈리아, 아프리카, 러시아로 뻗은 생화학 테러 네트워크의 수수께끼를 풀 때까지 보유한 정보를 맞춰보았다. 스타벅스가 거의 그 시기를 즈음해서 해외시장으로 확장을 개시했고 나는 누가 더 번창할지 궁금해졌다. 우리를 죽이려는 자들일지, 아니면 손에 커피가 담긴 컵을 쥐어주며 우리를 깨어 있게 하는 사람들일지.

생화학 테러 네트워크는 아부 무사브 알 자르카위^{Abu Musab Al-Zarqawi}라는 자가 이끌었다. 자르카위는 전직 뚜쟁이자 비디오가게 종업원이었다. 어머니는 자르카위가 성인이 되고 나서도 그를 감싸고돌았으며 그 역시 어머니 품에서 벗어나지 못한 마마보이였다. 고등학교를 중퇴한 자르카위는 조리 있는 말을 하거나 글을 읽기 어려워했다. 문신도 여러 개였다. (이슬람 율법에 반한다.) 감옥은 열두 살에 길거리 싸움에서 이웃집 아이를 칼로 베었을 때부터 들락날락하는 곳이었다. 그는 어린 시절부터 변태적 고문에 매혹되었는데 자기보다 어리고 밑에 있다고 여긴 이들에게 모욕감을 주는 방법으로 성적 학대와 정신적 지배를 택했던 것만 봐도 알 수 있다. 이는 테러리스트 집단에서 예나 지금이나 관행이다. 알 카에다 단원들은 이를 동성애로 치부하지는 않았다. 여기에서 가장 중요한 것은 권력과 지배 관계다. 이들이 정말 동성애 행위로 본 것은 알 카에다가 금지했다. 그리고 동성애자들은 발각되면 고문을 당했고 아니면 건물 꼭대기에서 던져져 살해되었는데 이는 실제 목격되기도 했다.

　가장 아끼는 자식이었던 알 자르카위를 살리는 방편으로 억지로 쿠란을 읽도록 한 사람은 그의 어머니였다. 그런데 이것이 지나쳤던 것 같다. 뒷골목 깡패였던 자르카위는 진정한 이슬람 신앙과는 완전히 다른 방향으로 종교를 받아들였다. 그는 열심히 쿠란을 암기했으며 말투를 고쳐 덜 깡패처럼 들리게 하고 지도자가 되기에 적합한 지성을 갖춘 인물처럼 말하려고 노력했다. 중동 지방의 열기는 인정사정없었지만 자르카위는 문신을 감추기 위해 긴소매 옷을 입었다. 결국에 그는 칼을 들어 손수 문신이 새겨진 살을 잘라냈다. 상처에는 새살이 돋아나 한 줄로 불쑥 솟은 흰색 상흔이 남았다. 팔 위로 기어가는 벌레 같은 모양이었다. 아무리 사람이 달라져 조직에 헌신하고 유창한 언변을 해도 빈 라덴이 보기에 자르카위는 지나치게 막돼먹은 사람이었다. 이들은 1980년대 소련 점령 기간에 함께 싸운 사이로 이때는 미국도 한편이었다. 그런데 소련 점령이 끝난 다음 자르카위의 활동 다수에 빈 라덴이 돈을 대기는 했지만 이 둘은 소통하는 경우가 드물었으며 같은 나라에 거주한 적이 전혀 없다시피 했다.

　1993년경 자르카위는 요르단의 알 자프르Al-Jafr 교도소에 갇혀 있었다. 6년 뒤 요르단의 새 왕세자가 죄수 2천 명을 사면했는데 이 과정에서 실수로 자르카위가 석방되었다. 그래도 그는 멀리 가지는 않았고 아직도 감옥에 있는 죄수들에게 설교하러 다음날 돌아왔다. 감옥이라는 환경은 자르카위에게 좌절하고 분노하는 젊은이 다수와 접할 기회를 제공했고 이들은 그의 비뚤어진 이념에 몰려들었다. 알 자프르 교도소에 들어갈 때 자르카위는 단순한 악당이었으나 나올 때는 대량 학살의 정신적 지도자가 되어 있었다.

자르카위처럼 상식에서 한참 벗어난 사악한 자만이 실제로 생화학전을 벌일 계획을 세울 수 있다. 치명적 독성을 띤 리신^{ricin} 가루를 뿌려서 한곳에 모인 대중, 예를 들어 극장 관객 전부가 마시길 원하는 누군가의 마음을 상상해볼 수나 있겠는가. 이 중에는 아이들과 어머니, 아버지, 조부모, 이슬람교도를 포함한 다양한 신앙과 국적을 가진 사람들이 있다. 처음에 희생자들은 아무것도 느끼지 못한다. 그러나 몇 시간 안으로 폐에 체액이 차면서 숨쉬기가 곤란해진다. 얼마 뒤 혈압이 떨어지고 심장이 멎을 것이다. 많은 이들이 발작 증상을 경험할 것이다. 이 시점에서 고령 혹은 건강이 좋지 않거나 신체적 장애가 있는 사람은 죽을 것이다. 생존했다 하더라도 일주일이 지나면 쇼크사하거나 다발성 장기부전으로 사망할 것이다. 이러한 대량 학살을 어떤 조직 전체가 자기 명운을 건 목표로 삼았다고 생각하는 것만으로도 몸서리쳐지는 일이다.

겨울 초입에 생화학무기 삼총사는 한 유럽 도시를 목표로 하는 테러 계획에 온 신경을 쏟고 있었다. 시민의 안전이 걱정되는 상황이었다. 밤에 잠을 이루지 못할 때면 마음속에는 유모차에서 평화롭게 자는 사랑스러운 아기들, 고대 성벽 앞에서 축구를 하는 십 대 소년들, 적포도주를 마시며 카드놀이를 하는 더할 나위 없이 행복에 겨운 사람들이 이념 공존이라고는 상상조차 하지 않는 한 줌의 광신자들에 의해 살해된 광경이 떠올랐다.

우리는 무엇을 발견했는지 확신했지만 그해 초 런던에서 일어난 것과 비슷한 문제에 직면했다. 그때 런던 지하철 시스템에 리신을 살포하려던 극단적 이슬람교도 일당을 영국 경찰이 체포했었다. 이들의 아파트와 창고 습격 과정에서 가짜 여권과 리신 제조법 그리고 이 치명적 독극물을 만드는 데 필요한 모든 재료가 발견되었다. 하지만 이 재료들은 모두 합법적으로 구할 수 있었기에 기소하기가 까다로운 사건이 되었다.

추적하던 테러리스트들의 의도는 우리에게도 빤히 보였다. 그런데 아직 불법적 행위는 없었다. 우리에게는 주변을 배회하며 한 번에 몇 시간씩 공중公衆 공간에 모인 군중을 관찰하는 남자들이 찍힌 사진이 있었다. 대량살상무기를 제조하기 위한 재료를 구입하고 받은 영수증의 복사본도 있었다. 그리고 우리는 알 카에다가 이들을 적극적으로 포섭하고 훈련했음을 알았다. 간단히 말해 '우리는 대규모 군중에게 생화학 테러를 할 것이다.'라는 명시적 진술만 빼고 모든 게 있었다. 우리는 모의가 실행에 옮겨질 나라의 현지 정보기관을 직접 방문하기를 희망했다. 그러면 그들에게 우리가 발견한 것의 중요성을 강조하고 체포에 필요한 조치를 밟도록 등을 떠미는 데 도움이 될 것이다.

그레이엄 국장은 벤과 나를 데리고 유럽으로 가서 우리가 찾아낸 물증을 제시하기로 했다. 몇 개월에 걸친 출장의 시작이었다. 그때는 알 도리가 없었지만 이 첫 출장이 가장 문명적이고 가장 평온하며 가장 안전한 출장이었다. 대량살상무기와 잘못된 믿음에 오도된 사상가들을 쫓는 여정의 장대한 출발이기도 했다.

***** 그레이엄 국장, 벤 그리고 나는 관용차를 타고 덜레스공항Dulles airport으로 갔다. 차 안에서 국장은 곧 닥칠 공격에 대해 우리가 모아온 증거 문서 꾸러미를 내게 건넸다. 나는 절대 이 꾸러미와 떨어져서는 안 되며 쇠사슬에 매인 것처럼 꼭 붙들고 있어야 한다. 보안 검색대를 통과할 때도 그럴 것이다.

차가 공항에 다가가자 벌써 *****에 대한 책임감에 나는 초조해지기 시작했다. 우리 일행이 나란히 보안검색대를 향해 걷자 내 생각은 배꼽으로 쏠렸다. 버지니아와 나는 같이 낸 지난번 연가 때 워싱턴의 듀폰 서클Dupont Circle(워싱턴 시 북서부에 있는 지역. 역사적 건물과 문화시설이 많다-옮긴이)로 가서 배꼽 피어싱을 했다. 그때는 배꼽 피어싱을 한 브리트니 스피어스Britney Spears의 시대였고 브리트니는 그때 스물셋이었던 나보다 몇 살 어린 정도였다. 브리트니의 정신을 따라 나는 내 배꼽 위를 수평으로 달리는 분홍색 코뿔소가 달린 막대기형 은제 피어싱을 했고 그날 나보다 훨씬 더 제정신이었던 버지니아는 단순한 막대기 모양의 피어싱을 했다.

나는 보안검색을 받을 때 이 피어싱이 드러나면 국장의 신뢰를 잃을까 봐 갑자기 두려워졌다. 벤, 데이비드와 함께 그렇게나 열심히 이 계획의 전모를 밝히려 노력했는데, 지난 몇 달간 목숨을 바쳐 일했는데 연차 쓴 날에 충동적으로 한 행동 하나에 이 모든 노력의 가치가 깎일 수도 있다는 생각에 머리가 아파졌다. 벤은 분명 웃어넘길 것이다. 이 친구는 데이비드가 화장실에 들고 갔다 온 신문으로 내 책상을 덮은 적이 있었다. 그런데 내가 존경해 마지않으며 어떤 의미에서는 모범으로 삼고 싶었던 인물인 그레이엄 국장은 내 진지한 모습만 보았을 뿐이다. 옷을 휙 들춰내 몸통에 붙은 우스꽝스러운 분홍색 코뿔소를 보여주는 것은 내가 이 일에 바친 헌신을 생각해보면 위험한 처신 같았다.

화장실 표지판이 보이자 나는 걸음을 멈추고 말했다.

"보안검색대 통과 전에 잠깐 화장실에 다녀오겠습니다."

손에는 *****를 꽉 움켜쥐었다.

"내려놓으면 안 돼. 뒤처리할 때도."

벤이 놀렸다.

"그래야지."

국장이 말하며 웃었다.

"알겠습니다."

나는 캐리어를 일행에게 맡겨두고 여자 화장실로 급행했다. 화장실 한 칸의 문을 닫아건 다음 나는 오른쪽 겨드랑이 밑에 *****를 끼웠다. *****가 단단히 고정되자 팔을 만화영화에 나오는 티라노사우루스의 작은 팔처럼 움직일 수밖에 없었다. 나는 재빨리 피어싱을 떼어내 다 쓴 생리대를 넣는 금속제 수거함 뚜껑에 얹었다.

나는 이렇게 속삭였다.

"안녕, 브리트니."

겨드랑이에 꼈던 꾸러미를 다시 안전하게 손으로 옮긴 다음 나는 피어싱을 남겨둔 채 화장실에서 나왔다.

비행기가 이륙하고 몇 초도 되지 않아 국장과 벤은 잠들어버렸다. 나는 *****를 잃어버릴까 봐 몹시 겁이 나서 잠을 이룰 수 없었다. 그렇지만 양팔을 교차해 배꼽 위에 얹은 *****를 꼭 안은 채 가끔 졸기는 했다. 그래도 나는 조금만 자고 일하는 데 익숙해져 있었다. 그리고 나는 세상을 구하고, 불행하게도 테러리스트들의 목표가 된 지역에 있는 사람들의 목숨을 구할 준비가 되었다.

● ● ●

도착한 나라의 정보기관 본부에 점점 더 가까워지자 나는 택시를 세우고 뛰쳐나가 사진을 찍고 싶었다. *****. 나는 서류를 훑어보고 있던 국장을 힐끔 쳐다보았다. 벤은 자고 있지는 않았지만 눈을 감고 있었다. 머릿속에서 모든 것을 다시 한 번 살펴보고 있는 건지도 모르겠다. 나는 알았다, 이 멋진 곳의 사진은 나중에 관광객이 되어서나 찍을 수 있다는 것을.

그레이엄 국장은 팀이 거둔 모든 성과를 독차지하지 않고 기꺼이 다른 이들이 주목받고 영광을 차지하도록 배려하는 인물이었다. 그래서 모두회의 발표자로 나를 지목한 것은 아주 그다운 일이었다. 그들의 테러 계획에 대해 발견한 모든 것을 발표하라는 것이다. 국장은 내가 공로자로 인정받기를 원했다. 내가 내성적 성격이라 남에게 보일 때보다 안 보일 때 언제나 더 편안함을 느낀다는 것까지는 국장이 알 도리가 없었다. 그래도 부정할 수 없는 사실이었다. 그리고 일을 제대로 해내려면 대중 연설에 대한 두려움을 극복하고 모두의 주목을 받는 데 대한 공포에서 벗어나 할 것을 해야 한다는 것을 알았다. 나는 본부 사무실의 아침회의에서 발언하는 것처럼 행동하기로 했다. 이것도 처음에는 무서웠으나 곧 익숙해졌다.

회의가 열린 방에서는 강이 내려다보이고 그 건너편에는 장중하고 멋진 정부 건물이 보였다. 내부는 외관과 달리 현대적이고 깨끗했으며 온갖 스크린, 버튼, 벽에 달린 패널을 갖췄다. 랭글리의 CIA 본부보다 약간은 더 멋져 보이는 곳이었다. 제임스 본드James Bond 영화의 세트장이 생각났다. 거대한 테이블 주위에 25명 정도의 사람이 둘러앉았다. 모두 공책과 펜을 가지고 있었지만 나는 이 방 어딘가에 모든 발언 내용을 녹음하는 마이크로폰이 있다는 것을 알았다.

그레이엄 국장이 내가 발언할 차례라고 신호하자 잠시 숨이 멎는 듯한 느낌이 들었다. 나는 테이블을 한 바퀴 둘러보고 용기를 내려 숨을 깊이 들이마셨다. 모인 사람들은 엷은 미소를 지으며 예의 바르게 기다렸다. 가슴 호주머니에 손수건을 꽂고 커프스 링크cuff links(셔츠 소맷동을 잠그는 데 쓰는 작은 장식품-옮긴이)를 착용했으며 흠잡을 데 없는 가느다란 세로 줄무늬가 있는 정장을 갖춰 입은 사람들이었다. 참석한 사람 중 여성은 단 한 명 있었다. 머리와 피부, 눈의 색이 거의 똑같아 방에 베이지색 얼룩이 생긴 것처럼 보일 정도였다.

내가 *****에 담아 운반하던 정보 문서들이 앞에 수북이 쌓여 있었다. 내용은 아주 잘 아는 터라 내려다볼 필요조차 없었다. 해야 할 것은 말뿐이었다. 내가 걷기도 전에 했던 것 말이다! 나는 팀 동료들과 파티션 옆에 서 있는 상상을 했다. 말이 쏟아지기 시작했을 때 나는 이 이미지에 온 정신을 집중했다. 두뇌가 공포에서 벗어나 작동하면서 아주 정확하고 자세하게 정보를 전달하고 있다는 느낌이 들었다. 발언을 마치자 잠시 침묵이 뒤따랐다. 그리고 질문이 시작되었다. 이 사람들은 나란 사람을 진지하게 받아들이고 있었으며 내 발언을 심각하게 여기고 있었다. 우리는 무엇인가를 달성하고 있었다.

일주일에 걸친 회의에서 그레이엄 국장은 여러 번 발표했고 벤도 한 번 했다. 전문 분야 담당자로 구성된 소그룹 회의도 자주 있었다. 이들은 우리만큼이나 자신들의 수도에 사는 *****의 달인들을 저지할 결의에 찬 것 같았다.

매일 밤 우리 셋은 장소를 바꿔가며 우아하고 비싼 레스토랑에 초대되었다. 와인이 많이 나오고 코스 요리로 식사하는 곳이었다. 나는 식성이 까다로운 사람은 아니지만 가장 좋다는 레스토랑에서조차 음식은…… 음, 밋밋하거나 먹을 수 없을 정도로 아무 맛이 없는 경우가 많았다. 나는 음식을 잘게 잘라 넓게 펴고 접시 가장자리로 밀어서 마치 이 식사를 즐기는 것처럼 보이게 했다. 초대한 쪽에 대한 예의상의 칭찬이었다.

이야기와 와인을 곁들인 식사가 끝나면 그레이엄 국장과 벤은 언제나 다음날 있을 회의에 대비해 각자 방으로 자러 갔다. 그런데 나는 이 도시에 처음 와봤다. 그리고 다시 올 수 있을지 알 수 없었다. 그래서 나는 밖으로 나가 걸어 다녔다. 여기에서는 가게 문을 상당히 일찍들 닫는 편이라 대개는 구경만 했다.

언젠가 하루는 저녁을 거르고 호텔에서 예전의 유대인 거주 구역까지 걸어갔다. 외할아버지 식구들이 살았다고 어머니가 말해준 곳이었다. 내 외할아버지 잭 데이비스Jack Davis는 내게는 가장 큰 영웅이었으며 내가 하는 모든 것을 지원하고 열렬히 응원해주셨다. 나는 살면서 최소한 한 명쯤은 이런 분이 필요하다는 것을 깨닫게 되었다. 우리는 자기 이야기를 들어주는 사람, 전적으로 조건 없이 무슨 일이 있더라도 나를 아껴주고 언제나 내가 있어 행복한 사람이 필요하다. 내게 그런 사람은 외할아버지였다. 내가 학교에서 받은 갖가지 상장과 메달에 외할아버지만큼 자랑스러워하신 분은 없었다. 그리고 내가 CIA에 다니게 되었을 때도 그랬다. 가끔은 자격증이나 상장을 들고 집으로 가는 유일한 이유가 외할아버지께 보여드리기 위해서가 아닌가 하는 생각이 들 때도 있었다.

하지만 외할아버지가 나를 자랑스러워했듯, 나도 외할아버지가 자랑스러웠다. 제2차 세계대전 참전 용사인 외할아버지는 전쟁 후 캘리포니아의 뉴포트 비치Newport Beach에 여행사를 개업했다. 그는 누구에게나 친절하고 기꺼이 도움의 손길을 내미는 사람이었다. 아, 내가 보여드리러 집으로 데려왔던 예전 남자 친구 하나만 빼고. 그것은 내가 전혀 보지 못했던 외할아버지의 또 다른 면이었지만, 내가 남들보다 뛰어나다는 외할아버지의 맹목적 믿음만 더 굳게 만든 사건이었던 것 같다.

외할아버지 잭의 옛 동네는 세월이 지나면서 여러 번 모습이 변했다. 원래 이 동네에는 가죽 무두질 공장, 양조장과 도살장이 있었다. 악명 높은 연쇄살인마도 여기 살았다고 한다. 나는 그의 집을 찾아보았으나 결국 찾지 못했다. 그래도 희생자 5명 중 3명의 집은 구경했다. 그렇다, 5명. 알 카에다 도당이 저지르는 수천 건의 살인에 대해 그 당시 사람들이 어떻게 생각할지 궁금했다. 테러리스트들은 가장 악명 높은 연쇄살인마보다 훨씬 더한 초특급 연쇄살인마다.

자갈이 깔린 좁은 거리는 인파로 북적거렸다. 주민 대부분은 이민자였다. 매우 흥미로운 장소였으나 관광객이 많이 몰릴 곳은 아니다.

나는 기울어진 연립주택 앞에 서서 조명이 희미한 창문 속을 들여다보며 외할아버지 식구들이 살았던 집이 어떤 모습이었을까를 상상하려 애썼다. 그때 택시가 옆에 정차했다. 창문이 내려가더니 기사가 나를 불렀다. 나는 창 쪽으로 다가갔다. 넓은 이마와 엷은 색 눈을 하고 동유럽 억양으로 말하는 사람이었다.

"아가씨 같은 여자가 밤에 혼자 다니면 안 돼요!"

기사가 말했다.

"괜찮아요."

나는 택시에서 떨어져 걷기 시작했다.

"안전하지 않다고요!"

기사가 창밖으로 소리쳤다. 내가 계속 걸어가자 그는 어쩔 수 없다는 시늉을 하고 차를 몰아 떠났다.

9월 11일 사건이 일어나자마자 '금고실'에서 근무했고 근무가 끝나는 즉시 대량살상무기 수색 업무에 매진했기 때문에 나는 '농장The Farm'에 아직 가지 못했다. '농장'은 CIA 공작원들이 차량 충돌 훈련을 하고 인질로 잡힌 상황에서 생존하며 소화기小火器 조작법을 익히는 곳이다. 과중한 업무 때문에 나는 앞으로 몇 달간 시간이 될 때 '농장'에 가서 찔끔찔끔 훈련 과정을 이수할 터였다. 당시로서는 중요한 문제가 아니었다. 지금 있는 곳에서는 산책할 때 총이 필요 없다. 나는 강한 사람이며 안전하다고 느끼고 있었다. 나는 테러리스트들이 사는 곳을 알았고 그들은 이 지역에 없었다.

그날 밤늦게 11시쯤 호텔로 돌아오는 길에 다른 택시가 옆에 섰다. 그때 나는 강변에 서서 우리가 회의했던 최첨단 건물의 사진을 찍고 있었다.

"거기 혼자 있어서는 안 돼요."

기사가 말했다.

"괜찮습니다."

내가 말했다.

"미국 아가씨! 멍청한 짓 하지 말아요. 내 택시에 타요. 공짜로 호텔까지 데려다줄게요."

웃는 입에서 빠진 이 몇 개를 은으로 때운 흔적이 보였다.

"진짜, 지금 여기가 좋아요. 가보세요."

내 생각에 이런 택시를 공짜로 얻어 타느니 거리에 있는 편이 더 안전했다.

● ● ●

출장에서 돌아온 지 얼마 되지 않아 현지 법률집행팀이 대여섯 개의 안가를 급습해 우리가 건넨 명단에 있는 자들을 체포했다. 이틀 뒤에 몇 명을 더 체포했다. 이들은 테러 행위 예비, 선동, 실행과 관련된 물품을 소지한 죄로 기소되었다. 이들이 계획한 범죄의 전모가 뉴스에 나오기 시작하자 한 주류 회사는 아몬드 향을 풍기도록 제작된 광고판 설치 등의 캠페인을 취소했다. 리신은 무취이지만 청산가리에서는 아몬드 냄새가 난다. 향을 풍기는 공공 광고는 기발한 생각이긴 하지만 앞으로 시행하기는 어려울 것 같다.

우리는 테러의 신시대에 진입했다.

CHAPTER 6

미스터 토즈 와일드 라이드

/

아프리카
2002년 9월

● 마치 디즈니랜드의 미스터 토즈 와일드 라이드^{Mr. Toad's Wild Ride}(캘리포
니아 애너하임에 있는 디즈니랜드 공원에 있는 테마 파크-옮긴이)를 타는 것
같았다. 여기저기 빠르게 돌아다니며 벽돌로 된 벽 같은 뭔가와 간신히
충돌을 모면하거나 기차 같은 다른 뭔가에 치일 뻔하다가 아슬아슬하게
빠져나오는 그런 놀이기구 말이다. 대량살상무기국 빅터 부국장과 나는
아프리카의 한 국가 수도에 있는 공항에 도착해 차를 타고 호텔로 이동
하고 있었다. 도시는 산허리에 있었고 호텔은 그 한가운데 있었다. 사방
에 움직이는 사람, 자동차, 개, 어린이를 피해 차가 요리조리 움직일 때
마다 사고가 날 것처럼 위태로운 순간이 찾아왔다. 그래도 그들은 잽싸
게 몸을 날려 안전하게 피했다.

굵은 머리칼을 맵시 있게 빗어 넘겨 머리에 딱 붙인 부국장은 운전기
사의 안내대로 조수석에 앉았다. 나는 그 바로 뒤에 자리를 잡았다. 나는

머리를 덮을 파시미나를 챙겨 왔지만 현지 정보기관 관계자가 우리 짐을 먼저 가져가는 바람에 쓸 수 없었다.

"총이 너무 많아요. 그들이 미국인을 봐요, 금발 머리 여자를 봐요, 그러면⋯⋯."

운전기사가 우리를 서둘러 차로 안내하면서 말했다. 그러고는 손을 들어 관자놀이에 손가락을 대고 방아쇠를 당기는 시늉을 했다.

나는 속도계를 볼 수 없었다. 도로의 노면 상태는 불량했고 구간에 따라서는 자갈로 덮여있었다. 그런데 차는 이런 도로 사정에 맞지 않게 지나치게 빠른 속도로 달렸다. 오르막길과 내리막길이 연달아 나타났고 가끔은 아주 급하게 꺾인 길도 있었다. 자동차는 1980년대 모델인 게 분명했다. 이런 차에는 에어백이 없기 십상이다. 창문은 손잡이를 돌려서 여는 방식이었다. 하지만 내 쪽 문에는 손잡이가 떨어져 나갔는지 없었다. 만약 차가 급정거한다면 그러잖아도 아픈 등의 상태가 죽을 만큼 걱정스러웠다. 도로에서 달리는 차를 향해 떼로 뭉쳐서 걸어오는 주민이 많아서인지 차는 자주 급정거했지만 오래 멈춰 있지는 않았다. 그리고 멈춰야 할 때도 오래는 멈추지 않았다. 우리 운전기사는 모든 교통신호를 무시했고 정지신호를 받으면 우회로를 찾아내거나 여러 번 인도로 올라갔는데 그럴 때마다 사람들은 홍해처럼 양편으로 갈라져 질주하는 우리 차에 앞길을 터주었다.

양편에는 반짝이는 푸른빛 바다가 있었다. 어느 쪽으로 머리를 돌리느냐에 따라 나타나는 풍광이 달라졌다. 바다는 도시의 무너져가는 건물 사이로 나타났다가 사라지기를 반복하다 지붕이 보일 정도로 높은 곳에 올라가면 또 모습을 드러냈다. 가는 길에 보았던 모스크 몇 개를 제외하면 이 도시는 아랍 도시라기보다 유럽 도시 같았다. 창문마다 무쇠 주물로 만든 작은 발코니 혹은 발코넷balconette(창문이 바닥에 닿고 창이 열려 있을 때 발코니의 모습을 나타내는 건축 용어. 프랑스, 스페인 등에서 일반적으로 쓰인다.-옮긴이)이 있었다. 건물 대부분은 약간씩 때가 탄 흰색이었다. 갑자기 하늘에서 어느 장식 전문가가 내려와 '푸른색과 흰색이 우리의 색일지어다!'라고 선포라도 한 것 같았다. 많지는 않았지만 일부 건물의 지붕은 붉은색 기와로 되어 있었다. 하지만 기와가 없는 건물이 더 많았다. 원래는 모두 기와로 지붕을 잇댔는데 모두들 새것으로 갈아 끼우지 않은 채 시간이 흐르지 않았나 싶었다.

곳곳에 그을음으로 검게 된 모래가 층을 이루며 쌓였고 도시는 전반적으로 기운 없이 처진 채 낡아가며 무너져간다는 인상을 풍겼다. 갈기갈기 찢긴 차양이 바람에 나부꼈다. 돌벽에는 석재가 빠져 있었는데 사람으로 치면 마치 신체 일부가 날아가버린 것 같았다. 창에서 삐죽 나온 에어컨이 위태위태하게 매달려 있었다. 대부분의 표지판은 두 개의 언어로 되어 있었고 우리 운전기사와 짐을 나르던 사람들의 말을 들으니 두 언어가 섞여 들렸다. 전동음顫動音(성음학에 있어서 탄성 있는 발음기관, 곧 혀·목젖·입술 따위의 진동에 의해 나는 자음-옮긴이)과 유음流音(설측음을 비롯한 'ㄹ' 계통의 음성을 통털어 부르는 음성 분류-옮긴이)이 있는 단어가 후음喉音(두 성대에 의해 만들어지는 장음. ㅎ이 여기에 해당한다-옮긴이)이 더 많은 아랍어 사이로 또렷이 들리기도 하다가 자연스럽게 섞이고 있었다. 나는 기회가 있을 때마다 외국어 단어와 구절을 배우려고 노력했지만 지금도 그렇고 그때도 영어가 내가 구사할 수 있었던 유일한 언어였다.

차가 급정거하는 바람에 나는 빅터 부국장의 좌석 뒤에 머리를 들이박고 말았다. 부국장은 몸을 돌려 나를 바라보고는 내 옆의 안전띠를 가리켰다. 나는 안전띠를 들고 흔들어 보였다. 띠는 있었으나 버클이 없었다.

우리 차는 다시 출발해서 군중 사이를 요리조리 헤치며 갔다. 그러던 중에 긴 반드레스 상의에 청바지를 입고 히잡을 쓴 여자 둘이 손을 잡고 뛰어서 차를 피해 길 바깥으로 나갔다.

"대학교에 가는 길이죠. 우리나라에서는 여자도 교육을 받습니다. 똑똑하다고요!"

운전기사가 말했다. 몇 센티미터만 더 가까이 있었더라면 이 여자들을 치어 죽일 수도 있었다는 걸 까맣게 잊은 것 같았다.

우리는 한쪽 앞뒤 바퀴를 보도에 걸친 채 몇 미터를 주행했다. 이 길은 너무나 좁아서 겨우겨우라도 차가 통과할 수 있다는 게 신기할 정도였다. 보행자들은 지나가는 차를 피해 가게들 앞면 쪽에 등을 붙였다. 차는 수직으로 솟은 이 도시를 줄무늬처럼 장식한 수많은 계단 길을 오르락 내리락하다가 마침내—인명 사고 없이—목적지에 도착했다. 반쯤 날아 간 탄약고 같은 호텔이 우리를 맞이하고 있었다.

이 나라에는 *****. 공식적 사망자 수 통계는 없다. 그러나 십만 명 이상의 사망자가 발생한 것은 확실하다. 분쟁은 정부와, 이전 몇몇 세대에 걸쳐 세속주의를 배격하는 여러 극단주의 이슬람 단체 사이에 벌어졌다. 전쟁은 혼란스럽고 잔혹하기 그지없었으며 극단주의자 도당들이 밤중에 마을을 습격해 주민 전체를 학살하는 일도 자주 일어났다. 언론인, 서구인, 페미니스트, 외교관을 막론하고 정부를 위해 일한 이는 아이들까지 사냥당하고 살해되었다. 야만성에는 한계가 없는 것 같았다.

***** 오사마 빈 라덴 그리고 특히 화학 테러 총책 아부 무사브 알 자르카위는 이 전쟁이 남긴 참화에 가장 큰 영향을 받은 계층을 정확히 파악했다. 바로 권리를 박탈당하고 분노에 차 현 상황에 환멸을 느끼는 수십만 명의 빈곤층 청소년들이다. 이들은 굶주리고 교육받지 못했으며 대부분 내란에서 부모를 잃었다. 말하자면 이들은 잠재적인 알카에다 지망생이 될 가능성이 가장 큰 집단이었다. 실제로 알 카에다는 이들을 새로운 단원으로 끌어들였다.

2001년 9월 11일 직후 전 세계 정보기관 대부분—사실 전 세계 대부분—은 중동을 테러리스트 훈련장으로 보고 있었다. 9·11 공격에 연루된 19명 중 15명이 사우디아라비아 시민이었으며 2명은 아랍에미리트에서 왔고 1명은 레바논인, 나머지 1명은 이집트인이었다. 가문 자체는 예멘에서 왔지만 빈 라덴 본인은 사우디아라비아 출신이다. 그런데 최신 정보에 따르면 아프리카가 새로운 테러 온상지로 지목되는 빈도가 늘고 있었다. 그리고 특히 아프리카 출신자들은 화학 테러 분야를 지배하고 있었다. 예전에 유럽의 식민지였던 아프리카 국가 모두가 그렇듯 이 나라 사람들 상당수도 유럽 언어를 사용했고 중동 사람들보다 유럽에 접근하기가 쉬웠다.

●　●　●

운전기사는 자신의 소속 기관이 우리의 호텔 체크인을 끝냈다고 알렸다. 그러고 나서 그는 개인별로 방 열쇠를 건네주었다. 다이아몬드 모양의 플라스틱 열쇠고리에 달린 실물 열쇠였다. 우리는 집에서 만든 레모네이드 판매대처럼 튼실해 보이는 프런트 데스크를 지나쳐 계단으로 갔다. 아래에서 보니 지금은 지저분하지만 한때는 깨끗한 흰색이었을 계단 벽이 구부러지며 시야에서 사라졌다.

"2층입니다."

운전기사가 말했다.

"우리가 아마 이 호텔에서 10년 만에 처음으로 투숙한 서구인이겠군."

계단을 오르며 빅터 부국장이 말했다.

"국적을 불문하고 우리가 이 호텔에서 10년 만에 처음 투숙하는 사람이 아닐까 싶어요."

내가 말했다.

우리는 어두운 복도를 따라 걸었다. 전등이 꺼졌다 켜졌다 하고 있었다. 전력 시설이 노후화되었다는 징후였다. 부국장과 내 방은 홀을 마주보고 있었다. 우리는 들여다볼 수 있을 정도로 넓은 열쇠 구멍에 열쇠를 넣고 돌렸다. 부국장이 열쇠를 위아래 좌우 사방으로 움직이다가 동작을 멈추더니 내 쪽으로 몸을 돌려 말했다.

"샤워하고 좀 자다가 90분 뒤에 로비에서 보세."

"예, 알겠습니다."

나는 대답했다. 그러나 내가 낮에 자지 않으리라는 것은 내 자신이 알고 있었고 그래본 적도 없다. 낮잠을 자면 밤잠을 이루지 못할 것이다. 그리고 그날 나는 밤이 되어서야 잘 수 있었다.

방은 작았지만 밝았다. 커튼은 열려 있었고 빛이 방을 가득 채우며 침대 위의 내 가방을 비추고 있었다. 가방의 지퍼는 열려 있었다. 나는 옷들을 다림질한 다음 접거나 말아서 가져왔는데 이것들을 이제 가방에서 꺼내 차곡차곡 개서 정리했다. 바지는 한쪽에 쌓고 상의는 따로 쌓았다. 가방 내부 맨 위쪽에는 내가 선물로 가져온 물건이 있었다. 낙타를 타고 사막을 건너는 두 베두인을 그린 모래 그림이었다. 나는 손가락으로 그림을 쓸며 오돌토돌한 감촉을 느끼고 난 다음, 찬장에 기대어 놓았다. 정말 사랑스러운 그림이었고 이걸 보면 행복했다.

나는 단정하게 접은 옷들을 꼼꼼히 살피고 옷깃과 주머니를 점검하며 뭔가 잊어버린 게 없는지 확인했다. 내 손가락으로 세심하게 촉진觸診하는 유방암 검사와 비슷했다. 빠뜨리고 온 것은 없었다. 버지니아에서 하는 일에 대한 세부 사항과 내 진짜 주소를 드러낼 만한 것을 소지하고 다니지 않으려고 나는 극도로 조심하고 있었다. 헬스클럽 회원 카드나 홀 푸즈Whole Foods(미국의 슈퍼마켓 체인-옮긴이)에서 받은 그래놀라 영수증조차도 안 된다. 나에 관한 정보가 적을수록 나는 더 안전했다.

가짜 신분으로 출장 나온 건 이번이 처음이었다. 비행기 탑승 몇 주 전, 나는 CIA의 기술지원 부서에 가서 *****를 했다. 나는 슈트케이스 내용물을 다시 담고 벽장에 있는 짐 세워두는 칸으로 옮겼다. 낮잠은 자지 않겠지만 잠깐 누워 있고는 싶었다. 그래서 얇고 색 바랜 침대 시트를 끌어당기고 침대에 누웠다. 웃고 싶었지만 그렇게 하지는 않았다. 천장은 거칠게 도끼로 쪼아내기라도 한 것처럼 보였다. 나는 파이프, 빔, 배선 등, 호텔의 실질적인 내장을 들여다보고 있었다. 저 위에 카메라나 마이크가 있지나 않을까 의심하지 않은 이유는 모르겠다. 깊이 생각해보기에는 너무 지쳐 있었던 것 같다. 확실하지는 않지만 이 사람들이 내 짐을 검사한 이유는 내가 알려준 나의 신분이 틀림없는지 확인하기 위해서였다고 어느 정도는 확신한다. 물론 그것은 실제 내가 아니었다.

나는 내가 YY라는 아프리카인에 대해 이미 아는 것과 앞으로 알기 원하는 것을 머릿속으로 차분히 정리하며 조용히 혼잣말했다. 나는 최근 아프리카에 있는 그의 고향에서부터 유럽에까지 이르는 그의 이동 경로를 추적했다. 별명도 끔찍했는데 자신이 원하는 바와 의도를 잘 드러내는 명칭이었다. 이와 비견할 만한 것을 꼽는다면 제프리 다머Jeffrey Dahmer가 자신을 칭한 '남자아이 강간살해자'쯤이 되리라. 내가 유럽 주재 CIA 공작원들을 통해 수집하던 정보로 미루어볼 때 YY는 한 유럽 국가 수도에 있는 아파트에서 화학무기를 제조하고 있었다. 그뿐 아니라 YY는 그 나라의 알 카에다 지부장이며 매주 새 단원을 모집하고 있었다. 이자의 주된 포섭 대상은 고국에서 멀리 떨어진 곳으로 흘러와 정처 없이 떠도는 성인 남성과 청소년 난민이었다. 이들은 어디에서도 자기들의 정당한 자리가 없다고 느꼈고 극단적 이슬람주의에 충성을 바치게 되었다.

그때 몇몇 유럽 국가들은 지금처럼 테러리즘을 심각한 문제로 받아들이고 있지 않았다. 그리고 내가 어떤 방법으로 접근하든 (친구같이든, 엄격하게든, 사무적으로든) 상대국 정보기관 관계자들의 경각심을 내가 가졌던 것만큼 일깨울 수 없었다. 나는 여러 기관에 전문을 보내 유럽에 YY가 있음을 알리고 다른 한편으로는 그가 거주하는 도시의 고삐 풀린 어린 부하들에 대해 그가 갖고 있는 권위와 영향력을 상세히 말했다.

대부분의 유럽 국가에서 흑인에 대한 인종차별이 심각하지만 유럽인들은 '인종차별주의자 미국인'에 비해 자신들이 더 관대하다고 생각하는 성향이 있는 듯하다. 아니면 이들은 하기 싫지만 애써 협조적인 척하며 답을 했는지도 모르겠다. 흔하게 받았던 답전은 '귀 기관이 보낸 정보를 진짜로 심각하게 받아들여야 할 이유를 보여주시기 바람.'이었다.

*****의 추적 과정에 유럽이 장애물을 더 세우면 세울수록 나 자신을 *****로 선포하고야 말겠다는 내 결심도 강해졌다. 아프리카 출신 테러

리스트들을 추적하는 데 유럽의 협조를 받을 수 없다면 아프리카의 협조를 받으면 어떨까 하는 생각이 불현듯 떠올랐다. ***** 다행히도 CIA 지국이 아프리카의 한 국가에 새로이 문을 열었다. 빅터 부국장과 나로서는 아프리카에서 공작을 벌일 기지가 생긴 셈이다. 이와 동시에 우리는 현지인 공작원들과 협조 관계를 구축할 수 있게 되었다. 이는 우리 두 나라 모두에 도움이 될 법한 일이었다. 사실 결국 전 세계에 도움이 될 일이기도 하다. 무엇보다 알 카에다가 벌이는 이른바 아랍 세계에서의 서구인 축출투쟁에서는 예나 지금이나 이슬람교도가 가장 많이 희생되었다. 그때도 그랬고 지금도 서구인은 알 카에다 때문에 발생한 사상자의 극히 일부다.

마음속 정리가 끝나고 나는 샤워하러 갔다. 욕실 전등을 켜자 검은 바퀴벌레들이 놀라 튀며 세면대와 바닥 판 사이 틈으로 재빨리 사라졌다. 숨을 곳을 찾아 도망치는 바퀴벌레를 실제로 접하기는 이번이 처음이었는데 상상했던 만큼 끔찍하지는 않았다. 이 벌레들은 약간의 떨림만으로도 곧 무너질 것 같은 이 호텔에 어울리는 존재인 것 같았다.

체크인하고 몇 시간 뒤 나는 파시미나를 머리에 두르고 택시를 잡아 빅터 부국장과 함께 새 CIA 지국 사무실로 갔다. 나는 최근 들어 패티Patty라는 이름의 지국장과 전문으로 교신해왔다. 그리고 만나기 전부터 이분을 좋아하고 존경하게 되었다. 전문 교신은 인터넷 데이트와 비슷하다. 대면 없이 교신으로만 만난 사람이 실제로 보면 다를 수도 있다. 다행히도 이번에는 그런 경우가 아니었다. 지국장은 인상적인 여성이었다.

*****.

지국 사무실은 우리 호텔만큼이나 황폐했다. 천장에 난 곰팡이가 대륙 모양을 그리며 벽을 따라 내려오고 있었다. 창틀마다에는 소형 에어컨들이 욱여넣어지다시피 설치되어 있었고 틈새를 막으려고 갈색 고무 같은 밀봉재로 가장자리를 여러 번 두껍게 메워놨다.

빅터와 나는 패티에게 우리가 만든 조직도 최신판을 전했다. 조직도에는 알 카에다 생화학 테러 세포조직 지도자가 각각 나와 있었다. 그다음 우리는 현지 정보공작원들과 어떤 정보를 토의할지 검토했다. 업무 이야기가 끝나자 패티와 나는 머리에 숄을 둘렀고 빅터 부국장을 포함한 우리 셋은 밖으로 나왔다. 패티의 운전기사가 차를 가지고 대기하고 있었다.

패티의 집은 주변에 있는 먼지투성이 폐허와는 아주 대조적으로 아름다웠다. 복잡한 기하학적 문양으로 장식된 둥근 천장의 아랍식 함맘 ᴴᴬᴹᴹᴬᴹ(목욕탕-옮긴이)을 떠올리게 하는 건물이었다. 모든 것이 흐릿한 녹색, 붉은 황토색, 색 바랜 갈색이었다. 바닥도 같은 색상과 문양의 타일로 장식되어 있었다.

패티의 집에 일하는 사람 수가 사무실 직원보다 많았다. 우리가 거실에 앉아 이야기하는 동안 칵테일과 식전 요리가 차려졌다. 화장실을 가려고 일어나자 패티가 말했다.

"복도를 따라 내려가서 대피소를 지나면 왼쪽에 있어요."

나는 저 금속제 방탄문을 열면 난공불락의 대피소로 이어지리라 추측했다. 집이 습격당한다면 패티가 금고 속의 보석처럼 몸을 숨길 장소일 것이다.

● ● ●

그날 밤 부국장과 나는 이 나라의 첩보 관계자 다섯 명과 레스토랑에서 식사했다. 콘크리트 벙커처럼 보이는 곳이었다. 참석자들은 단지 우호적인 태도를 넘어 우리를 만났다는 데 즐거워 보이기까지 했다. 전쟁과 가난이 남긴 참화는 이들의 얼굴에 빠진 이, 우둘투둘한 상처, 나이보다 일찍 벗어진 머리 등의 흔적을 남겼다. 나는 포도주를 반 잔도 채 마시지 않았고 부국장도 많이 마셨던 것 같지는 않았다. 우리는 아직도 경계를 늦추지 않으면서 이들이 과연 신뢰할 만한지를 가늠해보려 하고 있었다. 이곳에 상주하는 우리 팀이 없는 상황에서는 이러한 외국 출신 정보고

용원 외에 다른 정보자산을 획득하기란 불가능했다. 다시 말하자면 우리는 이 사람들이 필요하긴 했지만 이들과 우리의 목표가 같다는 신뢰가 들기 전까지는 이들을 이용할 수 없다는 것이다

저녁 시간을 함께 보내며 관찰해보니 분명 이들로부터 우리를 도우려는 매우 강한 동기를 느낄 수 있었다. 이들은 전쟁에서 온갖 고초를 겪었던 만큼 분노에 차 있었고 우리가 잡으려고 하는 바로 그자들과 그 공범들을 우리만큼 간절히 원하고 있었다. 이슬람 극단주의자들은 여러 해에 걸쳐 이들의 조국을 망가뜨렸다. 미국은 9월 11일 단 하루만 공격받았을 뿐이다. 이런 공격이 수천 일 계속되었다면 이들을 비롯한 이 나라 국민 대다수가 매우 분개했으리라는 건 능히 알 수 있었다. 이들은 분노했고 결의에 차 있었다. 결국 부국장과 나는 이들이 자기 나라에 발을 디딘 테러리스트 모두를 잡아들이는 것뿐 아니라 그들의 죽음까지 원한다는 것을 이해하게 되었다.

우리가 식사하는 곳의 옆방에서는 결혼식이 한창이었다. 나는 잠시 들여다보고 싶었다. 신부가 입은 옷과 계속 들리던 박자에 맞춰 손뼉 치는 소리에 하객들이 춤추고 있는지가 궁금해서였다. 나만큼이나 호기심이 강했던 부국장은 여행길 동무로 제격이었다. 우리 방에서 나갈 무렵 그는 출입구를 향해 고개를 끄덕여 보였고 우리 둘은 잠시 서서 옆방 안을 들여다보고 있었다. 신랑 신부는 정교하게 만들어진 전통 결혼 예복 차림이었다. 신부는 베일로 히잡을 쓰고 있었고 그 위에 보석이 박힌 장식용 왕관을 얹었다. 신랑은 네루 칼라Nehru collar(인도 수상 네루가 즐겨 입던 셔츠의 칼라와 비슷한 스탠딩 칼라-옮긴이)가 달린 자수 장식 셔츠를 입었는데 무릎까지 내려오는 길이였다. 모두가 노래하고 춤추고 있었고 분위기는 시끄러우면서도 흥겨웠다. 식장은 어느 나라에서나 큰 결혼식이라면 으레 따르는 즐거움으로 가득했다.

그 다음날 부국장과 나는 현지 정보기관 본부에 도착했다. 나는 이 나라를 휩쓴 전쟁의 참화를 보는 데 익숙해져 있었으므로 뭘 보아도 놀라

지 않으리라 생각했다. 하지만 현지 정보기관 요원 5명과 1층에 있는 방에서 사각 테이블을 사이에 두고 회의를 할 때 나는 그만 놀라 자빠질 뻔했다. 창과 문은 모두 열려 있었다. 현지 CIA 사무실에서처럼 창에 밀봉재로 붙인 에어컨도 없었다. 방 안으로는 자연풍이 불 뿐이었다.

나는 문이나 창이 열린 방에서 정보를 전달하거나 요청한 적이 없었다. CIA에서는 듣도 보도 못한 일이었다. 하지만 지금 이곳에서는 우리가 이야기하는 동안 창 아래나 출입구 밖에 누군가 서 있으면서 우리 이야기를 엿듣거나 녹음을 하지 않기를 바라는 것밖에는 방법이 없었다.

지난번 저녁 식사 자리에서 시작된 대화는 지국 사무실에서 더 심도 있게 이어졌다. 현지 요원들은 자신들의 조국을 파괴한 자들을 잡는 데 도움 되는 일이라면 무슨 수고라도 아끼지 않을 기세였다. 오히려 우리가 이 사람들을 진정시켜야 했다. 그자들을 생포하는 것이 더 가치 있는 일이라고 설득하면서 말이다. 우리가 잡은 테러리스트 한 명은 둘, 셋 아니면 그 이상의 테러리스트를 잡을 수 있는 곳으로 우리를 인도할 것이다. 그 하나를 죽여버리면 거기서 끝이다. 테러리스트 한 명의 죽음이 인류 전체에서 손실일지 아닐지는 논란의 여지가 있다. 하지만 정보 수집 측면에서 이는 큰 손실이다.

이 사람들은 자기들만의 현지 정보자산을 갖고 있었고 우리에게도 기꺼이 사용을 허락했다. 즉 우리가 질문하거나 특정 정보 혹은 연락처를 요구하면 이들은 숨은 현지 정보자산을 통해 획득한 해당 정보를 우리에게 찾아다 주는 식이다. 우리는 여기에 상응해 이들이 증오하는 자들에 관한 다른 정보와 그 이름을 제공할 수 있었다. 우리가 가진 모든 정보는 내 머릿속에 암기된 형태로 있었다. 내가 ***** 단원의 이름과 그의 최종 위치를 내뱉을 때마다 마치 상어들에게 핏기가 가시지 않은 고깃덩이를 던져주는 것 같았다. 우리의 협력자들은 이자들을 잡으려고 더더욱 광분했고 이런 상황은 더할 수 없이 짜릿했다.

실행 계획을 구체화하는 동안 잠시 짬이 났고 이때 나는 양해를 구하고 일어나서 화장실을 썼다. 회의 동안 주최 측은 친절하게도 유리로 된 에스프레소 사이즈 컵에 이곳의 전통적인 커피를 담아 대접했다. 거부는 모욕으로 여겨졌으므로 나는 회의 내내 커피를 마시고 있었다. 원두 찌 꺼기가 씹히는 달콤하고 진한 밀크 커피가 연달아 나왔다. 오후 늦은 시 간이 되자 나는 화장실이 급해졌고 이까지 아팠다.

회의장에 있던 한 사람이 화장실까지 나를 안내했다. 우리는 어둡고 지저분한 복도를 걸었다. 그러더니 그가 문을 열고서 청소 도구 칸 같은 곳을 가리켰다. 세면대는 없었다. 변기도 없었다. 커다란 흰색 양동이 하 나와 그 위에 불 꺼진 알전구가 매달려 있을 뿐이었다. 그는 불을 켜려고 손을 뻗어서 전구를 좀 더 돌려 조였다.

"이게 다입니다."

그는 미안하다는 듯 어깨를 으쓱하고는 내가 일을 보도록 자리를 떴다.

참을 수만 있다면 참았을 거다. 하지만 그 대신 나는 먼지투성이 바닥 에 내 바나나 리퍼블릭^{Banana Republic} 바지를 내리고 양동이 위에 쪼그려 앉 았다. 안은 절대 들여다보지 않았다. 이미 있던 내용물을 보고 싶지 않았 다. 물론 화장지는 없었다. 나는 내 허벅다리가 버틸 수 있는 최대한 오 래 엉거주춤하게 서서 방울방울 떨어지는 소변을 말렸다. 그러고 나서 바지를 끌어 올리고 서둘러 그곳을 빠져나왔다.

회의실의 테이블로 돌아와 보니 무화과 쿠키가 담긴 접시가 놓여 있 었다. 나는 예의로 하나만 먹었다. 하지만 누군지는 몰라도 이 접시를 가 져다 놓은 사람은 아까 그 양동이를 쓴 다음 손을 씻지 않았을 것이다. 그리고 커피는 어떻게 만드는지? 병에 든 생수를 전기 포트로 끓인 다음 프레스에 부어 만드는 커피는 내 상상에나 있을 뿐이었다.

"화장실 어디 있나?"

부국장이 귓속말로 물었다.

"양동이입니다."

나는 나지막하게 말했다.

"뭐?"

"화장실은 없고 양동이뿐입니다."

부국장은 고개를 끄덕이고 자세를 고쳐 앉았다. 물론 참겠지. 내가 봐 온 한에서는 남자들은 낙타 친척이라도 되는 것처럼 소변을 잘 참았다.

● ● ●

그 뒤로 나는 며칠에 걸쳐 현지 정보 당국 관계자들과 계속 만나면서 이 들과 훌륭한 업무 관계를 맺을 것이라는 자신감이 점점 더 커졌다. 물론 좋은 관계도 관계지만 이 과정에서 정직함, 솔직함 그리고 어느 정도의 교묘함과 속임수 사이에 균형을 잡으며 처신해야 할 때가 많았다. 이들 은 우리가 만든 알 카에다 네트워크 조직도와 연관된 테러리스트 모두 의 이름을 원했다. 하지만 우리는 그들의 이름이나 소재를 파악하지 못 한 것처럼 행동해야 했다. ***** 정보 세계에서의 충실함은 사랑, 결혼, 우정에서의 충실함과 비슷하다. 둘 이상의 이해 당사자가 연관된 관계에 서 전적으로 충실하기란 불가능한 일이다.

● ● ●

아프리카에서 보낸 마지막 날 밤 빅터 부국장과 나는 이제 우리 팀원으 로 봐도 좋을 사람들과 저녁 식사를 하러 나갔다. 지금껏 보았던 여느 장 소와 달리 이 레스토랑은 폭격에서 무사히 살아남았던 것 같았다. 우리 를 초대한 사람들은 우리를 위해 이 집만의 특제 메뉴를 주문해야 한다 고 고집을 부렸다. 나는 특별히 가리는 음식은 없었고 어떤 음식이 나올 지도 별로 걱정되지 않았다. 그런데 웨이터가 우리 식사를 가져오자 나 는 움찔했다. 병원 침상같이 생긴 바퀴 달린 테이블에는 내가 여태까지 본 중에 가장 큰 물고기가 있었다. 텔레비전 낚시 프로그램 말고는 이런 물고기를 본 적이 없었다. 길이는 부엌의 아일랜드 식탁만 했고 너비는 내 엉덩이만 했다. 거칠게 고기를 뜯어내는 소리—등뼈를 떼어낼 때 나오는 질척거리는 첩첩 소리—를 들으니 뱃멀미를 하는 것처럼 속이 메스꺼워졌다. 출장 갈 때마다 파워바(에너지바)를 상자째 들고 다녀야겠다고 결심한 게 그때였다. 이 일을 하면서 식중독을 앓거나 몸져누울 시간 따위란 없었다. 치료 불가능한 이질 같은 질병으로 본국으로 후송되는 사람들을 본 적이 있었는데 나는 절대 그런 환자가 되지 않을 것이다.

• • •

나는 CIA 요원들이 에어프랑스Air France를 에어챈스Air Chance(요행 항공이라는 뜻—옮긴이)라고 부르는 것을 들은 적이 있다. 아프리카에서 돌아왔을 때 그 이유를 알았다. 나는 덜레스공항으로 돌아왔는데 내 짐은 돌아오지 못한 것이다. 결국 수하물 분실 신고소에 가서 서류를 작성했다. 그런데 직원들은 가방을 찾으면 내가 그걸 찾으러 공항으로 오는 게 아니라 나—가짜 여권과 수하물 꼬리표에 적힌 가짜 나—에게 직접 보내겠다는 뜻을 굽히지 않았다. *****. 내가 지금껏 해외 정보기관 요원들과 해본 그 어떤 협상이나 흥정보다 어려웠던 오랜 실랑이 끝에 에어챈스는 내가 잠시 머물고 있던 '내 절친 트레이시 샨들러의 집'으로 수하물을 보내주기로 했다. 고맙게도 이 책략은 성공했다.

귀국한 지 얼마 안 되어 나는 밀린 업무를 처리하러 토요일에 출근했다. 사무실에 있는 동안 나는 해외 정보원이 전문으로 보낸 단서 하나를 받았다. 내 정보원은 화학 테러의 세계에서 막 이름을 떨치고자 하는 악명 높은 테러리스트에 대한 구체적 정보를 가지고 있었다. 그자는 지금 자신이 보호받는 나라에서 비행기를 타고 보호받지 못하는 나라로 가는 길이었다. 그는 몇 시간을 비행한 다음 한 차례 비행기를 갈아타고 일요일 아침에 도착 예정이었다. 현지 요원과 연락이 닿아 비행기에서 내린 그자를 미행할 수만 있다면 벌집으로 돌아가는 벌을 따라가는 것과 같은 상황이 될 터였다.

나는 즉시 이 테러리스트의 목적지에 있는 정보기관에서 연락이 닿는 모두에게 전문을 발신하기 시작했다. 전문에는 이자의 정체, 지금까지 해온 일, 모 서방국가에서 실행 계획인 일에 대한 나의 추정이 실렸다. 나는 답신을 기다리며 몇 분마다 도착 메시지함을 살폈다. 두 시간이 지났을 무렵 나는 그저 누구라도 답을 해줬으면 하고 애태우는 인터넷 데이트 사이트 이용자 같다는 느낌이 들었다. (이게 만약 데이트 사이트였더라면 상대 구애자가 반쯤만 제정신이어도 내 악착스러움에 질려 도망갔으리라.)

날은 저물어갔고 나는 계속 전문을 보냈다. 전문 하나를 보낼 때마다 나는 정보를 추가했는데 여기에는 이자가 여자와 아이에게 저지른 흉악한 행위와 관련된 정보도 있었다.

마침내 전문 도착 신호음이 울렸다. 그자가 곧 도착할 나라에 있는 정보공작원이 보낸 한 줄짜리 간단한 전문이었다. '일요일에는 일하지 않는다'는 내용이었다. 그렇다면 그 테러리스트는 택시를 타고 유유히 사라질 것이다. 그자의 동기를 너무나 잘 아는 나는 밤을 설칠 테고.

CHAPTER 7

하나의 세계

/

유럽
2002년 겨울

● 우리 팀은 서방세계 정보기관들의 다자회의에 초대받았다. 유럽에서 열릴 이 회의의 목적은 정보를 교환하고 당면 문제를 토론하며 그 해법을 찾아내는 것이었다. 모두가 같은 목적을 가지고 협업하고 있었다. 테러리스트들의 공격 계획과 실행을 막는 것이다. 9·11 테러가 일어난 지 일 년이 조금 넘었고 이라크 침공이 임박한 시기였다. 이때는 알 카에다가 맹위를 떨치고 있었고 미국은 이들이 세계 어디를 공격하려고 하든 이를 반드시 막아낸다는 결심이었다.

우리 CIA의 대테러작전센터와 대량살상무기국 팀에서는 세 명이 갔다. 초청받은 CIA 요원 중 가장 선임자는 빅터 부국장이었다. 나는 풍성한 머리숱에 정장을 깔끔하게 차려입은 부국장과의 출장이 좋았다. 그는 각자가 동등한 가치를 가진 퍼즐 일부라고 격려하며 부하들에게 자존감을 불어넣는 사람이었다. 우리 출장단의 세 번째 단원 버나드Bernard는 집에 얼마 전 태어난 아기가 있어서 하루 늦게 도착하기로 했다. 30대인 그는 시트콤의 아빠 역 같은 차림새였는데 배가 조금 나왔고 매일 버튼다운 셔츠 위에 스웨터를 즐겨 입었다. 디너파티나 라마즈분만법(심리적, 육체적 훈련을 통하여 출산시 고통을 줄이는 분만법-옮긴이) 강습 시간에 버나드를 마주친 사람들은 카디건을 입은 부드러운 말투의 이 남자가 CIA 핵무기과에서 근무하는 면도날처럼 날카로운 분석관이라는 것을 꿈에서라도 상상하지 못했을 것이다.

나도 역시 회의에서 대량살상무기국 출장단을 위해 발언하기로 되어 있었다. 대부분의 이런 출장에서는 분석관, 공작요원, 총괄이 번갈아가며 우리 국을 대표해 발언했다. 이번에 역할 분담은 버나드가 분석관, 나는 공작요원 그리고 빅터 부국장이 총괄 역할이었다.

이번 출장에서 내가 세운 목표는 세 가지였다. 첫째로 내가 가진 귀중한 정보를 적절한 사람들 그리고 정당한 방법으로 이 정보를 활용할 사람들에게 전하는 것이고, 둘째는 외국 정보기관으로부터 할 수 있는 한 많은 정보를 수집하는 것이다. 그리고 셋째로 다른 나라의 정보기관 관계자들과 생산적인 제휴 관계를 맺는 것이다.

이 회의에 참석하는 사람들은 서방세계 각 정보기관의 수장들이었다. 가장 유능한 현장 요원들도 이들과 동행해 온다. 어떤 식으로든 도움이 될 자원이었다. 나는 그때까지도 아직 업무관계를 맺지 못한 몇몇 유럽국가의 정보기관 관계자들과 친분을 쌓으려 노력하고 있었다. 불행히도 이라크 침공이 다가올수록 목적을 달성하기가 더 어려워졌다. 이때 유럽은 미국이나 미국인들을 좋지 않게 보고 있었다. 테러리스트와 테러리스트 세포조직, 대량살상무기를 끈질기고 철저하게 추적하고 아프가니스탄에 파병해 테러와의 전쟁을 벌이는 과정에서 이들은 우리를 약자를 괴롭히는 악당으로 보게 된 것 같았다. 우리는 전 세계를 구하려고 노력하고 있었는데도 소용없었다. 여기에 예외란 없었다.

그래도 나는 캘리포니아 사람이자 여학생회 회원이었음을 자랑스럽게 생각하는 여성이다. 나는 이 사람들이 나를 정부 대표가 아닌 하나의 정보자원으로 보게 만들겠다고 굳게 마음먹었다. 부디 회의장에 정보계의 '최고위급' 인사들이 있기를. 그러면 그중에서 정치보다 세계의 안전을 더 우선시하는 누군가를 만날 수 있을지 모른다.

우리는 회의 시작 전날 도착했다. 이 도시에 주재한 다른 동료 요원의 자택에서 저녁 식사를 하는 것이 회의 전에 해야 할 유일한 일이었다. 택시를 타고 그녀의 아파트로 가는 동안 나는 연신 양옆으로 고개를 두리번거리며 창밖을 보았다. 온통 번쩍이는 불빛이었다. 마치 창밖의 눈 덮인 세상이 반짝거리며 광휘를 계속 발산하는 듯했다. 내가 몇 시간 전부터 호텔 방에서 짐을 푸는 사이 해는 이미 졌다. 어둡고 기온이 영하로 떨어질 때면 나는 침대에 쭈그리고 앉아 리얼리티쇼를 보곤 했다. 그런데 이 나라 사람들은 나와 달리 추위에 움츠러들지 않는 게 분명했다. 거리는 활기에 차서 북적였다. 택시로 지나쳐 가며 얼핏 본 가게들은 영업 중이었고 식당 안은 손님들로 가득했다. 거리에는 자전거를 타고 달리는 사람들도 있었는데 헬멧을 쓴 사람은 아무도 없었다.

나는 택시 옆을 지나쳐 달리는 자전거 운전자를 가리켰다. 역시 헬멧을 쓰지 않았다. 이 도시에서 오래 지낸 빅터 부국장이 말했다.

"여기서는 걱정하지 않아. 뭐가 되었든지 간에."

"알 카에다까지도 말입니까?"

나는 얼마 전 자르카위의 가장 열렬한 추종자 한 명을 이곳에서 가까운 어느 도시까지 추적했다. 사실 많은 수의 테러리스트들이 독자 여러분이나 나와 마찬가지 이유로 유럽으로 이주한다. 누구나 이용 가능한 보건의료 체계, 편리한 대중교통 그리고 1유로도 안 되는 바게트가 그것이다. 그리고 인터넷도 있다. 중동 일부 지역에서는 탈레반 세력과 샤리아Sharia(일상의 모든 것을 포괄적으로 규율하는 이슬람 법-옮긴이) 율법 때문에 인터넷이 금지되었다. 생화학 공격을 계획하거나 추종자들을 모을 때는 가는 데 며칠이 걸리는 차가운 모래투성이 동굴에서보다 인터넷 채

팅방에서 만나 일을 도모하는 편이 더 쉬웠다.

"응, 알 카에다도 걱정하지 않지. 봐봐."

부국장은 카페 밖에 나란히 줄을 선 유모차 셋을 가리켰다.

"저렇게 아기를 밖에 놔둔다고."

"이런 날씨에 말인가요?"

어머니가 나를 혼자 세븐일레븐까지 걷게 하는 데도 몇 년이 걸렸다. 게다가 습기도 별로 없고 화창한 남부 캘리포니아였다.

"이런 날씨든 다른 날씨든 마찬가지야. 꽁꽁 싸매고 있지. 애들도 밖에서 잔다네. 언제나 그래. 진짜야. 날씨가 어찌 되었든 말이지."

부국장은 어깨를 으쓱하고 웃었다.

"유괴당하면 어쩌려고요?"

"여기서 훔쳐 가는 것은 자전거뿐이라네."

부국장이 말했다.

공포는 대개 선택의 문제라는 생각이 불현듯 났다. 유괴, 자전거 충돌 사고, 자살폭탄 테러는 어떻게든 일어난다. 이런 일들을 다 회피하려는 데 인생을 소비할 수도 있고 되는대로 살며 매 순간을 즐길 수도 있다. 카페 밖에서 애들이 자는 동안 안에서 맥주를 마시거나 자전거를 타고 도로를 달리며 머리카락 사이로 들어오는 눈송이의 촉감을 느낄 수도 있다. 또 재미있고 흥미진진한 곳에 가기 위해 아메리칸 에어라인 비행기를 탈 수도 있다. 어쨌거나 나도 평소 어느 정도는 '겁이 없었다'고 할 수 있지만 여기 이 사람들의 태도는 그와는 다른 차원으로 '유럽적'인 것이라 생각한다. 나 역시도 안 가본 곳을 여행하고 새로운 음식을 먹거나 또는 내 앞에 펼쳐지는 세상 모든 것을 두려워하지 않고 받아들일 일이 있다면 그러한 태도로 살 것이다. 그러면서 생화학무기를 살포하고 우리 모두를 죽이려는 자들을 제거하는 데 노력을 기울일 것이다.

빅터 부국장이 요금을 내는 동안 나는 택시에서 내렸다. 랭글리는 그해 겨우내 추웠다. 그래서 나는 후드가 달린 긴 오리털 재킷으로 추위에 단단히 대비했다. 무엇과도 어울릴 수 있게 검은색으로 골랐던 옷이다. 최근 들어서 꽤 비싸게 주고 산 따뜻한 장갑 한 켤레도 있었고 집에서 나올 때면 반드시 하누카Hanukkah(11월이나 12월에 8일간 진행되는 유대교 축제-옮긴이) 선물로 부모님이 주신 캐시미어 스카프를 둘렀다.

부국장은 한 건물 앞에서 잠시 걸음을 멈췄다. 장중하고 우아해 보이는 건물이었다. 이런 나라, 이런 곳에서 사는 기분이 어떨지 궁금해졌다. 부국장은 내 오리털 재킷의 도톰한 어깨에 손을 올리고 말했다.

"이 사람은 우리 공작에 대해서는 아무것도 몰라."

순간 웃고 싶어졌다. 이 일이 중요하다는 것은 안다. 그리고 내가 잘하고 있다는 자신감도 있었다. 하지만 고작 스물세 살밖에 안 된 내가 나보다 훨씬 더 오래 이 일을 해온 사람보다 상급자 입장에 선다니. 거의 코미디처럼 보였다.

"그래서 요즘 날이 일찍 어두워진다 …… 는 이야기만 하는 겁니까?"

동부 연안으로 이사 온 이후 쌓은 교우 관계는 CIA를 벗어나본 적이 없었다. 내 업무 관련 내용을 이야기할 수 없는 자리에서는 대화를 나눠본 적이 거의 없었다.

부국장이 미소를 지었다.

"내가 하는 대로만 하면 괜찮을 거야."

아파트는 아름답고 고상하고 우아했다. 내부를 골동품들로 장식했는데 가까이 가서 만져볼 수도 있었다. 팔걸이의자에 앉아보니 둥지 안에 들어앉은 것처럼 아늑하고 포근한 느낌이 들었다. 벽난로 선반과 식탁에는 촛불이 주변을 밝히고 있었고 벽난로에는 모닥불이 타고 있었다. 주인은 모든 면에서 아파트만큼이나 우아한 여성이었다. 나는 일을 하면서 남성들을 상대했던 때가 많았고 유럽과 아프리카의 다른 정보기관들과 교류하면서 그런 경우는 더 많아졌다. 그래서 해외에서 영향력 있는 지위에 있는 여성을 만나본다는 데 특별한 감흥이 들었다. 열심히 일하고 생각하면서 최선을 다해 배우려고 노력하느라 바빠서였는지 그때까지 나는 내가 뭔가를 대표한다는 사실에 대해 많이 생각해보지 못했다. 하지만 이 사람을 보니 그 누구라도 자신이 속한 집단을 대표하고 있는 자기 모습을 본다면 큰 감화를 받으리라는 걸 깨달았다. 소속감뿐만 아니라 훨씬 더 큰 가능성이 내게도 있다고 느낀 계기가 되었다.

저녁 식사에서의 대화는 내가 참석했든 안 했든 관계없이 부드럽게 이어졌을 것이다. 그래도 나는 앉아서 얘기를 듣는 것만으로도 좋았다. 나는 현지 관습, 현지 음식 그리고 이 나라 사람들이 어떻게 압박감으로부터 자유로이 여유롭게 사는지에 대해 들었다. 말을 들어보니 이곳 주민들은 마치 서핑을 즐기는 캘리포니아 사람들 같다. 다만 이들이 타는 건 파도가 아니라 자전거라는 게 다를 뿐이었다.

• • •

다음날 아침 부국장과 나는 이 나라 정보기관 본부로 택시를 타고 갔다. 지난번 출장에서처럼 택시에서 뛰어내려 사진을 찍고 싶었다. ***** 그곳에서 우리의 목적은 이 나라 정보 관계자들을 만나 우리가 왔다고 알리는 것이었다. 정보계에서는 다른 나라에 가게 되면 '안녕하시오. 있는 동안에는 여기에서 첩보활동을 하지 않겠습니다.'라고 알리는 것이 불문율이었다. 나는 랭글리에서 다른 나라 정보 관계자들과 수많은 회합을 했는데 이 사람들은 자기들이 미국에 있다는 것을 우리에게 미리 알려왔다. 우리는 보통 가명으로 출장 또는 파견 갈 때만 자신의 정체를 숨겼다.

나는 이 나라 정보 관계자들과 대화를 나눌 기회를 고대하고 있었다. 다른 많은 유럽인들과 달리 이곳 사람들은 부시가 이라크를 침공했다 해서 미국 정보요원인 나를 대놓고 싫어하지는 않는 것 같았다. 게다가 이 사람들은 화학 테러 위협의 심각성을 이해했다. 일요일에 기꺼이 일할 사람들이기도 했다.

현지 사정에 좀 익숙해지자 빅터 부국장과 나는 따로 하루를 보내며 여러 정보원들로부터 정보를 수집하고 분석했다. 테러 세포조직은 전체 순환계에서 맥이 잡히는 곳과 같아서 지금 눈앞에 보이는 것을 정확히 파악하려면 더 넓은 시야와 여러 다른 관점이 필요하다. 즉 우리는 우리의 정보망이 규모 면에서 알 카에다의 테러망 조직을 능가하도록 노력하는 중이었다. 알 카에다를 포위하고 꼼짝 못 하게 해야하는 것이다.

그날 각자 계획했던 하루가 끝날 무렵 부국장과 나는 우리가 찾아낸 것들을 교차검증하러 만났다. 서로 가진 정보를 모아보니 우리 목표인 YY가 조준선 안에 들어왔고 그 일거수일투족도 추적할 수 있었다. YY는 우리가 더 근거리에서 감시하고자 했던 대상이었다. 즉 그자가 가는 곳 어디서나 감시하는 눈이 필요했다는 뜻이다. YY는 열정적이고 사람을 휘어잡는 매력이 있어서 대다수의 다른 테러리스트보다 위험한 존재였다. 그는 외모도 훌륭했고 언변까지 뛰어났으며 알 카에다 소식지에 기고해 서구인과 유대인을 죽이겠다는 흉악한 야욕을 떠벌이기도 했다. 추종자를 끌어모으는 데는 자신의 개인적인 매력과 높은 대중 인지도가 한몫했다. 그리고 그는 이렇게 포섭된 이들의 취약점을 이용해 극단주의 테러조직의 세를 불릴 수 있었다. 불안정한 처지의 청소년과 성인들은 YY 휘하에서 소속감을 느낄 공동체와 목적의식을 찾을 수 있었다. 그리고 이들은 영적 소명이라고 믿은 잘못된 길로 빠지게 되었다. YY는 점점 우리의 최우선 목표물이 되어가고 있었다. 그자가 다음에 어디로 갈지, 누구와 동행하는지, 그리고 그곳에서 무엇을 할 계획인지 예측해야 했다. 그렇게 해야 YY 자신이 자주 천명한 대로 '서구인과 유대인'을 죽일 계획을 실행에 옮기기 전에 YY와 그의 일당을 저지할 수 있을 것이다.

● ● ●

버나드는 우리가 초대받았던 만찬 시간에 맞춰 그날 저녁 일찍 도착했다. 빅터 부국장은 그 자리에 비유럽 출신자는 우리뿐일 거라고 말했다.

그때는 그다지 큰 문제로 보이지 않았다.

다시 한 번 택시가 멈춰 서자 나는 사진을 찍고 싶었다. 만찬장인 호텔 건물은 너무나 우아해서 로맨틱한 생각이 들 정도였다. 부국장과 버나드 그리고 나는 보도에 잠시 서서 장중한 석조 건물 전면을 응시했다. 지붕 높은 곳에는 똑바로 선 깃대들에서 깃발 세 개가 나부끼고 있었다. 그리고 3층 아니면 4층인 건물 전면에는 화환 네 개가 있었는데 크기는 모두 이 건물의 폭 3미터짜리 창문만 했다. 나같이 남부 캘리포니아에서 자란 사람이라면 한 번도 보지 못했을 광경이었다.

버나드는 오버코트의 옷깃을 바싹 당기며 말했다.

"와이프 데려올걸 그랬습니다."

"자네 애가 좀 더 크면."

부국장이 말했다. 그리고 호텔 안으로 걸어 들어가기 시작했다. 얼마 전부터 나는 배우자를 찾는 문제나 아이를 갖는 문제를 생각했지만 버나드를 통해서 보니 그다지 좋은 생각 같지는 않았다.

호텔 내부는 화려했다. 어디에나 촛불이 주변을 밝히고 있었고 테이블과 카운터에는 진자주색 부케가 있었다. 의자는 벨벳 천을 댄 고급 의자였다. 부국장은 행사 성격에 맞춘 완벽한 차림이었는데 진회색 정장에 라벤더색 타이를 매고 가슴 호주머니에는 라벤더색 손수건을 꽂았다. 버나드는 비행기에서 입고 있었던 것과 같은 정장을 입었다. 나는 붉은색 블라우스에 검은색 슬림 바지정장을 입었다. 그리고 시간을 들여 머리를 단장하고 매니큐어와 완벽하게 어울리는 선홍색 립스틱을 발랐었다. 낯선 이들에게 관심의 대상이 되는 것을 특별히 즐기는 편은 아니었고 어떤 집단에서도 관심의 초점이 되는 것이 싫었다. 하지만 옷과 화장, 잘 꾸며 입는 것은 좋았다. 여학생회에 있을 때부터 나는 내가 배정받은 역할을 하려면 옷차림은 이래야 한다는 타인—남자든 여자든 조직이든—의 기대에 맞춘 생각은 전적으로 거부했다. 그래서 정보요원이 되어서는 남자들과 일하는 경우가 대부분이었는데도 나는 긴 링리츠^ringlets (세로로 컬이 진 머리가 귀 옆으로 나오도록 만든 머리 모양. 작은 고리 모양으로 컬을 느슨하게 한다-옮긴이) 모양으로 헤어컬을 할 권리를 행사하면서도 남들이 이것을 진지하게 받아들이길 원했다. 왜냐하면 나는 이런 머리를 하는 게 좋으니까.

만찬장에 있던 많은 사람들 중에 여자는 나를 포함해서 고작 다섯 명이었다. 모두 나보다 적어도 스무 살은 더 많아 보였다. 이 사람들의 위치는 나중에 찾아 만나볼 수 있도록 메모해두었다.

한 여성이 자기 테이블로 가면서 내 옆을 지나갈 때 나는 그녀와 눈을 마주치려 했다. 그런데 그녀는 마치 내가 그 자리에 없기라도 한 듯 그냥 지나가버렸다.

빅터 부국장, 버나드와 나는 각각 다른 테이블에 앉았다. 내 테이블에는 남자 일곱 명이 있었다. 세 명은 이미 착석해 있었고 그다음 나를 포함한 나머지는 거의 비슷한 시간에 테이블로 왔다. 그날 밤 참석자 전원의 공용어는 영어였다. 아, 내 테이블만 빼고.

내 왼쪽에 앉은 패트릭Patrick은 붉은 머리를 한 작은 키의 남자였는데 치아는 제멋대로 삐뚤삐뚤하게 났지만 편한 미소를 지으며 주위 사람들을 친절하게 대하는 사람이었다. 참석자 대부분이 입은 회색, 청색, 검은색 정장 대신 그는 녹색 정장 차림이었다. 나는 그와 악수하고 자기소개를 한 다음 오른쪽에 앉은 남자에게로 몸을 돌렸다. 그는 입술을 너무 앙다물고 있어서 입 모양이 찰리 브라운Charile Brown(미국 만화 피너츠 〈Peanuts〉의 등장인물-옮긴이)처럼 보였다. 눈은 푸른색이고 머리는 암갈색이었는데 입고 있는 정장이 너무 슬림하고 꽉 껴서 몸 위에 옷을 박음질한 것처럼 보였다.

"트레이시라고 합니다."

나는 악수를 청하며 손을 내밀었다. 그는 매니큐어 칠한 내 손을 잠시 내려다보더니 건들거리는 손목을 들어서 원더브레드Wonder Bread(미국의 빵 상표명-옮긴이) 빵 조각 같은 손을 내밀었다. 축축한 촉감의 손이었다.

"존……."

그가 말을 시작했는데 나머지 부분은 모르는 외국어로 된 영화 대사를 듣는 듯했다. 그리고 자막도 없다.

만찬장에 있던 모든 사람은 영어로 이야기했다. 하지만 존은 테이블에 있던 유일한 미국인인 나에게만 영어로 말하기를 거부했다. 옆에 있던 북유럽인에게 존은 영어로 이야기했다. 동유럽인, 남유럽인에게도 영어로 말했다. 존의 모국어를 쓰는 나라에서 온 백 살은 되어 보이는 노인에게도 그는 영어로 이야기했다. 그러나 내게는 "Non!" "Nein!" "Nej!"이었다. 존은 미국에 화가 난 듯 보였다. 그리고 내가 그 사람 쪽으로 몸을 돌릴 때마다 이해할 수 없는 장광설로 자기 뜻을 알렸다. 소금 좀 달라고 할 때도 그랬다.

오래전 학교에서 괴롭힘을 당하던 시기에 나는 누군가 날 갑자기 좋아하게 만들 수는 없다는 사실을 배웠다. 그리고 두 팔을 활짝 펴고 그렇게 해달라고 하면 나를 싫어하는 사람들은 내 약점을 치고 들어와서 나를 더 해칠 것이다. 나를 좋아하게 만들려고 애쓰는 것은 내 힘을 줄인다. 그런데 그들을 무시하는 것은 그들의 힘을 줄인다. '소금'은 내가 존에게 말한 마지막 단어였다.

고맙게도 패트릭은 기꺼이 나와의 대화에 응했다. 그는 영리하고 재미있는 사람이었고 빈 라덴과 9·11을 주제로 토론하는 동안 귀중한 식견을 보여주었다. 이런저런 이야기를 하다 패트릭이 말했다.

"트레이시 씨, 그런 사건이 일어났다는 데 참 유감입니다. 진짜 그래요. 미국에서 그런 일이 벌어지길 원했던 사람은 없어요."

"아마도…… 저 사람조차도요."

나는 농담 삼아 오른쪽의 찰리 브라운 씨를 향해 고개를 끄덕였다.

패트릭은 씩 웃었다.

"하지만 유럽인의 관점에서도 사안을 보셔야 합니다. 아일랜드는 기본적으로는 거의 30년 넘게 내란을 겪지 않았습니까."

"더 트러블스^{The Troubles}(아일랜드 공화국 독립 후에도 영국령으로 남은 북아일랜드의 얼스터^{Ulster} 지역에서 영국 잔류 지지파 및 영국 정부와 아일랜드 공화국 합병 찬성자 사이에 있었던 분쟁-옮긴이) 말씀이시군요."

"예, 더 트러블스지요. 북아일랜드 사람들은 9월 11일에 목숨을 잃은 미국인들보다 더 많은 인명을 더 트러블스 시기에 잃었어요. 사망자의 어머니, 형제, 아버지, 아이 말고는 아무도 개념……."

"개념이라고요?"

내가 물었다.

"개념이요."

그가 말했다. 나는 그가 '괘념'이라는 뜻으로 말했다는 것을 알아차렸다.

"그러니까 아무도 걱정하지 않았다는 말씀이시죠?"

"예! 물론 어떤 사람들은 걱정했을 수도 있지요. 트레이시 씨도 똑똑한 분이시니 그랬으리라 확신합니다. 하지만 트레이시 씨나 아니면 미국이 당시 아일랜드에 갑자기 뛰어들어 뭔가 해야 했다는 뜻은 아닙니다. 하지만 쌍둥이빌딩이 무너진 후로는 모든 미국인은 전 세계가 무릎을 꿇고 눈물을 흘리고 일어서서 미국을 지키기 위해 무기를 들어야 하는 것처럼 행동합디다."

나는 저녁을 겨우 몇 입밖에 못 먹었다. 존의 행동에 조금 당황스러웠는데 또 패트릭에게 이런 말까지 듣다니.

나는 평생을 미국에서 살았다. 내가 한 여행 대부분은 CIA 업무 출장이었다. 나는 더 트러블스를 안다. 나는 호모 사피엔스가 존재해왔던 이래 모든 대륙에 문제, 내전, 봉기, 폭동, 난민이 있었던 것을 안다. 내 전공은 사학이었으니까! 하지만 패트릭이 옳았다. 나는 여러모로 전형적인 미국인이었다. 뭘 알아가거나 배울 때마다 나는 언제나 관련 지식을 내 조국에 대한 사랑과 충성심이라는 필터로 한 번 거른 다음 받아들이곤 했던 것 같다.

패트릭과의 대화는 지구적 사고의 필요성을 느끼게 된 계기였다. 대화하면서 나는 능력 닿는 한 최고의 CIA 요원이 되고 미국을 지키는 최고의 전사가 되려면 관점을 조금이라도 바꿔야 한다고 믿게 되었다. 그러지 않으면 나는 캔자스의 옥수수 줄기처럼 미국 땅에만 두 발을 박은 채 옴짝달싹하지 못할 것이다. 그보다는 이 모든 것 위로 떠올라 세상의 서로 연결된 부분을 한데 아울러 볼 필요가 있었다. 그래야만 예멘 해안에 있는 누군가가 어떻게 해서 아덴만Gulf of Aden에 정박한 미국 군함을 점령군으로 느끼게 되었는지, 그리고 그 반작용으로 이것이 어떻게 알 카에다 지원을 받는 아프가니스탄의 마드라사madrassa(이슬람 교육을 하는 학교-옮긴이)에 있는 난민 청소년 집단에 공포의 파문을 일으키는지를 더 잘 볼 수 있을 것이다.

이렇게 해야 모든 것이 흘러가는 방향이 보이는 것이다. 나는 전 지구적 사고를 해야 더 많은 이들에게 봉사할 수 있다고 믿기 시작했다. 이런 사고는 유럽과 아프리카에서 온 동료 정보 관계자들의 관점을 이해하는 데도 도움이 될 것이다. 성도 모르는 존 모 씨와 나의 관계가 좋아질 리는 없지만 아직은 다른 나라에서 온 다른 정보 관계자들이 있다. 패트릭 말고도 문명인답게 이야기할 다른 사람을 찾을 수 있을지 몰랐다.

만찬이 끝나고 빅터 부국장은 나와 버나드를 설득해 놀이공원에 데려갔다. 남부 캘리포니아에서 자란 다른 아이들처럼 디즈니랜드는 내 인생의 일부이자 계절이 바뀔 때마다 놀러 가는 즐거운 장소였다. 그래서 나는 놀이공원에 가자는데 싫다고 한 적이 없었다.

이곳의 놀이공원은 내 상상보다 더 예뻤고 놀이공원이라기보다 공원에 가까운 곳이었다. 반짝이는 불빛으로 덮인 크리스마스트리가 1천 개 이상 있었다. 실제로 공원 전체에 불이 환히 밝혀져 있었다. 모든 건물, 놀이 시설, 덤불 나무의 윤곽선은 반짝이는 불빛으로 장식되었다. 입체적으로 반짝거리는 라이트브라이트 장난감Lite-Brite toy(검은 바탕에 핀을 꽂아 일정 형태가 완성되면 여러 패턴으로 반짝거리는 장난감-옮긴이)이든지, 아니면 정원이랑 비슷하게 불 밝힌 차량으로 이동하는 디즈니랜드 메인

스트리트의 일렉트릭 퍼레이드 같았다. 함께 공원 주변을 잠시 걸은 다음 버나드는 택시를 잡아타고 호텔로 돌아가기로 했다. 다음날 아침에 예정된 발표가 걱정이라 잠을 좀 자야겠다는 것이었다. 빅터 부국장은 근처에 많은 레스토랑 중 한 곳에서 한잔하기를 원했으나 나는 이 마법 같은 동화의 나라에서 계속 걷는 게 좋아서 결국 우리는 뿔뿔이 헤어졌다.

휴가철을 맞아 가설 상점들이 보도를 따라 늘어서 있었다. 그리고 상점 뒤에는 불을 환히 밝힌 모스크 같은 건물이 있었다. 크리스마스를 맞은 아랍 마을 같았다. (일부 아랍 국가에는 기독교 정교회 교도가 소수나마 있으므로 완전히 틀린 말은 아니다!) 나는 이 일을 하면서 허쉬 키세스 초콜릿처럼 생긴 건물 꼭대기와 출입문 끝이 뾰족한 아치, 복잡한 패턴의 타일 같은 이슬람 디자인과 건축양식을 사랑하게 되었다. 고도로 수학적인 아름다움이었고 그 매력에 푹 빠졌다. 나는 불 켜진 모스크를 꽤 오랜 시간 감상했다. 공원에 있는 모스크는 그 시점에서 내 삶과 아주 흡사했다.

유럽 어딘가에 불이 환히 켜진 미너렛minaret(이슬람교 사원 외곽에 세운 첨탑-옮긴이)이 보이는 크리스마스 시장을 유대계 미국인 정보요원이 이슬람 극단주의자의 뒤를 쫓으며 돌아다닌다니.

한기가 오리털 재킷을 뚫고 들어오기 시작하자 나는 몇몇 행인들을 따라 공중公衆 난로가 있는 곳으로 서둘러 갔다. 거기엔 커다란 드럼통 같은 데에 불이 피워져 있었는데, 뜻밖에 난로 반대편에 있는 빅터 부국장을 보았다. 우리는 서로를 발견하고 함께 웃었다. 부국장과 나는 주변을 좀 더 걸으며 자정 무렵 공원이 문을 닫을 때까지 모든 광경을 눈에 담았다.

호텔 방에서 이를 닦을 때는 새벽 1시였다. 우리는 아침에 있을 회의에서 발표할 예정이었다. 하지만 발표 자료는 그 무엇보다 더 머릿속에 환히 꿰고 있었다. 나는 버지니아의 내 주소보다 더 먼저 X와 YY의 생년월일과 이들이 있는 좌표를 댈 수 있었다. 잠을 충분히 자든 안 자든 달라질 일은 없다.

· · ·

아침 일찍 호텔 안내원이 회의가 열릴 곳으로 복도를 따라 우리를 안내했다. 다들 말이 없었다. 나는 내 발표 부분을 되짚어보고 있었다. 버나드와 부국장도 마찬가지였을 것이다.

모두 정장 차림이었다. CIA에서 최고로 옷을 잘 입는 사람으로 몇 손가락 안에 꼽히는 빅터 부국장은 특히 그날따라 빈틈없는 차림새였다. 가슴 호주머니에 꽂은 손수건은 빳빳했고 흰 셔츠에는 매듭 장식이 있는 금제 커프스링크를 달았다.

우리는 대형 회의실 앞쪽 출입구로 입장했다. 나는 주변 좌석을 처다봤다. 모두가 우리를 바라보고 있었다. 몸이 떨려왔고 마치 압도적으로 많은 적대적인 사람들과 맞부닥쳐서 가장 약한 아웃사이더가 된 것 같았다. 나는 청중들의 눈에 띄는 존재였지만 그들이 좋아하는 타입은 아니었다. 그러나 나는 내가 발표할 자료의 가치는 그 어떤 나라 정보기관이 생산해낸 것에 비해서도 뒤떨어지지 않으리라 확신했다.

하지만 전날 밤 호텔에서의 만찬 뒤로 나는 치명적인 3연속 스트라이크를 먹었다는 것을 절실하게 느꼈다. 이마에는 번쩍이는 네온사인으로 붉은 X가 그려져 있는 것 같았다. 첫째, 나는 어리다, 둘째, 나는 미국인이다, 셋째, 나는 여성이다.

부국장은 청중을 거의 처다보지 않았고 겁먹지도 않았다. 그는 자신 있게 머리를 높이 들고 나와 버나드를 거느린 채 연단으로 향했다. 부국장은 모인 사람들에게 자신을 소개하고 CIA가 이루고 있는 진전과 우리 정보원의 신뢰도에 대해 말했다. 그다음 그는 온갖 미사여구와 함께 나를 소개했다. 부국장의 말에 따르면 나는 대량살상무기를 동원한 테러 시도를 두 차례 막았을 뿐 아니라 전 세계에서 활동 중인 생화학테러 세포조직 핵심 지도자의 정체를 밝히고 조직도를 만든 공로자였다.

부국장이 옆으로 물러나자 나는 연단 쪽으로 다가갔다. 손이 떨리고 있어서 나는 연탁의 경사진 윗면에 손을 꼭 붙였다. 일을 제대로 해내려면 공포, '다르다는 느낌'을 빨리 극복해야 했다. 나는 몇 초간 눈을 감았다 떠서 일부러 초점을 흐렸다. 발언하는 동안 청중은 보이지 않았다. 몇 초 만에 나는 내가 모두가 무시하는 부류의 사람이라는 것을 잊어버렸다. 나는 공포를 잊어버렸다. 나는 그때 미국인이 얼마나 많은 미움을 받고 있었는지도 잊어버렸다. 나는 나와 내 뒤의 생화학무기 삼총사가 공들인 작업 결과가 가진 엄청난 힘을 등에 업고 준비한 것을 말했다. 몇 분간 누구도 나를 멈출 수 없다는 느낌이 들었다.

● ● ●

발표 며칠 뒤 빅터 부국장과 버나드와 나는 호텔에서 멀지 않은 멋진 레스토랑에서 저녁을 먹었다. 이 도시 어디나 엇비슷하게 레스토랑 건물도 자그마한 흰색 조명들로 건물 가장자리를 장식하고 있었다. 우리는 창가에 앉았고 나는 메뉴를 더 잘 보려고 메뉴판을 촛불 가까이 가져갔다. 지금까지 관찰한 바로는 여기 사람들은 돼지고기를 많이 먹었다. 내가 지금껏 살면서 단 한 번도 먹어보지 않은 것이 돼지고기였다. 내가 쫓고 있는 테러리스트들과 나 사이에 유일한 공통점인 셈이다(유대교와 이슬람교 모두 종교 계율로 돼지고기 섭식을 금한다-옮긴이). 나는 돼지고기를 먹지 않는 내 식습관을 자각하고 다른 것이 없나 기대하며 메뉴를 살폈다.

이름이 몹시 어려운 물고기 요리가 있었다. 부국장이 내가 알아듣게 이름을 번역해 알려주었다. (연가^{戀歌} 제목 같았다.) 나는 한 번 크게 웃고 그걸 시키겠다고 했다. 부국장과 버나드는 돼지고기 요리를 주문했다.

웨이트리스가 주문을 받고 자리를 떠나자마자 우리는 이야기를 시작했다. 그리고 멈추지 않았다. 장장 세 시간 넘게 우리는 알고 있는 것들을 교차 확인하고 서로 맞춰가며 총체적 정보를 그려냈다. 우리는 서로가 허술히 넘어가 버렸던 부분을 밝혀내기도 하고 몰랐던 내용을 채워

넣기도 하면서 인명, 도시 이름, 의도가 포함된 전체 시스템을 그린 지도를 만들어냈다. 그런 데다가 지금 해외에서 먹어본 최고의 식사를 하면서 이런 치밀한 정보 업무를 하고 있다는 사실 하나만으로도 이 일이 평소보다 더 짜릿하고 영예롭게 느껴졌다. 두 가지를 동시에 경험하기는 어렵다는 생각이 들 수도 있다. 말하자면 복잡하게 얽힌 테러리스트 세포조직의 실타래를 풀면서 동시에 생선찜과 새우, 오이, 캐비어, 레몬을 곁들여 버터 토스트에 얹은 흰살생선 튀김요리를 먹는 것 말이다. 하지만 전혀 어렵지 않았다. 이날 저녁 나는 새롭고 신선한 맛과 새롭고 신선한 정보가 한데 어우러진 유쾌한 경험을 했고 너무 기분이 좋아져서 하마터면 난데없이 손뼉을 칠 뻔했다.

우리는 다음날 아침 항공 편으로 랭글리에 돌아갈 예정이었다. 그래서 알람을 일찌감치 새벽 4시 30분에 맞춰놓았다.

나는 정확히 그 시간에 일어나서 샤워를 하고 따뜻한 운동복으로 갈아입었다. 새벽 5시쯤 나는 한 손에는 호텔에서 준 지도를 쥐고 머릿속으로 경로를 그려보며 영하의 날씨에 어두운 거리로 나섰다. 헉헉 숨을 쉴 때마다 입김이 작은 구름처럼 피어났고 한기에 노출된 코끝은 순간적으로 전기 충격이라도 받은 것처럼 시큰거렸다.

막 반환점을 돌았을 무렵 나는 어깻죽지에 날개를, 다리에는 맹금류의 발을 달고 바위에 걸터앉은 여성의 동상과 마주쳤다. 그것을 좀 더 보려고 멈춰 서서 무릎에 손을 얹은 채 숨을 헐떡였다. 찬바람을 맞아 조금 흘러나온 눈물은 금세 뺨 위에서 얼어붙었다. 나는 이 동상에 대한 글을 읽어본 적이 있었고 지난 여러 해 동안 몇 차례 수난을 겪었다는 것을 알고 있었다. 발톱을 뽑는 것부터 시작해서 참수(두 번씩이나!), 히잡 씌우기, 별난 색으로 스프레이 페인트 온통 뿌려대기 등 공격 종류도 가지가지였다.

나는 동상의 얼굴을 살폈다. 조금은 슬프거나 초조해 보이는 얼굴이었다. 하지만 결기 있는 표정이었는지도 모른다. 끝까지 버티겠다는 용기.

몇 시간 후 랭글리로 가는 비행기에 앉아 있으려니 그 동상이 나의 또 다른 모습이라는 생각이 갑자기 떠올랐다. 동상은 사람들이 자신의 믿음, 생각, 화, 이해와 오해를 투영해 만든 한 여자아이 또는 여인이었다. 그렇지만 나는 다른 사람들 생각에 휘둘리지 않았고 괴롭힘을 참아내며 굳건하게 버텼다. 그리고 사람들이 내게 무슨 짓─내 국적이나 성 때문에 나를 무시하거나 만찬장에서 대화를 거부하고 체포 요청을 거절하는 등─을 했든 나는 해나갈 것이다. 앞으로도 모든 것을 견뎌낼 것이다. 사실 인내보다 더 나은 일을 하겠지만 말이다.

나는 모든 것을 극복하고 전진해서 나를 괴롭히고 무시한 모든 사람들과 모든 장애물 그리고 내가 받은 비난을 완전히 무색하게 만들 것이다. 나는 미국과 미국인 그리고 유대인을 혐오하는 나라에 모습을 드러낼 것이다. 나는 서구인들을 죽이려고 하는 테러리스트 대군이 있는 나라에 나타날 것이다. 나는 붉은 립스틱을 바르고 헤어컬을 한 채 바위와도 같은 내 신념 위에 굳건히 서 있을 것이다.

CHAPTER 8

크래시 앤 뱅

/

미국 어느 곳
2003년 3월

● 흡사 캠핑장 같았다. 그런데 어쩌면 그보다 더 즐거운 곳일지도 모르겠다. 이곳의 '캠핑객' 수는 보통 캠핑장보다 훨씬 적었다. 모두 해서 남자 열 명과 여자 두 명이 다녔다. 아, 그리고 이곳의 유일한 노랫소리는 내가 혼자 차에 있을 때 지직거리는 라디오 방송을 들으며 직접 부른 것이었다. 이 외딴 장소에서 CIA는 요원들에게 화기火器 사용법에서부터 정찰 기술에 이르기까지 모든 것을 가르쳤다.

나는 헤어드라이어와 마스카라, 립스틱은 가져왔지만 고데기나 좋은 옷은 가져오지 않았다. 청바지, 티셔츠, 후드 티와 트레이닝 바지뿐이었다. 흔히 '농장'이라고 불린 훈련소에 오기는 이번이 처음이었다. 9·11 직후 고강도 업무를 긴박하게 처리하느라 나는 CIA에서 정해진 순서에 따라 필수적으로 해야 하는 일을 하지 못했다. 규정대로라면 농장에서 3개월간 머물며 훈련을 받아야 했지만 그렇지 못했고, 대신 나는 업무 일정에 틈이 날 때 일주일 입소해서 한 과정을, 그리고 나중에 또 일주일 입소해서 다른 과정을 이수하며 필요한 기술을 습득했다.

버지니아주의 내 아파트에서 농장까지 가는 데는 시간이 꽤 걸렸다. 보초가 기관총을 가슴 앞쪽으로 멘 채 정문을 지키고 있었다. 훈련 시설로 차를 몰고 가는 동안 타이어에 자갈이 밟히며 으스러지고 튀는 소리가 났다. 빽빽한 숲과 높이 솟은 나무들이 그림자를 드리우며 머리 위로 하늘을 가렸다.

나는 본관 건물 앞에 차를 주차하고 안으로 걸어 들어갔다. 여직원이 내가 지낼 기숙사 방 번호를 알려주고 농장 지도를 하나 주었다. 작은 사무실이지만 직원의 일솜씨가 좋았다. 시설들은 넓은 지역 안에 서로 멀리 떨어져 있어서 한 곳에서 다른 곳으로 가려면 차로 이동해야 했다.

이곳의 숙소는 내가 델타 감마 하우스로 이사하기 전해에 살았던 대학교 기숙사보다 더 단출했다. 그렇다 해도 개인 화장실은 있었다. 여기에는 작고 아담한 세면대와 변기 그리고 플라스틱 샤워기도 설치되어 있었다. 다만 세면대 위 거울은 귀퉁이가 조금 깨져 나간 상태였지만. 나는 화장실에 서서 거울에 비친 내 모습을 힐끔 보고 어깨를 으쓱했다. 아마도 이때가 대학 신입생 시절 이후로 드물게 당장 아무런 급박한 일 없이 여유롭던 순간들 중 하나였을 것이다. 나는 습관대로 일찍 이곳에 도착했고, '크래시 앤 뱅Crash and Bang'으로 불린 일주일 과정 첫날에 제일 먼저 출석한 교육생이 되었다.

공식적인 수업은 내일부터 시작될 예정이었다. 마치 상자 같은 이곳 기숙사 방은 개인 화장실 외에 간이침대와 옷장이 있었고, 타일을 붙인 천장은 곳곳이 패여 있었다. 나는 챙겨 온 몇 안 되는 물건들을 꺼내 정리하며 이날 오후 시간을 기숙사에서 보냈다. 그러고 나서 달리기를 하러 나가려고 옷을 갈아입었다.

숲 한가운데를 지나는 좁은 비포장 길을 달리니 시원한 공기가 뺨에 스치면서 상쾌한 기분이 들었다. 나는 모퉁이를 돌아 한동안 달리다가 멈췄다. 나무들이 어디나 모두 똑같은 모양이었고 축축하고 부드러운 토양에서 자라는 덩굴과 관목들도 거의가 비슷비슷했다. 이런 데서는 길을 잃기가 십상이다. 나는 돌았던 모퉁이를 되돌아보고 기억 속에 위치를 표시한 다음 계속 달렸다. 러너스 하이^{runner's high}(격렬한 운동 후에 나타나는 황홀감–옮긴이)가 느껴지기 시작했고 위로 떠오르는 듯한 기분이 들었다. 숲의 지도가 눈앞에 그려지면서 나는 길을 따라 달리는 빨간색 점으로 보였다. 나 자신이 내 위치를 추적하는 드론 같았다. 그 덕분에 나는 기숙사에 무사히 돌아올 수 있었다.

그런데 밤에 쥐가 벽 뒤와 천장 위를 뛰어다니며 긁어대는 소리 때문에 잠을 이루기 어려웠다. 놀라서 잠을 깨기 여러 번, 그러다가 쥐 한 마리가 마치 서핑보드에라도 탄 것처럼 뜯어진 천장 조각을 움켜잡고 내 위로 떨어지기까지 했다.

다음날 우리 교육생 열두 명이 아침 식사를 하러 모인 자리에서 화젯거리는 단연 쥐였다. 나는 행운아라고 느꼈는데 내 방에는 그래도 쥐똥은 없었기 때문이었다.

쥐 이야기가 끝나고 우리는 식사를 위해 테이블 두어 곳에 나눠 앉았다. 나는 어디에 단체로 있을 때면 거의 말하지 않았고 여기서도 평소처럼 입을 다물고 있었다. 말 대신 나는 달걀과 토스트를 먹으며 같이 과정을 이수할 열한 명의 면면을 살폈다. 모두 랭글리의 본부 근무 경험이 있었다. 그렇지만 이들 가운데 친숙한 얼굴은 없었고 대부분 나보다 나이 들어 보였다. 그때는 그런 경우가 많았다.

만약 우리가 함께 앉아 있는 곳이 CIA 훈련장 내 식당만 아니라면 제3자가 봤을 때 우리를 어느 은행 소프트볼 팀원으로 생각할지도 모르겠다. 행원, 매니저, 큰돈을 예치한 고객을 대리해 투자하는 살짝 과체중인 남자 직원 등. 다른 한 남자는 게이일지도 모른다는 생각이 들었다. 하지만 아무도 묻지 않았고 아무도 신경 쓰지 않았다. 수행하는 업무의 중요성과 높은 강도 때문에 CIA는 진정 실력이 모든 것에 우선하는 직장이라는 느낌이 들었다. 훌륭하게 일을 해낼 수 있다면 당신은 꼭 필요한 사람이다. 그 외에는 인종도, 종교도, 성적 지향점도 아무것도 중요하지 않았다.

아침 식사 후 우리는 크래시 앤 뱅 과정의 감독관 벅^{Buck}과 강의실에 모였다. 벅은 작은 키에 머리를 밀어버린 단단한 체구의 남자였다. 아마 50세쯤 되었겠지만 내 추측에 그는 무장한 남자 한 패거리가 달려든다 해도 맞서 싸워 모두 해치울 수 있는 능력자일 것 같았다. 팔뚝에는 내 손목 두께만 한 밧줄 모양의 분홍색 흉터가 손목부터 팔꿈치께까지 길게 나 있었다. 무딘 면도날에 피부가 벗겨져 나간 자국 같았다.

"보입니까?"

벅은 흉터가 있는 팔을 들어서 교육생들을 향해 천천히 흔들어 보였다.

"차창 밖으로 팔을 내민 채 흔들거리고 있으면 이런 흉터를 얻게 됩니다."

벅은 껄껄 웃었고 우리도 웃었다.

"진짜로요?"

애니^{Annie}가 물었다. 여기서 여성 교육생은 그녀와 내가 전부였다. 나는 애니가 좋았다. 애니는 짧은 머리에 말도 짧은 문장으로 했고 날카로운 화살처럼 단도직입적으로 행동하는 사람이었다.

"예, 진짜 그렇습니다. 그러니 차창 밖에 팔을 내놓고 흔들거리지 마세요."

벅은 고개를 끄덕인 다음 말을 이었다.

우리는 그날 영화 몇 편을 보았다. 중학교나 고등학교 때 수업 시간에 선생님이 불을 끄고 영화를 보여주었던 것과 비슷하다는 느낌이 들었다. 그럴 때는 몇 학년이든 간에 뒤쪽에 앉아서 어둠을 틈타 귓속말로 이야기하고 쪽지를 주고받거나 노트에 낙서하는 아이들이 있기 마련이었다. 그러나 나는 그러지 않았다. 언제나 모범생이었던 나는 선생님의 기대대로 행동했다. 그리고 현재 이 교육생 집단에서 청소년 시절의 그때 그 아이들처럼 행동하는 사람은 없었다. 아니면 최소한 '농장'에서 그날 영화 관람 시간만큼은 그랬다. 우리는 모두 성인이고 세상을 구하려고 일하는 사람들이었으니까.

점심 식사 후 우리는 '농장'에서 훈련받는 일주일 동안 사용할 자동차의 키를 받았다. 모두 포드Ford 사의 흰색 포커스Focus 차량이었다. 벅은 트랙—실제와 똑같은 크기의 자동차 경주 트랙이었다—으로 모이라고 지시했다. 우리는 이 트랙을 전속력으로 달리다가 급정거하는 연습을 여러 번 할 예정이었다. 교육생 대부분은 차에 올라타 떠나기 시작했다. 벅은 닉Nick이라는 남자 교육생 옆자리에 탑승했다. 나는 닉의 차 조수석 창 쪽으로 달려갔다. 벅의 팔이 활짝 열린 창문 밖으로 흔들거리고 있었다. 내가 그의 팔을 가리키자 벅은 한바탕 웃고는 차 안으로 팔을 들여놓았다.

"교관님, 얼마 전 수술을 받아서 그러는데요, 기숙사로 돌아가서 허리 보호대를 착용해야겠어요. 괜찮겠습니까?"

내가 말했다.

"괜찮습니다. 하지만 서둘러주세요. 그리고 여기에는 속도제한도 없고 차는 우리 차밖에 없어요. 그러니 원하는 만큼 속도를 내서 저 비포장 길로 오면 됩니다."

벅이 말하고 씩 웃었다. 그리고 벅과 닉이 탄 차는 출발했다. 다른 교육생들은 이미 출발하고 없었다.

나는 차에 올라타서 시동키를 꽂고 수동변속기 레버를 노려보았다. 나는 수동변속기 차량을 몰아본 적이 없었다. 시도해본 적조차도 전혀.

주먹으로 문을 두드리는 것처럼 심장이 쿵쿵댔다. 나는 페달 세 개를 살펴보면서 혼자 나직이 중얼거렸다. "브레이크, 액셀 그리고…… 아, 맞다, 클러치." 이게 클러치임이 틀림없었다. 나는 영화, TV쇼 장면, 친구들과 보낸 로스앤젤레스의 오후 시간을 떠올리며 수동변속기 차량을 운전하는 장면을 다시 짜 맞춰보려고 애썼다. 브레이크를 밟고 시동을 걸었다. 그리고 어렵사리 1단 기어를 넣었다. 차는 움직이지 않았다. 기어는 다시 원위치로 내렸다.

"클러치?"

나는 큰 소리로 말했다. 그러고서 왼발로 클러치를 밟고 기어가 1단이 될 때까지 낑낑대며 스틱을 밀어 올렸다. 그리고 클러치를 밟은 채 다른 발로 액셀 페달을 밟았다. 그런데 아무 일도 일어나지 않았다. 클러치에서 발을 떼자 차가 한 번 덜컹하더니 시동이 꺼졌다. 다섯 번을 시도한 뒤에야 나는 클러치에서 발을 서서히 떼면서 액셀 페달을 천천히 밟아야 한다는 것을 깨달았다. 2단 기어로 변속하는 방법을 알아내기까지는 시동을 세 번 더 꺼뜨렸다. 3단 기어로는 쉽게 변속했다. 기숙사에 도착할 무렵에는 차를 앞으로 달려가게 하는 데 문제는 없었다. 하지만 멈추는 방법을 확실히 알지 못했다. 나는 기숙사 둘레를 천천히 몇 바퀴 돌다가 주차되어 있는 단 한 대의 차와 실수로 부딪칠 찰나 겨우 방향을 틀어서 피했다. 그러고 나서야 자그마한 잔디밭 한쪽에 차를 대는 데 성공했다! 클러치를 밟고 기어를 중립으로 놓은 다음 브레이크를 꽉 밟으니 차가 갑자기 멈춘 것이었다. 뭔가 큰일을 해낸 듯한 기분이 들었다!

나는 키를 차 안에 그대로 놓고 기숙사로 뛰어 들어갔다. 그리고 원래 내 차 글로브박스에 넣어놨다가 '농장'에서 쓰려고 슈트케이스에 처박아뒀던 검은색 허리 보호대를 끄집어냈다. 지난해에는 보호대를 착용했던 적이 거의 없었다. 하지만 지금은 착용하는 게 현명한 시점 같았다.

검은색 갭GAP 티셔츠 밑에 착용하니 보호대는 거의 눈에 띄지 않았다. 느낌이나 모양은 코르셋 같았다. 나는 보호대로 상체를 단단히 고정하고 기숙사를 급히 빠져나와 차로 돌아갔다. 내 차는 기숙사 잔디밭에 전면으로 주차했었다. 나는 클러치를 밟고 시동을 걸었다. 그리고 기어 조작을 시작했다. 'R'은 후진 기어가 틀림없겠지. 그런데 아무리 클러치를 세게 밟아대도, 발을 단단히 딛고 있어도 기어를 R로 옮길 수 없었다. 벅은 몇 분은 괜찮을지 몰라도 그 이상의 지각을 눈감아줄 사람 같지는 않았다. 선택의 여지가 없었다. 나는 1단 기어를 넣고 액셀을 밟았다. 차는 잔디밭을 가로질렀다. 잘게 썰린 잔디 조각이 차 뒤로 흩날렸다. 나는 울퉁불퉁한 자갈투성이 도로를 달리는 내내 5단 기어를 넣고 차를 몰았다. 트랙에 도착한 내 포드 차는 끼익하는 소리를 내며 멈췄다. 다른 교육생들의 차량은 나란히 정렬해 있었다. 결국 나는 단 몇 분만 늦는 데 그쳤고 훈련 시간에 맞출 수 있었다.

오후 시간에 우리는 차로 트랙을 따라 달렸다. 교육생들 간에 충돌 사고를 방지하기 위해 한 번에 두 대씩만 트랙에 들어갔다. 이날의 훈련 목표는 정지 상태에서 출발해⋯⋯ 음, 최대한 빨리 달렸다가 급정거하는 것이었다. 후진할 필요가 없었기 때문에 나는 매우 신이 나서 액셀 페달을 마음껏 밟아대며 기어를 5단까지 올리고 가속했다. 그러다가 클러치를 밟고 중립 기어를 넣은 다음 브레이크를 있는 힘껏 꽉 밟았다. 그 순간 차가 나선을 그리며 정신없이 빙글빙글 돌기 시작했다. 마치 디즈니랜드의 롤러코스터와 매드 티 파티 라이드^Mad Tea Party Ride 두 가지를 합친 것 같았다.

차가 회전을 완전히 멈추면 나는 크게 웃으면서 환호성을 지르곤 했다. 진지하게 업무에 임하며 먹고 마시는 것도 잊을 정도로 강도 높게 집중하던 시간을 뒤로하고 포드 포커스를 타고 빙빙 도니 기분이 너무나도 좋았다. 그저 논다는 느낌, 일종의 휴식이었다.

애니와 나는 벅 교관을 포함한 몇 명과 함께 앉아서 다른 교육생이 탄 차량 두 대가 붕 하고 달려와 멈추는 것을 보고 있었다. 그때 애니가 말했다.

"보기엔 그리 무섭게 느껴지진 않네요, 실제로 했을 때보다는요."

"실제로도 안 무섭던데요."

내가 말했다. CIA가 이렇게 많은 시간과 돈을 내게 투자하고서 숲 한가운데 자동차 트랙 훈련으로 나를 죽게 하지는 않으리라 생각했다.

"교관님, 이 훈련에서 사망 사고가 일어난 적이 있었나요?"

애니가 물었다.

"내가 감독할 때는 없었습니다."

벅이 말했다.

내가 기억하기에 과거에도 겁이 없었는데 지금은 겁이 더 없는 것 같았다. 벅의 말을 들으니 내가 불사신이라도 된 것처럼 느껴졌다. 비록 조작법조차 완전하게 익히지 못한 차를 몰고 있었지만 말이다.

다음날에는 영화를 몇 편 더 시청하고 수업이 있었다. 우리 교육생들은 크래시 앤 뱅 과정의 다른 교관들인 주디Judy, 래리Larry, 모Mo를 만났다. 모두 벅처럼 터프해 보이는 사람들이었다. 방어운전 기술은 특정 부류의 사람을 끌어들이는 매력이 있는 게 분명했다. 몸이 마치 단단한 고무로 되기라도 한 듯 칼자국이나 눈에 보이는 흉터 같은 건 개의치 않는 그런 부류의 사람들 말이다.

우리는 트랙에서 벅을 다시 만났다. 트랙에는 험한 몰골이 된 크라운 빅토리아Crown Victoria(미국 포드 사가 제작한 세단형 승용차. 경찰차로 많이 쓰였다-옮긴이)들과 뷰익Buick(미국 GM사 계열의 자동차 브랜드-옮긴이) 차들이 2열로 세워져 있었다. 마치 1980년대 거물급 마약상 회합 장소의 주차장 같았다.

"차를 고르세요. 키는 안에 있습니다. 그리고 여러분을 보호해줄 에어백은 없습니다."

벅이 말했다.

나는 대니Danny라는 남자 교육생과 닉 그리고 애니와 함께 4인조로 재미있게 훈련에 임했다. 조원들은 유머 감각이 뛰어났고 인상적인 경력의 소유자였지만 거만한 사람은 없었다. 애니는 아프리카에 배치될 예정이었다. 닉은 중동으로 곧 귀임할 예정이었다. 대니는 라틴아메리카 근무 예정이었다. 우리는 한군데 서서 두 대씩 서로 마주 보게 주차된 네 대의 차를 응시했다.

"내가 스타스키Starsky(미국 형사물 드라마 〈스타스키와 허치〉의 주인공. 극중의 스타스키는 1974년식 포드 차를 운전한다-옮긴이)를 할게요."

닉은 그렇게 말하고 네 대 가운데 가장 오래된 차를 가리켰다.

"허치Hutch는 내가."

애니는 닉의 차와 마주 보고 있는 차로 갔다.

"배트걸Bat Girl."

나는 이렇게 말하고 검은색 차로 갔다.

대니는 마지막으로 남은 차를 쳐다보았다. 옆면에 칠면조를 담는 쟁반만 하게 패인 자국이 있는 차였다.

"난 그러면 누굴 하죠? 보이 원더Boy Wonder(미국 DC 코믹스의 만화 〈배트맨〉 시리즈 등장인물-옮긴이)?"

이렇게 말하면서 대니가 문손잡이를 당겼지만 열리지 않았다.

"창문!"

벅이 소리쳤다. 대니는 열린 차창을 보고는 창을 통해 들어갔다.

그날 오후 우리는 몇 시간 동안 추격 개입 기법Pursuit Intervention Technique 혹은 PIT라고 불리는 기술을 연습했다. 우리는 이미 이 기술과 관련한 영상물을 시청했고 이날의 또 다른 교관인 주디, 벅과 상의했다. 그리고 화이트보드에 붙인 차트를 꼼꼼히 살펴보고 상상할 수 있는 모든 '만약의 상황'에 대해 질문했다. 그러자 주디와 벅은 자신의 몸을 마치 자동차인 것처럼 움직이며 강의실에서 시범을 보였다. 이제 머릿속에 든 모든 지식을 행동과 반사 신경으로 변환할 때가 왔다.

나는 추격당하는 역을 맡겠다고 가장 먼저 자원했다. 추격전은 영상물에서는 스릴이 넘쳤고 그다지 위험해 보이지 않았다. 닉이 추격자로 선발되었다.

벅이 낡아빠진 차 바깥에 서 있는 우리에게 PIT 기법을 다시 한 번 강의했다. 나는 할 수 있는 한 최고 속도로 트랙을 돈다. 닉은 나를 추격하며 왼쪽으로 접근한다. 충분히 근접하면 닉은 내 차 후미 왼쪽 귀퉁이를 자기 차 오른쪽 앞부분으로 쳐서 내 차를 빙빙 돌게 만든다. 일종의 휴먼 풀 게임game of human pool(포켓볼 대 모양의 지상 공간에서 하는 구기. 당구봉 대신 발로 공을 차며 진행한다-옮긴이)이다. 닉의 차는 목표물을 향해 굴러가는 공이고, 내 차는 그가 쳐서 포켓 안으로 밀어 넣으려 하는 목표물 공이었다.

"살살해요."

나는 이렇게 말하면서도 웃고 있었다.

"안 그럴 거라는 거 아시죠?"

닉도 히죽 웃어 보였다.

내가 먼저 출발했다. 이 차는 자동변속기 차량이라 기어 변경을 걱정할 필요가 없었다. 속도가 시속 110킬로미터쯤 되었을 때 닉이 나를 추격하려고 트랙에 들어왔다. 나는 안전띠는 맨 상태였고 보호대가 등을 똑바로 받쳐주고 있었다. 그리고 머리칼은 창문으로 들어오는 바람에 뒤쪽으로 휘날리고 있었다. 엄청났다. 해방감이 들었고 짜릿했다.

스타스키 역을 맡은 닉의 차가 근접할 때마다 나는 따라올 테면 따라와 보라는 듯 액셀을 조금 더 힘차게 밟았다. 트랙을 세 바퀴 돌고 나서야 닉은 나를 따라잡았다. 닉의 차는 방향을 틀어 내 쪽으로 왔지만 나를 치지는 않았다. 그리고 거리를 벌리자 오히려 닉이 하마터면 빙빙 돌 뻔했다. 몇 바퀴를 더 돌고서야 닉은 나를 따라잡을 수 있었다. 그러자 곧 나는 닉이 적절한 위치로 차를 가져다 댔음을 느낄 수 있었다. 다음에 무슨 일이 일어날지는 정확히 알았다. 충돌 시에는 거의 소리가 없었으나 충격은 소란스럽게 느껴졌다. 차가 두 바퀴 돌고 나서 죽은 벌레처럼 트랙 가장자리에 안착하자 나는 기쁨에 겨워 소리쳤다. 닉은 PIT를 완벽하게 구사했다.

도망치는 차를 추격하는 쪽이 되어보니 더 재미있었다. 나는 빌^{Bill}이라는 남자 교육생을 추격해서 처음 한 바퀴 만에 타격에 성공했다. 빌의 상태가 괜찮은지를 보러 가자 그는 창에 기대 있다가 이렇게 말했다.

"다시 해요. 이번에는 트레이시 보다 더 빨리 달리도록 노력해보겠어요."

다시 시도는 해보았지만 빌은 나를 추월할 수 없었다.

어두워질 무렵 우리는 두 대씩 짝을 지어 팀으로 추격 연습을 하고 있었다. 첫 번째 차가 쫓기는 차의 뒤 왼쪽 측면을 타격하면 차는 빙빙 돌다 멈춘다. 쫓겼던 차는 다시 시동을 걸고 계속 달리다가 두 번째 차에 오른쪽을 타격당한다. 완벽히 계획대로 된다면 연습은 쫓기는 차가 추격하는 두 차 사이에 낀 채 길 한가운데에서 멈추는 것으로 끝난다.

협동 연습을 하고 있노라니 예전 댄스반 같다는 느낌이 들었다. 둘 다 어느 정도는 안무와 리듬이 필요한 작업이었다. 댄스 연습을 할 때는 주변에 있는 남들의 신체를 느끼고 맞춰가며 같이 움직여야 했고 차량으로 추격 연습을 하는 지금도 그렇다. 하루가 끝날 무렵 거의 모두가 들이받히거나 들이받거나 하면서 우리는 한 팀으로 끈끈하게 뭉쳤다.

그 한 주 동안 나는 '배트걸' 차를 여러 번 몰았다. 마침내 어느 날 아침 이 차와 작별 인사를 할 시간이 왔다. 훈련 기간에 몰던 1980년대 마약왕들의 차를 트랙 저 끝에 세워진 콘크리트 벽에 충돌시키는 연습을 해야 했던 것이다. 충돌하고 나서도 차가 움직일 수 있다면 다시 한다. 한 번에 완파되었다면 그걸로 끝이다.

하루 일정을 마무리할 무렵 나는 재시도 순번을 기다리며 트랙 끝에 서 있었다. 트위즐러^{Twizzler}(길쭉하고 가는 모양의 사탕 상표명-옮긴이)처럼 빼빼 마른 붉은 머리의 프랭키^{Frankie}라는 남자 교육생이 너무 빠른 속력으로 벽을 들이받는 바람에 그가 탄 뷰익이 아코디언처럼 접혀서 나올 수 없게 되었다. 벽이 슈퍼히어로처럼 맨손으로 차 문을 잡아당겨 열었다. 프랭키가 빠져나오자 우리는 모두 박수와 환호성을 보냈다. 그리고 주인공은 연극 막이 내릴 때처럼 고개 숙여 인사했다.

나는 허리 보호대를 한 번 풀었다가 다시 단단히 맸다. 주차된 차의 옆면을 수직으로 치는 훈련 때와 기분은 비슷했다. 다른 훈련을 할 때보다 더 걱정되지는 않았다. 차량과 충돌할 때는 충돌 당하는 쪽에도 탄성과 움직임이 있었다. 그런데 시멘트벽은? 나는 뉴턴의 3대 운동법칙을 재빨리 생각해봤다. 먼저 반작용이 작용하지 않는 한 움직이는 물체는 계속 움직인다는 것이 떠올랐다. 두 번째, 이 힘의 크기는 질량에 가속도를 곱한 것과 같다. 그래서 어떤 속도를 곱하든지 나와 내 배트걸 차가 작용하는 힘의 양을 결정한다. 그리고 세 번째로 하나의 물체(나와 차)가 다른 물체(시멘트벽)에 힘을 발휘하면 이 물체(시멘트벽)는 가해지는 것(나와 차)과 같은 양의 힘을 반대 방향으로 발생시킨다. 쉽게 말하면 나의 장과 심장, 다른 장기와 2년 전 수술받은 등뼈가, 나와 차가 벽에 충돌하며 일으키는 것과 같은 정도의 힘을 몸속에서 받아내야 한다는 말이다.

나는 또다시 보호대를 풀었다가 단단히 맸다. 뉴턴이 무엇을 증명했든 간에 나는 속도를 줄이거나 최선을 다하지 않을 생각은 없었다.

벅은 벽 앞에 장애물이 없는 쪽을 가리켰다. 그가 가리킨 곳 옆에는 찌그러져 고철이 된 프랭키의 차가 있었다. 나는 차에 올라타 시동을 걸고 벅이 가리킨 부분에 온 신경을 집중했다. 벅은 경주로 옆으로 종종거리며 물러났다. 그다음 차가 출발했다. 프랭키보다 좀 느리면서도 지난번 시도보다는 더 높은 속력으로 벽에 충돌했으면 했다. 이전에는 범퍼에 간신히 흠집 날 정도밖에 되지 않았었다.

차가 시멘트벽과 부딪치자 금속이 찌그러지는 굉음이 났다. 순간 나는 앞쪽으로 날아갔다가 다시 의자로 돌아와 앉았다. 다 괜찮게 느껴졌다. 해냈다.

● ● ●

한번은 저녁에 벅, 주디, 래리, 모가 기숙사에 나타났다. 우리 중 몇 명은 휴게실에 앉아서 TV로 〈더 배첼러The Bachelor〉(ABC 방송국 제작 데이팅 프로그램-옮긴이)를 시청하며 참가자에게 야유를 보내고 있었다. 술을 마시고 있지는 않았지만 우리는 누군가가 '여행'이라는 단어를 말할 때마다 상상 속의 잔을 들고 마시는 흉내를 냈다. 교관들이 들어오자 우리는 눈을 동그랗게 뜨고 바라보았다. 애니가 리모컨으로 볼륨을 낮췄다.

벅이 말했다.

"식당에서 회합이 있어서 그러는데,"

이어서 그는 내게 몸을 돌려 말했다.

"트레이시, 차를 좀 얻어 탈게요."

마침 주머니에 내 포드 차 열쇠가 있었다. 나는 소파에서 벌떡 일어나 벅과 함께 기숙사에서 나왔다.

바깥은 놀랄 정도로 깜깜했다. 이따금 비치는 별빛이 아니었다면 마치 밀봉한 벨벳 주머니 안에 있는 것 같다는 생각이 들 정도였다. '농장'에는 가로등이 없었다. 도시의 불빛도 없었다. 불 밝힌 빈 건물도 없었다. 풍경 사이로 소리와 불빛을 내는 사이렌도 없었다. 깜깜하기 그지없는 어둠을 뚫고 나무들이 다가오는 것 같은 오싹한 느낌이 들었다. 그리고 그 위로는 하늘, 아름답고 광활하며 별들로 가득한 하늘이 있었다.

"워싱턴 같지는 않네요."

내가 말했다. 내 잡담의 일부는 초조함을 감추려고 하는 것이었다. 포드 차의 키를 건네받던 날 우리는 언제나 '후면 주차'를 하라는 지시를 받았다. 그렇게 하면 물론 주차장을 빨리 나갈 수 있지만 그렇게 주차하려면 후진 기어를 써야 했다. 아직도 내 능력 밖의 일이었다. 나는 '농장'에 있는 주차 구역 대부분에서 후면 주차를 할 수 있는 여덟 가지 방법을 생각해냈다. 그렇지만 역시 쉽지 않았다. 주차한 다른 차를 빙 돌아가거나 바위, 진흙탕, 풀밭을 가로질러 주차장의 데크 범퍼를 타고 넘어가야 간신히 전면을 앞에 댈 수 있었다. '돌다가 타고 넘기' 기술도 막상 기숙사에서 해보니 정말 어려웠고 건물이 있는 곳이나 작은 주차장에 차를 대면 대개 삐딱한 각도로 주차가 되기 마련이었다. 누가 본다면 음주운전이라도 했나 싶을 것이다.

벅은 눈을 들어 하늘을 쳐다보고는 은하수의 모양을 그려보려는 듯 턱을 움직거리더니 나를 향해 고개를 끄덕이고는 말했다.

"그렇지요, 여기는 우리뿐입니다. 저 건물 안에 있는 사람들 말고는 지금 아무도 없죠."

벅은 기숙사를 가리켰다. 나오는 사람이 아무도 없었기에 나는 모두 차 키를 가지러 각자 방으로 갔을 것으로 생각했다.

우리는 포드 차에 올라탔다. 이상한 각도로 비뚤어지게 주차한 데 대해 벅이 아무 말도 하지 않아 마음이 놓였다. 벅은 손잡이를 돌려 차창을 내리고 팔을 밖으로 내밀었다. 웃음이 터졌다.

"반대편에서 빠르게 오는 차에 치였죠."

벅이 팔을 이리저리 흔들다가 자연스럽게 흔들리게 놔두고는 말했다.

"하지만 지금 그런 일은 일어날 수 없겠죠. 청소부도 지금은 없고 트레이시 기숙사 방 체크인을 해준 직원 버네타^{Bernetta}도 없어요. 우리와 별뿐이죠."

나는 1단 기어를 넣고 늘 하던 대로 급가속 출발을 해서 잔디밭을 가로질러 주차장을 빠져나왔다.

벅은 말없이 미소를 짓더니 말했다.

"그렇게 하면 누구도 트레이시를 잡을 수 없겠군요."

"목적지가 식당 맞죠?"

나는 주차한 모양새에 관한 대화를 피하려고 노력했다. 안 그러면 얘기 중에 내가 후진을 못 한다는 사실을 있는 그대로 말해야 할 것이다.

"맞아요, 갈림길에서 왼쪽 길을 타세요. 경치 좋은 길로 갑시다."

벅이 말했다.

"볼 만한 건 진짜 없는데요? 사방은 온통 깜깜하고 무섭게 어른거리는 나무들만 있어요."

나는 왼쪽으로 방향을 틀며 말했다. 헤드라이트가 비추는 데까지만 도로 사정을 알아볼 수 있었는데도 나는 상당히 빠른 속도로 차를 몰았다.

"그렇네요, 오늘은 달빛조차 없군요."

벅이 말했다.

내가 물었다

"혹시 숲을 들여다보실 때 얼마나 많은 눈들이 교관님을 노려보고 있는지 궁금해본 적 없으세요?"

"물론 있지요. 트레이시처럼 나도 정보 분야에서 일하는걸요."

벅이 말했다. 바로 그때 무엇인가 종종거리며 차 앞을 지나쳤다. 나는 급브레이크를 밟았다.

"트레이시 교육생!"

벅이 말했다.

"시멘트벽에 직진해서 충돌하는 법을 배웠으면서 지금 브레이크를 밟네요. 그건 뭐였……."

벅은 말을 잠시 멈췄다. 단어를 찾으려 애쓰는 것 같았다.

"예, 뭐였죠?"

우리 차는 다시 움직였고 나는 재빨리 가속했다.

"모르겠군요. 오소리였나?"

벅이 말했다.

"오소리가 도대체 어떻게 생긴 건가요? 제 말은, 단어는 아는데 오소리 모양이 떠오르지 않아서요."

나는 4단 기어를 넣으며 말했다.

"그건 오소리였던 것 같아요. 그건 그렇고, 잘 들어요. 첫 번째 규칙, 염소 크기거나 더 작다면 그냥 밀어버려요! 브레이크를 밟거나 옆으로 틀면 더 위험해지니까 브레이크보다는 그냥……."

벅이 말했다.

순간 나는 또 급브레이크를 밟았다. 헤드라이트가 쏘는 빛줄기에 도로 장애물이 비쳐 보였다. 두 개의 시멘트 기둥 사이를 가로질러 차단봉이 걸쳐져 있었다. 뭔가 수상쩍은 광경이라는 생각이 들자마자 검은색 옷차림에 스키마스크를 머리에 뒤집어쓴 남자가 창문에 권총을 세게 부딪치며 갖다 대고는 내 머리를 겨눴다. 남자가 말을 꺼내기도 전에 나는 1단 기어를 넣고 액셀을 힘껏 밟아 장애물을 펑 하는 소리와 함께 부숴버리면서 지나쳐 갔다. 통쾌한 기분이 들었다. 기어 단수를 계속 높인 끝에 결국 차는 칠흑같이 어둡고 울퉁불퉁한 도로를 5단 기어가 걸린 상태로 질주하고 있었다.

벅은 미소와 함께 고개를 끄덕이며 말했다.

"멈춰요, 멈춰요."

나는 기어를 저단으로 낮췄다가 중립 기어를 넣고 차를 멈췄다. 그리고 고개를 돌려 벅을 바라보았다.

"완벽했어요."

벅이 말했다.

"계획되어 있던 거였어요?"

두려워할 시간조차 없었다. 완전히 순간적인 반사 행동이었다. 그리고 진심으로 벅이 같이 있어서 두려워할 일도 없었다. 팔의 살점을 꽤 많이 잃고도 자주 이에 대해 우스갯소리를 하는 남자였으므로 충분히 든든했다는 말이다.

"그래요. 그리고 완벽하게 통과했어요. 정확히 그렇게 행동해야 합니다."

"다행히 잘됐네요."

나도 웃었다.

"그래요, 잘했어요. 이제 식당으로 갑시다."

벅이 말했다.

그 뒤로 한 시간 정도에 걸쳐 나머지 사람들도 식당으로 하나둘 들어왔다. 대부분 냉장고에서 맥주를 꺼냈다. 분명 긴장을 푸는 데 조금이라도 도움이 될 무엇인가가 필요했으리라. 교육생들은 도로 장애물에 막히고 자신을 겨눈 총을 접했을 때 무엇을 했는지 각자 차례로 말하며 모두 웃었다.

"맹세컨대 하마터면 바지에 똥을 쌀 뻔했어요."

프랭키가 말했다.

"오줌을 찔끔 지렸습니다. 대개 여자들이 그러는 줄 알았는데 내가 그러더라고요."

닉이 실토했다.

"아마 남자고 여자고 다 그럴 겁니다. 하지만 여자들만 솔직하게 그렇다고 인정하는 걸 거예요."

애니가 말했다.

창문을 내리고 총을 든 남자와 협상하려고 한 교육생이 몇 있었다. 몇몇은 후진 기어를 넣고 뒤로 달렸다. 집단 전체로 보면 우리는 할 수 있는 선택은 거의 다 한 셈이었다. 다들 처음에는 충격을 받았지만 몇 초가 지나자 이게 진짜 노상강도라고 생각한 사람은 아무도 없었다. 같이 탄 교관들 중에도 놀라 소리치거나 정말 노상강도를 당한 것 같은 반응을 한 이는 전혀 없었다.

각자의 이야기가 끝나자 벅은 도로에서 저지당했을 때의 대처법 전부를 몇 문장으로 말했다.

"여러분 모두 트레이시 교육생이 했던 대로 해야 했습니다. 전진해서 장애물을 부수고 앞을 가로막는 사람은 모두 밀어버리며 어떻게든 그곳에서 빠져나와야 합니다. 멈추는 그 순간에, 협상하려고 시도하는 그 순간에, 후진 기어를 넣는 그 순간에, 도로 장애물을 우회해서 나무 사이로 가려는 그 순간에…… 여러분은 이미 죽었습니다. 탕. 탕. 그리고 죽는 겁니다. 오늘 상황이 실전이었더라면 지금 살아남은 사람은 한 명밖에 없을 겁니다."

그런데 나는 몹시 궁금해졌다. 만약 후진 기어를 넣는 법을 알았더라면 과연 나는 다른 이들처럼 후진해버렸을까, 아니면 아까 한 대로 했을까?

● ● ●

그 주 내내 진행된 또 다른 교육과정으로 감시회피법이 있었다. 우리는 '농장'의 어느 한 곳에서 다른 곳으로 차량을 이용해 이동할 때마다 계속 감시탐지경로Surveillance Detection Route, SDR를 이용하라는 요구를 받았다. 무슨 뜻이냐면 같은 경로를 두 번 써서는 안 된다는 말이다. 그리고 우리는 어디든 갈 때마다 가짜 좌회전이나 우회전을 하고 엉뚱한 방향으로 출발하며 빙빙 돌고 다른 각도에서 진입해야 했다……. 대충 어떤 모습인지 감이 올 것이다. 미행이 거의 불가능하도록 운전해야 한다.

도로에 교차로가 여러 개 있고 막다른 길도 몇 개인가 있던 것이 쉽게 SDR 주행을 하는 데 도움이 되었다. 나는 첫날 받은 지도를 거의 암기하다시피 했던 데다 평소에 내가 어디 있고 어디로 가는지에 대한 선천

적 방향 감각이 있었다. 물론 교육생 가운데 1년간 지도를 읽는 훈련이 된 사람은 나밖에 없었으므로 남보다 이점을 가졌을지도 모르겠다. 그리고 평소에도 부지런했던 나는 매일 밤 잠들기 전에 지도를 보고 다음날 경로를 계획했다. 다른 이들도 아마 이렇게 했을 것이다. 그런데 반복해서 같은 경로를 택했다가 발각된 교육생은 (대개 실수였다고 주장하지만) 매복 기습—교관과 조교가 한다—을 받고 시뮤니션 탄$^{Simunition round}$('모의'라는 뜻의 'Simulation'과 '탄약'을 뜻하는 'Ammunition'의 합성어로, 맞으면 페인트가 터지는 훈련탄—옮긴이)에 맞았다. 시뮤니션 총은 훈련탄을 쓰는 반자동 화기인데 진짜 총처럼 보이고 사격하는 데도 실제 총의 사격 기술이 필요했다. 다만 이 총에서는 총알 대신 페인트탄이 발사됐다. 매일 하루가 끝날 때마다 교육생들이 쓰는 흰색 포드 차들 중 몇 대는 부활절 달걀처럼 여러 색으로 점무늬가 찍혀 있었다. 내 차와 애니의 차는 그 주 내내 '갓 내린 눈처럼' 깨끗했다.

● ● ●

'농장'에 도착하기 전에는 '크래시 앤 뱅' 과정의 '뱅'이 우리가 자동차로 무엇인가를 들이받을 때의 느낌에 대한 표현이라고 생각했다. 결국 나중에 알고 보니 '뱅'은 '쾅!' 즉 '폭발'이었다.

'뱅' 과정의 첫날 나는 폭발물 훈련소 건물로 가는 새로운 우회로로 차를 몰았다. 도중에 빠르게 흐르는 얕은 개울을 지나게 되는 이 길은 평화와는 가장 거리가 멀 것 같은 장소로 들어가는 가장 평화로운 입구였다.

수업 시작 때마다 우리는 고글, 방탄조끼와 장갑을 받았다. '크래시' 과정에서보다 영화 시청과 토론은 적었다. 대신 우리는 실험에 집중했다. 생화학무기 학교에서처럼 화학과 관련된 부분이 많았고 고도의 집중이 필요했다. 사소한 실수 하나, 피크르산(페놀에 황산을 작용시켜 다시 진한 질산으로 나이트로화하여 만드는 노란색 결정이며 폭약으로 쓰인다—옮긴이)이

나 삼염화질소를 조금만 과다하게 투입하는 것만으로도 건물 전체가 폭삭 주저앉을 수 있었다.

실험 성공 여부는 하루가 마감될 무렵 건물에서 가까운 한 장소에서 판가름 났다. 우리 교육생 열두 명과 교관 몇몇은 반쯤 땅에 묻힌 강화 벙커 안에 섰다. 벙커에는 폭발물 파편이 뚫을 수 없는 방탄유리가 달려 있었다. 이 관찰 지점에서 우리는 실험 교장敎場을 바라다보았다. 교장에는 운행 불가 상태의 구식 차량이 줄지어 서 있었다. 간혹 운전석에 마네킹이 앉아 있는 차도 있었다. 그런 차에는 유머 감각이 있는 누군가가 마네킹의 입에 생담배를 물리거나 손에 맥주병을 쥐어 주곤 했다. 그리고 무엇인가에 충돌해 껍질이 벗겨지기라도 기다리는 듯, 언제나 창밖으로 마네킹 팔이 대롱거리고 있었다.

폭발물 설치에서 폭발 관찰까지는 영겁의 시간이 걸리는 것 같았다. 몇 번을 해도 폭발음을 들을 때마다 가슴이 철렁하곤 했다. 그리고 무엇인가가 거의 완전히 사라진 것을 보았을 때 드는 괴상한 만족감이라니. 이게 인간의 본성일까? 창조의 힘과 맞먹는 파괴의 힘을 원하는 충동? 폭발을 볼 때마다 테러리스트들과 알 카에다 그리고 건물이 재와 돌무더기로 부서져 내리면서 사람들이 떼 죽임 당하는 과정을 옆에서 구경하는 자들이 느낄 변태적인 희열감이 생각나지 않을 수 없었다.

인정하건대 '농장'에서의 입소 훈련 전체를 통틀어 '크래시 앤 뱅' 과정이 가장 재미있었다. 하지만 나는 내가 지금 어떤 상태이고 앞으로 어떤 요원으로 성장할 것인지, 그리고 현장에서 무엇을 할지를 지금 받는 훈련과 연결시키면서 매 순간을 충실하게 보냈다. 미행당하지 않도록 뱀처럼 구불구불한 도로를 거꾸로 올라가기, 어디든 빨리 빠져나올 수 있도록 후면 주차하기, 내가 먼저 죽지 않도록 장애물과 충돌하고 오소리를 밟아버리기 등등.

그리고 훈련을 마치고 실전 현장에 있게 된다면 일이 잘 풀리기를 바라면서.

CHAPTER 9

진실과 결과

/

버지니아주 랭글리와 중동
2003년 3월 ~ 5월

● 대통령 비서실Office of the President에서 온 조니 리버스Johnny Rivers 씨는 사담 후세인과 자르카위 화학테러 그룹 간의 관계를 알아내려고 정기적으로 내 자리에 찾아왔다. 나는 타이를 아주 높게 맨 리버스 씨가 뛰는 듯한 걸음으로 사무실을 가로질러 내 쪽으로 오는 모습을 눈여겨보았다.

"새로운 게 있습니까?"

늘 묻던 질문이다.

"없습니다."

나도 으레 이렇게 대답하고 파티션 벽을 가리켰다. 거기엔 알 카에다 생화학테러 조직도의 최신본이 테이프로 붙여져 있었고 특정 세포조직의 수괴가 누구이며 위치는 어디인지 잘 알아볼 수 있었다. 그런데 사담 후세인과 연결된 사람은 조직도 그 어디에도 없었다.

이라크 침공 쪽으로 마음이 기울고 있던 부시 대통령은 자기 결정을 정당화할 증거를 원했다. 그는 쓰디쓴 가정불화를 겪은 끝에 이혼 재판까지 가서 도움이 될 만한 것이라면 무엇이든 모으려는 남편 같았다. 하지만 여기에 따르는 부수적 피해는 아이들, 집, RV 차량, 보트만이 아닌 전 세계가 입을 터였다.

지시받은 대로 벤, 데이비드 그리고 나와 현지의 다른 정보원들은 자르카위 생화학테러 세포조직과 사담 후세인과의 연관 관계를 찾고 또 찾았다. 찾아낸 것은 아무것도 없었다. 백악관에서 온 누군가가 얼마나 자주 물어보았는지는 문제가 되지 않았다. 존재하지 않는 것을 알려줄 수는 없지 않은가.

한번은 대통령 비서실에서 온 버드 스미스Bud Smyth라는 사람이 내게 말했다.

"자네 보고서에서 자르카위가 진료받으러 바그다드에 있었다는 기록을 보았네."

"예, 거기 있는 의사를 찾아갔습니다."

내가 대답했다.

"내 생각으로는, 그때 바그다드에 있었던 것이 후세인과의 직접적 연관 관계를 보여주는 증거가 아닐까 하네."

그가 말했다,

"어, 죄송합니다만, 그렇지 않습니다."

내가 말했다.

나중에 벤, 데이비드, 그레이엄 국장, 샐리 과장, 빅터 부국장과 나는 국장실에서 만났다. 나는 자르카위가 며칠 바그다드에 있었던 것을 계기로 후세인과 관계가 생겨났다는 버드 스미스의 가정을 모두에게 전했다.

"내가 지난달 며칠간 바그다드에 있었다는 게, 내가 후세인과 협력한다는 뜻일까?"

부국장이 말했다.

"당연히 아니죠."

데이비드가 웃으며 말했다.

"캘리포니아에서 왔다고 거기 있는 자기 친구를 아느냐고 묻는 거나 마찬가집니다."

내가 말했다.

"캘리포니아와 이라크는 거의 같은 크기지. 그러니 정확히 그런 게 되겠군."

국장이 말했다.

"이라크 인구가 약 2,500만…… 캘리포니아 인구가 더 많지 않던가요?"

벤이 말했다.

"캘리포니아는 약 3,500만 명이지. 근데 국장님은 면적에 대해 말씀하셨어."

과장이 말했다,

"조심해서들 처신하게. 그 사람들이 진실이라고 믿는 것에 무작정 동조해서 실제 있지도 않은 것을 봤다고 하지 말게."

국장이 말했다.

버드 스미스는 며칠 뒤에 돌아와서 똑같은 질문을 했다. 나는 내가 참이고 진실이라 믿는 것에서 한 발자국도 물러서지 않으며 정중하게 답했다.

스미스의 방문보다 더 걱정스러웠던 것은 우리가 이라크에서 자르카위와 간접적으로 연관된 조악한 생화학무기 실험실들을 발견했다는 사실이었다. 이 실험실들은 자칭 안사르 알 이슬람Ansar al-Islam이라고 하는 이라크 쿠르드족 테러리스트들이 2001년 9월 전후로 건설에 착수했다. 일부 정보기관은 이들이 자르카위와 상의를 거쳐 이 시설을 만들었다고 주장한다. 그리고 현지 정보원들도 이라크 침공 몇 달 전부터 자르카위가 그곳에 숨어 있는 것으로 판단했다. 아무리 그렇다 해도 이것이 자르카위와 후세인이 연관되었다는 증거가 될 수는 없었다. 사실 그 반대였다. 사담 후세인은 몇 년마다 제노사이드genocide(타인종, 타종족 말살을 목적으로 하는 대량학살 행위-옮긴이)를 저질러 쿠르드족을 살해했다. 안사르 알 이슬람 단원들은 우리보다 더는 아니었을지라도 최소한 우리만큼은 후세인 제거를 원했다. 그런데 이론적으로는 우리 편이었지만 실상 이들은 테러리스트였고 CIA에서는 대부분 후세인이 제거된 후 일어날 혼돈 속에서 바로 이자들이 세를 불릴 것이라고 우려했다. 내가 이야기해 본 대테러작전 부서 사람들은 모두 자르카위를 신속히 해치우는 동시에 안사르 알 이슬람 실험실들의 정확한 위치를 파악해서 제거해야 한다고 말했다. 이라크가 혼란에 빠지기 전에 이 무장 집단은 반드시 해체되어야 했다.

　*****. 자르카위와 안사르 알 이슬람 문제만으로도 잠을 못 이루기에 충분했는데 아프리카 출신 테러리스트들이 평화에 대한 가장 큰 위협으로 급부상하고 있다는 사실이 또 나를 더욱 괴롭혔다. 이라크 침공은 미국의 자원을 빨아들일 것이고 아프리카는 미국의 관심에서 벗어날 것이다. 그리고 아프리카 테러리스트들은 이를 기회로 삼아 번창할 것이다.

　모든 게 도깨비 집에서 하는 장난처럼 느껴졌다. 현실은 이보다 더 위험했다. 무엇을 보고하든 행정부는 이를 거꾸로 돌려놓고 안팎을 뒤집어 놓은 다음 우리에게 다시 뱉어냈다. 행정부가 내놓은 것은 우리가 보고한 진실과 거리가 멀었다. 자르카위와 안사르 알 이슬람은 한데 묶여 후세인을 위해 일하는 자르카위가 되었다. 북부 이라크에 있는 안사르 알 이슬람의 조잡한 생화학무기 실험실들은 겨우겨우 명맥만 유지하는 수준이었는데도 핵무기 실험장으로 부풀려졌다. 심지어 대량살상무기를 개발하기에는 빈곤하고 지적 수준이 모자란 테러리스트들조차 가공할 강적으로 과대평가되었다. 그리고 조직화되고 재정 지원을 받으며 유럽, 중동, 아프리카 전역에서 살상을 모의하던 테러리스트들은 무시되다시피 했다.

　생화학무기 삼총사와 샐리 과장, 빅터 부국장, 그레이엄 국장과의 아침 약식 회의는 백악관에서 진행되는 일을 분석하고 이를 성토하는 장이 되었다. 매일 분노를 발산하니 어느 정도는 안도감이 들었다. 이렇게 우리는 그들이 시키는 대로만 하지는 않으려고 했고 우리가 발견한 진실을 지키며 제정신이 아니라고 매도되는 느낌을 지우고자 했다.

나는 계속 생화학 테러리스트 조직도를 업데이트하고 인쇄해서 파티션 벽에 테이프로 붙였다. 대통령 비서실, 부통령 비서실, 도널드 럼즈펠드나 콘돌리자 라이스 혹은 콜린 파월의 비서실에서 온 사람들은 계속 내게로 와서 질문한 다음 조직도 사본을 가지고 떠나곤 했다.

조직도에 있는 정보는 사실에 기반을 둔 것이었다. 따라서 새로운 세포조직이 발견되거나 조직에 속한 테러리스트가 등급이 올랐거나 죽었을 때만 변경되었다.

2월 4일 월요일, 나는 완성된 조직도를 대통령 비서실에 전했다.

2월 5일 화요일, 콜린 파월 국무장관은 이라크 침공에 대한 지지를 모으려는 목적으로 유엔에서 연설했다. 동료들과 나는 이 연설을 텔레비전으로 시청했다. 파월은 주장을 펼치며 생화학 테러리스트 조직도를 높이 쳐들었다. 그러나 이 조직도는 내가 제출한 조직도가 아니었다. 테러리스트 조직도 제목에는 '이라크와 연루된Iraqi-Linked'이라는 말이 덧붙여져 있었다.

나는 자르카위를 제거하고 북부 이라크에 있는 안사르 알 이슬람의 실험실을 쓸어버리겠다는 CIA의 요청이 왜 기각되었는지를 그제야 이해했다. 우리가 수집한 모든 정보는 새로운 프레임에 맞춰져 후세인이 대량살상무기를 제조하고 있다는 증거로 제출되고 있었다. 자르카위와 후세인이 정확히 어떤 관계를 맺었는지 파악된 바가 전혀 없었지만 연설에서 21차례나 언급되었다. 맞다, 21차례다. 후세인 제거를 원했던 쿠르드족 테러리스트들과 공조하고 있었고 더 중요하게도 유럽과 아프리카에서 생화학테러 네트워크를 운영하던 자르카위는 이 연설에 따르면 갑자기 이라크를 위해 화학무기 실험실을 짓고 있었다. 미국은 그 시점에서 동맹국이던 영국, 스페인과 함께 정보기관 외에는 거의 알려지지 않았던 이 정신 나간 악당을 이라크 침공을 정당화할 구실로 만들어냈다. 전쟁이 시작되기도 전에 갑자기 유명해진 자르카위는 당연히 더 깊숙한 곳으로 숨어 들어갔다. 이런 일이 없었더라면 그자는 우리 수중에 떨어질 수도 있었을 것이다.

그렇지만 고위층 누군가는 아무런 수습 계획 없이 일국의 정부 전복에 나서는 것은 바람직하지 않다고 생각했던 것 같다. 내 느낌에 부시나 체니, 럼즈펠드는 아니었다. 뒤늦었지만 피해를 줄여보려는 필사적 시도로 CIA 출신자와 당시 미국에 거주하던 이라크인을 포함한 최소 17개 그룹이 얼마 남지 않은 시간 내에 과거의 전쟁, 과거의 침공, 과거의 정권 교체 사례의 속성 연구를 맡았다. 미국 정부가 모든 가능한 결과에 대비토록 하려는 목적이었다.

이들은 보고서를 통해 가능한 시나리오를 상세히 제시하고 대응 방법을 내놓았다. 약탈 방지 및 종교적 예배 장소와 역사적 중요성이 있는 건물의 파괴 방지 방법을 철한 바인더만도 여러 개였다. 하지만 수천 페이지에 달하는 연구 결과는 무시되다시피 했던 것 같다. 제임스 팰로우James Fallow는 바그다드 함락 후 〈애틀랜틱Atlantic〉 지에 기고한 '눈을 가리고 바그다드에 들어가다Blind into Baghdad'라는 기사에서 현지에 있던 한 민간인의 말을 인용했다. 그 내용은 다음과 같다.

"사람들은 권한을 가진 '누군가'가 있다는 데 익숙해져 있습니다. 그리고 그 누군가가 없다는 걸 알게 되면 상황이 엉클어집니다."

우리는 침공했고 상황은 엉클어졌다. 그리고 구멍이 생겼다. 불안한 처지에 놓인 이라크 남자 상당수가 이 질퍽거리는 구멍으로 빠져 들어갔다. 일부는 해산된 군대에서 왔고 (무장한 실업자가 된 셈이다) 다른 일부는 곧 공직에서 배제될 전 바트당Ba'ath Party(이라크에서 소수파이자 전 집권당) 당원이었다. 그리고 후세인 통치로부터의 해방을 또 다른 세력에 의한 점령으로 본 (보고서 다수가 그럴 것으로 추정했다.) 일부 사람들과 안사르 알 이슬람의 예전 단원 모두도 여기에 합류했다. (앞서 말했듯이 CIA

는 바로 이런 이유로 전쟁이 시작되기 전에 안사르 알 이슬람 해체를 요청했다.) 또 사우디에 군대를 주둔하고 이스라엘을 지지한다는 이유로 여전히 우리를 점령자로 보는 이슬람 극단주의자들도 있었다. 이 진흙탕 속에서 새로운 테러리스트 조직들이 생겨났다. (이들은 곧 자르카위의 조직과 합쳐 그를 수장으로 받들고 자신들을 ISIS나 ISIL로 부르게 된다. 자르카위는 부시가 임명한 것이나 마찬가지였다.)

이 전쟁이 예상보다 훨씬 엉망진창으로 흘러가고 이라크에 대량살상무기가 없었던 게 분명해지자 모든 것이 CIA 탓이 되었고 그릇된 정보를 제공했다는 말도 안 되는 비난이 쏟아졌다.

이 비난에 대한 반박으로 반드시 한마디 해야겠다. 나는 그때 현장에 있었고 해당 정보를 상층부에 보고한 요원들 중 하나였다. 내가 소속한 팀에서 전한 어떠한 정보도 잘못은 단 하나도 없었다. 잘못은 우리가 전한 정보를 백악관에서 다르게 고치고 왜곡한 것이었다.

CIA는 백악관을 배신하지 않았다. 백악관이 CIA를 배신했다.

CIA에서 같이 일한 모든 동료들도 이건 아니라며 반대 의견을 표했다. 하지만 이미 벌어진 일에 좌절하고만 있을 수는 없었다. 그들에 의해 바뀌고 왜곡된 내 조직도 때문에 전쟁이 일어났다면 나는 그 피해를 최대한 복구하는 데 내 인생을 바칠 것이다. 나는 확실하게 파악된 것을 처리하는 데 노력을 배가하고 집중해야 했다. 우선 유럽과 아프리카의 알 카에다 수중에 있는 화학무기, 두 번째로 서구인과 유대인에 대한 알 카에다의 화학무기 사용 계획이 그것이다.

● ● ●

전쟁이 발발하고 몇 달 되지 않아 벤과 나는 알 카에다의 화학무기 테러 팀원 몇 명이 억류된 감옥을 방문하기 위해 중동행 비행기를 탔다. 이 감옥은 알 카에다의 핵심 지도자들이 몇 년 전 잡범으로 들어왔다가 영향력 있는 지하드주의자를 만나 극단적 이슬람주의자로 바뀌어 나온 곳이다. 수감자 몇몇은 자르카위, X 아니면 다른 옛 팀원들의 소재를 알지 몰랐다. 그리고 대량살상무기를 다루는 자들이 지금 무슨 화학테러 계획을 꾸미는지 이들이 알 수도 있었다. 아니면 최소한 CIA의 우선 관심 대상자의 이메일 주소나 전화번호를 가지고 있을는지도 몰랐다.

해외로 나가는 비행기를 탈 때마다 나는 전에 집에 다녀왔을 때 구입한 새 정장을 입곤 했다. 어머니는 나만큼 쇼핑을 좋아했고 우리는 함께 옷을 골랐다. 이번에 입은 옷은 턱시도 스타일인데 새틴으로 된 허리 부분이 커머번드cummerbund(천을 주름 잡아 만든 허리띠. 폭이 넓고 허리에 꼭 맞게 착용한다-옮긴이) 같았다. 나는 이 옷을 입으면 자신감을 느꼈다. 아동극에서 무대의상을 입고 맡은 배역을 연기하는 것 같았다. 보이는 대로 테러리스트들을 잡아내는 역할을 맡은 이는 성인이지만 말이다.

나는 비행기에서 이 정장 차림으로 푹 잤다. 착륙 몇 분 전 화장실로 가서 머리를 빗고 핑크색 립스틱을 바른 다음 세관을 통과할 때쯤에는 주름이 다 펴질 수 있도록 캐미솔camisole(상체에 입는 소매가 달리지 않은 여성용 내의-옮긴이)에 물을 약간 뿌렸다.

공항은 깨끗하고 현대적인 모습이었다. 세관을 거쳐 터미널로 가니 보안 검색대 앞에 두 줄로 뚜렷이 나눠 선 사람들이 보였다. 한 줄은 남성, 한 줄은 여성 줄이었다. 나는 가방에서 파시미나를 꺼내 머리 위로 걸쳤다. 공항은 여러 나라에서 온 사람들로 바글거렸는데 머리를 가리는 것이 의무로 느껴지지는 않았다.

기사가 우리 일행을 기다리고 있었다. 우리는 현지 CIA 지국으로 직행할 예정이었지만 벤은 최근 한 서구인 남성이 암살당한 지역을 보고 싶어 했다. 살인범들은 아직 잡히지 않았다. 하지만 모든 증거로 미루어보아 알 카에다의 소행임이 확실했다. 이 암살 사건이 발생했을 시점에 부시 행정부는 전쟁을 준비하고 있었다. 여기에 대한 반동으로 알 카에다가 저지르는 지하드가 증가하고 있는 것 같았다.

피살 장소는 깨끗했고 누구나 안심하고 산책할 만한 곳인 듯했다. 그런데 지난 2년 동안 그곳에서 그 사람 말고도 서구인 3명이 더 살해되었다.

"저집니다."

기사는 차를 세우며 말했다. 거리는 현대적인 분위기였고 안락해 보이는 집들이 늘어서 있었다. 나 같아도 두말하지 않고 들어가 살고 싶을 만큼 훌륭한 주택들이었다.

우리 둘은 차창 밖을 내다보았다. 평화롭고 햇살 좋은 조용한 날이었다. 한 커플이 깔끔하게 관리된 반려견을 데리고 산책하고 있었다.

그 장면을 지켜보았다고 상상해본다. 한 중년 남자가 밝은색의 자기차로 가서 문손잡이에 손을 뻗는다. 고개를 돌리자 두 남자가 있다. 이들은 단지 그가 미국 여권을 소지했다는 이유로 총격을 가해 그를 쓰러뜨린다.

"그 사람, 아이가 있었나요?"

내가 물었다.

"네, 그랬죠. 몇 명인지는 묻지 말아요."

벤이 말했다.

나는 머릿속에서 돌아가던 공포영화 상영을 중단해야 했다.

● ● ●

현지 CIA 지국은 랭글리의 본부를 빼면 근무 인원이 가장 많은 곳 중 하나였다. 나는 이곳에 주재하는 요원 다수에게 전문을 보냈다. 모두 기꺼이 도와주려 했고 우호적이었으며 협조적이었다. 아, 거의 모두가 그랬다는 이야기다. 여기 요원 중 프레드Fred라는 사람이 있었다. 프레드에게서 받은 전문에서는 고집스러운 태도, 무뚝뚝함과 거만함이 묻어났다. 다른 전문에서는 이런 느낌을 받은 적이 없었다.

"프레드를 얼른 만나보고 싶군요."

대테러작전 부서 사무실로 가면서 나는 벤에게 나직이 말했다.

"아, 프레드. 그 짖어대는 하급 직원 말이죠."

벤이 말했다.

사람들이 일어서서 자신을 소개했다. 그러는 와중에 사무실 건너편에서 파티션 바깥쪽으로 기대 눈을 부릅뜨고 우리를 내려다보는 남자가 눈에 들어왔다. 분홍색 피부에 금발 머리를 하고 두꺼비처럼 생긴 사람이었다. 우리와 눈을 마주치자 그는 큰 보폭으로 건들건들 다가왔다. 카우보이를 생각나게 하는 걸음걸이였다.

"프레드 요원님?"

나는 손을 내밀었다. 그는 나보다 키가 작았고 배는 불룩 튀어나왔다.

프레드는 나와 악수하지 않았다. 대신 그는 나를 위아래로 훑어보더니 이렇게 말했다.

"그 웃기지도 않는 옷은 뭡니까?"

"내 옷 말인가요?"

샤프하고 멋지다고 생각한 옷인데. 심지어 주름조차도 비행기에서 내리고 나서 쫙 폈는데.

"아이고, 참. 지금 오신 곳은 중동이에요. 색스 피프스 애비뉴^Saks Fifth Avenue(미국의 고급 백화점 체인-옮긴이)에 쇼핑여행 온 게 아닙니다."

그가 말했다.

"자, 자르카위 일당에 대해 새로 입수한 게 있습니까?"

벤이 긴장한 채 눈을 가늘게 뜨고 프레드를 내려다보며 말했다.

"내 책상은 저기 뒤쪽에 있어요. 오시면 감옥 면회에 필요한 걸 드리죠."

프레드가 딱딱거리며 말하고는 뒤뚱거리며 휙 가버렸다.

말소리가 들리지 않을 정도로 그가 멀어지자 나는 벤에게 몸을 기울여 말했다.

"성적 좌절이 틀림없네요."

"그렇고말고요."

벤이 동의했다.

"저렇게 짖어대는 남자하고 섹스하는 걸 상상이나 할 수 있을까요?"

내가 이렇게 말하자 벤은 나를 바라다보더니 웃음을 터뜨렸다.

사람은 혐오스러워도 프레드는 최소한 좋은 정보를 제공하기는 했다. 마치 방출되지 못한 성호르몬 에너지를 모두 자르카위를 찾는 데 쏟아 붓기라도 하는 것 같았다. 내 느낌에 프레드는 자르카위가 잡힐 때까지 자기도 쉬지 않을뿐더러 거기에 더해 끊임없이 동료들을 닦달할 것 같았다. 벤과 나는 프레드의 책상으로 가서 두 시간 이상 선 채로 정보를 교환했다. 일이 끝나자 고맙다는 생각이 들었다. 그래도 그와는 악수하고 싶지 않아서 등을 돌려 걸어 나왔다.

그 멋진 정장 차림으로.

출장 온 CIA 직원이 대개 숙박하는 하얏트^{Hyatt}호텔에 방이 없어서 벤과 나는 포시즌스호텔에 묵었다. ***** 이 나라 그리고 특히 하얏트에는 외교관과 구호기관 직원들, 군 관계자 그리고 아마도 전 세계에서 온 정보요원일 사람들이 많았다. 포시즌스에도 같은 부류의 투숙객은 많았다. 그리고 영국에서 온 손님이 너무 많아서 로비에 앉아 창밖을 내다보지 않았더라면 마치 런던에 있다는 느낌이 들 정도였다.

감옥은 차로 몇 시간 걸리는 곳에 있었다. 그래서 우리는 만사를 제쳐 놓고 다음날 아침 일찍 출발해야 했다. 벤은 자신이 묵는 좋은 객실에서 몇 시간 잠을 청하기를 원했다. 나도 내 방에서 두어 시간 혼자 시간을 가져서 좋았다.

기도하라는 아잔이 시작되자 나는 발코니 문을 열고 밝게 햇살이 비치고 있는 도시를 난간에서 바라다보았다. 아잔의 울림은 아름다웠고 약간 감상적으로 들렸다. '금고실'에 있는 동안 컴퓨터를 통해 듣기만 하다가 직접 들으니 훨씬 좋았다.

거리에 있는 사람들은 자기 일을 하느라 계속 바쁘게 움직이고 있었다. 오른쪽 차선에 차가 정지하더니 비상등을 켰다. 다섯 남자가 차에서 나와 보도에 매트를 펴고 기도했다. 주변을 걷는 사람들은 크게 개의치 않고 이들을 돌아갔다. 거리를 지나는 차들은 빠르게 경적을 울리고—뉴욕에서처럼 경적 버튼에 기대다시피 하면서 길게 계속 누르는 것은 아니었고 짧게 톡톡 치는 정도였다—이 차를 피해 갔다.

아잔이 끝나자 나는 BBC 방송을 틀고 발코니에 앉아 뉴스를 들었다. 2003년 5월 15일 목요일이었다. 좋은 일이 많이 일어나는 것 같지는 않았는데 특히 중동에서는 더 그랬다. 고작 3일 전에 사우디아라비아 리야드Riyadh에서 주거단지 3개소가 자살폭탄 트럭의 공격을 받았다. 공격은 알 카에다의 주도로 조직적으로 이루어졌으며 내부자의 협조가 있었던 게 분명했다. 왜냐하면 테러리스트들은 보초를 사살한 다음 각 단지 출입구 보안 시스템을 무력화해서 통과했기 때문이다. *****. 이미 이자들이 뭔가 꾸미고 있다는 소문이 많이 돌고 있었다. 그러나 우리는 목표가 정확히 어디일지를 몰랐다.

이 모든 게 국가, 도당, 사람, 신념이 얽히고설켜 죽자사자 벌이는 싸움의 일부인 것 같았다. 사태가 악화할수록 미국은 점점 더 이라크의 구원자가 아닌 점령자로 비쳤다. 1991년 이래 미군이 주둔하면서부터 우리가 사우디아라비아를 점령하고 있었다는 알 카에다의 끈질긴 신념은 더욱 힘을 얻었다. 1991년에는 아버지 부시의 주도로 걸프전쟁이 일어났다.

자살폭탄 트럭 관련 뉴스를 귀로 듣기만 해서 다행이라는 생각이 들었다. 연기가 피어오르는 돌무더기 밑에는 사망자 39명과 부상자 160명이 있으며 사상자 중에는 어린이 수십 명도 있다는 말만 듣고서도 끔찍한 광경이 머릿속에 떠올랐기에 나는 영상을 보고 싶지 않았다. 공격받은 단지 가운데 하나는 사우디 국내군Saudi National Guard(사우디아라비아 국내의 치안을 맡은 군사 조직. 사우드 왕가에 충성하는 각 부족원으로 구성되어 있으며 왕이 직접 통솔한다—옮긴이)을 훈련하는 미국 회사 소유였고, 다른 하나는 런던에 본사가 있는 회사 소유, 그리고 공격받은 세 번째 주거단지의 주민은 대부분 서구인이었다.

뉴스는 폴 브레머$^{Paul\ Bremer}$의 연설로 옮겨 갔다. 부시 대통령이 5일 전 이라크 임시 공동행정처 최고 행정관으로 임명한 인물이었다. 즉 이라크의 사실상 최고 책임자는 브레머라는 뜻이었다. 은신 중인 사담 후세인을 누구로 대체할지에 관한 질문을 받자 브레머는 아직도 정부에서 활동 중인 바트당원을 제거하는 이야기만 했다. 누군가가 혼돈 상태에 빠진 이라크에 어떻게 다시 질서를 세울지를 묻자 브레머는 지난 48시간 동안 체포된 사람의 정확한 숫자를 인용했다. 그는 마치 모든 것이 이제 제자리를 잡아가는 듯 말했다. 그런데 제자리를 잡아가는 것은 아무것도 없었다.

나는 다시 방으로 들어가서 TV를 끄고 평화로운 발코니로 돌아갔다. 내가 통제할 수 있는 것, 내 손이 닿는 곳에 있는 사람과 사안, 무고한 시민이 살상당하기 전에 내가 처리할 수 있는 테러 계획에 집중해야 한다.

나는 발을 난간에 걸친 채 얼굴에 햇살을 쏘이며 짖어대는 카우보이 프레드가 건넨 정보 전부를 차분히 읽었다. 나는 머릿속으로 정보를 정리한 다음 우선순위를 부여하고 현지 정보기관과 감옥에서 하기로 예정된 회의를 준비했다.

자신감이 생길 정도로 정보를 숙지하자 나는 워싱턴공항에서 사 온 잡지—〈베니티 페어$^{Vanity\ Fair}$〉, 〈유에스 위클리$^{U.S.\ Weekly}$〉와 〈글래머^{Glamour}〉—를 가져왔다. 나는 다시 발코니로 돌아와서 무릎에 잡지를 쌓아놓고 또 다른 영역에 발을 들였다. 지금 세계에서 벌어지는 끔찍하고 폭력적이며 혼란스럽기 그지없는 테러 따위는 까맣게 모르는 그런 곳이다. 아름답고 천박한 스타로 도배된 세상으로의 도피다.

● ● ●

그날 오후 늦게 벤과 나는 도심에 있는 큰 노천 시장인 수크^{Souk}(중동, 북아프리카의 시장을 가리키는 보통명사—옮긴이)에 갈 계획을 세웠다. 현지 주재 CIA 요원인 텍사스 출신 랜디^{Randy}라는 친구가 우리와 동행했다. 랜디는 우리와 자주 전문을 주고받은 사이였고 이날 일찍 사무실에서 이야기도 나눠봤다. 얼굴을 직접 본 것은 이날 아침이 처음이었는데도 우리는 랜디를 잘 안다는 느낌이 들었다.

랜디는 택시를 타고 우리를 데리러 왔고 우리는 그 택시를 함께 타고 갔다. 그는 아랍어를 했고 중동에 있다는 것 자체를, 그리고 중동의 모든 것을 사랑했다.

나는 택시에서 나오기 전에 가방에서 파시미나를 꺼내 머리 위로 걸치고 양쪽 끝을 목에 둘러맸다. 거리에서 본 몇몇 여성은 맨머리였다. 그러나 금발은 없었고 서구 여성과 조금이라도 비슷한 사람도 전혀 없었다.

"죄송한데, 그렇게 입기에는 너무 더울 겁니다."

랜디는 날씨가 자기 책임인 양 말했다.

기온은 섭씨 27도 이상이었고 나는 검은색 긴팔 티셔츠와 헐렁한 검은색 바지 차림이었다. 하지만 선택의 여지가 없었다. 나는 이미 공항, 호텔, CIA 지국 사무실같이 서구인들로 넘쳐나는 곳으로부터 나와서 현지인들이 있는 진짜 도시로 한 발짝 들어갈 참이었다.

택시에서 나오자 거리에 있던 한 남자가 걸음을 멈추더니 고개를 획 돌리고 나를 빤히 쳐다보았다. 이는 시작에 불과했다. 어떻게든 머리카락을 가리려고 애써보았지만 몇 올은 빠져나와 내 어깨 위에서 크리스마스트리처럼 반짝였다. 노점을 따라 걷자 한 꼬맹이가 나무 위로 쪼르르 올라가더니 나를 가리키며 뭔가 소리쳤다.

랜디가 번역했다.

"'저 여자 녹색 눈을 봐!'라고 말하네요."

나는 수크의 분위기에 익숙해질수록 사람들도 점점 내 존재를 인지하는 것을 느꼈다. 내성적 성격인 나로서는 마음이 편치 않았다. 나는 미국에 새로 이민 온 사람들, 백인 일색인 동네에 이사 온 유색인종, 그리고 9월 11일 이후 반이슬람 광기가 전국을 휩쓸 때 히잡을 쓰고 다니던 사람들을 생각했다. 이렇게 원치 않는 주목을 받게 되니 아웃사이더라는 느낌이 더욱 강해졌다. 이미 속으로는 그런 느낌이 있었는데 그러다가 인파로 가득 찬 시장통을 걸으며 이런 식의 응시를 받으면 '당신은 우리 사람이 아니야.'라는 말을 듣는 것이나 마찬가지다. 나는 이 느낌에 메모를 달아 머릿속 한구석에 저장해두었다. 다음번에 주변 모두와 다르게 보이는 누군가가 눈에 띄었을 때 끄집어내서 다시 생각해보려고 말이다. 우리는 모두 똑같은 사람이라고 나는 생각했다. 녹색 눈이건 갈색 눈이건, 히잡을 썼건 안 썼건 우리는 같은 것을 원한다. 평화, 삶의 목적, 사랑하고 사랑받는 것을.

그러다가 나는 한 노점에서 진짜 갖고 싶은 목걸이를 찾았다.

노점마다 사람들로 북적였으나 이 가게에는 다른 데보다 사람이 더 많았다. 손님이 어찌나 많았는지 어깨가 서로 부딪힐 정도였다. 누구는 나를 쳐다보았고 다른 누구는 수제 보석 세공품을 바라다보고 있었다. 나는 금실로 정교하게 짠 함자 부적hamsa amulet이 달린 멋진 금제 체인을 손에 쥐었다. 함자는 쫙 편 오른쪽 손바닥 모양인데 가운데에 파란색 흉안evil eye, 凶眼(서구와 중동 전승에 나오는 사악한 기운을 뿜는 눈 혹은 이를 그린 모양. 보기만 해도 저주를 받는다고 한다. 이를 반대로 이용해 남이 나에게 보내는 악의를 반사하려는 목적의 부적으로 쓰인다─옮긴이)이 있었다. 흉안 그 자체와 마찬가지로 함자는 다른 이들의 악의에 찬 시선으로부터 착용자를 보호한다는 믿음이 있다. 지금 내게 손가락질하거나 빤히 쳐다보는 이들이 악의가 있다고 생각하지는 않는다. 이들은 단지 호기심에 차 있을 뿐이다. 하지만 나는 함자의 마법을 옆에 두고 싶었다. 랜디가 가격을 흥정했고 나는 함자를 목에 걸고 나왔다.

만약 그곳에 아예 눌러앉아 살았더라면 훨씬 더 많은 물건을 사 왔을 것이다. 향신료 상인의 진열대는 향신료의 색상만으로도 아름다웠다. 시장에는 핸드백, 의류, 식품, 신발…… 생각할 수 있는 모든 게 있었다. 시장 통로 일부는 내리쬐는 열기에서 사람과 물건을 보호하려고 차양으로 가려져 있었고 일부는 개방되어 있었다. 온 가족이 함께 쇼핑하는 광경이 눈에 띄었다. 성인 여성과 여자아이들은 서로에게 기대다시피 하며 한데 뭉쳐 끝없이 수다를 떨며 걷고 있었다. 남자들은 대부분의 중동 남자들이 그렇듯 손을 잡고 통로를 따라 걷고 있었다. 장소와 방법을 달리해 남성과 여성은 그렇게 분리하면서도 동성 친구나 가족 간의 신체적 애정 표현은 이렇듯 공개리에 하는 나라가 있다니, 흥미로웠다.

"거기 두 분, 손잡아야겠네요."

나는 벤과 랜디에게 말했다.

벤은 나를 힐끔 보고는 머리를 저었다. 그러면서도 웃는 얼굴이었다.

랜디는 매력적인 텍사스 억양으로 말했다.

"신분을 완전히 숨기려면 그래야겠죠. 지금 랜디는 랜디답게 행동하렵니다."

● ● ●

아침 6시에 차가 와서 벤과 나를 태웠다. 우리는 감옥으로 가는 긴 여정을 시작했다. 벤과 나는 같이 뒷좌석에 앉아 서로 등을 돌린 채 각자 창문을 내다보고 있었다. 우리가 지나친 건물들은 이 도시 사람들의 반영인 것 같았다. 크기도 제각각인 근대와 전통 건물들이 한데 뭉쳐 있었다.

자동차 소음과 경적은 얼마 지나지 않아 사라지고 침묵과 공허함이 밀려왔다. 시선이 닿는 끝까지 사막이 펼쳐져 있었다. 가는 길가에는 낙타꾼 몇 명과 푼돈을 내고 낙타에 올라탄 관광객들이 있었다. 그러고 나서 도시에서 더욱더 멀리 나가자 황금색 사막밖에는 아무것도 없었다. 그리고 사춘기를 맞은 십 대 남자아이의 턱에 자라기 시작한 수염처럼 드문드문 녹색 풀이 자라난 공간이 군데군데 있었다. 아름답게 풍화된 큰 바위들이 옹기종기 모인 곳도 가끔 지나쳤다.

감옥은 유령처럼 갑자기 나타났다. 감시탑, 철조망, 담장, 감시원들로

에워싸인 곳이었다. 탈옥은 불가능해 보였다. 설사 그런다 해도 어디로? 달로 도망가는 것이나 마찬가지다. 우주복과 모선 없이 얼마나 오래 버틸 수 있을까?

벤과 나는 작고 특색 없는 베이지색 회의실로 안내받았다. 방의 네 벽에는 전 세계 주요 도시의 시간대에 맞춰진 시계들이 걸려 있었다. 벤은 천천히 방을 한 바퀴 돌면서 시계를 보며 각 시계 밑에 적힌 도시 이름을 번역하려 했다. 나는 곧 도착할 현지 공작원들을 초조하게 기다리면서 문을 쳐다보았다. 이 나라 정보기관 사람들은 진지하고 까다로우며 무자비하고 때에 따라서는 무섭게 굴 수도 있는 걸로 정평이 나 있다. 이들은 같은 편으로서만 함께 일하길 바라야 하고 절대로 적이 되어서는 안 되는 사람들이다.

마침내 상대측 참석자 여덟 명이 방을 가득 채웠다. 상대방 귀에 들릴 정도의 반응은 삼가야 했다. 이들이 어릿광대같이 보이는 사람들이어서가 아니었다. 모두 평범해 보이는 좋은 사람들이었고 정장 차림이었다. 미국에서라면 넥타이를 푼 다음 버드^{Bud} 맥주 캔을 까고 바비큐를 구워도 어색하지 않을 모습들이었다. 아니면 접이식 의자에 앉아 조는 척하며 열다섯 살 먹은 자녀가 정원의 잔디를 깎는 것을 지켜본다고 해도 괜찮아 보일 사람들이었다.

우리를 포함한 참석자 열 명은 테이블을 빙 둘러 자리를 잡았다. 설탕을 넣은 진한 다크 커피가 작은 유리컵에 담겨 나왔다. 대화가 시작되자 모두 활기에 넘쳤고 진지해졌다. 언제나 차분하고 침착을 유지하며 속마음을 드러내지 않는 벤만 예외였다. 만약 자르카위와 그 일당의 뒤를 쫓는 데 CIA와 비견할 만한 열정을 가진 집단이 있다면 바로 이 사람들이었다. 자르카위의 이름을 꺼내는 것만으로도 회의장에서는 소란이 일었고 그 이름을 들을 때마다 이들은 주먹으로 탁상을 내리치거나 고함을 지르고 이글거리는 눈으로 응시하곤 했다.

벤과 나는 이들이 잡아둔 한 테러리스트로부터 얻기를 원했던 정보를 놓고 토론했다. 그는 우리도 잘 아는 자로 화학 테러의 세계를 속속들이 잘 알았다. 만약 이 사람이 우리에게 제대로 된 연락처와 정보를 준다면 우리는 이들이 꾸미는 주요 계획과 정확한 가담 인물들을 알아낼 수 있을 것이다.

"무엇을 알고 싶은지 구체적으로 말해보세요."

상대방 참석자 한 사람이 말했다. 이 회의실에 있는 남자들 중 도움을 구하기에 가장 적절한 사람 같았다. 가르마를 타고 한쪽으로 빗어 넘긴 숱 많은 머리는 반짝거렸고 잘 차려입은 정장은 풀을 먹여 다림질한 게 분명했다.

벤과 나는 우리의 질문 목록을 하나하나 읽어 내려갔고 이 사람은 우리 말을 번역해 이로 씹은 자국이 있는 몽당연필로 작은 스프링노트에 적었다. 질문 하나가 끝날 때마다 그는 그것이 유용한 정보가 될 거라는 데 동의라도 하듯 고개를 끄덕거렸다.

질문이 끝나자 그는 노트를 덮고 일어섰다.

"잠깐만 기다리세요."

그는 이렇게 말하고 방을 떠났다.

그 사람은 한 시간도 채 되지 않아 돌아왔다. 만화책에 나오는 감전된 고양이처럼 머리카락이 사방으로 쭈뼛 서 있었다. 그리고 빳빳했던 정장은 비포장도로에서 차에 끌려가기라도 한 듯 엉망이었다. 넥타이도 없어졌고 셔츠 칼라는 열려 있었다. 열린 셔츠 안으로 털이 수북한 가슴에 반짝이는 땀방울이 보였다.

벤은 앉았던 의자를 뒤로 밀치며 그를 지켜보았다. 웃는 듯한 표정이었다. 그가 앉자 나는 테이블 위로 몸을 기대면서 숙였다.

"답은 다 받았습니다."

그는 앞에 있던 커피 잔을 들어 단숨에 들이켰다.

"답을 다 받으셨다고요?"

이제 내가 웃을 차례였다. 나는 답을 받으려면 몇 주는 걸리리라 생각했다. 아니 몇 달이 걸릴지도 몰랐다. 전술했듯이 테러리스트의 의지를 꺾어 정보를 얻는 데는 꽤 오랜 시간이 걸린다.

하지만 여기서는 아니다. 이 남자들은 자기들의 평판을 지켰다. 적어도 우리와는 그랬다.

● ● ●

그날은 차 안에서 많은 시간을 보냈기 때문에 벤과 나는 밤 외출 전에 운동이 하고 싶었다. 나는 여성 전용 헬스장에 갔다. 이용객은 나 혼자였다. 실내 바이크에 자리를 잡고 TV 채널을 이리저리 돌리고 있는데 벤이 문으로 머리를 내밀었다.

"남자 헬스장에는 영국 특수부대원 두 명밖에 없는데, 이쪽에서 운동하고 싶으면 와요."

벤이 말했다.

나는 벤의 말대로 했다. 영국 군인들에 특별한 관심이 있어서가 아니었다. 정보, 첩보는 장소를 불문하고 수집해야 하는데 여성 전용 헬스장에서 혼자 바이크로 운동하고 있으면 아무것도 얻지 못하기 때문이었다.

나는 문 근처에 있으면서도 헬스장에 있는 누구와도 이야기할 수 있는 거리에 있는 스테어마스터StairMaster(같은 이름의 회사에서 생산하는 계단 오르기 운동기구-옮긴이)에 올라갔다. 비서구인이 들어오면 재빨리 빠져나갈 생각이었다.

벤은 영국 군인들에게 *****에 관해 이야기했다. 이들은 별 관심이 없었고 질문도 많이 하지 않았다. 정보 관련 종사자들에게 인간 본성이 내린 선물이 하나 있는데 그것은 바로 대부분의 사람들이 자기 자신에 대해 말하기를 좋아한다는 것이다. 우리는 이라크 지상전의 상황이 어떤지를 물었다. 이들은 얼마 전까지 바그다드에 있었고 이곳에서 휴가를 보낸 다음 복귀할 예정이었다.

"엉망진창입니다."

잔뜩 쌓아 올린 무게추를 들어 올리며 백 리프팅을 하던 한 병사가 말했다.

"미국 대통령은 정말 재수 없는 등신이야."

백 리프팅을 하는 동료를 잡아주고 있던 다른 병사가 말했다.

나는 이 말의 뜻을 어떻게 이해해야 할지 생각했다. 사실 이들이 한 말의 대부분은 속뜻을 짐작해야 했다. 그럼에도 나는 해석을 요구하지는 않았다. 이들은 운동하면서 전쟁에 대한 통렬한 비난을 쏟아내고 있었고 나는 이들의 말을 늦추거나 가로막고 싶지 않았기 때문이다. 벤도 이들의 말을 끊지 않았고 계속 고개를 끄덕이며 더 말해보라고 했다.

영국 군인들은 자기들 사이에서는 조지 W. 부시와 사담 후세인의 사적인 전쟁에 끌려들어 왔다는 느낌이 지배적이라고 분명히 밝혔다. 후세인은 수십 년 동안 자국민을 고문하고 살해하고 가두고 억압했다. 서구 병사들은 이라크 국민의 구원자가 되려는 열의를 가지고 도착했지만 정작 구원받을 당사자 대부분은 이 병사들이 후세인을 미국이라는 새로운 독재자로 대체했을 뿐이라고 믿는 것 같았다. 다른 말로 하면 '좋은 행동이 좋은 결과를 낳지는 않는다'는 거다. 그리고 이 경우에 사담 후세인 제거는 좋은 행동이다. 그런데 결과가 너무 나빴다.

출처와 상관없이 내가 들었던 이야기는 비슷했다. 이라크 거주 서구인들은 현지에서 격렬한 반서구 감정을 불러일으키고 있었다. 다른 이야기를 들을 수 있는 곳은 백악관 브리핑이나 보도자료 혹은 백악관 소식통에 의존한 언론 매체뿐이었다.

전에 말했듯이 부시 대통령이 9월 11일 이후 몇 달 안에 재선에 출마했더라면 나는 두 번 생각하지 않고 그를 찍었을 것이다. '금고실'에서 나와 잠시 이야기를 나눴던 대통령은 아랫사람을 배려하고 세계 전역에서 무슨 일이 일어나는지를 알았으며 국가와 최상의 국익을 늘 염두에 둔 사람이었다. 그런데 그때, 잘못된 구실을 들어 이라크를 침공한 다음부터 이 모든 인명 상실, 이 모든 자원 손실과 이 모든 파괴에도 불구하고 전쟁이 전반적으로 잘못된 방향으로 가고 있다는 불안감이 들기 시작했다. 결국 부시 W. 주니어는 1991년에 아버지가 하지 못했던 것만 할 수가 있었다. 즉 사담 후세인의 제거다. 자유의 가치를 귀중히 여기는 그 누구와도 마찬가지로 나 역시도 후세인을 혐오했다. 하지만 나는 부시 대통령이 국가반역죄로 탄핵당하기를 바랐다.

• • •

다음날 아침 해가 뜨기 전에 나는 *****에 가보려고 기사를 고용했다. 갔다 와서 벤과 함께 어느 유럽 정보기관의 이 나라 담당관을 만날 것이다. 나는 차에 탑승하자마자 대화를 원치 않는다는 의사를 미용실에 앉아 미용사에게 말하듯이 기사에게 분명히 밝혔다. 기사는 내 의사를 존중했다. 그래서 차가 산을 오르고 단조로운 사막 풍경을 지나가는 동안 내내 침묵이 이어졌고 마치 긴 명상을 하는 듯 느껴졌다. 꼭대기에 오르자 기사는 차를 주차한 다음 좌석을 뒤로 젖히고 눈을 감았다. 우리만 있었다.

나는 차에서 나와 고요 속에서 구불구불 이어지는 낮은 석벽 가장자리를 따라 걸었다. 벽에는 군데군데 허물어진 부분이나 구멍이 있었다. 1천여 년 전 손으로 만든 듯했다. 벽에서 떨어져 나온 바위와 사각형 석재가 바닥에 흩어져 있었다. 새소리는 없었다. 발밑의 흙과 덤불에 기어다니는 작은 무언가가 바스락거리는 소리를 냈다. 지평선 위로 낮게 떠오른 해가 눈부시게 화사한 햇살로 내 앞의 대지 전부를 비추고 있었다. 발밑에 이는 황금색 먼지가 홍해까지 떨어졌다. 서 있는 곳에서는 이스라엘을 볼 수 있었다.

***** 나는 가만히, 그러나 양팔을 가볍게 떨군 채 느긋하게 서 있었다. 천천히 깊게 숨을 쉬자 완벽한 평화로움, 완전해진 느낌이 순간적으

로 내게 몰려들었다. 나는 안다, 저 아래에 각양각색의 종교를 믿는 사람들이 예로부터 격하게 충돌하고 있었다는 것을. 그러나 여기에서는 기독교, 유대교와 이슬람이 만난다. 고요함 외에는 아무것도 없다.

차로 돌아와서 그곳을 떠나기 전에 기사에게 물었다.

"모두 여기로 데려와서 이 평화로움을 느끼게 하고 서로 죽이는 짓을 멈추게 하면 어떨까요?"

기사는 어깨를 으쓱하더니 양팔을 들었다. 그리고 한쪽 팔을 아래로 뻗어 시동을 걸었다.

나는 정오 직전에 돌아왔다. 벤이 기다리고 있었다. 나는 재빨리 정장으로 갈아입고 택시를 잡아 벤과 같이 하얏트호텔로 갔다. 호텔에는 서구인들이 너무 많아서 파시미나를 머리에 두를 필요도 없었다. 우리는 한 스위트룸의 거실에서 우리와 같은 문제를 담당한 다른 유럽 국가 정보기관의 요원 셰릴Cheryl을 만났다. 셰릴과는 전문만 주고받았던 사이였다. 셰릴은 아름다운 적금발을 뒤로 넘겨 목덜미에 큰 공 모양으로 머리를 묶었다. 셰릴이 이 도시의 거리를 걸어갈 때도 사람들이 손가락질하거나 입을 크게 벌리고 바라보거나 나무 위로 올라가는지가 궁금해졌다. 그래도 묻지는 않았다. 어쨌건 업무 관계로 만난 사람이니까.

그리고 맥주다.

셰릴은 우리 셋을 위해 맥주 여섯 잔을 방으로 보내달라고 주문했다. 맥주가 도착하자 셰릴은 커다랗고 평퍼짐한 가방에 손을 넣더니 큼직한 솔트 앤 비네거salt-and-vinegar 감자 칩 봉지를 꺼냈다.

"저는 언제나 제가 먹을 음식은 가지고 다녀요."

셰릴이 쾌활하게 말했다. 이질을 피하기 위해서라니, 나쁜 계획은 아니었다. 다만 감자 칩과 알코올을 섭취하는 것만으로 테러리스트들을 뒤쫓는 데 필요한 에너지가 나올지는 확신하지 못하겠다.

나는 맥주는 건너뛰었지만 감자 칩은 양껏 먹었다. 우리 셋은 정보를 교환하며 세 시간 동안 이야기를 나눴다. 벤과 나는 셰릴보다 훨씬 많은 정보를 알고 있었다. 사실 셰릴은 우리가 이미 알고 있는 것보다 더 많이 알지는 못했다. 그러나 그 나라 공작원들은 언제나 호의적이었고 우리를 도우려 했다. 그리고 나는 우리가 가진 것을 셰릴에게 기꺼이 줄 용의가 있었다.

***** 미팅이 끝날 무렵 셰릴은 다른 CIA 파견 요원들과 나중에 같이 만나자고 제안했다. 그날 밤이 내가 그곳에서 보낼 마지막 밤이었다. 벤과 나는 다음날 다른 나라에 갈 예정이었고 그곳에서 한 달간 새로운 정보를 추적할 터였다. 나는 이곳의 밤 문화를 보고 싶었다. 벤도 그럴 생각이었고, 그래서 우리 셋은 텍사스 사람 랜디를 포함한 지국 직원 몇 명과 함께 물담배 클럽에 모였다.

클럽은 어둡고 유행에 맞는 젊은 분위기의 장소였다. 여성 손님의 절반 정도만 베일을 걸치고 있었다. 천장 모서리에 매달린 어마어마하게 큰 스피커에서 아랍 음악이 흘러나오고 있었다. 지금껏 이곳에서 들어봤던 모든 음악처럼 전통과 현대음악이 섞였다. 어떤 노래는 쾅쾅거리는 랩처럼 들리는 현대적 스타일이었다. 다른 노래들은 흐느끼는 듯한 발라드와 디너클럽 스타일의 곡조였는데 1950년대 음악 같은 느낌이 들었다.

우리 일행 일곱 명은 가운데에 원탁이 놓인 낮은 반원형 부스에 옹기종기 모여 앉았다. 원탁에는 90센티미터가 조금 넘는 높이의 물담배 통이 여러 개 있었다. 아래가 자주색이나 심홍색 유리로, 목 부분은 은으로 된 통인데 꼭대기에는 점화된 담배를 올리는 돔이 있었다. 우리는 각자 쓸 튜브를 받았다. 튜브는 담배통의 둥그런 유리 부분 꼭대기에 연결되어 있었고 담배 연기를 빨아내기 위한 은제 팁이 달려 있었다. 담배통 본체는 모스크나 교회의 물건이기라도 한 것처럼 아름답게 장식되어 있었다.

그때까지 나는 무엇이 되었든 피워본 적이 전혀 없었다. 담배 한 개비조차도. 그런데 지금은 해외다. 지금 나와 함께 시끄럽게 어울려 노는 이들은 전이하는 암세포처럼 세를 불려가는 테러리스트들을 찾아내는 데서 받는 압박을 불태워버릴 뭔가가 필요했다. 전쟁, 최근 사우디에서 있었던 테러 공격, 그리고 포로로부터 얻은 정보와 점점 자라나는 아프리카의 테러 세포조직 사이에 끼었던 나는 그 담배 연기가 간절했다.

담배에는 사과 향이 가미되어 있었다. 한 모금 빨아보니 머리가 핑 도는 느낌이었다.

몇 시간 동안 나는 될 대로 되라는 생각으로 만사를 잊은 채 가만히 앉아 물담배를 피우며 팔라펠falafel(누에콩, 병아리콩을 으깨 만든 반죽에 양파, 고수를 섞어 경단 모양으로 튀겨낸 중동 요리. 그대로 먹기도 하고 샐러드와 곁들이거나 빵에 끼워 먹는다−옮긴이)을 먹었다. 그리고 무슨 이야기가 나오든 깔깔 웃었다. 단지 웃으면 기분이 좋아졌기 때문이었다. 잠시 다른 세상에서 떠다니는 것 같은 느낌이 들었다. 벤, 랜디, 셰릴과 나 같은 사람을 죽이려 하는 자들이 없는 세상.

이날 저녁, 한 아프리카 국가에서 여러 조직이 협력해 자살폭탄 공격을 벌였다. 그 나라 역사상 가장 심각한 테러 공격이었다.

CHAPTER 10

말리부 바비

/

아프리카
2003년

● 아름답고 멋진 청록색 바다 먼 곳을 내다보고 있노라면 머릿속에 뭔가 밝고 좋은 이미지가 떠올라야 맞을 것 같다. 그러나 실제로는 아니었다. 시각적 여백이나 침묵의 순간이 생기자 마자 내 두뇌가 기억에서 끄집어내는 이미지가 있었다. 머리, 의도치 않게 본 머리들이다. 머리들은 노래방 비디오에 나오는 통통 튀는 공처럼 눈앞에 떠다녔다. 눈을 동그랗게 뜨고 입을 딱 벌린 채, 목둘레는 누더기가 된 티셔츠처럼 너덜너덜해진 잘린 머리. 얼굴에는 바닥에 떨어진 스파게티 접시에서 음식이 튀듯이 뇌의 일부가 튀어 묻어 있었고 뺨은 검은색 부스러기로 더러워져 있었다.

계속 반복되는 영화를 보는 것 같았다. 숨쉬기나 재채기를 참을 수 없는 것처럼 그 이미지가 떠오르는 것을 도저히 멈출 수 없었다. 당시 자살폭탄 테러범들은 몸에 두른 폭탄이 터질 때 폭발력이 위쪽으로 올라가 발산하면서 코르크 병마개처럼 머리를 따버린다는 것을 몰랐을 것이다. 나 역시 그때는 카트에 정렬된 몸 없는 머리들을 보았을 때 이 장면이 내 신경 통로를 따라 뇌리 깊숙한 곳에 박혀 잘못된 길을 택한 이 다섯 명의 살인자와 나를 영원히 하나로 묶으리라는 것을 몰랐다.

내가 본 머리들의 임자인 이 젊은 친구들은 내가 겪는 것보다 더 큰 피해를 남들에게 끼쳤다. 나는 전쟁구역에서는 흔한 외상 후 스트레스 장애 Post-Traumatic SynDrome, PTSD(심각한 외상을 입거나 직접 본 다음부터 겪는 불안 장애-옮긴이)를 매일 겪고 있었다. 그러나 이들의 도당은 사람을 100명 넘게 죽이거나 불구로 만들었다. 테러범들은 서구인과 유대인을 죽이겠다는 의도를 밝히고 거기에 따라 한 아프리카 국가의 수도를 타격했다. 희생자들 중 유대인은 단 한 명도 없었다. 이들이 살상한 사람들 대부분은 이슬람교도였다. 이건 도대체, 내가 본 절단된 팔들이 기억 속의 머리들보다는 나를 덜 괴롭힌다고 하는 것과 마찬가지로 말이 안 된다. 떨어져 나온 팔마다 20달러도 하지 않는 일제 카시오 시계가 채워져 있었다. 그때도 그랬고 지금도 카시오 시계는 미국 십 대들 사이에서의 아이폰처럼 테러리스트들의 애용품이다.

나는 잘린 머리의 이미지를 마음에서 지워내기 위해서 이런 영상이 떠오를 때면 그 머리의 얼굴을 내게 그걸 보여준 사람들의 얼굴로 대체하곤 했다. 대체된 얼굴은 벤과 내가 한 달 동안 일했던 한 아프리카 국가의 정보요원들 얼굴이다. 이 정보기관에 여성 요원은 없었으므로 나는 잘린 머리를 보여준다는 게 남자들만의 업무 공간에 여성이 모습을 나타냈다는 이유만으로 당하는 일종의 보복이 아닌가 하는 생각이 들 때가 있었다. 내가 거기서 첫 번째로 만난 남성 요원들 중에 치아가 색이 변한 옥수수 같은 게을러 보이는 사람이 하나 있었다. 그 사람은 내 이름을 제대로 부르기를 거부하고 대신 나를 '말리부 바비Malibu Barbie'(1970년대에 출시된 바비 인형 시리즈의 하나-옮긴이)라고 불렀다. 그의 동료들은 이걸 듣고 박장대소했다. 그런데 '말리부 바비'라는 존재와 그 이미지가 어떻게 지구 한 바퀴를 돌아서 국민 대다수가 바비 인형은 고사하고 제대로 켜지는 텔레비전도 보유하지 못한 나라의 정보요원들에게까지 닿았는지, 당시로서는 놀라운 일이었다. 하지만 목소리로나 아니면 어디가 되었든 다리를 쫙 벌리고 팔을 휘두르며 공간을 차지하는 것으로나 거리낌 없이 마초임을 과시하는 이 남자들은 말리부 바비가 누구인지를 알았다. 아마 이 사람들이 나를 정신적으로 억누를 유일한 방법은 실제 사람이었더라면 남자 양손으로 휘감을 수 있을 정도로 아주 가는 허리를 가진 딱딱한 플라스틱 인형과 나를 동일시하는 것이었으리라. 그리고 잘린 머리를 보여주는 것이었겠지.

180센티미터를 훌쩍 넘는 큰 키에 윤기 있는 머리를 완벽하게 빗어 넘긴 벤은 영화 스타 생각이 나게 하는 사람이다. 그런데 이들은 벤을 켄Ken(바비의 짝이 되는 남자 인형-옮긴이)이나 브래드 피트Brad Pitt, 아니면 벤의 매력적인 코를 빗대 애드리언 브로디Adrien Brody로 부르지 않았다. 벤과 나 둘 모두 이것은 내가 미국인이기 때문도, 또 CIA 요원이기 때문도 아니었다는 걸 알았다. 내가 여자였기 때문이고 나에 대한 우월성을 내세울 필요성 때문이었다. 이들은 벤을 위협적 존재로 여기지 않았으며 심지어 존경하는 태도를 보이기까지 했다. 벤이 발언하면 모두 쉿 하고 입을 다물었다. 그러나 나는 자기들이 하는 일을 똑같이 하는 여자라는 이유로 그들에게 몸서리쳐지는 존재였다.

매일매일 나는 벤과 함께 지저분한 사무실에 앉아 이들이 주는 진한 블랙커피를 마시며 나에 대한 모욕을 참아냈다. 결국 우리는 이 사람들로부터 필요한 것을 얻을 수 있었다. 테러 공격의 본거지로 이 나라의 수도를 지목하는 단서를 쫓아온 끝에 정보, 세부 사항 그리고 많은 질문에 대한 답을 얻어낸 것이다.

기본적으로 이들은 테러 계획자들을 잡아들이는 데 도움을 받기 전까지는 우리를 도울 의향이 없었다. 내가 보았던 머리는 이 테러 공격이 남긴 것이다. 처음에 이들은 우리 책임이라고 비난했다. 그렇다, CIA가 먼저 알았어야 했다. 하지만 이 사람들도 알았어야 했다. 어쨌건 자기 나라에서 일어난 일이 아니었던가.

실패하면 비난받고 성공해도 인정 못 받는 것은 우리 일의 특징이다. 테러범의 폭탄이 터지면 대중은 우리가 사전 방지에 실패했음을 알게 된다. 하지만 우리가 막은 덕분에 폭탄이 터지지 않았거나 또는 자살폭탄 테러범이 식당이나 지역 문화회관, 유대인 묘지, 혹은 지하철역에 들어가는 데 실패했을 때에는 그런 일이 있었다는 얘기를 들어본 사람은 아무도 없다. 우리가 거둔 성공들의 대부분은 비밀에 부쳐졌다. 이것은 참을 수 있었다. 그런데 자기네 나라 사람들이 다쳤는데 우리한테 손가락질하려는 사람들은 참을 수 없었다.

나는 우리가 쫓고 있는 테러리스트들의 얼굴을 마음속 깊은 곳에 새겨두었다. 우리는 자금 흐름을 추적한 끝에 이 도시에 왔으며 위성 영상에 찍힌 자들의 이름을 알아내야 했다. 우여곡절 끝에 우리는 이 계획에 연루된 모든 이들의 이름을 찾아낼 수 있었다. 추적한 자금은 대규모 공격을 재정적으로 지원하기에 충분한 규모였는데 이는 빈 라덴 스타일이었다. 머리 위의 하늘에서 큰 시계가 재깍거리는 느낌이 들었고 1초가 지날 때마다 테러리스트들에게 더 가까이 다가가는 것 같았다. 이자들도 계획 실행에 한 걸음 더 가까워지고 있었다.

그래, 그렇다. 그렇게 시계는 재깍거렸고 저 빌어먹을 잘린 머리들은 거기 그대로 있었다.

● ● ●

벤과 내가 방문했던 감옥이 있는 중동 국가와 이 아프리카 국가의 차이는 '머리들'을 보기 전부터 명확해졌다. 나를 '말리부 바비'라고 부른 그 남자를 만나기 전부터 그랬다.

우리가 탔던 비행기의 여성 승객들 대다수가 머리를 가리지 않은 것을 보고서 나는 머리를 가린 여성과 그렇지 않은 여성의 수를 세며 비교하기 시작했다. 사실 한 여성 승객은 배꼽이 드러난 셔츠를 입고 있었다. 가슴과 바지 맨 윗부분 사이에 있는 맨살이 순간적으로 눈에 들어왔다. 몇몇 여성은 앞뒤가 깊게 파인 노출이 심한 상의 차림이었다. 즉시 나는 파시미나를 사각형으로 단단히 접어 배낭에 쑤셔 넣었다. 수영복을 챙겨 와서 다행이었다. 새 도시에 머무는 다음 한 달 동안 나는 매주 반차를 낼 계획이었고 그곳 해변에서 비키니를 입고 일광욕을 할 수 있으면 좋겠다고 생각했다.

호텔로 가는 택시 안에서 벤은 거리에서 탱크톱에 반바지만 입은 채 조깅하고 있는 두 여성을 가리켰다. 이런 뜻밖의 광경을 보고 벤도 나도 놀랐다. 이곳이 플로리다의 휴양지라 해도 이상하지 않을 정도였다. 휴가여행을 온 것 같은 기분이었다.

도착한 호텔에서 분홍색 회칠로 된 외벽과 창마다 달린 셔터를 보니 휴가여행을 왔다는 느낌이 더 강하게 들었다. 호텔의 외양은 열대지방의 비싼 리조트 같았다. 분위기는 아늑했고 층수는 고작 2층뿐이었다. 벤은 2층에 있는 방을 받았다. 나는 1층에 묵게 되었다.

휴가여행을 온 느낌은 그때까지였다.

어딘가—카페, 도서관, 버스, 식품 가게—에 혼자 있는데 자기를 응시하는 시선을 감지할 때 드는 약간의 오싹함을 아는지? 그럴 경우, 시선이 느껴지는 방향으로 몸을 돌려 그 임자를 찾아 잠시만 같이 째려보면 그 사람은 눈을 다른 방향으로 황급히 돌리기 마련이다. 그런 느낌이 들어서 돌아봤는데도 아무도 못 찾은 적이 있는지? 아마도 없을 것이다. 누군가 지켜보고 있다는 느낌이 들어서 돌아보면 '어머나, 누가 진짜 나를 지켜보고 있었네!'라고 할 가능성은 100퍼센트다. 인간이 어떻게 이것을 느끼는지는 모른다. 아마도 살아남기 위해 포식자를 먼저 포착할 필요가 있었던 조상들에게서 내려받은 포유류만의 특성일 것이다.

호텔 방에 들어서자 CIA에서 이제껏 다녔던 모든 출장 중 처음으로 감시당하고 있다는 느낌이 온몸에 쫙 들었다. 시선을 감지해내는 데 실패해본 적이 없었으므로 나는 이번에도 내가 틀리지 않았을 것이라 생각했다.

방과 욕실을 샅샅이 뒤졌으나 건진 것은 없었다. 그래도 감시당한다는 느낌은 떨쳐버릴 수 없었다. 프런트에 전화해서 방을 바꿔달라고 했지만 예약이 꽉 찼다는 답이 돌아왔다. 벤에게 전화해서 프런트를 호출해 다른 방을 달라고 해보라고 요청했다. 벤도 같은 말을 들었다. 지금은 빈방이 없다는 것이다. 벤은 나와 방을 바꾸자고 했지만 누군가가 나를 감시하고 있다면 벤도 감시받고 있을 터였다. 나는 시설관리부에 전화해서 수건 여덟 장을 달라고 했다. 전화를 받은 여자는 이유를 묻지 않았다. 핑계를 생각해낼 여유도 없이 요청한 일이라 다행이었다. 수건 무더기가 방으로 배달되자 나는 TV세트, 시계라디오, 장식용 청동제 낙타 그리고 침대에 달린 그림에 각각 하나씩 걸치고, 두 개를 바닥과 벽 사이 틈을 따라 있는 타일에 걸쳐놓았다. 나머지는 욕실로 가지고 갔다.

나는 이날 업무 시작 전에 샤워를 할 계획이었다. 하지만 욕실에 서자 감시당한다는 느낌이 더 강하게 들었다. 나는 수건을 가지고 방으로 돌아가서 여행 가방을 열어 수영복을 꺼냈다. 나는 조심조심―공공 탈의실에서 수줍게 하듯―수건으로 몸을 가리고 수영복으로 갈아입었다. 그러고서는 욕실 샤워기로 가서 비키니를 입은 채 샤워를 했다. 씻은 다음에는 수건 두 장으로 몸을 가린 채 다시 옷을 갈아입었다.

나는 머리를 얼른 말리고 방에서 뛰쳐나왔다. 그리고 타일로 마감한 복도로 나오자마자 벤을 만나기로 한 호텔의 뜰을 향해 걸었다. 감시당하는 느낌은 사라졌다.

벤과 나는 현지 CIA 지국 요원인 스콧Scott을 만나기 위해 택시를 탔다. 스콧과는 같이 일하는 데 애를 먹었다. 교신하면서 나는 그가 속을 알기 어렵고 뭔가 말을 안 하려고 하며 정보를 공유하는 데 인색하다는 인상을 받았다. 그래도 나는 최대한 좋은 방향으로 생각해서 이 사람이 문

서로 하는 의사소통에 좀 서툰 것일 뿐이겠지 하고 넘겼다. 어쨌거나 우리는 같은 나라 사람이고 아마 목표도 같을 것이지 않은가. 아마도.

사무실에 도착한 벤과 나는 스콧의 파티션으로 가서 선 채로 업무 이야기를 했다. 그런데 상사가 고작 몇 미터밖에 떨어져 있지 않은 방에 있었는데도 스콧은 거리낌 없이 자기감정을 토로했다.

"여기는 진절머리가 나요."

그가 말했다.

"저 사람은 얼간이죠."

스콧은 상사 사무실의 열린 문을 향해 고개를 끄덕여 보였다. 나는 혹시 상사가 들었는지를 보려고 고개를 돌려 어깨 너머를 바라보았다. 직장에서 상사를 얼간이라고 부르는 것은 현명하지 못한 처사로 보였다. 서로가 거리상 얼마나 멀리 떨어져 있든 간에 말이다. 게다가 이 작은 사무실에서는 서로 먼 거리에 있기는 어렵다.

"아, 그래요? 꼰대네요."

벤은 불평을 들어주는 동료 역할을 했다. 벤의 목적이 무엇인지는 안다. 스콧에게서 우리가 일하는 데 필요한 정보를 얻기 위해 친밀감을 쌓으려는 것이다.

"형편없는 임지입니다. 이 나라요? 내가 있을 곳은 아니죠. 차라리 본부에 다시 가고 싶어요. 난 로열 팜스^{Royal Farms}(미국의 편의점 체인-옮긴이), 타코 벨^{Taco Bell}(미국의 멕시코 음식점 체인-옮긴이)이 필요하단 말입니다! 진짜, 타코 벨에 마지막으로 가본 게 정말 언제예요?"

"저는 잭 인 더 박스^{Jack-In-The-Box}(미국의 햄버거 가게 체인-옮긴이)가 더 좋은데……."

나는 말을 끝내지 않았다. 차라리 소리를 지르고 싶었다.

'우리가 하는 일에 사람 목숨이 달려 있다고, 이 친구야. 찰루파^{Chalupa}(작은 보트 모양의 토르티야 위에 살사, 치즈, 양상추 등을 올려 만든 멕시코 요리-옮긴이) 꿈만 꾸지 말고 일하는 게 좋을걸!'

"저기 저 멍청이 때문에 삶이 아주 고단해졌어요. 계속 날 재촉한다고요."

나는 스콧이 '멍청이'라고 부르는 사람을 더 잘 보려고 파티션 바깥쪽으로 몸을 기댔다. 그는 책상 위로 다리를 꼬아 올려두고 통화 중이었다. 다시 파티션 안으로 몸을 들여놓자 내 허리께에 닿은 벤의 팔이 씰룩거리는 것이 느껴졌다. 내려다보니 손가락을 모아 비비고 있었다. 나를 향한 제스처였다. 작은 바이올린 모양인데 뜻은 '참 별것도 아닌 걸로 징징대네, 일이나 하셔!'였다.

"자, 요원님이 가진 정보로 저희는 뭐든지 할 겁니다. 저희는 이자들에게 신속히 접근해야 합니다."

벤이 말했다.

"아무것도 없어요."

스콧이 말했다.

"이 나라 정보기관은 어떤가요? 우리 최고의 현지 정보원은 누구죠?"

내가 물었다.

"거기 놈들도 다 얼간이죠."

스콧이 어깨를 으쓱하며 말했다.

그러자 나는 궁금해졌다.

'주변 사람들이 다 얼간이라면 당신도 얼간이란 말인가요?'

"저희가 보낸 전문에 대한 후속 조치는 하셨습니까?"

내가 물었다.

"제가 아는 모든 건 본부에서 보내준 정보들에서 온 겁니다. 거기 두 분, 정말 많은 것을 알아내셨데요."

스콧이 말했다.

벤과 나는 잠시 침묵에 빠졌다. 어안이 벙벙해졌다. 그리고 몹시 화가 났다. CIA에서 자기가 하는 일을 원치 않으며, 사람 목숨을 구하는 책임을 가벼이 여기는 듯한 사람을 만나기는 그때가 처음이었다. 그렇다, 100퍼센트라고 장담하기는 어렵다. 하지만 나는 CIA를 정말 가까운 데

서 본 사람이다. 어쨌거나 이 친구는 너무 상식에서 벗어났다. 대테러작
전 업무를 하면서 다시는 만나고 싶지 않은 부류다.

결국 나는 이렇게 말했다.

"주재국 정보기관에 함께 가서 거기서 얻을 만한 게 있는지 이야기해
보는 것은 어떨는지요."

"맞아, 그래요. 그렇지만 두 분이 가십쇼. 나는 그 친구들과 관계가 썩
좋지는 않거든요."

스콧은 너털웃음을 터뜨렸다.

"아, 그래요. 얼간이들이네요."

내가 말했다.

"완전."

스콧이 덧붙였다.

"우리를 도와줄 만한 사람은 아무도 없다는 말씀이지요?"

벤의 눈초리가 가늘어지기 시작했다.

"어휴."

스콧은 이제 비웃는다.

"잠깐만요, 주재국 정보기관에 가지 않겠다는 말씀인가요?"

내가 말했다.

"그 얼간이들 모임에?"

스콧이 어깨를 으쓱했다.

"됐어요, 가고 싶으면 가보세요. 나는 길모퉁이에서 파는 샤와르마
Shawarma(꼬치에 꿰어 구운 고기를 잘게 썰어 채소와 함께 빵에 끼워 먹는 중동
요리. 케밥이라고도 한다-옮긴이)라도 사 먹어야겠네. 타코 벨은 아니어도
그럭저럭 괜찮아요. 아, 그리고 내 집사람이 두 분을 오늘 저녁에 초대합
니다."

스콧은 주소가 적힌 종이를 접어 내게 건넸다. 그는 적어도 이런 데서
는 예의를 지킬 줄 알았다. 출장 첫날 밤에 출장국 업무 상대의 신세를

지지 않는 경우는 드물었다. 보통은 현지 책임자가 초대하는데 그 책임자—이 나라에서 스콧이 얼간이라 부르는 사람들 중 하나—는 자기소개를 위해 사무실에서 나오는 일조차도 하지 않았다. 좋든 싫든 우리는 스콧과 그날 밤을 보내야 했다.

주재국 정보기관 본부로 가는 택시에서 벤과 나는 솔직히 불만을 이야기했다. 이야기는 택시 기사가 이해하지 못하도록 음어로 해야 했다.

"타코 벨을 좋아하는 우리 삼촌, 정말 형편없다니까."

그렇게 시작한 이야기는 뼈 빠지게 일하는 다른 식구들을 기운 빠지게 만드는 게으른 삼촌 이야기로 이어졌다.

스콧보다 더 형편없는 사람은 없을 것으로 치부하니 같이 일할지도 모르는 이 나라의 대테러작전 담당 요원들에게 높은 기대감이 들었다. 그리고 길거리에 머리를 가리지 않은 여성이 많은 것을 보니 여기에서는 더 많은 선택의 여지와 자유가 있을 것 같았다.

본부 건물은 꽤 신식이었고 외관은 깨끗했으며 효율적으로 보였다. 기대감이 한층 더 높이 솟구쳤다. 현대적 건물이니 당연히 현대적으로 생각하는 사람들이 있겠지. 접수 담당 직원에게 신분을 확인시켜주자마자 나는 화장실로 줄달음쳤다. 지국 사무실에 있을 때는 스콧에게서 어찌나 빨리 도망치고 싶었던지 화장실 가는 데조차도 시간을 들이고 싶지 않았다. 이곳 화장실에는 먼지도 하나 없었다. 한 번도 사용되지 않은 신축 건물인 것 같았다. 나는 손을 씻고 나서 종이 수건으로 세면대에 묻은 물을 닦아냈다. 들어왔을 때처럼 완전 새것 같은 상태 그대로 두고 나오고 싶어서였다.

벤과 나는 가장 주요한 기능들이 모여 있는 사무실로 안내되었다. 요원들은 현대적인 파티션에 각자 책상을 가졌다. CIA와 똑같았다. 나는 즉시 화장실이 새것처럼 보인 이유를 알아차렸다. 복도를 따라 우리를 안내해준 접수 담당 직원을 빼고 여성 요원은 전혀 없었다. 기운 빠지는 일이었지만 일은 힘내서 계속해야 했다. 그래도 나는 계속 낙관적이었다.

1980년대 TV 스타처럼 머리를 뒤로 말끔하게 빗어 넘긴 한 남자가 우리에게 다가오더니 벤과 악수했다. 그의 몸에서는 담배 냄새가 났고 반짝거리는 정장 옷깃에는 회색 담뱃재가 붙어 있었다.

"잘 오셨습니다."

남자가 말했다.

그는 나를 거의 쳐다보지도 않고 악수를 청하며 내가 뻗은 손은 무시했다. 그러자 그의 동료가 다가왔다. 검게 변한 옥수수알 치아의 그 사람이었다. 그는 벤과 악수하고 나를 보더니 말했다.

"말리부 바비네!"

근처 여러 파티션에서 웃음이 터져 나왔다. 그리고 직원들이 우리 주변에 모였다. 그 누구도 내 눈을 똑바로 바라보지 않았다. '말리부 바비'가 자기들이 들은 별명 가운데 가장 잘 지었다고 모두가 생각하는 듯싶었다.

그러고서 고작 몇 분 뒤에 이 사람들은 내게 머리들을 보여주었다. 지금도 머릿속에서 떠다니는 그 빌어먹을 머리들을.

● ● ●

스콧의 집은 마치 캘리포니아에 있는 집 같았다. 따뜻한 색조의 나무 바닥이 깔린 1970년대 규격형 주택이었다. 사무실 밖에서 보니 스콧은 그렇게 형편없는 사람은 아니었다. 그가 제대로 일을 하지 않는다는 데는 속이 부글부글 끓었지만 참아야 했다. 적어도 그날 밤에는 그래야만 긴장을 풀고 기분 좋게 지낼 수 있으니까.

집에는 보모가 있어서 우리가 방문하는 동안 스콧 부부의 자녀를 돌봤다. 하지만 경비원이나 다른 가사도우미는 없었다. 나는 부엌에 서서 스콧의 부인 지나Gina가 저녁 준비를 마치는 동안 이야기를 나눴다. 크고 바닥이 깊은 냄비 안에서는 스파게티 면이 익고 있었고 지나는 마늘을 다져 작게 뭉쳐놓은 덩어리 몇 개를 집에서 직접 만든 토마토소스에 떨어뜨렸다. 향긋한 냄새가 풍겨 나왔다.

"피에 좋다지요."

그녀는 이렇게 말하며 촉촉해 보이는 다진 마늘을 한 덩어리 더 소스에 넣었다.

지나는 미국에서 나서 자랐다. 그녀의 부모는 한 섬나라 출신이었다. 스콧이 대학원에 다니다가 CIA에 들어가기까지 몇 년 동안 지나는 워싱턴에서 전문직으로 일했다.

"여기 있는 게 싫어요."

지나는 나와 상을 차리면서 말했다.

"그러세요?"

나는 벤을 향해 허공에 접시를 흔들어 보였다. 내가 일하는 동안 스콧과 맥주를 마시는 벤을 보니 화가 났다. 벤은 바로 일어나서 우리 쪽으로 부랴부랴 왔다.

"내가 상 차릴게요."

그가 말했다.

"아니에요! 앉아 계세요, 온종일 일하셨잖아요."

지나가 말했다.

"저분도 온종일 일하셨어요, 모두 열심히 일했지요."

벤이 내게 고개를 끄덕이며 말했다.

"설거지는 우리가 할게요!"

소파에 앉은 스콧이 제안했다. 벤은 간청하는 듯한 눈으로 나를 바라보았다. 스콧을 잘 구슬려서 우리를 위해 사소한 일이라도 하게 할 생각이겠지. 기회를 줘야겠다.

"그래요, 남자분들이 설거지."

내가 말했다.

지나의 스파게티는 마늘을 그렇게 많이 넣었는데도 맛이 아주 훌륭했다. 그리고 상당히 오래 출장 다닌 끝에 집밥 같은 것을 먹게 되니 기분이 좋아졌다. 이모디움Imodium(설사를 멎게 하는 약의 일종-옮긴이)을 찾아 구급상자를 뒤지지 않아도 될 그런 음식이었다.

나와 지나가 소파에 앉아 앨범을 들여다보는 동안 벤과 스콧은 설거지를 했다. 앨범을 보니 지나의 결혼생활이 크게 1부와 2부로 나뉘어 있다는 것을 알 수 있었다. 1부는 미국에서 보람을 느끼며 소명을 가지고 일하는 엄마로서의 생활이었다. 친구도 있었다. 자녀들도 친구가 있었고 그들의 부모는 그녀 인생의 일부였다. 그때는 자신만의 커뮤니티가 있었다. 2부는 스콧의 아내로서 해외에서 보낸 생활이다. 이때는 친구가 없다. 지나는 현지어를 못했고 가장 기본적인 어휘 선택에서조차 어려움을 겪었다. 아이들은 친구를 거의 사귀지 못했다. 지나는 이곳에서 자기와 가족을 감싸줄 커뮤니티 없이 아웃사이더처럼 느끼고 있었다.

"여기 직원들은 모두 이혼했거나 독신이에요. 그 사람들은 아이들 시끄러운 소리를 들으며 스파게티로 저녁 식사를 하고 싶어 하진 않죠. 근데 저한테는 아주 가끔 남편이 집에 있을 때 애들하고 내는 그 소음이야 말로 여기 살면서 그나마 좋은 유일한 거예요."

지나가 말했다.

"남편분도 행복해 보이지는 않으시던데요."

내가 말했다.

"몹시 불행해요. 제 말뜻은, 제 인생에서 이루려고 했고 하길 원했던 모든 것을 희생해서 그이가 뭔가 궁극적 경험을 하거나 원대한 일을 해낸다면 그건 그대로 좋은 일이겠지만."

지나가 말했다.

"그런데 남편분께서 지금 하고 계신 게 원대한 일인데요."

나는 스콧이 해야 할 일을 제대로 하지 않는 듯 보였다는 점을 지적하지 않기로 했다.

사실 스콧 때문에 내 일이 여러모로 어려워지긴 한 것 같았다. 최소한 현지 정보기관 관계자들이 모든 미국인이 스콧 같다고 짐작하고 지금껏 나나 벤을 신뢰하거나 좋아하지 않아 보이는 것만 봐도 그랬다.

"일을 좋아하세요?"

지나가 물었다. 내게 이런 질문을 한 사람은 없었다. 아마 CIA 직원들 외에는 내가 무슨 일을 하는지 아는 이가 없었기 때문이었으리라.

"그래요, 사람들이 좋고 CIA가 좋아요. 저는 제가 하는 일을 믿습니다. 저희는 사람 목숨을 구합니다. 달리 말하자면 구하려고 노력합니다."

나는 대답했다.

"그래요……, 그런데 혼자 그런 거 아닌가요?"

지나는 뭔가 잘못 말하기라도 한 듯 갑자기 손으로 입을 막았다. 나는 말없이 웃기만 했다. 하지만 지나의 말은 이미 내 내면에서 큰 소리를 내며 울리고 있었다.

호텔로 돌아오는 택시 안에서 벤은 스콧에 대해 안 좋았던 인상이 조금 누그러졌다고 말했다. 미국에서 근무하거나 살기를 더 좋아하는 전형적인 미국인이 해외 발령을 받은 데에 동정심이 느껴진다고도 했다.

"어울리지 않는 곳에 발령받은 사람이군요."

벤이 말했다.

"네, 그런 것 같아요."

나는 지나 자신과 해외로 나가기 전후로 나뉜 그녀의 삶에 관해 생각에 빠졌다. 잘 때 부모에게 안아달라 하고 굿나잇 키스를 해달라고 조르는 아이들에 대해 생각했고 어쩌다가 이 가족이 다른 데 의지할 데 없이 똘똘 뭉친 작은 부족처럼 되었는지 곰곰 생각했다. 지나는 가족과 함께 자기들만의 구명정을 만들어낸 것 같았다.

나는 직장보다 더 친밀한 뭔가에 둘러싸이기를 원한다는 것을 깨달았다. 나는 혼자였다. 그리고 언젠가 가정을 갖게 된다는 말은 아주 달콤하게 들렸다. 그러나 가족을 갖게 되면 우리 가족은 대피소나 기사가 필요 없는 안정적인 집에서 살았으면 했다. CIA에서 근무하는 동안은 달성하기 쉽지 않을 일이다.

지나의 말을 들으니 마음속에서 또 다른 미래상이 자라났다. 내면으로 느낄 수 있었다. 전에는 이름도 없고 알아차리지 못했던 것들을 서서히 알 수 있었다. 그리고 나는 새로운 미래를 상상했다. 하지만 테러리스트들에 맞선 싸움을 포기한다는 것은 가늠해볼 수조차 없었다. 미국에서 이 일을 할 방법을 찾아야만 했다. CIA 본부의 분석관이 될 수도 있다. 그러나 그건 내 스타일이 아니다. 나는 움직여야 했고 행동해야 했다.

'그래, FBI야.'라고 생각되었다. FBI는 국내에서 테러와 싸운다. 본부에서 FBI 요원을 여러 명 만난 적 있다. 나빠 보이지 않는 친구들이었다.

머릿속에 파일 하나가 있기라도 한 듯 나는 FBI에 관한 생각을 끄집어내 따로 다른 곳에 집어넣어 두었다. 지금은 해야 할 일이 있다. 내게는 지금 흐름을 추적하다가 알아낸 세 사람의 이름이 있을 뿐이었고 이들 중 누구의 소재도 파악하지 못했다. 지나가 저녁마다 아이들에게 굿나잇 키스를 해줄 수 있기를 바란다면 나는 이 나머지 일당을 반드시 찾아내야 했다. 왜냐하면 남편 스콧은 다른 생각을 하는 것 같았기 때문이다.

● ● ●

범상치 않은 일이 금방 일상이 되다니, 재미있다. 수영복을 입고 샤워하는 것은 마치 지금껏 살아오면서 계속 그랬던 듯 아주 익숙한 일이 되어버렸다. 말리부 바비라는 별명은 처음만 기분 나빴지 나중에는 흘려버렸고, 벤과 나는 계획한 한 달 체류 기간 중 현지 정보공작원들과 안면을 트고 관계를 맺으며 우리가 신뢰할 만한 사람들이라는 것을 보여주는 데 일주일을 썼다. 그러면서 우리는 신뢰할 수 없는 이들을 솎아내는 작업도 병행했다. 이들은 최근 일어난 폭탄 테러의 범인들 정체를 파악하고 공격 배후에 있는 알 카에다 세포조직을 무너뜨리는 데 노력을 기울이고 있었으므로 이들과 협업을 개시한 첫 한 주는 힘들게 일했다. 하지만 우리는 이보다 더 큰 것이 있음을 알았다. 이 공격은 알 카에다의 긴

아젠다에 있는 항목 하나일 뿐이다. 우리는 한편으로 현지 정보기관과 마찬가지로 사건을 종결짓고 싶었지만, 다른 한편으로는 좀 더 먼 미래를, 그리고 사방으로 팔을 뻗치는 알 카에다가 무엇을 할지를 내다보고 앞으로 있을 공격을 저지하기를 원했다.

그 뒤로 며칠 동안 우리가 모은 정보를 바탕으로 본부에 있는 데이비드가 위치 추적을 해준 덕에 우리는 추적하던 자 중 한 명의 소재를 파악할 수 있었다. H라는 테러리스트였다. 현재 그는 아프리카를 벗어난 곳에 거주하면서 한 유럽 국가에서 영주권 신청 과정 중에 있었다. 런던에서 현지 경찰과 함께 리신 테러 계획을 발견했을 때처럼 우리는 이자의 계획에 대한 증거를 모두 보았지만 모든 요소가 합쳐져 위험물이 될 때까지는 그중 어느 것도 불법적인 것이 아니었다. 하지만 H가 이 재료를 가지고만 있고 대량살상무기를 제조하지는 않으리라는 건 상상할 수 없었다.

이렇게 생각해보자. 집에 왔는데 키치네이드^{Kitchenaid}(미국의 가전제품 브랜드—옮긴이) 믹서, 밀가루 한 봉, 버터 하나, 달걀 두 개, 갈색 설탕과 백설탕, 바닐라 한 병, 소금 한 통, 베이킹 소다 한 상자와 네슬레의 세미스위트 모셀^{semi-sweet morsel}(저가당 초코칩—옮긴이)이 주방 조리대에 있으면 누군가가 초코칩 쿠키를 만들려고 했다는 걸 확신할 수밖에 없다. 그러고 나서 쿠키를 구울 사람이 주방에 들어와서 쿠키 아니면 쿠키 비슷한 것이라도 만들려고 했다는 것을 부인한다면, 오히려 내가 성급한 결론을 내린다고 나를 비난한다면…… 글쎄, 그쪽이 거짓말을 한다고 봐야 할 것이다. 이런 상태의 조리대에서 이제 막 쿠키가 구워지려는 판이었다고 확신하는 것만큼이나 우리는 대량살상무기가 곧 제조되려는 상황이었다고 확신했다. 무엇보다 H는 이미 알 카에다 훈련 캠프에서 정체가 파악된 자였다. 그래서 우리는 그자의 이념적 믿음—내가 읽은 알 카에다 문서 자료에서는 "총알의 대화, 암살, 폭파, 파괴의 이상 그리고 대포와 기관총의 외교"로 나와 있다—이 무엇인지, 그리고 그가 어떤 방법으로 이 믿음을 퍼뜨릴 의도인지를 확실히 알고 있었다.

우리가 알지 못했던 것은 이 계획에서 H를 누가 돕는지, 누가 생화학무기를 살포할 것인지였다. 정확히 언제 어디에서 살포할지도 확실치 않았다. 만약 H를 체포해서 이야기해볼 수 있다면 이자들이 지저분한 아파트에서 생화학무기를 생산하는 데서 한 걸음 더 나아가기 전에 계획을 저지할 수 있을 것이다. 그러나 체포는 H의 현 거주국 사람들에 달렸다.

불행히도 누구도 이 일을 하려고 하지 않았다. 공문서로만 보면 H는 서구적 가치에 깊이 감화되어 거주국에서 합법적으로 일을 하고 학교에 다니기 위한 모든 서류 작업을 끝냈다. H의 영주권 신청 절차는 이미 한창 진행 중이었다. 그리고 우리가 해당 기관에 어떤 증거를 넘긴다 해도 H의 위험성을 이해하고 그 절차를 중단시킬 사람은 아무도 없었다.

그러나 H는 아직 우리가 있는 아프리카 국가의 국민이었다. 아프리카로 송환되기만 하면 심문할 수 있을 것이다. 아니면 현지 정보기관이 먼저 심문하고 그 결과를 우리에게 들려줄 수 있을 것이다.

H를 잡는 데는 여러모로 어려움이 많았다. 사방의 벽이 천천히 내게로 다가오는 느낌이었다. 스콧과 지국장이 있었지만 이들은 자신들이 사는 나라에서 최근에 폭탄테러가 일어났는데도 알 카에다에 아무 관심도 없어 보였다. 둘 다 현지 정보기관에서 공식적으로 '출입 금지'를 당하지는 않았다. 하지만 이들이 얼마나 환영받지 못하는 인물들이었는지를 이보다 더 잘 표현하는 말은 없을 것이다. 그리고 우리가 만난 현지 정보 관계자들은 이 두 사람을 위해서라면 그 어떤 호의를 베풀거나, 우리—미국인들—가 심문하기를 원하는 자를 송환받기 위해 동료들에게 열심히 부탁하지는 않을 것이었다.

벤과 나의 노력으로 간신히 그중 몇 명이 우리에 대한 감정을 누그러뜨렸다. 하지만 우리에게 호감을 느끼게 되었다 해도 이들은 테러리스트의 정체가 자국민으로 밝혀지는 것은 꺼렸다. 최근 벌어진 사태에도 불구하고 이들은 '아프리카 출신 테러리스트는 없다'는 뜻을 굽히지 않았다. 테러리스트는 모두 중동인이라는 것이다. 서던캘리포니아대학교의

트로전스Trojans 팀 대 UCLA의 브루인스Bruins 팀 같은 대학 미식축구 팀 사이에 있는 심한 경쟁의식을 보는 것 같았다. 트로전스 팀의 팬이라면 당연히 매 경기 브루인스 팀의 꼬투리를 잡아 벌칙을 요구하고 싶을 것이다. 그리고 상대방 팬도 그럴 것이다. 내가 상대하고 있는 이들은 자기들을 선량한 현대인으로 자평하면서 다른 나라는 테러리스트를 키우는 야만적인 곳으로 그렸다. 물론 진실과는 거리가 먼 일반화다.

거의 두 주를 꽉 채워가며 벤과 나는 잘려 나간 목의 임자와 이 공격에 연루된 모든 사람의 신원 파악을 도왔다. 나머지 공범 전부가 체포되거나 신변이 파악되자 우리는 지금 당면한 위기에 집중할 사람들을 더 끌어모을 수 있었다. 당면한 위기란 바로 H와 그의 버팀목인 돈줄, 그리고 그자가 모의하는 계획이다. 우리는 현지 정보기관 사무실에서 회의 소집을 요청했다. 벤은 페이스트리까지 가지고 왔다.

"지금 저희는 최근에 몇 곳에서 여러 조직의 협동으로 일어난 폭탄 테러 범인들의 최종 신원 파악을 완료했습니다."

내가 발언했다.

"모두 귀국 국민입니다. 아직도 귀국 출신 테러리스트는 없다는 견해이십니까?"

나는 처음 만난 자리에서 나를 말리부 바비라고 부른 남자의 얼굴을 정면으로 쳐다보았다. 나는 일부러 내가 이 문제에 얼마나 진지하게 임했는지를, 그리고 상대적으로 짧은 시간 동안 얼마나 많은 일을 달성했는지를 보라는 듯 도전적으로 말했다.

"저자들은······."

그가 말을 멈췄다.

"드문 경우지요."

그러고는 살집 있는 손가락으로 가슴 포켓에서 필터 없는 구겨진 담배 한 개비를 꺼내더니 입으로 가져가 불을 붙였다. 그가 담배 연기를 내 쪽으로 뿜을 것을 알았던 나는 연기를 마시지 않으려고 의자를 재빨리 뒤로 물렸다.

벤이 말했다.

"에, 그렇습니다, 세계 이슬람교도 전부에 비하면 이슬람 극단주의자는 매우 드물게 존재합니다. 하지만 이것이 저희 일입니다. 저희는 이러한 드문 극단주의자들을 찾기 위해 이곳에 있습니다. 이런 극단주의자한 사람만으로도 건물을 날려버리거나 극장에 리신ricin(피마자에 함유되어 있는 수용성 독성 성분의 식물성 단백질. 화학 무기 금지 협약에 등록되어 있는 식물 독소-옮긴이) 가루를 살포하는 데는 충분합니다."

방에 모인 사람들 사이에서 요란한 몸짓과 더불어 웅성거리는 소리가 들렸다. 군데군데 영어가 섞여 있기는 했지만 이들의 말을 이해할 수는 없었다.

"CIA는 중동을 봐야 한다고!"

담배를 피우던 요원이 말했다. 이 간결한 문장 하나가 웅성거리던 말들을 대표한다는 생각이 들었다.

"H는 귀국 국민입니다."

너무나 자명한 말이고 내 상대들도 이를 알았다. 하지만 그들은 체포해 송환받지 않는 한 H는 존재하지 않는다고 믿었으며 우리가 지난번 폭탄 테러의 범인으로 밝힌 자들이 자국 출신일 리 없다고 계속 그렇게 생각할 수도 있었다.

"생각해보도록 하겠습니다."

한마디 할 때마다 그의 입에서 담배 연기가 작은 구름을 이루며 피어올랐다.

잠시 침묵이 내려앉았다. 그러자 그 빌어먹을 머리의 환영이 나타나서 더 빨리 더 열심히 일하도록 나를 괴롭혔다. 나는 이것들이 들어올 여지가 없게 일에 몰두할 것이다.

・・・

이 나라 정보기관 사람들이 나를 말리부 바비라고 부르지 않게 되자 여기 소속 공작원들이 나를 선생님이라 불렀다. 이것은 듣기 좋았다. 선생님이라 불리니 내 인생의 온전한 주인이 된 성인처럼 느껴졌고 학생일 때 '지디엇'이라 불렸던 그 누군가는 사라져버린 것 같았다. 그리고 '그 선생님'은 30시간을 들여 아주 친한 사이도 아닌 누군가의 결혼식에 가지는 않을 것이다.

그런데 트레이시 샨들러 혹은 지디엇, 여드름쟁이 바보는 그렇게 했다.

신부와 나는 세 살 때부터 친구였다. 그런데 우리가 3학년 때 이 친구는 나를 못살게 군 패거리의 대장이었다. 얼마나 괴롭힘이 심했던지 나는 그만 마음의 문을 닫아버렸다. 나는 조용해졌고 매사를 관찰하는 버릇이 생겼으며 고등학교 때까지 전혀 친구를 만들지 못했다. 9학년(한국의 학제로 중학교 3학년-옮긴이)이 된 첫 달, 나를 괴롭히던 미래의 신부가 자신의 어머니의 강권으로 내게 전화했다. 그 아이는 학교에서 나를 못살게 군 일에 대해 사과했고 친구가 되어달라고 했다.

우리는 둘 다 춤에 관심이 있었기 때문에 고등학교에서는 같은 곳에서 자주 만나리라는 것을 알았다. 그때쯤 나는 내면적 삶에 순응해 있었지만 다른 한편으로는 다른 사람들과 어울려 놀기를 갈망하는 어린애였다.

나는 그러자고 했고 우리는 고등학교 내내 친구로 지냈다. 다만 나는 어느 정도 거리를 뒀다. 몇 년간 고독 속에서 보내며 만들어낸 자아를 전에 나를 괴롭히던 사람에게 마음을 열고 보여줘도 괜찮겠다고 느껴지는 않았기 때문이었다. 그녀는 나를 얄팍하게만 알았다. 내가 내면으로 느끼는 자아와는 전혀 안 닮은 외피로만 말이다.

나는 이틀에 걸친 비행 끝에 덜레스공항에 내려서 택시를 잡아 CIA 본부로 직행했다. 캘리포니아에 가면 가짜 여권이나 신분증을 사용하지 않을 것이기 때문에 소지하거나 가방에 넣고 싶지 않았다.

본부에 도착하자 나는 늘 그랬듯 스타벅스 커피를 사서 다시 덜레스 공항으로 돌아가는 택시를 타고 마라톤 여정의 마지막 구간 주파에 나섰다. 커피가 반쯤 찬 컵을 손에 쥔 채 택시 뒷좌석에서 깜박 잠들었다가 머리가 차창에 부딪히는 바람에 깼다. 다행히 커피는 넘쳐흐르지 않았다. 그리고 나는 진심으로 잘 알지도 못하는 사람을 위해 왜 이런 수고를 하는지 자문하기 시작했다. 그 사람은 나를 전혀 몰랐다. 내 진가를 알아보는 사람도 아니다.

30분 뒤 나는 늘어뜨린 머리칼로 얼굴을 가린 채 공항에 다시 몰래 들어갔다. 보안요원이 별스런 여자 승객이 다시 왔다고 알아보는 일이 없었으면 해서였다. 평범한 미국인이라면 보통 여행하지 않을 나라에서 온 비행기에서 내가 방금 내렸으니까. 그래도 여기는 미국 땅이었으므로 아주 일이 잘못된다 해도 검문 같은 쓸데없는 관료적 절차에 걸리는 게 고작일 것이다.

로스앤젤레스에 있는 한 호텔에 도착하고서 푸른색의 약간 부푼 드레스(내가 다음날 구세군에 기부할 옷이었다.) 차림으로 연회장에 깔린 카펫 위에 선 다음에야 생각이 완전히 정리되었다. 어린 시절에 못 했던 것을 지금 하겠다고 이렇게 말도 안 되게 뼈 빠지는 수고를 해서 결혼식장에 온 꼴이었다. 나는 '지디엇'이라고 놀림 당하던 나 트레이시 샨들러가 인사이더가 되었다는 것을 보여주고 싶었다. 심지어 신부 들러리다! 더는 학교 폭력의 희생자가 아니다!

그런데 도대체 누구를 위해 이 수고를 하는지? 그때나 지금이나 친구라고 할 수 없는 사람들을 위해? 내 삶에서 별다른 의미가 없는 사람들을 위해서? 내가 하는 일과도, 그리고 그 일을 통해 삶에서 느끼는 보람과 스릴과도 아무 상관이 없는 사람들을 위해서?

오래되고 시든 식물에 물을 주면서 무성하게 활짝 피고 소생하기를 바라는 것이나 마찬가지다.

지금 와서 보니 나를 괴롭히는 유일한 사람은 바로 나였다. 여기 모인 사람들과 나의 접점은 학교 폭력밖에 없는데도 나는 내 발로 지구 반 바퀴를 돌아서 왔다.

　신부는 너무나 행복해 보였다. 나는 아니었다.

　우리 부모님도 결혼식에 초대받으셨지만 저녁 피로연에서 우리는 각각 다른 테이블에 자리를 배정받았다. 나는 부모님과 같이 앉아서 근황 이야기를 하는 대신 음식을 씹으며 말하는 남자와 내게서 얼굴을 돌린 여자 사이에 끼었다.

　'다시는 이런 데 오나 봐라.'

　치킨 한 조각을 집으며 나는 그렇게 생각했다. 내가 깨달은 것은 이 사람들이 나를 좋아하게 할 필요는 없다는 것이다. 인사이더가 될 필요도 없다. 그래, 지나가 지적했듯이 나는 혼자다. 하지만 그때 나는 혼자로도 완전했다. 내가 필요로 하는 것은 그 결혼식장에 있던 그 누구도 해줄 수 없었고 거기 있던 그 누구도 나를 만족시킬 수 없었다. 내가 필요한 것은 내가 찾는다.

　결혼식장을 떠나 집에 오는 길에 나는 다시 아이가 된 것처럼 부모님 차 뒷좌석에 앉았다. 따뜻한 날이었고 햇살이 선루프를 통해 내리쬐고 있었다. 어머니는 친구분들 사이에 돌아가는 일을 이야기하기 시작했다. 나도 대부분 잘 아는 분들이다. 어머니의 목소리를 들으니 편안해졌고 마음이 가라앉았다. 그래서일까, 차창 밖으로 고속도로를 따라 펼쳐진 바다를 내다보는데도 그때만큼은 잘린 머리들이 보이지 않았다. 엉망진창이 된 테러리스트들의 얼굴을 보지 않으니 이 바다가 어디까지 펼쳐져 있을지 같은 다른 일들을 자유로이 생각할 수 있었다. 나는 바다 위를 떠다니는 상상을 하면서 반짝거리는 태평양 저 너머 일본이 보일 때까지 솟아올랐다. 거기서부터 나는 필리핀해, 인도양까지 갔다가 아라비아해로 갔다. 그러고는 홍해에 닿았다. 한쪽에는 아프리카가, 다른 한쪽에는 중동이 있다.

내 마음이 머무는 곳이다. 내 목표가 있는 곳이다. 나의 내면에는 아직
도 교정기를 끼고 사물함 옆에 숨은 여드름투성이 여학생이 있었다. 그
러나 더는 두렵지 않다. 세상 어디에 있는 그 어떤 악당일지라도.

CHAPTER 11

쿵, 쿵, 쾅

/

전쟁구역, 중동
2003년

● 중동에 있는 분소에서 5개월 동안 일하게 되었다. 비행기를 타기 전에 나는 FBI 지원서를 내려받았다. 빈칸을 채워서 제출할지 말지는 확실치 않았다. 하지만 출력은 해두었다. CIA를 너무나 사랑했기에 내가 CIA를 떠난다는 것은 생각조차 해볼 수 없었다. 그래서 나는 마음속에서나마 FBI로 가는 것을 직업 변경이라기보다 같은 분야 안의 전출로 바꿔 생각해보려고 노력하고 있었다. 테러리스트 추적은 계속하겠지만 이번에는 국내에서 하는 것이다. 나는 작성하지 않은 지원서를 미국의 내 아파트에 남겨두고 귀국 후 지원 여부를 결정하기로 했다.

전쟁구역에 있게 되니 FBI 생각은 잊어버렸다. 일 말고는 다 잊었다. 다른 이들과 공유하는 내 책상에는 사진이나 집에서 가져온 기념품조차 없었다. 우리가 일하는 장소는 한때 호텔이었다. 식사 역시 같은 곳에서 했다. 내 사무실은 그 호텔의 객실이었다. 크기는 객실과 정확히 같았지만 화장실이 있던 곳은 녹슬어가는 배관을 드러낸 채 개방되어 있었고 모자이크로 장식된 대리석 바닥은 반쯤 쪼개져 있었다.

전쟁구역에서의 시간은 다르게 흐른다. 일터가 집이었기에 잠시 쉰다거나 심지어 휴식을 취한다는 개념조차 없었다. 음표가 끝없이 이어지며 어수선하고 시끄러운 소리를 내는 교향곡을 계속 연주하는 것과 비슷했다. 악기를 호른에서 현악기로 바꿀 수는 있지만 연주를 멈출 수는 없다. 상대적으로 조용하고 평화로운 개인 트레일러에 누워 있을 때도 나는 멀지 않은 곳에서 전쟁이 벌어지고 있다는 걸 알고 있었다.

자는 동안에도 폭탄이 터지고 미사일이 발사되며 바위 뒤와 비포장도로에 급조 폭발물이 매설되고 테러리스트들이 다음 행보를 모의하고 있다는 것을 생각하지 않을 수 없었다. 내가 자는 동안 사람들이 죽고 있었다. 아침에 일어날 때도 벌써 뒤처진 게 아닌가 하는 느낌이 들곤 했다.

옆 트레일러의 여성 심리사는 차츰 씩씩한 기운을 잃고 비관적으로 되어가는 듯했다. 언젠가 우리는 같이 아침 식사를 한 적이 있었다. 나는 늘 먹던 대로 집에서 가져온 파워바를 먹고 블랙커피를 마시고 있었는데 심리사는 자기 식판을 빤히 내려다보며 스크램블드 에그를 먹다가 힘없이 쥐고 있던 포크를 계속 떨어뜨렸다. 그녀는 40세 전후였고 어떤 일이든 해낼 수 있는 사람으로 보였었다. 그런데 그런 사람이 우울해하는 모습을 보이다니. 네이비실 대원들과 CIA 요원들 그리고 테러리스트 사이에 끼어서 이들 사이의 야만스럽고도 격렬한 싸움을 상대하고 있었기 때문이었을 것이다.

"얼마나…… 얼마나 더 버틸 수 있을지 모르겠어요."

심리사가 말했다. 그녀는 손을 떨면서 스크램블드 에그 조각을 한 번 떨어뜨리고 다시 집었다. 안됐다는 느낌이 들었다. 나도 조금 걱정이었다. 이 모든 것 앞에 그녀가 무너진다면 나도 그렇게 될 가능성이 있다는 생각이 들었다. 그러고 나서 나는 정신건강을 최상의 상태로 유지하기 위해서라면 뭐든지 하겠다고 마음먹었다.

그날 밤 자정 무렵 나는 옷도 갈아입지 않은 채 침대에 앉았다. 말짱한 정신으로 책 한 권을 꺼내 펼쳤다. 책을 읽으면 복잡한 머릿속이 진정될까 싶어서였다. 화학테러 세포조직을 쫓는 압박감에서 벗어나 편하게 밤을 보내고 싶었다. 책 한 페이지를 반복해서 읽고 있는데 노크 소리가 났다. 나는 들어오라고 했다. 샌디에이고San Diego 출신의 네이비실 대원 래리Larry가 머리를 빼꼼 내밀었다. 키가 큰 래리는 웃을 때 이를 훤히 드러내며 웃는 친구였는데 항상 테니스 경기라도 하는 듯 발가락 끝으로 통통 튀며 걸어다녔다.

"재미있는 거 해보실래요?"

"음…… 죽거나 불구가 되거나 곤란해지는?"

나는 책을 덮으며 말했다.

"아뇨, 그냥 재미요."

래리가 말했다.

"좋아요, 같이 해요."

재미는 내게 언제나 가장 좋은 치유다.

"방탄조끼하고 머리 가릴 거 챙기세요, 5분 뒤 만나요."

래리가 말했다.

방탄조끼를 조여 입고 머리에 스카프를 두르는 데는 5분도 채 걸리지 않았다. 폭탄 탐지견들은 SUV 차량 옆에 있었고 내가 도착했을 때는 또 다른 다섯 명이 기다리고 있었다.

"오실 줄 알았어요!"

대니얼Daniel이라는 네이비실 대원이 손바닥을 치켜들었고 우리는 하이파이브를 했다.

나는 늘 그랬듯 짐칸에 숨었고 우리 여섯 명은 지금은 미군 기지가 된 근처의 공항으로 차를 타고 달렸다. NVG라고 불린 야간투시경 선적분 하나가 방금 도착했고 네이비실 대원들은 성능 시험을 해보면서 사용법을 숙지하려 했다.

우리는 평소에 하던 대로 검문소를 통과해서 차를 주차했고 래리는 내가 짐칸에서 나오는 걸 도와주었다. 우리 여섯은 구보로 칠흑같이 검은 타르맥Tarmac(비행장에서 타르머케덤Tarmacadam으로 포장된 비행기 계류 및 화물 하역 구역. 타르머케덤은 아스팔트와 자갈이 혼합된 포장재의 상표명이다-옮긴이)을 가로질러 야시경이 하역된 장소로 갔다. 다른 군인들도 있었는데 네이비실 대원들은 이들을 다 아는 듯했다. 아니, 모르는 사이인데 전쟁이 한창인 와중에 낯선 사막 한가운데 있는 공항에 함께 있다는 친밀감 때문에 오랜 친구처럼 비쳤을 수도 있다.

래리는 장도리의 못뽑이로 상자를 열어 앞에 쌍안경이 달린 것 같은 헬멧을 각자에게 건넸다. 대원 한 명이 내게 헬멧을 씌워주고 턱 끈을 조정해주었다. 고글은 내 얼굴 위의 경첩에 달려서 올렸다 내렸다 할 수 있었다. 그 대원은 고글을 위아래로 움직여보고 헬멧을 조정하더니 말했다.

"됐어요, 좋습니다."

같이 일하는 네이비실 대원 다섯 명과 나는 텐트를 떠나 타르맥을 다시 가로질러 ATVAll-Terrain Vehicle(전 지형 주행 가능 차량. 험지 주행을 위한 4륜 오토바이-옮긴이) 두어 대가 기다리는 곳으로 갔다.

"숙녀분 먼저."

알렉스Alex라는 대원이 말했다.

나는 ATV의 좌석에 앉았다. 오픈톱식 듄 버기Dune Buggy(바퀴가 큰 사막 주행용 경량 차량-옮긴이) 것만 한 크기로 두꺼운 바퀴 네 개가 있었는데 무엇이라도 타 넘을 것처럼 보였다. 알렉스는 시동 거는 법, 브레이크 밟는 법, 가속하는 법을 내게 알려주었다. 그런 다음 그는 내 옆쪽에 있는 ATV에 탑승했다.

"다들 준비되었습니까?"

대니얼이 물었다.

알렉스와 나는 야시경을 내렸다. 야시경으로 들여다보니 모든 것이 파티장 풍선처럼 녹색이었다. 우리가 방금까지 있었던 텐트처럼 조명이 밝혀진 곳은 흰색 불빛으로 휘황찬란했다. 무심코 고개를 돌려보니 잽싸게 활주로를 가로질러 달리는 토끼 한 마리가 보였다.

"봤어요?"

알렉스가 물었다.

"그래요, 멋지군요."

"제자리에…… 준비……."

대니얼이 시동을 걸었다. 그리고 '출발'이라는 외침이 울리기 전에 나는 움직이기 시작해서 낼 수 있는 최대속력으로 타르맥을 질주했다. 주변은 모두 네온사인 같은 녹색이었다. 내 앞에는 온통 검은색인 아스팔트와 간혹 길 위에 나타나는 화살표 외에 아무것도 없었다. 나는 ATV를 계속 앞쪽으로 몰다가 알렉스가 따라오는지를 보려고 뒤돌아보았다. 그러다가 가속페달 위에 섰다! 실제로 서서 밟았다는 말이다. 나는 엉덩이를 좌석에서 뗀 채 마구 달렸다.

트레일러로 돌아왔을 때는 아마 새벽 3시가 넘었던 것 같았다. 나는 옷을 벗고 운동복과 티셔츠로 갈아입은 다음 이불 밑으로 들어가서 마침내 아무 생각 없이 깊은 단잠에 빠질 수 있었다.

● ● ●

아침이 되자 다시 의욕이 불타올랐고 정신을 바짝 차릴 수 있었다. 짧은 휴가를 다녀온 것 같았다. 나는 아침 내내 사무실에 앉아서 다른 기관과 H 관련 전문을 주고받았다. H는 내가 아프리카에서 파견 근무를 할 때 추적을 개시한 테러리스트다. 그자가 최근 한 유럽 국가의 시민권을 취득하는 바람에 나는 그를 본국으로 강제 송환시킬 기회를 놓쳐버렸다. 지난 며칠 동안 나는 다른 기지에 구금된 FM이라는 사람과 계속 이야기하는 중이었다. FM의 사촌은 H가 사는 유럽 국가에 살았고 H가 자신의 새 추종자를 모으고자 '매력'을 발산하며 다니는 모스크에서 정기적으로 기도했다.

FM의 사촌에 따르면 H는 X라는 사람으로부터 '대규모' 생화학테러를 위한 상당한 자금 지원을 받고 있었다. 이 테러는 실행된다면 알 카에다에 관한 서구인의 생각을 바꿔놓을 터였다. 이자들은 이름을 떨치기 위해 노력하는 것 같았다. 만인이 보는 앞에서 세계 무대에 올라 살인한 공로로 금메달을 받는 것이 이들이 원하는 바다. 며칠간에 걸친 대화와 협상 끝에 FM은 사촌의 주소와 전화번호를 내게 건넸다. 나는 즉시 이 정보를 본부의 생화학무기 삼총사와 유럽의 언더커버 요원들에게 넘겼다. 이 정보에 대한 감사 표시로 나는 FM에게 신선한 무화과와 석류, 그리고 그의 어머니의 사진을 주었다. 사진은 가장 구하기 어려운 물건이었지만 연락책들을 통해 확보할 수 있었다.

정오쯤에 나는 컴퓨터 전원을 끄고 책상 서랍을 잠갔다. 12시 30분에 H와 관련해 찾고 있던 다른 인물과 먼 친척인 한 정보원과 만나기로 해서였다. 나는 방탄조끼를 입으며 파워바 하나를 까서 먹었다. 그리고 조니에게 약속 장소까지 데려다주고 만나는 동안 같이 있어달라 부탁하려고 그를 찾아 나섰다. 제대로 매지 않은 방탄조끼를 덜렁거리며 파워바를 한 손에 쥔 채 나는 사무실에서 뛰쳐나가 1층까지 굽이치며 이어진 대리석 계단을 잰걸음으로 내려갔다.

무슨 일이 일어났는지를 정확히 말할 수는 없었다. 그러나 일이 터졌다. 나는 발을 헛디뎌서 계단을 쭉 미끄러져 돌로 된 층계참까지 추락해 의식을 잃고 뻗었다.

정신이 돌아오니 레이먼드Raymond 분소장과 네이비실 대원들이 나를 에워싸고 있었다. 소장은 사각 턱을 한 진지한 인물이었다.

"움직이지 마."

소장이 말했다. 그는 다른 상사들과 마찬가지로 내가 척추 수술을 받았다는 것을 알고 있었다.

"괜찮은 것 같습니다."

통증은 없었다. 단지 멍했을 뿐이고 피곤했다. 만사 제쳐두고 잠부터 자고 싶었다. 나는 몸을 추슬러 앉으려 했다. 주변 사람들이 천천히 나를 밀어 다시 눕힌 다음 들것으로 들어 옮겼다. 마치 내 목숨이 경각에라도 달린 상황인 양 웅성거리는 소리와 지시가 여기저기서 들렸다. 나는 괜찮았다. 다만 그 무엇보다 이런 소란을 일으킨 주인공이 되어 부끄러웠다.

"진짜, 아프지 않습니다……."

누워 있는 내 머리 위로 후송 명령이 바로 내려졌다. 그리고 나는 사무실이 있는 호텔 밖으로 이송되어 군용 헬리콥터에 실렸다. 소장은 아무리 사소한 위험 요소라도 운에 맡기고 그냥 넘기는 사람이 아니었다. 소장을 안심시키려면 의사와 병원이 있는 근처 공군기지로 후송되어 엑스레이를 찍어 척추와 머리에 부상이 없음을 확인받아야 할 것이다.

흔들리며 날아가는 헬리콥터 안에 누워 회전날개가 리드미컬하게 공기를 가르는 소리를 들었다. 왠지 긴장이 조금씩 풀리는 것 같았다. 눈을 감고 잠들락 말락 하자마자 동승한 네이비실 대원이 소리쳤다.

"잠들면 안 돼요! 눈 떠요!"

가는 길에 대원은 나를 세 번 더 깨웠다.

결국 나는 이렇게 말했다.

"아유, 5분만 자게 해줘요, 진짜로 뇌진탕은 아니에요."

"지금 농담합니까?!"

그가 꽥 소리쳤다.

"지금은 전쟁이 한창이란 말입니다. 지금 여긴 사방이 뚫린 헬리콥터 안인데 자겠다고요? 뇌진탕이 아니라면 당신은 내가 봤던 가장 태평한 사람이지 말입니다."

"아, 저 캘리포니아에서 왔어요, 우리 동네 사람들은 좀 속 편하게 살죠."

내가 말했다. 네이비실 대원은 소리 없이 웃더니 마치 그게 정답이라도 되는 양 고개를 끄덕였다.

우리를 태운 헬리콥터는 공군기지에 착륙했다. 들것에 누운 내 얼굴에 햇살이 사정없이 내리쬐었다. 누워서 보니 회색 자갈밭 위로 줄줄이 늘어선 캔버스 텐트가 눈에 들어왔다. 마치 어마어마하게 큰 텐트 도시에 온 것 같았다. 나는 들것에 실려 외상 진료 텐트로 긴급히 이송되었다. 텐트 안에는 수술, 엑스레이, 필요하다면 출산에 이르기까지 뭐든지 할 수 있다는 생각이 들 정도로 많은 장비가 있었다.

환자는 내가 유일했다. 군의관이 나를 진찰했다. 키가 크고 단단한 체구를 가진 남자였고 간호장교는 부드러운 용모의 여성이었다. 두 사람 다 베이지와 갈색 위장 패턴으로 된 수술복 차림이었다. 간호장교는 V자 옷깃이 달린 멋들어진 상의를 입었다. 두 사람 모두 뛰어난 실력을 갖춘 의사와 친절한 간호사 콤비가 등장하는 1950년대 TV쇼에서 튀어나오기라도 한 것처럼 다른 시대 사람 같은 분위기를 풍겼다. 둘 다 빠릿빠릿하고 능률적으로 움직였다. 군의관이 문진하는 동안 간호장교는 맥박과 호흡, 체온을 쟀다. 간호사의 손은 따뜻했고 그 손이 닿자 눈을 감고 다시 잤으면 하는 강한 충동이 들었다.

"어어, 깨어 있어야 해요."

간호장교가 팔을 살짝 꼬집으며 말했다.

군의관은 떠났고 간호장교는 내 팔의 정맥에 수액을 연결했다. 나는 그러는 이유도, 수액의 내용물이 무엇인지도 묻지 않았다. 하지만 액체가 체내로 흘러들어오자 정신이 더 또렷해졌다. 간호장교는 곧 돌아와서 CT 스캔과 엑스선 촬영을 하겠다고 말했다.

나는 계속 텐트에 누워 있었다. 강렬한 햇살을 받은 캔버스 천 벽이 빛을 발하는 듯했다. 나는 텐트의 열린 덮개 뒤에서 들려오는 모든 소리에 귀를 기울였다. 트럭 소리, 사람들의 말소리, 작동 중인 장비에서 나오는 삑삑거리는 기계음, 혹은 뭔가 움직이는 소리가 들렸다. 그런데 갑자기 길게 울린 사이렌이 이 모든 소리를 묻어버렸다. 눈으로 볼 수는 없었지만 나는 무슨 일이 일어났는지 마음속으로 궁리해내려 애썼다. 방금 무슨 일이 벌어졌건 간에 거리가 멀어서 들리지 않았을 것이다. 급조 폭발물이 폭발했을 수도 있고 무장 경비원이 지키는 바리케이드를 지나 철조망 펜스 너머로 화학무기가 실린 폭탄이 발사되었을 수도, 아니면 기지 다른 쪽 끝에서 자살 테러범이 폭탄을 터뜨렸을 수도 있다.

텐트로 간호장교가 황급히 들어와서 다른 병상을 밀며 지나갈 공간만 남겨두고는 덮개 가장자리로 내가 누운 병상을 밀었다.

"같이 병실을 써야 할 분들이 많겠어요."

간호장교가 말했다.

"기지 바로 밖에서 폭탄이 폭발해서 시장으로 가던 여자들을 덮쳤어요."

간호사는 차분하지만 빠르게 말하면서 타닥타닥 튀는 불꽃처럼 손을 재빠르게 움직이며 수액 폴대를 정렬해 수액 백을 걸고 있었다.

"이제 저 보내주셔도 되는데요!"

"절대 안 될 말이에요!"

간호장교가 말했다.

"환자분은 진료받아야 해요, 그런데 우선……."

이때 갑자기 여러 명이 고함치듯 말하는 소리가 밖에서 들려왔고 곧 남자 여자가 섞인 구급 팀이 사상자 여섯 명을 들고 들어와서 내 옆에 나란히 눕혔다. 모두 검게 그을려 있었고 다수는 얼굴이 없었다. 희생자들의 피부는 방금 태운 종잇장 같았고 뺨부터 발끝까지 살이 뜯겨나가 붉은 속살이 드러난 곳이 군데군데 있었다. 팔과 다리가 있어야 할 곳에는 뭔가가 거칠게 잘려 나간 너덜너덜한 텅 빈 흔적만 보였다. 그리고 커다랗게 자른 콘페티^{confetti}(행사나 퍼레이드에서 뿌리는 색종이 조각-옮긴이) 같은 밝은색 천 조각이 점점이 이들의 몸 여기저기에 붙어 있었다. 화려한 색의 히잡이라도 쓰고 있었던 것일까? 불탄 머리카락과 피 냄새가 어찌나 강렬하던지 구리 동전을 입에 물고 있기라도 한 듯 비린내를 느낄 수 있을 정도였다.

내 옆에 누운 여자는 신음하며 끙끙댔다. 나머지는 조용했다. 나를 도왔던 간호장교가 신음하는 여자에게로 가서 수액을 연결하고는 장갑 낀 손으로 환자의 손을 꼭 잡았다. 나는 장갑을 통해서라도 환자가 그녀의 손이 얼마나 따뜻한지를 느낄 수 있기를 바랐다. 환자가 영어를 알아듣는지는 의심스러웠지만 간호장교는 그렇다는 듯 말을 걸었다. 사람을 진정시키는 힘이 있고 부드러우며 확신을 주는 목소리였다. 그녀는 환자의 얼굴을 똑바로 들여다보며 지금은 좋은 진료를 받고 있으며 만사가 다 잘될 거라고 말했다. 신음이 느려졌다. 방에 있는 다른 사람들도 각자 환자를 조용히 돌보고 있었지만 이 간호장교와 환자를 지켜보느라 내 관심에서 멀어졌다.

"미안해요."

나는 속삭여 말했다. 기지 밖에 누가 폭탄을 설치했든 나는 그자에게 화가 났다. 그가 노렸던 목표는 미군이거나 불특정 미국인이었겠지만 장갑차량을 타지 않고서 기지 밖으로 한 발자국이라도 내딛는 미국인은 없었다. 그래서 폭탄 테러의 희생자는 당연히 현지 마을 주민일 수밖에 없었다. 아마도 폭탄을 매설한 테러리스트의 어머니거나 이모, 아내 혹은 누나나 여동생일 수도 있다.

사람들은 침묵을 지키며 하나씩 텐트를 빠져나갔다. 그리고 간호사는 줄지어 놓인 들것에 가서 조용히 한 사람 한 사람의 상태를 살폈다. 수액을 연결한 사람은 아무도 없었다.

옆의 여인이 내게 얼굴을 돌렸다. 검게 변한 피부가 반짝거렸다. 그리고 밝은 파란색 섬유 조각이 살에 박혀 있었다. 그녀는 나를 빤히 바라보았다. 눈의 흰자가 반짝거렸다. 나도 그녀를 바라다보며 팔을 그쪽으로 뻗었다. 그녀는 움직이지 않았다. 아니 움직일 수 없었을 것이다. 그래서 나는 팔을 다시 거둬들였다.

"정말 미안합니다."

나는 다시 나지막하게 말했다. 그러고서 나는 그녀가 혼자가 아니라는 것을, 그저 병원에 실려 온 몸뚱이가 아니라는 것을 알려주려고 시선을 고정한 채 그 자세로 계속 있었다. 나는 그녀를 볼 수 있었고 마음에 담아둘 것이다. 가슴이 호흡에 맞춰 오르락내리락했다. 나는 내 호흡을 거기에 맞췄다.

간호장교가 돌아와서 환자의 손을 다시 한 번 잡았다. 또다시 부드럽고 차분한 말이 이어졌다. 사랑하는 이에게 하는 태도였다. 그러고서 간호장교는 그녀의 손을 옆으로 밀어놓고는 내 수액 백을 살폈다.

"저 환자, 괜찮아지겠죠? 모두 괜찮아지겠죠?"

내가 말했다. 텐트가 너무나 조용한 나머지 오싹한 느낌마저 들었다.

"모두 사망했어요. 저 환자는 모르핀을 투여받고 있으니 평화롭게 갈 수 있을 겁니다."

간호장교는 생각하기조차 고통스럽다는 듯 양 눈을 1초 정도 꼭 감았다.

"끝인가요?"

내가 물었다.

"할 수 있는 일은 없어요, 가는 길을 더 편하게 해드리는 것 말고는."

간호장교는 이렇게 말하며 내 어깨를 한 번 토닥여주었다. 그러고는 환자에게 다시 돌아가서 그녀가 텐트를 떠나기 전에 다시 한 번 손을 꼭 쥐었다. 이제 텐트에는 방금 사망한 사람들과 유일한 생존자, 그리고 나만 남았다. 나는 다시 생존자를 돌아다보았다. 우리는 시선을 다시 맞추고 같이 숨을 쉬었다. 얼마나 시간이 오래 걸릴지는 알 수 없었지만 만약 그녀가 원했던 것이 이것—다른 인간의 시선을 받으며 죽는 것—이라면 나는 기꺼이 그렇게 할 것이었다.

얼마 되지 않아 그녀의 눈빛이 깜박거렸다. 그리고 나는 우리가 서로를 보고 있지 않다는 것을 알았다.

"미안해요."

나는 다시 한 번 속삭이고 반대편을 보았다. 열린 덮개 밖에는 내가 처음 들어왔을 때보다 삶이 더 바쁘게 이어지는 듯했다.

얼마 지나지 않아 또다시 사이렌이 울렸다. 그런데 먼젓번과는 울림의 길이와 패턴이 다르게 들렸다. 간호장교와 다른 몇 명이 텐트로 뛰어

들어왔다. 말은 별로 없었지만 모두 할 일이 무엇인지는 아는 것 같았다. 이들은 내게 척추 고정판을 댄 다음 나를 데리고 다른 텐트를 향해 뛰었다. 가는 길에 달리는 사람들을 지나쳤다. 어떤 사람은 환자를 밀고 있었고 어떤 사람은 머리를 숙이고 있었다. 대화를 다 들을 수 없었지만 폭탄 공격 위협이 있었다는 것을 알 수 있었다. 뭔가가 바로 우리를 겨냥하고 있는 듯했다.

새로 도착한 텐트에는 땅에 넓은 사각형 구멍이 파여 있었다. 한 사람 이상이 들어갈 수 있는 무덤구덩이 같았다. 나는 그 안으로 내려졌다. 군의관이 소리쳤다.

"방탄조끼!"

그러자 한 사람의 손에서 다른 사람의 손을 거쳐 군의관에게까지 날아오는 방탄조끼가 보였다. 군의관은 방탄조끼를 내 가슴 위에 걸쳐놓고는 얼굴을 아래로 한 채 내 위에 엎드렸다. 사이렌은 계속 울렸고 텐트에 있던 다른 사람들은 흩어졌다. 다른 구덩이로? 다른 텐트로? 알 도리가 없었다. 아는 것이라고는 나는 지금 누워 있고 내 위에 군의관이 엎드려 있으며 내 상체와 군의관 사이에는 방탄조끼가 있다는 것뿐이었다. 무겁기는 해도 숨을 쉬지 못할 정도는 아니었다. 겁이 나지는 않았다. 하지만 나는 그때 진짜 죽음에 대해 생각을 해보게 되었고, 그때 죽게 된다면 누군가의 눈을 보지도 않겠지만 혼자 죽지도 않겠구나 하는 생각이 들었다. 사랑하는 가족이 절실하게 필요할 때 그 자리에 낯선 누군가가 있다는 것만으로도 위안이 될 수 있다는 것을 알게 된 순간이었다.

사이렌이 멈추자—아마 30분 혹은 40분 뒤였을 것이다—모든 게 평온한 일상으로 돌아갔다. 두 사람이 나를 영상 촬영 장비가 있는 텐트로 실어 가서 엑스레이를 찍고 CT 스캔을 했다. 얼마 지나지 않아 처음에 보았던 군의관이 텐트로 들어와서 결과를 알려주었다. 머리는 괜찮은데 척추에 디스크 두 개가 새로 튀어나왔다고 했다.

"원투 펀치를 맞은 거나 마찬가집니다."

군의관이 말했다.

"우선 추락한 데다 거기에 더해 등을 단단하게 고정하지 않은 채 구덩이로 이송된 것이지요."

그가 고개를 흔들었다.

나는 기지에 머물며 디스크 치료를 받거나 아니면 치료를 거부하고 근무처로 돌아갈 수 있었다. 어느 쪽을 택하든 나는 3일 동안 누워서 아무 일도 할 수 없을 터였다.

나는 치료를 거부했다. 의무병들은 근무처로 돌아가는 헬리콥터에 나를 뉘어서 태우려고 했다. 하지만 해가 저물고 있었고 나는 일몰을 놓치고 싶지 않았다. 나는 꼿꼿이 앉아서 붉은색과 오렌지색으로 물들어가는 탁 트인 하늘을 바라보았다. 그러고 나서 베이지 빛이 감도는 금색으로 온통 채색된 아름다운 주변 풍경을 내려다보았다. 살아서 이 모든 것을 보게 되어 기뻤다.

나는 3일간의 병가를 내지 않았다. 돌아온 그날 밤에도 쉬지 않았다.

폭탄테러에 희생된 그 여성의 얼굴은 내 마음에 아로새겨졌다. 그 모습은 내 일부가 되어 영원히 함께하리라는 느낌이 들었다. 다시금 노력을 배가해야 한다. 아무 여성에게나 이런 짓을 하는 그 테러리스트를 잡아야 한다. 남자에게라도, 어떤 인간에게라도, 세상 그 누구에게라도 이런 짓을 할 그자 말이다.

CHAPTER 12

만세, 나의 모교

/

유럽
2004년 2월 ~ 4월

● 제리Jerry라는 남자 요원이 새로이 우리 생화학무기 삼총사에 합류했다. 이제 우리는 생화학무기 사총사가 되었다. 제리는 똑똑하고 결기가 있어 보였으며 나보다는 나이가 많았지만 아직 채 30대가 되지 않은, 젊은이 같은 금발 더벅머리를 한 사람이었다. 그 사람에 대해 개인적으로 특별히 싫고 좋음은 없었다. 하지만 같이 일하는 데 익숙해지기까지는 애를 먹었다. 지금껏 다리 세 개로 균형을 잘 잡고 있었는데 새롭게 더해진 네 번째 다리에 익숙해지기란 어려운 법이다. 그래도 확산하는 아프리카의 테러 세포조직을 감시할 네 번째 눈이 생긴다는 데 이의는 없었다.

그레이엄 국장, 샐리 과장, 빅터 부국장, 데이비드, 벤과 내가 아침마다 하는 약식 회의에 제리가 처음 참석했을 때였다. 제리는 자기가 무슨 일을 할 수 있는지를 우리 모두에게 이해시키겠다는 듯이 큰 목소리로 단호하고 거침없이 말했다. 과장은 불만이 있는 듯 입술을 오므렸다. 제리의 말을 끊을까 하다가 멈췄다는 느낌이었다. 국장은 차분하게 고개를 끄덕였다. 부국장도 마찬가지로 고개를 끄덕이고는 나를 보더니 말했다.

"트레이시, 어떻게 생각하나?"

앞서 아프리카와 중동에서 했던 추적 활동 끝에 나는 아프리카 태생이자 현재 유럽에서 거주하는 테러리스트 H가 무엇을 노리고 있는지를 확실히 알게 되었다. 지금까지 수집한 모든 정보로 미루어보아 H의 주도로 여러 곳에서—아마도 유럽이 확실하다—화학테러 공격이 임박했다. 하지만 나는 H가 화학테러를 모의한다는 정보만으로는 새 거주국 당국이 그를 체포하지 않으리라는 것을 알았다.

우리 그룹은 화학테러 이상의 것을 바라보며 H뿐 아니라 전 세계에 걸친 그 일당의 움직임을 추적했다. 그러는 과정에서 여러 집단의 공모하에 일어난 아프리카 폭탄테러 계획에 H가 연루되었다는 것이 밝혀졌다. 나를 못 견딜 정도로 끈질기게 따라다니던 잘린 머리들의 환영은 바로 이 사건의 결과물이다. H의 체포 이유는 중요치 않았다. 나는 그자를 길거리와 모스크에서 몰아내 추종자들과 연락을 차단시켜 계획을 수포로 돌리고 싶었을 뿐이었다. 불행히도 그자가 새로 시민권을 취득한 나라의 정보기관은 체포영장을 발부하기에는 폭탄테러에 연루되었다는 증거조차도 정황증거의 성격이 지나치게 강하다고 주장했다.

그런데도 아직 희망은 있었다. 왜냐면 H가 최근에 다른 서구 국가로 가는 비행기표를 샀기 때문이다. 나는 그 나라에서 연락이 닿는 모든 기관에 전문을 보내기 시작했다. 내가 보낸 증거자료를 찬찬히 살펴보기만 해도 이자가 자유로이 돌아다니게 놔두기란 어려울 것이었다. 그런데 그 나라에서 구금된다 해도 거주국이 H를 자국 시민으로 공식 확인하고 구금에 동의해야 할 것이다.

"누군가 거기 가야 할 것 같습니다. H를 잡아들이지 않아서 생길 나쁜 결과를 그 사람들이 이해할 수 있도록 우리 주장을 펼치고 모든 증거를 제시해야 합니다."

나는 부국장에게 말했다.

"그 결과란?"

샐리 과장이 내게 미끼를 던졌다. 과장은 내가 명백한 사실을 언급하기를 바랐다.

"테러 공격이 있을 것입니다. H는 알 카에다로부터 전폭적인 자금 지원을 받고 있습니다. 그것 말고도 그자는 매주 동네 커피숍이나 모스크에서 새로운 추종자를 모으고 있습니다. 사람을 휘어잡는 매력이 대단한 자로 보입니다."

제리가 다시 말을 시작했다. 모두 들었다. 제리는 잘못 말하고 있었던 게 아니라 너무 많은 단어를 쓰고 있었다. 우리는 모두 짧고 간결한 용어로 말했다. 쓸데없는 말로 낭비할 시간은 없었다.

***** 국장이 제리의 말을 잘랐다.

"됐네, 제리, 트레이시. 가서 처리해."

회의는 그렇게 끝났다.

● ● ●

여성 요원들이 다수 근무하고 있는 유럽 정보기관은 많다. 그런데 H의 새 조국 정보기관만큼 여성 요원이 많은 기관은 드물었다. 이 나라의 정보요원들은 언제나 도움이 되었고 똑똑했으며 서면으로 의사소통을 할 때는 흠 잡을 데 없이 완벽한 영어를 구사했다. 문제는 나를 말리부 바비라고 불렀던 나라에서처럼 외국 기관과의 의사소통이나 존중 차원이 아니라 다른 데서 일어날 터였다. 출장국에서는 정보의 취득 경로가 합법적이며 보유한 단서도 탄탄하다는 것만 증명하면 되었다. 그 지원을 위해 대테러작전 분석관 지지Gigi가 제리와 나와 함께할 예정이었다.

지지는 아주 멋진 사람인지라 단번에 내 시선을 사로잡았다. 그런데 그 아름다움의 원천은 강한 자의식도, 억지 꾸밈도 아니었다. 그보다는 자연이 만들어낸 우연, 즉 숱 많은 곱슬머리, 잡티 없이 깨끗한 어두운색 피부, 그리고 밝은색 눈이 발하는 대조에서 비롯된 아름다움이었다. 꾸미는 스타일도 찬탄할 만했다. 지지는 모피 깃이 달린 스웨터 차림에 피같이 붉은 립스틱을 칠했고 신고서 달리기란 불가능할 것 같은 신발을 신었다. 모든 것을 종합해보면 이렇다. 지지는 자신감 있으면서도 자의식이 강하지 않고 내가 부러워하는 방식으로 여유 있는 사람이었다. 아름다운 외모와 스타일보다 더 중요한 것은 이렇게 똑똑한 사람이 친절하면서도 유쾌한 성품의 소유자라는 것이다. 우리는 금방 친구가 되었다.

유럽으로 가는 비행은 어렵지 않았지만 우리는 출장국 요원들과 이야기하기에는 너무 늦은 시간에 도착했다. 지지, 제리와 나는 호텔 방에 체크인하고 로비에서 만나 그날 저녁에는 도시를 탐방해보자는 데 의견 일치를 보았다. 우리는 모두 호기심과 의욕이 넘치는 사람들이었다. 그리고 우리 중 이 나라 수도를 방문해본 사람은 없었다.

호텔은 다른 미국계 기업 호텔처럼 별달리 특기할 만한 점이 없었다. 나는 짐 놓는 곳에 여행 가방을 던져 넣은 후 머리를 빗고 이를 닦은 다음 립스틱을 바르고 방을 나섰다. 지지의 방은 엘리베이터 근처였다. 나는 초인종을 누르고 그 자리에 서서 문틈으로 흘러나오는 음악을 들었다. 마돈나의 〈라이크 어 버진Like a Virgin〉이 벽 뒤로 울리고 있었다. 지지가 파티라도 하고 있나 하는 상상이 들었다. 노크하고 들어가 파티에 낄까도 생각해보았지만 그러기에는 쑥스럽다는 생각이 들어서 대신 엘리베이터를 잡아타고 로비로 갔다.

어떻게 책 한 권 안 들고 여행하는 사람들이 있는지 모르겠다. 나는 언제나 책을 가지고 여행했고 그때도 지지와 제리를 기다리는 동안 시간을 보내려고 로비에 책을 들고 갔다. 내 생각에 몇 분만 기다리면 될 것 같았다. 지지가 모습을 나타내기까지는 생각보다 시간이 더 걸렸다. 후드 달린 코트가 미모를 절반쯤 가렸지만 그래도 지지는 아름다워 보였다. 로비를 가로지르는 지지를 사람들이 관심 있게 쳐다보았다. 지지는 코트를 벗고 내 맞은편에 앉았다.

"마돈나야?"

"들었어?"

그녀가 웃었다.

"춤추고 있었지. 자기도 알잖아, 비행기 타고 온 다음 정신 좀 차리려고."

우리는 H와 마돈나에 관해 이야기했다. 그 나이대의 우리 두뇌는 하나의 대화를 하면서 두 화제를 왔다 갔다 할 수 있을 정도로 유연했다. 한 시간이 지났는데도 제리는 내려오지 않았다. 뭔가 이상했다. 예전 면접을 곰곰이 되새겨보았다. 아마추어적 깜냥이기는 해도 CIA는 첫 면접에서 모든 지원자에게 단 하나의 질문에 대한 답에 따라 직렬을 결정하는 게 아닌가 하는 결론을 내릴 수밖에 없었다. 바로, '목욕을 선호하는가, 아니면 샤워를 선호하는가?'라는 질문이다. 나는 샤워를 골랐다. 목욕할 시간이 있는 사람은 누굴까? 내 생각에 공작원―나쁜 놈들의 뒤를 쫓아 다리가 부서져라 바쁘게 전 세계를 누비는 사람들―은 샤워를 택할 수밖에 없는 사람들이다. 그리고 목욕을 즐기는 사람들―한자리에 있기를 좋아하는 이들―은 분석관이다. 분석관들은 본부에서 명석한 머리로 우리가 모은 데이터에 한 줄기 빛을 던지는 사람들로 우리 같은 공작원은 이 사람들에 의지하는 바가 컸다. 제리와 나는 공작원, 지지는 분석관이었다. 내 계산에 따르자면 가장 늦게 도착해야 할 사람은 지지였고 제리는 내가 1층에 도착한 시간에 그곳에 있었어야만 했다.

"포르노라도 보는 게 틀림없어."

지지가 말했다. 제리 말이다.

"진심 그 사람이 방에서 유료 포르노 프로그램을 본다고 생각해?"

나로서는 설사 〈마이키 이야기〉Look who's Talking (1989년 제작 로맨틱 코미디 영화. 주연 존 트라볼타―옮긴이)일지라도 호텔에서 유료 TV를 시청한 요금을 CIA가 내주리라고는 기대할 수 없었다.

"여기 정규 방송에서는 공짜로 상영해. 음악 채널을 찾다가 봤어."

"와, 뭐 그렇다면. 그래도 봐봐, 동료들이 기다리는데 방에 앉아 포르노를 시청한다는 게 상상이나 돼?"

나라면 그럴 수 없었다.

"남자들은 그런 게 덜 쪽팔리나 봐."

지지가 엘리베이터 쪽을 쳐다보았다. 부풀어 오른 녹색 오리털 코트를 입은 제리가 우리를 향해 걸어왔다. 제리는 내 옆자리에 털썩 앉았다.

"공짜 포르노 잘 봤어요?"

지지가 웃으며 물었다. 제리는 웃음으로 화답하지 않았다. 그는 일어나서 시계를 보더니 이렇게만 말했다.

"시내 구경하러 갑시다."

이게 정보 계통 종사자들의 강점이다. 우리는 거짓말을 읽어내는 훈련이 되었다. 제리는 거짓말을 하려는 시도조차 하지 않았다.

나는 코트의 지퍼를 올리고 모자를 쓴 다음 장갑을 꼈다. 우리는 호텔에서 나갔다. 밖은 춥고 어두웠다. 내가 방문했던 다른 유럽 도시들과 마찬가지로 현지인들은 기온에 신경 쓰지 않는 듯했다. 내가 봤던 사람들의 절반만 모자를 썼고 일부는 유모차를 밀고 있었다. 손잡고 산보하는 사람들도 있었다. 어쨌건 시점은 3월 초였으므로 이 사람들에게는 오랜만에 다소 따뜻하게 느껴졌을 수도 있겠다. 내가 느끼기에는 이곳이나 워싱턴이나 영하 1도를 왔다 갔다 하는 추운 날씨였다.

호텔에서 나오자마자 우리는 건너편 섬에서 반짝거리는 불빛을 바라다보며 물가를 따라 걸었다. ***** 앞장섰던 제리가 방향을 트는 바람에 우리는 물가에서 멀어졌다. 지금 있는 곳은 포석이 깔린 도로다. 도로 양편으로는 노란색, 오렌지색, 녹색 벽돌로 벽을 쌓고 결혼식 케이크처럼 층층으로 지붕을 얹은 예쁜 저층 가옥들이 늘어서 있었다. 지지와 나는 마돈나와 *****에 관해 계속 토론했다. 제리는 우리보다 말을 아꼈다. 사실 그는 지지가 호텔 방에서의 포르노 시청 이야기를 한 다음부터는 말을 거의 안 하다시피 했다.

제리는 모퉁이를 먼저 돌아 시선에서 사라졌다가 우리가 따라잡을 수 있게 멈춰서 기다렸다. 우리는 다시 물가에 있었다. 제리가 나를 바라보더니 물었다.

"서던캘리포니아대학교라는 똥통 대학은 도대체 어떤 뎁니까?"

"뭐라고요?"

나는 그때 스물다섯 살이었고 대학을 졸업한 지 고작 4년밖에 되지 않았다. 나는 모교와 나를 동일시했고 그 학교 출신이라는 자부심이 있었다.

제리는 다시 걷기 시작했고 지지와 나는 그의 양편에서 걸었다. 제리는 내게로 고개를 돌려 말했다.

"캘리포니아 출신으로 뛰어난 사람을 접해본 적이 없어서 그럽니다. 특히 서던캘리포니아대학교 졸업생은 더 그렇고요."

"어, 로널드 레이건Ronald Reagan도 캘리포니아 출신인데요. 알잖아요, 나중에 대통령이 된 그 사람."

지지가 말했다.

"똑똑한 사람은 아니죠. 그 사람은 배우였어요."

제리가 말했다.

"내 생각에 레이건은 일리노이주 출신이지 않았나 싶네요. 닉슨Nixon이 캘리포니아 사람이죠."

이건 내가 확실히 아는 사실이었지만 부드러운 톤으로 말하려 했다.

"자, 두 분, 평범한 대통령 두 사람의 이름을 대셨네요. 캘리포니아에서 뛰어난 사람이 나왔다는 주장의 근거로는 약해요."

"조안 디디온Joan Didion(1934~현재, 미국 작가-옮긴이)도 캘리포니아에서 왔어요."

내가 말했다.

"그리고 존 스타인벡John Steinbeck(1902~1968, 미국 작가-옮긴이)도."

지지는 분명 내 편이었다.

"디디온이 누군지는 모르겠고, 내 장담컨대 스타인벡은 캘리포니아 밖에서 들어본 유일한 캘리포니아 출신 작가일 겁니다."

"이봐요, 도대체 뭐가 문제예요?"

나는 걸음을 멈추고 제리에게 몸을 돌렸다.

"나는 캘리포니아, 특히 서던캘리포니아대학교는 위대한 사람을 배출하지 못했다는 사실을 지적하고 있는 것뿐입니다. 똥통 학교만 있는 똥통 같은 주죠. CIA가 당신 같은 사람을 받아들였다는 게 충격입니다."

"도대체 지금 무슨 말을 하는지 알고나 말하는 거예요? 거기 가보지도 않았잖아요! 서던캘리포니아대학교 캠퍼스에서 하루만 있어 보면 아무것도 이해가 안 돼서 엉엉 울면서 꼬랑지가 빠져라 도망갈걸!"

나는 화가 났다.

"지금 농담하자는 겁니까?"

제리가 고함쳤다.

"캘리포니아는 바보 서퍼들과 일광욕하는 멍청이들로 가득한 주라고요! 그리고 장담컨대 트레이시는 CIA에서는 거기 출신으로 유일한 사람일……."

나는 주변에 우리를 지켜보는 사람이 있는지를 보려고 주변을 둘러보았다. 우리는 티를 내지 않고 주변 환경에 녹아들어야 한다. 투명 인간이 되는 것이다! 그런데 지금 여기에는 뒤를 돌아보게 하는 미모의 소유자 지지가 있고 나는 제리에게 소리 지르고 있지 않은가. 그렇지만 현지 주민들은 별 신경 안 쓰는 듯했다. 누구도 우리를 지켜보고 있지 않았다.

"저리 꺼져버려!"

내가 이런 말을 하는 경우는 드물었다. 사실은 처음이었다. 나는 그 누구에게도, 심지어 나를 학교에서 괴롭히던 악동들에게도 꺼지라는 말을 해본 적이 없었다. 필요하면서도 불필요하게 끼어든 네 번째 다리 제리가 캘리포니아나 서던캘리포니아대학교에 대해서 말한 데에 신경 쓸 겨를이나 있었다니, 지금 생각하면 웃긴 일이다. 그렇지만 전술했듯 나는 그때 고작 스물다섯이었다. 그래서일까, 나는 이성을 잃을 정도로 흥분했다.

제리가 소리쳤다. 나는 더 크게 소리 질렀다. 제리는 내 얼굴에 자기 얼굴을 바싹 가져다 댔다. 나도 지지 않았다. 어찌나 거리가 가까웠는지 서로의 입술이 겨우 몇 센티미터밖에 떨어져 있지 않을 정도였다. 제리는 나와 내 모교, 내 고향을 모욕했다. 나는 제리의 취향, 지식 부족, 편협한 사고를 힐난했다.

둘 다 우스꽝스러운 모습이었으리라. 내 쪽의 이유를 들자면 나는 아직도 내 가족, 모교, 고향과 나를 동일시하고 있었기 때문이다. 그리고 하등 중요하지도 않은 결혼식에 참석하러 고향으로 가는 비행기를 탔던 이래 나는 그 누구도 나를 괴롭히는 것을 용납하지 않겠다고 단단히 마음먹었었다. 어디에서든, 무슨 방법으로든.

제리를 보자면 이 모든 게 불안감과 상관이 있는 것 같았다. 강한 여성인 지지에 눌리는 느낌이 든 데다 호텔 방에서 오래 포르노를 보았다는 것을 나 아니면 지지가 추측했을 수도 있다는 것을 알고 굴욕감이 더 들었을 것이다. 그런데 불안해하는 악한은 희생양을 고르는 법을 안다. 아마 지지는 그런 희생양이 되어본 적이 없을 것이다. 그리고 제리는 처음부터 그걸 알았을 수도 있었다. 그래서 고른 게 나였다. 나에게서 취약성, 말하자면 쇠 발부리가 달린 장화로 빠르고 강하게 걷어찰 틈새를 발견한 것이다.

그런데 유일한 문제는 제리가 내 과거는 감지해냈을지 모르지만 그날 현재의 내가 어떤 사람인지를 파악하지 못했다는 것이었다.

결국 우리의 싸움은 격해져서 사람들이 멈춰 서서 구경할 정도에 이르렀다. 나는 그 자리에서 즉시 싸움을 끝냈으면 했다. 제리가 틀렸다고 입증하는 것보다는 일이 더 중요했다. 하지만 그는 신입 요원이었고 일의 우선순위를 이해하지 못하는 듯했다. 나는 말을 멈췄지만 제리는 말을 계속했다. 마치 경주라도 막 끝낸 것처럼 심장이 뛰고 가슴이 벌렁거렸다. 그러자 지지가 둘 사이에 끼어들어 각각의 어깨에 한 손씩 얹었다.

"그만!"

지지가 말했다. 그리고 마침내 제리가 입을 다물었다.

저 자식, 얼음장같이 차가운 물에 밀어 넣어버릴까 하는 충동이 일었다.

"됐어요."

제리가 지지의 손을 밀쳐냈다.

"트레이시, 앞에서 걸어요. 나는 가운데 있을게. 제리는 뒤에서 걸어요. 두 사람, 이야기하면 안 됩니다."

"알았어요."

나는 두 사람을 뒤에 남기고 앞장섰다. 나는 도시 주변을 이리저리 다니며 이곳에서 가질 몇 시간 안 되는 자유 시간 동안 가능한 한 많은 곳을 돌아다니려 애썼다. 하지만 그때까지도 분이 풀리지 않았던지라 눈에 들어오는 게 많지 않았다. 집중해야 한다. 아직 저녁도 먹지 않았으므로 나는 식당으로 곧장 걸어 들어갔다. 식당은 저녁 시간을 즐기는 사람들로 가득했다. 각자 받은 교육을 서로 모욕하지는 않는 사람들이겠지, 그리고 누군가 그랬다 해도 신경조차 안 쓰겠지.

"저는 다른 데서 먹겠습니다."

제리는 이렇게 말하고서 몸을 돌려 우리가 왔던 반대 방향으로 걸어 나갔다. 제리가 시야에서 사라지자 나는 그 사람과 싸웠다는 사실조차 거의 잊어버렸다. 지지와 나는 해산물 요리를 먹으며 H와 마돈나에 관한 이야기를 마저 하면서 저녁 시간을 재미있게 보냈다.

● ● ●

다음날 아침 제리는 우리 둘을 모두 피해 다녔다. 그래서 그랬는지 우리는 현지 정보기관에서 예정되었던 회의 때까지는 그를 보지 못했다. 제리와 나는 전날 밤에 아무 일도 없었다는 듯 행동했다. 관심의 대상이 되었다는 데 부끄러움과 후회가 들었다. 하지만 아무리 신규 요원이라 해도 이게 얼마나 멍청한 짓이었는지는 제리도 알아야 했다.

서던캘리포니아대학교와 캘리포니아주 전반에 대한 제리의 무시는 *****라는 사실을 옆에 놓고 견주면 아무 의미가 없었다. 현지 정보기관 관계자들은 자기들이 H를 면밀하게 추적하고 있었으며 실시간으로 소재지를 파악하고 있다고 우리에게 알렸다. 하지만 이렇게 우리—이곳 정보기관원들도 포함해서—가 방대한 증거를 모았는데도 현지 당국은 아직 H 체포에 나서지 않았다.

그 뒤로 우리는 상대방 정보기관 요원들과 각자 보유한 정보를 맞춰보기도 하고 한데 정렬해보기도 하면서 며칠을 보냈다. 그러자 마침내 우리의 상대가 누구이며 공격 대상은 무엇인지에 대한 명확하고도 완전한 그림이 드러났다. 세계 곳곳의 정보원으로부터 더 많은 정보가 쏟아져 들어왔다. 우리는 협업을 계속했고 시간이 지날수록 상황은 더욱 명확해졌다.

H는 예약한 항공편으로 현 거주국을 출발하기 직전에 폭탄테러 연루 혐의로 체포되었다. 나를 괴롭히는 '머리들'을 만들어낸 바로 그 사건이다. 체포는 우리가 귀국하기 전에 이루어졌다. 지지, 제리와 나는 큰 성취감을 느꼈다. 마돈나 춤을 추는 미모의 여인과 포르노를 보는 반캘리포니아주의자, 그리고 서던캘리포니아대학교 여학생회 출신자가 알 카에다 역사상 가장 대규모였을 수도 있었을 화학무기 테러를 막는 데 한몫 거든 것이다.

● ● ●

집으로 가는 비행기에서 제리는 좌석을 바꿔 나와 지지보다 몇 열 앞선 곳에 앉았다. 지지와 나는 H가 퇴출당한 지금, 다음으로 가장 큰 위협이 무엇일지를 곰곰이 생각했다. 우리는 신생 아프리카 세포조직이 계속 위협으로 남을 것이라는 데 동의했지만 이 조직의 누가 다음 화학테러를 지도할지 확신하지 못했다. 분명 자르카위는 H를 대신할 누군가를 이미 세워두었다. 전에 말했듯이 테러리스트 사냥은 불가사리의 팔 하나를 자르는 것과 비슷하다. 하나를 자르면 얼마 안 되어 새 팔—심지어 두 개—이 그 자리에 자라난다. 계획 실행 전에 새롭게 자라난 팔의 정체를 파악할 수 있기를.

국장과 부국장은 *****에 대해 우리가 보내는 정보를 *****하고 있었다. 불행히도 나는 뭔가 큰 것을 놓쳤다. 컸다. 지금까지도 나 자신을 용서하지 못할 정도로 큰 실수였다.

● ● ●

지지, 제리와 나는 3월 10일에 워싱턴으로 돌아왔다. 다음날 3월 11일, 아침 6시 30분에 출근해서 푸드코트로 가서 벤티 사이즈 스타벅스 블랙커피를 샀다. 한 손에는 커피를 들고 어깨에는 가방을 멘 채 나는 일찍 나온 다른 사람들에게 아침 인사를 하며 사무실을 가로질러 내 자리로 갔다. 자리에 앉자 커피 한 모금을 마시고 컴퓨터가 켜질 때까지 기다렸다. 처음 본 것은 유럽에서 온 전문 한 통이었다. 워싱턴 시각으로 새벽 1시 30분, 마드리드 시각으로는 아침 7시 30분에 여러 통근 열차에서 동시다발적으로 폭탄이 폭발했다. 언론은 벌써 바스크Basque(스페인과 프랑스에 걸친 바스크인 거주 지역. 2017년 해체까지 이 지역 분리주의 단체인 ETA가 스페인 중앙정부를 상대로 테러를 벌였다–옮긴이) 분리주의자를 비난하고 있었다. 하지만 나는 알았다. 이 짓을 저지른 자들은 바로 우리가 뒤를 쫓던 자들일 가능성이 훨씬 크다는 것을.

속이 울렁거렸다. 충격적이었다. 실행하는 데만 수십 명이 필요한 이런 사건을 어떻게 보지 못하고 놓칠 수 있었단 말인가? 이런 일에 대해 전부터 떠도는 이야기나 작은 단서라도 있어야 했다. 나는 오랫동안 내 책상 앞에 앉아 전문을 읽고 또 읽었다. 그리고 일어나서 아침 회의에 참석했다. 회의는 데이비드의 파티션에서 열렸다. 제리조차도 말이 없었다.

언론이 바스크 분리주의자들에 관한 기사를 계속 내보내는 동안 CIA는 모든 단서를 추적하고 있었다. 결론적으로 각각 다른 3개 역에 정차한 기차 4편에서 10개의 폭탄이 폭발해 190명이 사망했고 1,800명이 다쳤다. 3월 14일, 바스크 분리주의자설은 쏙 들어가고 알 카에다 단원 다섯 명이 체포되었다. 세 명은 *****. 며칠 뒤 알 카에다 테러리스트 네 명이 추가로 체포되었다. 3월 30일경, 몇 번의 체포와 석방을 반복한 끝에 열두 명이 기소되었다. *****. 다음날 바로 그 세포조직과 연관된 다섯 명의 체포 영장이 발부되었다. 그러고서 4월에 스페인 경찰은 마드리드의 한 가정집에 있는 공범 일곱 명의 소재를 파악했다. 경찰이 문을 부수고 진입하자 테러리스트들은 폭탄을 터뜨려 자살했다. 이 과정에서 경찰관 한 명도 사망했다.

3월 11일의 폭탄테러 사건은 1988년에 팬암Pan Am 항공사 103편이 스코틀랜드의 로커비Lockerbie 상공에서 폭파된 이래 유럽에서 벌어진 가장 참혹한 폭탄테러였다. 개인적으로는 9·11이나 위에서 멋대로 바꾼 알 카에다 생화학테러 조직도보다 이 사건이 더 충격적이었다. 내 CIA 경력에서 저지른 가장 큰 실수였다.

마드리드 폭탄테러로부터 얼마 뒤 나는 아파트 어딘가에 눠둔 FBI 지원서를 찾아냈다. 그리고 일하지 않는 일요일에 서류를 작성해 우편으로 부쳤다. 또다시 나는 지원했다는 사실을 완전히 잊어버리고 몇 주간 해외 파견 근무를 했다. 그리고 귀국해서 FBI 면접을 보았다. 며칠도 안 되어 전화가 왔다. 합격했으니 5월 1일에 버지니아주 콴티코Quantico에 있는 훈련소에 출두하라는 내용이었다.

나는 CIA를 사랑했다. 나는 예전에도 그랬고 지금도 CIA와 그곳에서 일하는 요원들을 아주 많이 존경한다. 나는 CIA 요원은 매일 누군가의 목숨을 살리고 있다는 것을 잘 알고 있으며 이들이 하는 업무의 가치를 믿는다. 하지만 나는 나 자신을 구해야 했다. 나는 안전하게 정착해 평온함을 느낄 가정이 필요했다. 나는 좀 더 정기적으로 가족을 볼 수 있고 언더커버 요원이 아닌 사람과 데이트할 수 있는 곳에 있고 싶었다. 그리고 그보다 더 유럽, 중동, 아프리카에서 테러 행위가 벌어질 때마다 느끼던 책임감을 이제는 그만 놓아버리고 싶었다.

가슴 아픈 선택이지만 결국 나는 CIA를 그만두기로 했다.

CHAPTER 13

위험 경고

/

버지니아주 콴티코
2004년 5월 ~ 8월

● 인간행동학과 심리학 강의를 듣는 동시에 로스쿨과 신병훈련소에 다니는 것 같았다. 전부 아니면 전무, 탈락 아니면 합격밖에 없었다. 또는 이기거나 지거나든지. 콴티코에서 4개월 반 동안에 걸친 훈련을 통과하면 FBI에서 새로이 임무를 수행할 수 있게 될 것이다.

우리는 언제나 성으로 불렸다. 나는 트레이시라 불리지 않고 지금은 샨들러였다. 좀 더 남성스럽게 들리는 이름이다. 하지만 그래서 오히려 다행스러웠다. 왜냐하면 훈련을 이수하면서 많이 겪었는데 음…… 아, 배짱을 비롯해 훈련에서 필요한 자질들은 남성만의 전유물이라고 보는 분위기가 있었기 때문이었다. 그런데 실상은 여자들 역시 훈련에 쉽게 적응했다. 우리는 'NAC^{New Agent Class} 04-13'으로 불렸다. 2004년 FBI 훈련소 신입요원 양성과정 13기라는 뜻이다.

랭글리에 있던 아파트 임차는 포기했다. 어머니가 항공편으로 오셔서 보관하던 얼마 안 되는 짐을 분류하고 포장하고 넣는 일을 도와주셨다. 가구는 새로 일자리를 얻어 워싱턴에 이사 온 사촌에게 넘겼다. 콴티코—버지니아 내륙, 바로 가면 한 시간 반 걸린다—로 차를 몰 때는 짐에서 벗어난 느낌이 들었다. 나는 희망에 차 있었고 긍정적이었다. 그리고 몸과 마음이 모두 가벼웠다. 나는 차창을 내리고 라디오를 튼 채 가는 길 내내 노래를 불렀다. 나뭇잎이 푸르게 우거진 5월의 첫 주였다. 경계가 없는 녹색이 끊임없이 계속 스쳐 갔다. 머리카락 사이를 쓸고 간 바람이 얼굴로, 다음에는 눈으로 들어왔다. 포니테일ponytail(긴 머리를 뒷머리 위쪽에서 하나로 묶고 머리끝을 망아지 꼬리처럼 늘어뜨린 형태-옮긴이)을 할 걸 그랬다. 하지만 지금 당장은 크게 불편하지 않다. 나는 FBI 요원이 된다는 데 흥분해 있었다.

주차하기 전에 나는 얼른 현 위치를 머릿속 지도에 담으려고 차에 탄 채 시설을 한 바퀴 돌았다. 탁 트인 공간, 저격수 사격 훈련장과 막사가 있었다. 미 해병대도 콴티코에서 훈련받는다. 시설 주변에는 몇 에이커에 달할지 가늠이 안 될 만큼 넓은 삼림과 개울, 연못이 있었다. 방향감각이 좋은 사람이 아니라면 길을 잃기 십상이다.

나는 입소 요구 시간에 정확히 맞춰 출두했다. 한 여성 직원이 시설 안내도와 방 열쇠를 주었다. 나는 다른 동기생들과 함께 기숙사 2층에 방을 배정받았다. 기숙사는 다층 건물이었지만 교육생은 엘리베이터 사용이 금지되었다. 계단 이용이 딱히 불편하지는 않았으나 훈련 과정에는 강도 높은 신체 훈련이 있을 터였고 그런 하루를 마치고 8층 혹은 9층까지 걸어 올라가고 싶을 것 같지는 않았다. 그 당시로서는 2층에 방이 있다는 게 대테러리즘 분야에서 새 경력을 시작하는 데 좋은 출발점으로 느껴졌다. 내 행운의 첫 획이다.

먼저 도착한 룸메이트 아멜리아Amelia가 이미 창가 쪽 침대를 차지했다. 괜찮다. 숙소는 전형적인 기숙사 방 구조였다. 싱글베드 두 개, 책상 두 개, 옷장 하나, 그리고 사이사이에 약간의 보행공간.

내가 방으로 들어가자 아멜리아는 침대에서 뛰어 내려와서 내 가방을 들어주었다. 희고 큰 이를 드러내며 활짝 웃는 곧은 금발 머리의 여성이었다. 서던캘리포니아대학교 학생, 뼛속까지 델타 감마 여학생회 사람이라고 해도 좋을 외모다. 그녀는 남부 억양으로 남부 사람 특유의 매력을 발하며 아주 오래전부터 알던 사이처럼 내게 말했다. 아니면 지금부터 평생 알고 지낼 사이가 되려나. 내 행운의 두 번째 획이다. 최고의 룸메이트.

교육생 전원이 모이기 전에 자유 시간이 있었다. 아멜리아와 나는 침대에 앉아 지금껏 살아온 삶에 대해 수다를 떨었다. 나는 CIA 이야기를 했다. 아멜리아는 자기가 들어본 가장 멋진 이야기라고 말했다. 전에 공원관리청에서 일했었다는 그녀는 리사^{Lisa}라는 여성에 대해 이야기했다. 아멜리아는 그녀를 '아내'라고 불렀다. (동성 결혼은 당시에 합법이 아니었다.) 두 사람은 7년간 동거한 사이였고 벌써 아멜리아는 리사를 미치도록 그리워하고 있었다. 그리고 나머지 동기생들이 어떤 사람들인지 알기 전에는 자기에게 아내가 있다는 사실은 비밀로 해달라고 말했다. CIA에서 같이 일했던 사람들로 판단해 보건대 문제가 될 것 같지는 않았다. 그런데 나와 아멜리아는 서로 뭘 알고 있는 걸까?

"아직 훈련은 시작조차 하지 않았는걸. 그런데 벌써 수료 생각이라니. 나중에 리사를 만나게 되면 너희 정말 서로 좋아하게 될 거야."

아멜리아가 말했다.

"빨리 그랬으면 좋겠다."

나도 그렇게 말했다. 화장실 반대편에 방이 있는 다른 교육생들이 자기소개를 위해 불쑥 들어오면서 우리 대화는 중단되었다.

도나^{Donna}와 몰리^{Molly}는 공인회계사였다. 도나는 코네티컷주 출신이었고 몰리는 시애틀^{Seattle}에서 왔다. 둘 다 카리브해에서 휴가를 보내다 얼마 전 귀국한 듯 피부가 검게 그을렸다. 외모가 비슷한 사람으로 룸메이트를 배정하는지가 궁금해졌다. 아멜리아와 나는 금발, 도나와 몰리는 잘 그을린 피부의 혈색 좋은 30대였다.

도나와 몰리는 친해 보였다. 동기생 마흔 명 중 여성은 여섯 명뿐이었다. 그래서 나머지 두 명도 복도를 따라가다 보면 어디엔가 있을 것임이 틀림없었다. 이들도 곧 만나겠지만 그건 그렇고 지금까지 만난 세 사람이 겉모습만큼 실제로도 좋은 사람이라면 여성 교육생 집단은 꽤 무시 못 할 존재가 될 것이다. 내 행운의 세 번째 획이다.

아멜리아는 도나와 몰리를 반갑게 맞으며 수다를 떨었다. 하지만 리사를 언급하지 않은 것으로 보아 나는 그녀가 이 두 사람을 신뢰하고 있지 않다고 말할 수 있었다. 도나와 몰리는 약혼한 상태라고 밝혔다. 아멜리아는 사귀는 사람이 있다는 걸 말하지 않았다. 다른 방 사람들은 CIA에 관해 묻지 않았다. 아멜리아만큼 관심이 있는 것 같지는 않아 보였다. 괜찮다. 그렇게 몇 년을 비밀스럽게 살다 보니 나 자신에 관해 말하는 것이 불편해졌고 직접 질문을 받거나 특정 질문에 대한 답이 아닌 한 내가 내 이야기를 하는 경우는 드물었다.

강의실에서 교육생 전원이 모이기 직전에 나머지 두 여성 교육생이 우리 방에서 열리던 파티에 합류했다. 벳시Betsy는 금발 머리에 눈에는 푸른색 파우더 아이섀도를 했다. 마치 1970년대 디스코 영화에나 나올 법한 외모였는데 피겨스케이팅 선수 토냐 하딩Tonya Harding(1970~현재. 남을 사주해 경쟁자 낸시 캐리건Nancy Kerrigan을 공격한 사건으로 유명하다-옮긴이)과 약간 닮았다. 벳시는 큰 목소리로 고향에서의 삶과 두고 온 남자 친구에 관해, 그리고 기숙사의 침대보가 얼마나 저질인지에 대해 불평을 늘어놓았다. 말하는 동안 벳시는 나를 한 번이라도 바라보거나 내게 몸을 돌리지 않았다. 벳시의 룸메이트 조시Josie는 조용히 지켜보는 스타일이었다. 말 많은 벳시가 룸메이트라는 사실이 두려웠던 건지도 모르겠다. 조시는 아시아계였는데 다른 교육생들을 만나기 위해 강의실로 갈 때까지는 딱히 이질적으로 보이지는 않았다.

집단으로서의 교육생은 다인종으로 구성된 미국 도시-교육생들이 앞으로 배치될-보다는 백인이 압도적으로 많은 서던캘리포니아대학교 남자 학생회와 더 닮았다.

아멜리아와 나는 계단식 강의실에 들어가 무심코 앉았다가 좌석마다 이름표가 있다는 것을 알아차렸다. 이름 알파벳 순서로 좌석이 배치돼 있었던 것이다. 우리는 일어나서 자기 좌석으로 갔다. 머리 위에는 천장 패널과 형광등이 있었다. 저 위에 카메라가 있을지 없을지 궁금증을 금할 길이 없었다. 내 옆에는 랠프Ralph라는 남자 교육생이 앉았는데 상냥하고 친절한 사람이었다. 전에 복싱 선수라도 했는지 랠프의 얼굴은 찌부라지고 상처투성이였다. 다른 쪽에는 캔자스주 출신의 제이Jay라는 교육생이 있었다. 그는 강의실 전면에 있던 교관에게 온통 초점을 맞추고 있었다. 마치 벌써 수행평가를 받는 듯했다.

진부한 이야기라서 해본들 별 재미는 없겠지만 콴티코 훈련소의 교관들은 딱 그렇게 생겼다. 예상 그대로다. 쇳소리로 명령하는 땅딸막하고 건장한 짧은 머리의 중년 남성. 한 사람 있던 여성 교관까지도 이 스테레오타입에 딱 맞았다. (일부러 우리 여섯 여성 교육생을 찾지도 않았다.)

트로이Troy라는 교관이 처음으로 우리에게 명령했다. 우리는 한 사람씩 일어나 이름을 대고 FBI에 들어오기 전에 무엇을 하다 왔는지를 경력 위주로 말하라는 지시를 받았다. 몇몇은 짧게 답했고 어떤 사람은 법정에 선 애티커스 핀치Atticus Finch(미국 작가 하퍼 리Harper Lee의 소설 《앵무새 죽이기To Kill a Mockingbird》의 등장인물-옮긴이)로 빙의해 장황한 어조로 자기가 얼마나 똑똑하고 좋은 일을 몸 바쳐 행해온 사람인지에 대해 떠들어댔다. 각자의 발언을 한 단어로 요약할 수 있다면 이럴 것이다. 변호사, 회계사, 변호사, 회계사. 경찰관. 변호사, 변호사, 변호사. 회계사, 회계사, 회계사. 경찰관. 공원관리청 직원(아멜리아). 변호사, 회계사. 전직 프로 미식축구 선수(!). 변호사, 회계사. 경찰관. 변호사, 변호사, 변호사.

몇몇 예외를 빼고 모두 세상의 법과 질서를 지키는 일을 하다 온 사람들이었다. 모든 규칙이 준수되는지, 모든 게 앞뒤가 맞는지를 확인하는 사람들이다. 감사의 마음을 담아 칭찬으로 하는 말이다. 나라가 안전하고 별 탈 없이 돌아가려면 이런 사람들이 필요하다. 그런데 이들의 말을 듣고 있노라니 시스템, 즉 미국에서 일이 돌아가는 방법이 더 좋아질 수는 없을까 하는 의문이 들었다. 미국이라는 다채로운 조각보를 더 잘 이해할 다양한 배경의 사람들을 모은다면 시스템이 향상될 수 있지 않을까.

내 성의 첫 글자인 'S'는 알파벳의 마지막 삼분의 일까지 가야 나온다. 그래서 내 차례가 왔을 때는 발표는 거의 끝나 있었다.

"제 이름은 트레이시 샨들러입니다. CIA에서 대테러작전 운용요원으로 근무했습니다."

나는 말했다.

"어디 배치되었었나?"

트로이가 물었다.

"해외 전쟁구역입니다."

나는 잠시 말을 멈췄다가 덧붙였다.

"더는 말씀드리기 곤란합니다."

나는 사람들이 응시하는 시선을 피하려고 책상을 내려다보았다. 잠시 조용해졌다가 강의실 구석에서 웅얼대는 남자 목소리가 들렸다.

"그래, 나는 크립톤^{Krypton}행성(슈퍼맨의 고향–옮긴이)에서 슈퍼맨으로 일했지."

여기저기서 키득거리는 웃음소리가 들렸다. 그러고 나자 내 옆의 변호사가 말을 시작했고 나는 다시 사라질 수 있었다.

자기소개가 끝나자 바트^{Bart}라는 교관이 강단에 올라왔다. 우리 감독을 맡은 특별요원이었다. 즉 훈련 기간 내내 우리와 직접 부딪치며 일할 사람이라는 뜻이다.

바트 교관은 그르렁대는 뉴욕 억양으로 말했다. 목에 건 금 체인이 어찌나 두꺼웠던지 누군가가 잡아 비튼다면 체인이 부서지기 전에 목이 졸려 죽을 것 같았다. 반지를 낀 살집 있는 손가락으로 허공을 가르며 바트는 앞으로 몇 달 동안 할 일에 대해 상세히 설명했다. 훈련소 교관이

FBI에서 그의 마지막 보직임이 분명했다. 그리고 그는 자기가 말하는 동안 트림, 손거스러미 다듬기, 심지어 딸꾹질처럼 사소한 것조차 용납하지 않을 것이라 말했다.

"여러분 대부분은 질서가 뭔지 이해할 것이다. 여러분은 경찰이고 변호사다. 똑같이 규칙을 준수하지 않으면 혼돈이 따른다는 것은 모두 알 것이다."

그러고 바트는 나를 쳐다보더니 말했다.

"이곳은 CIA가 아니다. 샨들러 교육생. 명령에 따르지 않고 멋대로 굴면 안 된다."

나는 웃어 보였다. 곤란한 상황에 접할 때 보이는 반응이다.

"여기서 하는 모든 일은, 정석대로 한다. 언더커버로 하는 장난은 없다. CIA와 달리 FBI는 맡은 일이라면 반드시 해낸다."

교관이 말을 이었다.

나는 머릿속으로 CIA가 사전에 방지한 생화학무기 및 폭탄테러 계획의 목록을 만들기 시작했다. 일반 대중은 이 공작에 대해 듣지도 못했고 앞으로도 들을 일이 없을 것이다. 나만 알아두는 것으로 족했다. 그때로서는 교관에게 반박할 필요성을 느끼지는 않았다.

이어서 바트 교관은 여성 혐오적 이야기를 계속 지껄였다. '강의실 안의 아가씨들께서는' 남자를 따라가기 어렵겠지만 훈련 과정을 무사히 수료하려면 그렇게 해야 한다는 것이다. 나는 이 사람이 여성은 FBI의 일원이 되어서는 안 된다고 믿고 있다는 느낌이 강하게 들었다. 발언이 길어질수록 더 그랬다.

앞서 언급된 그의 아내와 자녀에 동정심이 들었다. 이들은 여러 해 동안 이 남자를 참아내야―아마도 존경해야―했을 것이다. 명령에 복종하는 것은 나쁜 일이 아니다. 그런데 나보다 지능이 떨어지는 사람의 명령을 따르기란 고통스럽다. 나는 계속 억지웃음을 지었고 그는 말을 계속 이었다. 바트는 요컨대 CIA가 9·11에 책임이 있다고 단정하며 강의를 마무리했다.

바트의 당혹스러운 연설이 끝나고 우리는 컴퓨터와 배낭, 피복을 받았다. 우리는 일상복으로 카고바지와 청색 폴로셔츠를, 훈련복으로는 허리가 고무줄로 된 푸른색 반바지와 회색 티셔츠를 입었다. 사제로 가져와도 좋다고 허가받은 의복류는 정장이 유일했다. 과정을 수료하면 직장에서 입을 옷 말이다. 그리고 과정 중 신을 군화와 운동화도 가져와야 했다. 나는 지난번 전쟁구역에서 신었던 군화를 가져왔다. 군화를 포장할 때 밑창 바닥에 뭉쳐 굳은 금색 모래와 녹이 슨 쇳빛 먼지가 눈에 띄었다. 멀고 위험한 곳에 있을 때 신발에 묻어 왔겠지. 나는 이 먼지를 한동안 생각에 잠겨 물끄러미 바라보았다.

피복 수령이 끝나자 FBI 야구 모자, 방탄조끼, 권총집, 수갑과 오렌지색 모의 권총을 받았다. 모의 권총은 요원이 되면 소지하게 될 권총과 크기, 무게가 같았다.

바트가 말했다.

"지금부터 여러분의 총기는 여러분 신체 일부다. 여러분은 이 총과 함께 걷고 먹고 싼다. 익숙해져야 한다. 있다는 것을 아무도 알아차리지 못하도록 앉고 움직이는 방법을 배워라. 그리고 아가씨들!"

바트가 나를 똑바로 바라다보며 말했다.

"권총이 의상과 어울리는지, 머리 모양과 어울리는지 나는 상관치 않는다. 총을 차라!"

나는 2열 아래에 있는 아멜리아를 흘깃 보았다. 아멜리아도 눈을 휘둥그레 뜨고 나를 보았다. 나는 눈알을 굴렸다. 진심 FBI에 자원한 사람이 지급받은 운동복에 오렌지색 모의 권총이 어울리는지 안 어울리는지를 따질 거라는 생각이란 말인가? 그리고 머리 모양이라니? 권총하고 머리 모양이 어떻게 어울리는데? 게다가 '머리 모양'이라고 말하는 사람은 누구지?

• • •

아멜리아와 나는 만나자마자 떨어질 수 없는 단짝이 되었다. 아멜리아는 바트가 하는 짓을 어찌나 완벽하게 따라 하던지 그럴 때마다 폭소를 터뜨리지 않을 수 없었다. 반면 도나와 몰리는 바트와 다른 두 교관인 테드Ted와 마지Marge가 우리 여자 교육생들에게 매일 퍼붓는 모욕에 전혀 개의치 않는 듯 보였다. 조시는 말이 없었다. 그래서 여기에 대해 그녀가 어떻게 느끼는지는 알 길이 없었다. 그리고 매일 눈가에 번쩍이는 푸른색 아이섀도를 바르고 다니는 벳시 역시 이렇게 대놓고 하는 여성 혐오에 신경 쓰지 않는 듯했다. 사실 그녀는 대놓고 나를 싫어하는 바트에 동조해 내가 마치 거짓으로 과거를 지어내기라도 한 양 거들먹거리는 태도로 눈을 굴리며 CIA 이야기를 꺼내곤 했다.

"해내야 해."

아멜리아가 훈련 5일째 되는 날 첫 신체 적합성 검정Physical Fitness Test, PFT을 준비하는 동안 그렇게 말했다.

"그래, 우리가 서로 의지할 수 있는 한 다 괜찮을 거야."

나는 이렇게 답하며 운동화의 끈을 두 번 묶었다.

"수감 생활 같은 거지. 복역해야 한다면 하고, 그러면 풀려나는 거야."

아멜리아가 말했다.

"어, 그래. 그런데 진짜 감옥과는 하나도 안 닮았어."

웃음을 터뜨리며 내가 말했다. 나는 중동과 아프리카에서 수많은 감옥과 죄수들을 보았다. 허름한 벽장 구석에서 양동이에 소변을 봐야 하는 데다 뜬금없이 두들겨 맞고 간혹 강간도 당하면서 살아남을 수 있을지를 계속 걱정하며 지내는 상황—끝 간 데 모르고 감당하기 어려운 스트레스를 주는 열병 같은—을 나는 그곳 감옥에서 보았다.

"음, 닮았어!"

아멜리아가 웃으며 말했다.

"아냐, 진짜와는 비슷하지도 않은걸."

나는 웃음으로 답하고 문간에 서서 아멜리아가 신발 끈을 다 맬 때까지 기다렸다.

"그래. 근데 정말 비참하다는 느낌이 들어. 그리고 교관들은 우리한테 진짜 못되게 구는 것 같아."

아멜리아가 신발 끈을 꽉 당겨 묶으며 말했다.

"나도 그렇게 생각해."

내가 대답했다.

PTF를 실시하는 운동장으로 걸어가는 동안 나는 아멜리아에게 바트를 처음 접했을 때부터 스멀스멀 들던 생각에 대해 말했다. 나는 못된 애들한테서 괴롭힘을 당하던 학생 시절 경험담으로 이야기를 시작했다. 그 경험을 통해 나는 선생님이 되어 여성이 서로를 대우하는 방법, 그리고 다른 이들로부터 대우받는 방법을 고쳐서 세상을 바꿔보겠다는 희망을 품었다. CIA 재직 시절에는 내가 여성이라는 사실에 대한 저항을 거의 느끼지 않고 열심히 목표를 추구하고 달성할 수 있었다. (그렇다, 나의 존재에 당황한 외국 정보기관도 있었지만 CIA는 그렇지 않았다.) 그런 덕분에 나는 자존감, 내 능력에 대한 자신감을 얻었다. 전에는 이렇게 느꼈던 적이 없었다. 그런데 지금 FBI에 와보니 비열함과 억압의 순환 고리가 다시 나타나 작동하고 있었다. 이번에는 참지 않고 저항하리라. 그리고 나는 변화시킬 방법을 찾겠다는 각오를 말하며 이야기를 마쳤다.

"늘 꿈꿨던 대로 학교에서 애들을 가르쳤더라면 어땠을까?"

아멜리아가 물었다. 우리는 운동장에 도착했고 이제 곧 대화를 멈춰야 했다.

내가 대답했다.

"생각 중이지. 나는 여학생들을 가르쳐서 '그 애들에게' 세상을 바꿀 힘을 주고 싶어. 그러면 이런 곳에도 여자들이 많아질 테고 그……."

바로 그 순간 영화의 한 장면처럼 마지 교관이 나를 가리키더니 꽥 소리쳤다.

"샌들러 교육생! 여기는 잡담하는 카페가 아니다! 아가리 닥치고 이리 와!"

아멜리아는 깔깔 웃음을 터뜨렸다. 나는 입을 꾹 다물었고 우리는 각자 자리로 뛰어갔다.

PFT의 첫 과목은 윗몸일으키기다. 상대편이 손으로 두 발을 잡아 누른 채 발치에 무릎을 꿇고 앉으면 일 분 안에 최대한 많이 윗몸을 일으켜야 한다. 내게는 전혀 문제가 없었다. 그리고 지금 한다 해도 아무런 문제 없이 할 수 있다. 그런데 윗몸일으키기를 한 다음 우리는 300미터 전력 질주를 했다. 그 당시 나는 매일 달리기 연습을 했긴 했지만 단거리 전력 질주는 잘하지 못했다. 간발의 차이기는 했으나 다행히도 달리기 시험은 통과했다. 팔굽혀펴기가 그다음 과목이었다. 지금 원고 쓰기를 멈추고 바닥에 엎드린다면 아마 하나도 못 할 것이다. 그러나 그 당시에는 해내겠다는 마음가짐이 있었던 데다 바트, 테드, 마지에 대한 분노 덕인지 나는 열아홉 개를 했다. 과목 통과 최소 개수가 열아홉 개였다. 다음으로 2.5킬로미터 달리기가 있었다. 거기에 대해서는 걱정이 없었고 나는 늘 하던 대로 뛰었다. 다만 발바닥이 좀 더 화끈거리기는 했다. 아멜리아는 달리기 외에 모든 종목을 통과했다. 그렇게 되면 해당 검정 과목 통과 시까지 외출·외박 금지다. 심지어 주말에도 훈련소를 떠날 수 없다. 그리고 한 번 더 낙제한다면 퇴소다.

"네가 탈락하게 놔두지 않을 거야. 매일 아침 강의 전에 나하고 뛰자."

샤워장으로 가면서 나는 아멜리아에게 말했다.

내 입장에서는 그녀가 생각하는 것 이상의 희생이었다. 왜냐면 내 마음의 평화를 위해 나는 이 달리기 시간이 필요했기 때문이었다. 땅에 발을 내디딜 때 나는 사박, 사박, 사박 하는 부드러운 소리 외에는 아무 소리도 듣지 않으며 오랫동안 달리는 그 시간이. CIA에서는 오래 달리기를 계속한 덕분에 스트레스, 걱정, 불안은 없었다. 달리기의 리듬을 느끼면 심장 고동을 들을 때처럼 몸과 마음이 모두 편안해졌다.

아멜리아는 아침 일찍 달리기 연습을 하자는 데 선선히 동의했다.

"그런데 자기야."

할 말은 해야 했다. 그러지 않으면 달리기 제안을 했던 걸 후회할 것이다.

"나는 달릴 때 이야기하는 거 안 좋아해. 그냥 달리기만 하자."

"나도 그런걸."

아멜리아가 말했다. 그리고 실제로도 그랬다.

다음날 아침 다섯 시 반, 축축하고 차가운 공기를 뚫고 아멜리아와 나는 콴티코 주변의 숲속을 뛰기 시작했다. 이제 심장박동 소리를 내며 달리는 사람이 하나 더 있다. 나보다 몇 걸음 뒤에서 뛰는 아멜리아의 러닝화가 땅바닥에 부딪히며 철썩거리는 소리를 냈다. 나는 아멜리아를 믿었고 편안함을 느꼈기에 쉽사리 머리를 비우고 떠다니는 기분으로 평화를 만끽할 수 있었다.

그 뒤로 두 주 동안 우리는 매일 달렸다. 아멜리아는 달리는 시간을 늘렸고 우리 둘 다 아멜리아가 PFT를 통과할 것이라 자신했다.

그런데 검정을 다시 치르기 전에 아멜리아가 FBI를 그만두었다.

"여기서는 일 분도 더 못 있겠어."

아멜리아는 안팎을 뒤집은 셔츠를 개서 가방에 넣었다.

내가 말했다.

"알겠어. 하지만 계속 있는다면 우리가 이런 상황을 바꿀 텐데."

지난 며칠간 바트, 테드, 마지는 아멜리아와 나를 예의 주시하고 있었다. 훈련소의 교육생 전원은 모든 면에서 탁월한 성과를 거두어야 했다. 대충 때우는 것은 턱도 없었다. 아멜리아와 나는 탁월함보다 더 나은 것을 보여야 했다. 호명받고 지목되며 놀림당하고 모욕받지 않으려면 우리는 남들보다 한참 더 뛰어나야 했다. 법학 수업 시간에 마지는 수강생들에게 질문을 할 때마다 나를 지목해 답하라고 했다. 내가 손을 들었건 안 들었건 상관없었다. 나는 법학 교과서를 읽기 좋아했고 평가에서 높은 점수를 받았다. 그럴수록 마지는 화가 나서 함정성 질문을 던지거나 아직 진도가 나가지도 않은 내용으로 질문했다. (그렇다. 나는 언제나 한발 앞서서 읽었다.) 내가 정확한 답을 할 때면 마지는 흥분해서 제정신이 아닌 것 같았다. 한번은 오답을 말한 적이 있었다. 그러자 마지는 손으로 책상을 쾅 치더니 말했다.

"보라고, 샨들러 교육생! 너는 네가 생각하는 것보다 똑똑하지 않다고!"

그런 사소한 모욕은 약과였다. 교육생 감독을 맡은 특별요원들은 우리를 겨냥해 감정적 공격을 퍼부었다. 우리에게 무슨 생각을 품었는지 분명 알 것 같았다. 우리는 미움 받는 대상, 반갑지 않은 존재였다. 그리고 군중심리에 경도되었는지 아니면 목줄을 쥔 자들의 총애를 받기 위한 자구책이었는지는 모르겠지만 곧 교육생 거의 다—다른 여자 교육생 네 명 중 세 명을 포함해(조시는 아무 표현이 없었다.)—가 나와 아멜리아를 꺼리는 듯 했다. 왕따시키기에 참여하지 않은 두 사람으로 대런Darren과 제이크Jake가 있었는데 우연히도 우리 교육생 중 흑인은 이들뿐이었다. 다른 교육생들이 대런과 제이크에게도 적대적이었을까? 그랬는지 알 수 없었다. 악몽 같은 상황에서 허우적거리느라 남들 상황을 돌아볼 여유가 없었다는 게 맞을 것 같다. 어쨌건 이 두 사람은 우리를 물어뜯는 개떼에 끼지 않고 우리를 동정했으며 언제나 우정의 손길을 내밀었다.

우리에게 거대한 파도같이 몰아쳐 오는 혐오를 견뎌내야 하는 것 외에도 아멜리아는 사격 훈련에 힘들어했다. 바로 그날 아침에도 아멜리아는 표적지의 사람 머리를 바로 쏘는 데에 열의를 보이지 않는다고 바트 교관으로부터 조롱받았다.

짐을 모두 싸고 슈트케이스를 닫고서 아멜리아는 모의 권총을 허리춤의 권총집에서 꺼내 책상 위에 두었다.

"난 이런 총기 문화의 일부가 되지는 못할 것 같아."

아멜리아가 말했다.

나는 아멜리아가 떠나지 않기를 바랐다. 하지만 그것이 아멜리아 자신에게 최상의 선택이라는 데는 동의했다. 총기—조립, 분해, 청소, 조작 그리고 사격—는 우리 훈련 과정의 상당 부분을 차지했다. 나는 총기 규제 확대에 전적으로 찬성한다. 그리고 총기는 반드시 사법 당국의 수중에 있어야 한다고 생각한다. 내 생각에 총기를 안심하고 맡겨도 좋을 사람은 수개월 동안 매일 훈련받은 FBI 요원밖에는 없다.

아멜리아가 훈련소를 떠나자 레이저로 정확하게 겨눈 것처럼 모든 분노가 내게 향하는 기분이 들었다. 나는 싸우려고 시도하지도 않았다. 또한 이 사람들이 나를 좋아하게 만들려고 하지도 않았다. 나는 그냥 머릿속으로 후퇴해버렸다. 그리고 최고 수준으로 노력—필요할 때면 온 힘을 다해 완벽한 팀플레이를 하는 것까지 포함해서—하며 마지막 관문을 기다렸다. 수료, 발령, 테러리스트 추적이다. 그리고 FBI에도 강하고 똑똑한 여성이 있다는 것을 입증하는 것 역시 그만큼 중요한 일이다. 아멜리아에게 말했듯이 내게는 훈련소가 감옥 같지는 않았고 오히려 중학교 같았다. 그런데 이번에는 누가 누구를 괴롭히는 걸 중단시켜야 할 선생들이 오히려 그 일을 시작했다. 그리고 이번에 나는 희생자가 되었지만 무너지지 않았다.

● ● ●

콴티코의 FBI 훈련소는 교육생은 입소 아니면 퇴소, 합격 아니면 불합격뿐이라는 정책을 고수했다. 그런데 실제로는 가끔가다 어떤 사람들에게는 모종의 봐주기 기회가 주어졌다. 즉 과정을 제대로 수료하지 못했다 해도 미진했던 부분을 다시 이수하면 다음번 기수에 합류할 수 있었다. 아멜리아가 나간 다음 들어온 새 룸메이트가 바로 이런 경우였다. 새 룸메이트 브랜디Brandy는 불도저처럼 위풍당당하게 들어왔다. 남편이 FBI에서 일했으므로 그녀는 이미 FBI식의 관점에 익숙해져 있었다. 브랜디는 자그마한 체구였는데 말할 때 도리깨질하듯 팔을 움직이는 버릇이 있었다. 브랜디가 그러는 것을 볼 때면 티라노사우루스와 그 체구에 어울리지 않게 작은 앞다리가 생각났다.

브랜디는 거의 모든 것에 대해 빠르고 쉴 새 없이 이야기했다. 침대보를 잘 덮는 방법부터 적절한 탄약 장전법(사실 사격 검정에서 탈락했지만)에 이르기까지 화제의 폭은 넓었다. 그리고 바트 교관과 원만한 사이를 유지하는 법까지 이야기는 끝이 없었다. 브랜디는 바트 교관을 흠모하는 것 같았다.

이전에 바트는 이렇게까지 나를 깔아뭉갠 적이 있었다.

"샨들러 교육생, 전에 사격 훈련을 받았다는 게 자네가 여기 다른 사람들보다 실력이 더 뛰어나다는 뜻은 아니야! 여자 교육생끼리만 비교해도 성적이 좋지 않다고! 사실 자네 성적은 더 나빠! 자부심을 느끼지 말아야 할 데서 자부심을 느낀다고!"

브랜디는 나의 말이나 지식, 그리고 내가 도움이 될 수도 있다는 사실에는 관심이 없어 보였다. 그녀는 자신을 권위자라고 여기는 것 같았고 자기가 말하는 것은 다 옳았다. 결론도 자기가 내렸다. 그리고 브랜디는 억지웃음을 짓는 굳은 얼굴을 한 채 팔을 이리저리 내저으며 다람쥐처럼 찍찍대는 작은 목소리를 통해 자신의 권위를 전했다. 소설《일렉션Election》(미국 소설, 작가 톰 피로타Tom Perotta, 1998년 작-옮긴이)을 읽었거나 동명의 영화(미국 영화, 감독 알렉산더 페인Alexander Payne, 1999년 작-옮긴이)를 본 사람이라면 등장인물 트레이시 플릭Tracy Flick(작중 등장인물. 학생회장 선거에 출마한 야심만만한 여고생으로 당선을 위해 온갖 수단을 다 쓰는 사람으로 묘사된다-옮긴이)을 생각하면 된다. 내가 상대하는 사람은 그랬다. 브랜디는 무기까지 있었다. 그리고 위험했다.

● ● ●

법학 과목 외에 훈련소에서의 모든 수업은 이론과 시나리오 수행을 병행해서 이루어졌다. 심리학, 심리 조작, 보디랭귀지 읽는 법에 대한 많은 수업을 들은 다음 우리는 각자 방으로 보내져 용의자 역할을 하는 교관을 심문했다. 이번 훈련, 그리고 이와 비슷한 훈련에서 우리는 직장에서 입는 복장을 갖춰야 했다. 나는 훈련소로 가져온 정장을 입었다. 랭글리의 CIA 본부 사무실에서도 가끔 입었던 옷인데 거의 눈에 띄지 않는 붉은색 줄무늬의 검은 바지와 재킷이다. 재킷 아래에는 붉은색 리브드 셔츠, 권총집, 오렌지색 모의 권총 그리고 수갑이 있었다. 그리고 지난 4년여간 전 직장에서 신고 다녔던 앞트임 펌프스 구두를 신었다.

어제는 열심히 사건 연구 자료를 공부하느라 늦게 잠자리에 들었다. 내 질문의 목적과 의도를 노출하지 않고 정확하고 수준 높게 용의자를 심문하고 싶었다. 목줄기에서 밧줄의 촉감을 느끼기도 전에 단단히 조여 오는 올가미처럼 말이다.

나는 한 손에 공책을 들고 방으로 들어가 바트 맞은편에 앉았다. 바트는 화이트칼라 범죄자 역할이었다. 그리고 나는 얼마간 우호적인 태도로 차분하게 말했다. 상대를 안심시켜서 자백하게 만들려는 의도에서였다. 나는 용의자에게 두려움을 심는 동시에 나를 곤경에서 구해줄 사람으로 보게 만들고자 했다. 그리고 그에게 두려움에서 벗어날 방도를 제시하며 실제보다 더 많이 아는 척을 했다. 정확히 배운 대로였다. 심문에 성공했다고 느꼈기에 방에서 걸어 나갈 때는 안도감을 느꼈다. 바트가—그리고 편면유리 너머로 심문을 지켜보던 그 누구라도—얼마나 나를 싫어하든 상관없이 내 방법론에 흠잡을 데는 없었다고 생각했었다.

심문 과정은 아주 만족스러웠다. 샤워장에서 벳시가 (푸른색 아이섀도는 그대로였다. 물에 지워지지 않는 소재였으리라.) 내게 다가오더니 "그러게, 왜 CIA에 다녔다고 거짓말을 하고 다녀요? 그게 사실이 아니라는 건 다들 알아요."라고 되는대로 지껄인 것에는 신경조차 쓰지 않을 정도였다. 벳시의 말은 모욕적이라기보다 이상하고 유치했으며 그보다는 이해할 수 없었다. 나는 등을 돌리고 계속 머리를 감았다.

그날 밤 저녁 식사 시간, 나는 혼자 앉아 식사했다. 아멜리아가 떠난 지 8일 동안 매일 그랬다. 혼자 밥 먹는 시간은 언제나 낮 동안 배운 것을 반추하고 사색도 하는 시간이었다. 교관 중 한 명인 마지가 내가 식사하는 테이블로 다가오더니 소화전처럼 우뚝 선 채 말했다.

"샨들러 교육생."

나는 무슨 일이냐고 물어보는 눈초리로 위를 올려다보았다.

"당장 내 사무실에서 봤으면 한다."

'당장'이라는 단어의 발음이 내게는 '젠장'으로 들렸다.

"지금 말씀이십니까?"

나는 거의 건드리지도 않은 음식 접시를 내려다보며 말했다.

"샨들러, '당장'이 정확히 무슨 뜻이지?"

"알겠습니다."

나는 접시를 들고 퇴식대에 가져다 놓은 다음 마지의 사무실로 갔다. 그로부터 거기서 15분을 기다렸다.

마지가 나타났다. 기다리게 해서 미안하다는 말은 없었다. 그녀는 문을 열고 들어오더니 자기 책상 앞에 앉았다. 나는 맞은편 의자에 앉았다.

"오늘 자네가 한 모의 심문에 문제가 있었어."

"그렇습니까?"

결과가 좋으리라 자신했기에 마지의 말은 내가 CIA에 있었던 척한다는 벳시의 말만큼이나 이해하기 어려웠다.

"바트 교관이 보기에 자네가 입었던 정장이 신경 쓰였다는군."

"신경 쓰였다는 말씀이십니까?"

찢어지지도, 더럽지도, 주름이 있지도 않았는데. 그래, 입은 지 몇 년 된 옷이기는 했다. 그런데 입고 다니기에는 아직도 괜찮았고 몸에도 잘 맞았다.

"너무 꽉 꼈대. 그래서 신경이 쓰였다고 하네."

"제 정장이 너무 꽉 끼었다고요?"

나는 아직도 그 말을 이해하지 못했다. 내 정장이 몸에 비해 너무 작았고 FBI에서 입는 옷은 정확히 자기와 맞는 사이즈여야 한다는 말인가? 대학 졸업반 이후로 내 몸무게는 변화가 거의 없었다.

"입었던 정장은 정확히 제 사이즈였습니다."

"샨들러 교육생!"

마지는 내게 초점을 맞추며 얼굴을 일그러뜨렸다. 나중에 아주 나이를 많이 먹으면 어떤 외모가 될지 알 것 같았다.

"자네 정장이 신경 쓰였다고. 자네 신체를 너무 많이 보여주는 옷이야. 좀 더 큰 옷을 입어. 그리고 바트에게 사과 편지를 쓰도록."

거센 눈보라가 뼛속까지 때리는 느낌이었다. 소름이 쫙 돋았다.

"제 정장의 핏 가지고 바트 교관에게 사과 편지를 쓰라는 말씀이십니까?"

나는 차분하게 말했다. 내가 올바로 들은 건지 확인해야 한다.

"자네에게는 스미스 특별요원님이야."

"죄송합니다만 분명히 해야 할 것 같습니다. 제 정장의 핏 때문에 스미스 특별요원님께 사과하라는 말씀이시지요? 맞습니까?"

마지는 눈을 굴리더니 머리를 흔들었다.

"도대체 얼마나 더 이야기해야 하나, 샨들러 교육생? 제발 다들 생각하는 대로 멍청한 금발 여자(금발 여자는 멍청하다는 미국식 편견-옮긴이)가 되지 말라고! 자네 정장이 신경 쓰였다고! 바트에게 사과하든지 아니면 교육과정에서 나가! 팀플레이를 하고 싶고 요원으로 성공하고 싶으면 다른 동료들 불편하지 않게 만드는 법을 '젠장' 빨리 익혀! 알겠나!"

"알겠습니다."

나는 웃어 보였다. 하지만 그 웃음 뒤로는 분노가 이글거렸다.

그날 밤 나는 노트북을 열고 바트에게 보낼 메일을 작성했다. 첫 초안은 이랬다.

'개새끼 보아라. CIA에서 4년 동안 입고 다녔던 정장이 거슬렸다니 미안하구나. 전 세계 어디를 가도 그 옷을 보고 언짢아하는 사람은 남녀 불

문하고 한 사람도 없었는데 말이다.'

고친 두 번째 안은 이렇다.

'변태 자식 보아라. 내 옛날 검은 정장을 보고 네 변태 충동이 동했다니, 사과한다.'

세 번째로는 이렇게 썼다.

'성인 남자 몸을 한 겁보 꼬맹아. 이 정장을 입고 권위를 행사해서 너를 힘없고 가치 없는 인간으로 느끼게 만들어 미안하다. 기회 있을 때마다 여자를 지배하고 깎아내려야 할 정도로 여자를 무서워한다니, 안됐네.'

결국 보낸 이메일은 이랬다.

'스미스 특별요원님께. 제 정장 때문에 불편하게 해드려 죄송합니다. 저녁 식사 후 월마트로 가서 더 큰 사이즈의 새 정장을 사도록 하겠습니다. 트레이시 샨들러 올림.'

●●●

맨손 격투기 훈련은 언제나 재미있었다. 딱히 좋아하지도 않는 사람과 한곳에 들어간 다음 죽지 않을 만큼 실컷 두들겨 패라는 지시를 받는 경우가 얼마나 자주 있을까? 대개 우리는 권투 글러브와 패드를 댄 헤드기어를 착용했다. 훈련소에서는 내가 투우장의 황소 같다는 느낌이 들곤 했는데 격투기 훈련은 그 느낌 그대로였다. 우리는 각자 체중을 재고 결과에 따라 열 명씩 네 그룹으로 나뉘었다. 여성 교육생은 모두 남성보다 체중이 덜 나갔기에 내가 속한 그룹은 무조건 가장 체중이 가벼운 남성 네 명과 여성 여섯 명으로 구성될 수밖에 없었다. 훈련은 각 그룹에서 한 명씩 나와 원형 경기장 한가운데 서서 다른 그룹 사람 아홉 명과 총 9분 동안 1분에 한 명씩 맞붙어 죽기 살기로 싸우는 것이다. 나는 기술은 없었지만 대신 결의가 있었다. 훈련의 상당 부분은 녹화되었다. 내가 나오는 장면을 보니 캥거루 아니면 코요테가 다이너마이트나 모루를 얼마나 던지든 개의치 않고 꾸준히 제 갈 길을 가는 로드 러너^{Road Runner}(미국 애니메이션 〈루니 툰즈^{Looney Tunes}〉에 나오는 캐릭터. 상대역인 코요테의 공격을 피하며 코요테를 골탕 먹인다-옮긴이) 생각이 났다. 나는 기계처럼 열심히 주먹질했고 그 덕에 남들의 갈비뼈, 이, 코뼈가 나가는 동안 내 몸은 온전히 지킬 수 있었다.

나 자신도 자만심을 경계하지만 매일 하는 사격 훈련 녹화 장면에 나오는 나를 볼 때마다 9밀리미터 글록 권총을 어쩜 저렇게 잘 쏘는지 놀라곤 했다. 사격 훈련을 할 때마다 어찌나 비판을 많이 들었는지 나는 내 사격 솜씨가 나쁘지 않다는 것을 깨닫지 못했다. 우리는 특정 사격 패턴을 배정받아 여기에 맞춰 사격했다. 오른손으로 세 발, 왼손으로 세 발, 오른손으로 한발, 왼손으로 한 발, 이런 식이다. 귀마개와 고글을 쓰고 머리 밖의 세상과 차단된 채 나는 오로지 표적에 집중했고 학창 시절 내내 했던 무용 연습과 똑같은 리듬을 쫓아 사격할 수 있었다.

사격 연습은 산탄총으로도 했는데 권총 연습만큼 재미있었고 점수는 더 높게 받았다. 왜냐면 글록의 9밀리미터 탄보다 산탄으로 표적을 맞히기가 더 쉬웠기 때문이었다. 글록을 쓰지 않았던 유일한 사람은 전직 미식축구 선수였다. 그는 프라이팬 같이 큰 손과 바게트같이 굵은 손가락에 맞는 무기를 따로 받았다.

● ● ●

호건스 앨리^{Hogan's Alley}는 30여 년 전 할리우드 세트 디자이너들의 도움을 받아 콴티코에 건설된 훈련용 모의 시가지로 그 이름은 동명의 1890년대 만화에서 따왔다. 그 내용은 뉴욕 빈민가 출신 불량 청소년에 관한 것이었다. FBI는 이 모의 시가지를 뉴욕보다는 메릴랜드의 교외 주택단지처럼 보이게 만들었고 이곳에는 차고를 갖춘 공공분양 주택과 아파트, 인도가 있었다. 은행, 도넛 가게, 약국, 식당, 볼링장 등등을 갖춘 예스러운 모습의 시내 중심가도 있었다. 심지어 트레일러트럭 주차장도 있었고 당연히 모텔도 있었다. 범죄 현장을 상상하면서 장갑 없이는 만질 엄두도 못 낼 피투성이 카펫과 침대보가 있는 고속도로 변의 모텔을 떠올리지 않는 사람이 몇이나 될까? 만약 한밤중에 외계인 우주선이 호건스 앨리에 착륙한다면 이 작은 도시를 둘러보고 몹시 당황할 것이다. 분명 모든 것을 갖춘 것 같은데 은행에는 돈이 없고 도넛 가게에는 도넛이 없으며 수돗물도 나오지 않고 살아 있는 인간 주민도 없을 것이므로.

호건스 앨리에서는 외부에서 섭외된 배우들이 범죄자 역할을 맡고 우리는 습격과 체포, 인질 석방 교섭을 했다. 수행한 훈련의 시나리오는 실제 FBI 사례 모음집에서 나왔다. 우리는 플라스틱제 얼굴마스크를 쓰고 방탄조끼를 착용했으며 외양과 촉감이 실제 총과 같은 페인트볼(맞으면 아프고 눈에 맞으면 실명하기 십상이다.) 총으로 무장했다. 은행—혹은 볼링장, 모텔 아니면 아무 건물에나—에 도열해 있으면 교관이 각 단계별, 각 인원별로 해야 할 일, 그리고 한 발 한 발을 어떻게 쏘아야 하는지까지 철두철미하게 사전 교육했다. 목표는 언제나 똑같았다. 총탄에 맞지 않고서 용의자를 무장해제하고 체포하는 것이다.

브랜디는 우리가 총을 뽑아 들고 호건스 앨리에 갈 때마다 진짜 습격처럼 느껴진다며 겁이 나서 가슴이 막 뛴다고 말했다. 내가 보기에 이 훈련은 실전 비스름하게 따라 한 흉내였다. 비유하자면 열다섯 살이 되어 옆자리에 아버지나 어머니를 태우고 계속 잔소리를 들으면서 차를 모는 것이라고나 할까.

"커브에서 멀찌감치 떨어져! 깜빡이 켜! 그쪽 깜빡이 말고, 다른 쪽! 감속! 가속! 오른쪽 차선, 오른쪽! 왼쪽 차선에서는 우회전할 수 없단 말이다!"

부모님 없이 혼자 처음으로 운전할 때도 머릿속으로 이런 말이 들릴 것이다. 정확한 움직임이 본능이 되기까지는 여러 달이 걸린다. FBI 습격 연습도 마찬가지다.

법의학 수업은 점심시간 전 두 시간에 걸쳐서 했다. 나는 종종 수업 시간을 이렇게 엉뚱하게 배정한 게 누구 생각인지가 궁금했다. 왜냐면 수업 시간에 본 이미지만으로도 대부분 메스꺼움을 느낄 것이기 때문이었다. 그래도 나는 아프리카에서 절단된 머리들을 보고 난 다음부터는 웬만해선 비위가 상할 일이 없었다. 브랜디가 종알거리는 소리는 강의실을 가득 메운 사람들의 웅성거리는 소리를 뚫고 또렷이 들렸다. 그리고 매일 법의학 강의실에서 카페테리아로 갈 때마다 그녀는 정말 속이 뒤집히는 것 같다며 불평을 늘어놓았다. 배식 줄에 선 브랜디로부터 나 사이에는 열 명이 있었는데도 "법의학 수업 다음에는 아무것도 못 먹겠다."는 그녀의 말이 또렷이 들렸다. 잠시 후 목을 길게 빼서 살펴보았더니 아니나 다를까, 브랜디는 나만큼 접시에 음식을 높이 쌓아두고 있었다.

법의학 교관인 코터Kotter는 야성적인 곱슬머리에 콧수염을 기른 사람이었다. 그는 사법기관에 속한 기관원치고는 매우 지성인처럼 보였는데 다른 교관들의 태도와 교육 방법에서 진절머리가 났던 나로서는 조금은 안심이 되었다. 코터 교관은 유나이티드 항공 93편―9월 11일에 승객들의 영웅적인 행동으로 펜실베이니아주 들판에 추락한―의 법의학 조사 일부를 담당했었다. 조사 과정에서 발견한 것과 잔해에서 발견한 증거를 짜 맞춘 방법에 관한 이야기는 참으로 흥미진진했다.

잔해의 외양만으로도 유용한 정보를 파악할 수 있었다. 검게 그을린 동체는 건드리면 무너질 잿더미 같았다. 그 뒤로 떨어져 나온 지느러미 모양의 꼬리날개가 들판에 널브러져 있었다. 마치 거대한 야수가 비행기를 씹어 먹고 꼬리날개 부분을 뱉어내기라도 한 것 같았다. 보기에 끔찍한 장면이었으나 억지로라도 눈에 담을 수밖에 없었다. 특히 테러리스트들의 계획대로 국회의사당에 충돌하느니 들판에 추락하는 편을 택한 용감한 승객들을 추념하기 위해서라도.

코터 교관은 강의하면서 프로젝터에 끼운 슬라이드 사진을 보여주는 걸 즐겼다. 대개는 과학 실험 시간에 개구리를 해부할 때처럼 정밀하게 해부된 신체를 보여주는 부검 사진이었다. 그리고 부검되기 전의 시체 사진도 있었다. 총에 맞고, 칼에 찔리고, 얻어맞고, 독극물에 중독되고, 불에 타고, 물에 빠지거나 차에 치어 죽은 사람들이다. 그중에는 교살 시체 사진이 많은데 희생자는 목뿔뼈가 부러졌다. 목뿔뼈는 인체에서 유일하게 다른 뼈와 붙어 있지 않다는 점 때문에 독특한 위상을 가진다. 어떻게 보자면 근육에 부착되어 목에서 둥둥 떠다니는 모양이다. 큰 손을 가진 남자라면 감싸 쥐고 부러뜨리는 것이 가능하다. 이렇게 남겨진 멍과 붉은 자국은 교살 뒤 목에 보이게 된다. 이런 것을 알게 되니 인체가 얼마나 연약하고 다치기 쉬운 존재인가라는 생각이 든다. 이런 사진을 볼 때면 내가 고동치는 심장, 달릴 수 있는 다리, 공기를 호흡할 수 있는 폐를 온전히 가졌다는 데 새삼 고마움을 느낀다.

로레나Lorena와 존 웨인 보비트John Wayne Bobbitt 사건을 토론하던 날, 남자 교육생들은 앉은 자리에서 몸을 비비 꼬며 불편한 투로 농담들을 했다.

사건 내용은 이랬다. 로레나는 남편이 잠든 사이에 성기를 잘랐다. 그리고 잘린 성기를 가지고 차로 멀리 가서 프리스비 원반을 던지듯 차창 너머 들판에 던져버렸다. 경찰과 FBI가 들판을 수색한 끝에 잘린…… 음, 신체 일부를 찾았다. 웨인은 그것으로 접합 수술을 받았고 나중에는 확대 수술까지 받았다. 그리고 포르노 배우가 되어 나중에는 업계 스타가 되었다.

코터 교관은 사진의 민감한 부분(우리는 강간당하고 신체가 훼손된 여성의 사진이나 말하기에는 너무나 끔찍한 가해를 입은 어린이의 사진도 본 적이 있다.)을 지우거나 가리고 보여준 적이 없었지만 보비트 사건을 토론하던 날에는 '위험성 사전 경고trigger warning'라는 걸 했다.

"존 웨인 보비트의 잘린 성기 사진을 보고 싶다면, 강의 끝나고 남아 계세요. 그러면 보여드리지요."

코터 교관이 말했다.

강의가 끝나자 모두 줄줄이 나가는 모습이 보였다.

"진짜 가요? 지금까지 같이 본 사진은 다 참았는데 존 웨인 보비트의 사진은 아니라고요?"

나는 전직 미식축구 선수에게 말했다.

"네, 진짜 못 봐줄 것 같네요!"

그는 껄껄 웃더니 다른 교육생들과 함께 강의실을 빠져나갔다. 사진에 나온 덩어리는 거칠고 너덜너덜하게 잘린 흔적이 역력했다. 깔끔하게 절단된 것이 아니었다. 로레나는 얼마간 시간을 들여 썰어내야 했던 것 같다.

"이런 일을 당하는 동안 어떻게 잠만 잘 수 있었나요?"

나는 교관에게 물었다. 강의실에는 교관과 나 둘뿐이었다. 나머지는 점심을 먹으러 식당으로 갔다.

"마약과 술에 취해 있었으니까요."

함께 사진을 바라보는 동안 그는 머리를 갸우뚱했다. 그러더니 고개를 들어 나를 바라보고 말했다.

"보기에 불편하지 않나요?"

"아뇨. 특정인으로부터 피해를 본 특정인의 신체 일부인걸요. 그 특정인이 그의 부인이지만. 국가 안보에 위협이 되는 일은 아니죠. 무서워할 것은 없네요."

나는 말했다.

"샨들러 교육생, 배짱이 두둑하군요."

교관이 웃으며 말했다. 여기에서는 드물게 듣는 사소한 칭찬이다. 하지만 이런 칭찬이라도 들어서 기뻤다.

규율 위반 문제에 관련해 두 번째로 사무실에 불려 갔을 때는 첫 번째보다 더 당황스러웠다. 내 정장이 문제가 되었을 리는 없었다. 왜냐하면 바트를 불편하게 만든 다음부터 나는 광대 옷처럼 펑퍼짐한 자루 같은 옷을 입고 다녔기 때문이었다. 마치 나는 토킹헤즈Talking Heads(미국의 뉴웨이브 밴드-옮긴이)의 데이비드 번David Byrne(토킹헤즈의 보컬. 기괴할 정도로 큰 사이즈의 재킷을 입는 것으로 유명했다-옮긴이)처럼 보일 정도였다. 이번에 나를 호출한 교관은 테드였다. 나는 테드를 바트 주니어쯤으로 생각하게 되었는데 뉴욕 억양과 금 체인을 빼고는 모든 면에서 바트와 판박이였기 때문이었다.

"샨들러 교육생, 앉도록."

테드가 명령조로 말했다.

나는 앉아서 기다리며 테드를 쳐다보았다.

"여기 있는 이유가 궁금하겠지?"

"물론입니다."

"같이 교육받는 동기생들이 자네를 불편하게 여긴다는 것은 알겠지?"

"그렇습니다."

내가 봤을 때 교육생들이 내게 보이는 태도는 교관 셋의 태도를 반영한 것이었다. 내가 처한 상황을 세계사의 축소판이라고 생각해본다면 이렇게 공통분모가 없는 인간들이 이런 것을 넘어서서 발전할 수 있었다는 것이 놀랍게 느껴진다.

"자네 문제가 무엇인지 정확히 아나?"

"안다고 말씀드리지는 못하겠습니다."

훈련 첫날, 9월 11일에 CIA에 있었다는 이유로 배반자로 지목받았다고 콕 찍어 이야기하는 것은 별로 신상에 이롭지 않을 것이다. 나는 또한 콴티코에 있던 그 누구보다도 높은 등급의 기밀 취급 인가를 받았다는 사실이 교관들이 나를 싫어하는 이유와 관계가 있는지 궁금해하곤 했다.

"자네가 CIA에 있었다고 떠벌려대는 게 문제야."

테드가 말했다.

나는 CIA에 대해 말한 적이 없었다. 말할 것이라고는 전혀 없었다. 나는 모든 공작을 언더커버 신분으로 수행했다. 그런데 바트는 그 주제를 자주 끄집어내 수업 시간마다 언급했다. ("우리는 그렇게 성급하게 반응하지 않는다. 샨들러 교육생! 자네가 CIA에서 했던 것과는 다르다!")

"알겠습니다."

내가 말했다.

"가장 큰 문제는 누구도 자네를 믿지 않는다는 거야. 다른 교육생들은 왜 자네가 해외에서 첩보활동을 했다는 황당무계한 이야기를 지어냈는지 이해하지 못한단 말이지. 자네가 되는대로 이야기를 지껄여댄다고 모두가 생각하네."

다시 한 번 나는 말문이 막혔다. 당혹스럽기 그지없었다. FBI는 내 배경 조사를 했고 CIA의 상관들과도 면담했다. 심지어 랭글리 본부의 내 사무실까지 찾아왔었는데!

나는 아무 말도 하지 않았다.

"CIA에서 무슨 일을 했는지 정확히 이야기해줄 수 있나?"

테드의 얼굴에는 작은 움직임조차 없었다. 진지했다. 자기가 한 이야기를 심각하게 생각하고 있다고 여길 수밖에 없었다.

"교관님."

나는 잠시 말을 멈췄다.

"제 인사기록부에 다 있지 않을까요?"

"그러겠지."

테드는 고개를 끄덕였다.

"한번 들여다보고 교육생들을 위해 뭔가 분명하게 밝힐 게 있는지 살펴보겠네."

"알겠습니다. 그리고 바트 교관에게 부탁해주실 수⋯⋯."

"스미스 특별요원님이야."

"정말 죄송합니다. 스미스 특별요원님께 강의 동안 제 CIA 경력을 언급하는 일을 그만둬달라고 부탁해주실 수 있으신지요. 거기에 관련된 이야기는 별로 듣고 싶지 않습니다."

"샌들러 교육생, 먼저 자네가 진짜 누군지를 확실히 하는 게 어떤가? 자네의 그 믿기 어려운 정체는 이제 그만 내려놓지 그래."

테드가 고개를 끄덕였다.

"알겠습니다."

나는 웃어 보였다. 궁지에 몰려서 짓는 고통스러운 웃음이었다.

"됐지? 거기에 관해서는 이야기하지 않을 거지?"

테드 교관은 손을 뻗어 악수를 청했다.

"이 면담 말씀이십니까?"

나는 또 당황스러웠다.

"자네가 주장하는 첩보활동 경력 말이야."

테드가 말했다. 악수하려고 내민 손을 아직 거두지 않은 채 실실 웃고 있었다. 그러고서 그는 한쪽 눈을 찡긋했다.

"자, 이제 진실이 뭔가? 말해보게. 거기서 비서로 있었다거나 뭐 그런 거야?"

나도 손을 내밀어 테드와 악수하고는 말했다.

"예, 뭐 그런 거죠. 제 인사기록부에 다 있을 겁니다."

"좋아, 좋아. 다 됐어. 가봐도 좋네."

테드가 말했다.

나는 그곳에서 뛰쳐나왔다. 대화 탓에 약간은 숨이 찼다. 터무니없는 일이었다. 누군가에게 방금 일을 이야기한다는 것은 상상조차 할 수 없었기에 그러지 않았다. 나는 이 경험을 마음에 담고 두고두고 곱씹었다. 그러면서 진실을 말할 수 있을 정도로 자유로운 분위기였더라면 무엇을 말했을지 상상했다. 동시에 장래에 나이와 상관없이 나와 같은 처지에 있는 여성을 돕기 위해, 그리고 이들이 불의와 대면했을 때 진실과 참을 외칠 힘을 찾는 데 도움이 되려면 무엇을 할 수 있을지에 관한 생각을 하지 않을 수 없었다.

3일쯤 지났을까, 혼자 점심을 먹는데 테드 교관이 내 테이블로 왔다. 가슴이 철렁했다. 또 뭐람? 내 머리카락의 원래 색이 무엇인지 밝혀야 하나?

"샨들러 교육생."

테드 교관이 큰 소리로 말했다.

"네, 교관님."

나는 포크를 내려놓고 기다렸다.

"자네 인사기록부를 살펴보고 확실한 검증을 위해 랭글리로 요원을 보냈었네."

"네, 교관님."

나는 기다렸다.

"놀랍군. 자네는 정말 훌륭한 스파이였어!"

그는 신이 나서 고개를 끄덕였다. 마치 내가 비서가 아니었다는 것을 알아낸 데 대해서 나 역시 신이 나야 한다는 듯한 태도였다. 실은 CIA에서 비서나 행정 보조를 했다 해도 나는 떳떳했을 것이다. 남들 못지않게 열심히 일하는 그 사람들 역시 요원이나 분석관만큼 존경받아야 한다.

"그래도 CIA는 언급하지 않겠습니다."

나는 말했다.

"그럼 좋고. 우리는 같은 부류였군."

테드는 엄지손가락을 척 세워 보였다.

아니, 같은 부류가 아닌데. 그리고 그럴 일은 절대 없을 테고. 사실 이보다 더 정나미가 떨어질 수 없었는데, 특히 내가 콴티코 훈련소에 있는 동안 외할아버지 잭 데이비스 옹이 돌아가셨을 때 더 그랬다.

몇 주 전 동기생 제이의 조부모님 한 분이 돌아가셨다. 그는 몬태나주의 집으로 갔다가 5일 뒤 복귀해서 빠졌던 훈련과 강의를 몰아쳐 받았다. 내가 아는 한 그랬다. 그래서 외할아버지께서 목욕탕에서 넘어져 머리를 다치셨다는 어머니 전화를 받고 나도 며칠 휴가를 받으리라는 것은 전혀 걱정하지 않았다. 외할아버지는 혼수상태에 빠지셨고 상태는 계속 악화했다.

사고 소식을 들은 순간부터 나는 핸드폰을 늘 가까운 곳에 두었고 심지어 잘 때도 베개 밑에 두고 잤다. 어머니로부터 다음 전화는 새벽 3시에 왔다. 외할아버지가 돌아가셨다. 숨죽이며 말했지만 결국 나는 결국 룸메이트 브랜디를 깨우고 말았다. 어머니와 단둘이 통화하고 싶어서 머리에 베개를 뒤집어쓰고 통화하는데도 나를 지켜보는 브랜디의 시선을 느낄 수 있었다. 통화가 끝나자 나는 그 자세 그대로 베개 밑에 머리를 묻은 채 최대한 소리를 죽여가며 울었다. 외할아버지는 어떤 형태로든 내 인생에서 일어난 중대 사건을 목격했었다. 외할아버지가 더는 내 옆에 없다는 것은 생각만 해도 견딜 수 없을 정도로 힘들었다. 외할아버지와 내 관계는 늘 원만했다. 외할아버지와 나 사이에는 부모님이 투영하는 것 같은 두려움과 불안도, 친구나 남자 친구 사이에 벌어지는 어려움도 없었다. 할아버지와는 사랑, 웃음, 즐거움이 다였다. 내가 CIA에 다닌다는 것을 제일 자랑스럽게 여긴 사람은 할아버지였다. (CIA에서 처음으로 해외 출장을 갔을 때 할아버지가 살던 옛날 동네를 갔었다고 이야기했더니 정말 좋아하셨는데.) 이상하게도 FBI로 간다고 말씀드렸더니 썩 반기지 않는 반응이셨는데 처음 있는 일이었다. 직접 뵙고 왜 CIA에 간다고 했을 때처럼 큰 기대를 보이지 않으셨는지 이유를 여쭙고 싶었으나 불행히도 그럴 기회가 없었다.

그날 밤은 꼬박 새웠다. 해가 뜨고 아침 식사 시간이 되자 나는 마지, 테드 아니면 바트 교관을 찾으러 갔다. 그날, 목요일 로스앤젤레스행 밤비행기를 타면 금요일로 예정된 장례식에 참석할 수 있다. 일요일에는 복귀할 것이므로 훈련은 하루만 빠지면 되었다.

바트 교관은 사무실에서 책상에 다리를 올린 채 웃음을 터뜨리며 전화하고 있었다. 나는 복도에서 거의 5분을 기다렸다. 바트가 통화를 끝냈을 무렵, 마지와 테드 교관이 복도로 걸어와서 바트의 사무실로 들어갔다. 세 명이 같이 있는 모습을 보노라니 총살 집행 대원 같은 느낌이 들었다.

"샨들러 교육생, 무슨 일이지?"

바트가 물었다.

나는 아침이 될 때까지 밤새 내내 울고 있었다. 그러나 이 셋의 얼굴을 보니 감정이 차갑게 얼어붙었고 나는 단단히 마른 진흙이라도 된 것처럼 무미건조하고 딱딱한 어조로 말했다.

"외할아버지께서 지난밤 타계하셨습니다. 장례식은 내일 있을 예정입니다. 오늘 밤에 심야 항공편으로 귀가해 장례식에 참석하고 싶습니다. 일요일에 복귀하겠으며 하루 훈련에만 불참할 것 같습니다."

"그렇게는 안 돼."

바트가 테드와 마지를 번갈아 보며 말했다.

"토요일에 귀가하도록."

마지가 말했다.

"장례식은 내일입니다."

"내일이 장례식이라는 게 의심스러운데, 어젯밤 돌아가셨다면 말이지."

테드가 손가락 관절을 으드득거렸다. 토크쇼에서 호스트가 농담하면 나오는 특정한 리듬의 드럼 소리가 생각이 났다.

"제 가족은 유대계입니다."

"아, 나는 가톨릭인데. 그리고 돌아가신 지 5일도 안 되어 매장되는 사람은 본 적이 없어."

테드가 말했다.

"유대 율법에 따르면 돌아가신 분은 즉시 매장되어야 합니다."

내가 말했다.

"지금도 그런가? 그리고 자네는 유대 율법을 지킨다는 말이지?"

바트는 과장된 몸짓으로 나를 향해 고개를 끄덕여 보였다.

"전혀 아닙니다, 단지 돌아가신 분을 바로 묻는다는 것만 알 뿐입니다."

나는 실토하고 말았다.

"토요일에 가봐."

바트가 말했다.

"제이 교육생은 할아버지 때문에 5일 휴가를 받지 않았습니까."

지적할 것은 지적해야 했다.

"자네는 제이가 아니지 않나, 그렇지 않은가?"

마지가 말했다.

"그렇습니다, 교관님. 하지만 똑같이 가족상을 당한 제이는 위로휴가를 받고 왜 저는 못 받는지 설명해주실 수 있으십니까?"

나는 1초 정도 마지의 시선을 맞받아 쏘아보았다.

"자네는 경우가 다르기 때문이야. 그만하지."

바트가 말했다.

나는 교관들의 얼굴을 쳐다보았다. 이들 중 태도가 조금이라도 누그러져 내게 휴가를 줄 것 같은 이는 아무도 없었다. 나는 말없이 등을 돌려 사무실을 떠났다. 결국 나는 장례식에 참석하지 못했다. 하지만 휴가를 얻어 내 인생에서 가장 소중한 한 사람의 죽음을 애도하며 이틀간 가족과 함께 있을 수 있었다.

● ● ●

콴티코 훈련소를 수료하기까지는 여러 번 고생스러운 일을 겪어야 한다. 훈련 과정 끝 주에 눈에 직접 최루가스 스프레이를 뿌리는 훈련이 마지막으로 참아야 할 고통이다. 수다쟁이 룸메이트 브랜디는 다가올 최루가스 훈련에 무척 조바심 내고 있었다. 브랜디의 남편 말에 따르면 이것은 자신이 참았던 가장 끔찍한 통증이었다고 한다. 그녀 말로는 눈에 칼이 들어온다 해도 움찔하지 않을 사람이었는데도 말이다.

"CIA 비서는 이렇게 최루가스 스프레이를 맞은 적이 없겠지!"

브랜디는 깔깔 웃었다. 나는 잠자코 있었다. 우리는 각자 침대에 있었고 조명이 꺼졌다.

몇 초가 지나갔다. 그리고 브랜디가 말했다.

"그리고 내일 마스카라는 안 돼! 방수는 되지만 계속 눈물을 흘리면

배겨날 수 없다고. 게다가 눈도 계속 비빌 거라서! 눈에 마스카라 조각이 들어가 각막에 상처를 내고 싶지는 않겠지. 아프다고. 그래도 최루가스 스프레이만큼은 아닐 거야. 그래도 기억해, 울 거야. 눈물만 흘리는 게 아니라 펑펑 우는 그런 종류의 울음이라고."

"벳시의 파란색 아이섀도가 버틸까?"

나는 농담으로 말했다. 벳시의 아이섀도가 지워지지 않을지 누가 신경 쓴담?

브랜디는 헉 소리를 냈다.

"아냐! 아이섀도를 해선 안 돼. 그리고 마스카라는 절대 안 되고. 각막에 생채기가 날 거야! 말해야겠어!"

침대에서 빠져나온 브랜디의 작은 발이 털이 보송보송한 커다란 슬리퍼에 쏙 들어갔다. 그 슬리퍼를 신고 걸을 때는 척척거리는 소리가 났다. 브랜디는 문으로 쏙 빠져나가더니 복도를 따라 내려가 마스카라와 아이섀도에 대해 경고하려고 벳시의 방으로 갔다. 다행히도 브랜디는 오래 방을 비웠다. 갑자기 찾아온 고요 덕에 완벽히 평화로운 잠에 빠져들 수 있었다.

다음날 아침 우리는 아스팔트로 포장된 훈련장 한 구역 위에 섰다. 바트는 오렌지색 샌드백을 들고 있었고 테드와 마지는 최루가스통을 들었다. 훈련은 이렇게 진행된다. 테드와 마지가 눈에 대고 직접 스프레이를 뿌린다. 스프레이를 맞으면 샌드백 쪽으로 가서 최선을 다해 샌드백을 잡은 사람과 격투한다. 30초 정도 지나면 줄 뒤에 선 사람이 내가 차고 있는 권총집에서 오렌지색 모의 권총을 빼내려고 시도할 것이다. 그러면 이 사람과도 싸운다. 싸움에서 진다면 모든 훈련 과정을 처음부터 다시 시작해야 한다. 이기면 샤워장에 가도 좋다. 샤워장에서는 옷을 모두 벗고 따로 담아두었다가 바로 빨아야 한다. 샤워장에서는 눈을 뜬 채 얼굴을 씻고 견딜 수 있는 한 최대한 오래 찬물로 샤워한다. 다른 수업을 듣는 교육생들은 샤워장을 이용할 수 없다. 왜냐면 최루가스는 가스를 맞은 사람의 옷깃만 스쳐도 고통스러워할 정도로 잔류성이 강하기 때문이다.

거스^{Gus}라는 이름의 남자 교육생이 첫 타자였다. 푸른 눈에 건장한 체구의 친구였는데 심한 오다리로 걸어서 기저귀라도 찬 것처럼 보였다. 거스는 훈련소에서 첫날 밤에 내게 접근해 성관계를 갖자고 몇 마디 치근덕거렸다. 나는 즉시 퇴짜를 놓았다. 여성 교육생들 대부분도 그랬다. 그런데 브랜디는 그에 대해 좋은 인상을 받은 듯했고 거스에 대해 여러 가지를 언급했는데 특히 그가 얼마나 힘이 장사인지를 자주 이야기했다. 둘 사이의 우정이 얼마나 깊게 발전했는지는 모르겠다. 하지만 둘이 함께 있는 장면은 빨래를 개는 동안에도 시청하지 않을 형편없는 영화에서나 나올 법한 게 아닐까 싶다. 그래도 무릎을 꿇고 몸을 숙인 채 침을 뱉으며 고통에 못 이겨 엉엉 우는 거스를 보니 동정심이 들었다. 우리는 모두 앞을 보지 못한 채로 주먹을 휘두르며 샌드백 쪽으로 움직이는 그를 응원했다. 거스는 미친 사람처럼 울며 도리깨질하듯 팔을 휘저었다. 그러는 동안 미식축구 선수 출신 교육생은 폭소를 터뜨리며 그의 무장을 해제하려 하고 있었다.

한 명씩 차례가 왔다. 모두 같은 이야기다. 눈을 뜰 수 없는 고통. 끝없이 나오는 콧물과 침 뱉기. 최루가스 스프레이가 입으로 들어가든지, 아니면 부비강을 따라 내려와 아무 곳으로나 가는 게 아닌가 하는 생각이 들었다. 한 남자 교육생은 무릎을 꿇더니 헛구역질을 시작했다. 교육생 일동은 멀찌감치 서서 이 사람 주변에 둥그렇게 모였다. 구토는 없었다. 그는 거친 발걸음으로 샌드백 쪽으로 가서 싸우며 울었다. 이들이 내게 한 말, 했던 일이 신경 쓰이지는 않았다. 모두 고통스러워 보였고 좋지 않았던 사이였지만 돕고 싶었다.

그리고 내 차례가 왔다.

나는 서서 눈을 크게 뜨고 노즐을 바라다보았다. 테드는 서 있는 곳에서 스프레이를 뿌렸다. 마지는 내 눈에 직접 분사할 수 있도록 몇 걸음 앞으로 왔다. 눈과 얼굴에 차갑고 축축한 것이 느껴졌다.

그런데 전혀 아프지 않았다. 모인 교육생들은 힘없게나마 박수 치고 있었다. 그렇다, 이들은 나를 응원하고 있었다.

그렇지만 아직도 통증은 없었다. 나는 마지를 힐끗 쳐다보고서 몸을 돌려 샌드백 쪽으로 갔다. 샌드백을 잡고 있던 바트는 CIA에 있는 모두는 쫄보이고 이것이야말로 진정한 미국의 영웅이 되기 위한 시험이라며 뭔가를 고래고래 소리 지르고 있었다. 나는 거의 귀담아듣지 않았다. 내 두뇌는 왜 아무 통증도 느끼지 않는지를 알아내려고 맹렬하게 회전하고 있었다. 아무 맛도 느껴지지 않았다. 심지어 코를 훌쩍이거나 침을 뱉지도 않았다.

토니^{Tony}라는 이름의 남자 교육생이 내 뒤로 와서 권총을 뺏으려 했다. 나는 몸을 돌려 그의 눈을 노려보고 여러 번 손을 후려쳤다. 그러고 나서 발로 걷어찼다. 할 일을 마치자 나는 마지와 테드를 쳐다보았다. 둘 다 고개를 갸우뚱하게 기울인 채 시선을 내게 고정하고 크게 뜬 눈을 번쩍거리며 이야기하고 있었다. 교관들이 뭔가를 말하기 전에 나는 누군가로부터 쫓기기라도 한 듯 라커룸으로 달려갔다.

라커룸에 도착해보니 아이섀도를 바르지 않은 벳시가 무릎을 꿇은 채 주변을 더듬거리고 있었다. 나는 몸을 굽혀 그녀를 일으켜 세웠다.

"아이고, 아이고!"

벳시는 울부짖고 있었다. 문자 그대로 울부짖고 있었다.

"어떻게 이런 걸 할 수 있지? 살면서 이렇게 아파본 적도 없고 아무것도 안 보여! 통증이 안 없어지면? 실명하면 어떻게 해?"

나는 보는 데 문제가 없었으므로 벳시가 옷 벗는 것을 돕고 샤워장까지 같이 가서 찬물을 틀어주었다.

다른 여자 교육생들이 하나씩 들어왔다. 나는 이들이 옷 벗고 샤워장에 가는 것을 도왔다. 다들 몹시 아파하고 있어서 내가 아무것도 느끼지 못했다는 것을 알아채지 못하는 것 같았다. 나는 약간 따끔한 정도로도 아프지 않았다.

어쨌건 나도 옷을 벗었다. 여유롭게 샤워를 즐긴 다음 나는 훈련 전에 라커룸에 두었던 훈련복으로 갈아입었다.

나 이외에 여자 교육생 다섯 명 중 네 명은 발작적인 고통과 눈물, 코에서 나온 콧물의 양에 대해 끊임없이 이야기하고 있었다.

조시는 라커룸 벤치에 이들과 함께 앉아 고개를 끄덕이고 동의하며 계속 코를 풀고 있었다. 원했다 해도 한마디도 끼어들 수 없었을 것이다.

브랜디가 나를 올려다보았다.

"트레이시, 진짜, 경험했던 것 중에 가장 괴로운 일 아니었어? 정말, 눈에 칼이 들어오는 것보다 더 나빴지, 안 그래?

"그럼."

나는 그렇게 말하고 더 질문이 쏟아지기 전에 라커룸을 떠났다.

그날 밤늦게 나는 구글로 '최루 스프레이 면역'을 찾아보았다. 드물지만 그런 사람은 존재한다. 최루가스의 통증을 전혀 못 느끼는 것이다. 하지만 내가 새로 발견한 내 조그만 초능력을 FBI의 누구에게라도 알릴 리는 없었다.

· · ·

훈련 과정 중간쯤 우리는 배치받을 FBI 국내 지국 목록이 적힌 종이를 받았다. 우리는 강의실에 앉아 배치 희망 지국을 10지망까지 순서대로 적었다. 로스앤젤레스나 샌프란시스코, 뉴욕을 적었다면 배치는 거의 확정적인데, 왜냐하면 이런 데서는 언제나 사람이 부족했기 때문이다. 또한 요원 대부분은 비싼 생활비 때문에 이 세 도시에 가기를 원치 않았다. 나는 1지망으로 로스앤젤레스를 적었다. 가족 근처에 있고 싶어서였다.

배치 희망 지국을 적어 내고 몇 달 뒤, 전 교육생이 한 강의실로 소집되어 이름 알파벳 순서대로 도열했다. 그리고 한 사람 한 사람 단상으로 호명되어 배치받은 지국과 팀의 정보가 담긴 봉투를 받았다. 받은 사람은 봉투를 즉시 개봉해 큰 소리로 결과를 읽었다. 1지망 지국에 배정받은 사람들은 대개 풋 하고 웃거나 환성을 지르든지, 아니면 허공에 주먹을 내질렀다. 긴장감에 넘친 분위기였고 다들 감정에 북받쳐 있었다. 대부분은 행복해했다.

나는 가장 나중에 호명받고 봉투를 받은 교육생 중 하나였다. 바트에게서 받은 봉투를 열어보니 '로스앤젤레스 지국, 산타 애너^{Santa Anna} 분소'라고 적혀 있었다.

"로스앤젤레스!"

나는 웃으며 팔을 휘둘렀다.

기대했던 것보다 더 좋은 결과였는데 산타 애너는 로스앤젤레스 카운티에 있는 도시로 부모님이 사시는 곳과는 불과 10분 거리였다. 그런데 분소로 배치된 것은 좀 이상했다. 분소는 규모가 작고 통제를 덜 받지만 활동은 활발하기에 대개 경험 많은 요원이 보내지곤 했기 때문이었다.

모인 교육생들이 해산하자 나는 강의실 앞에 있던 바트에게 다가갔다.

"질문드려도 괜찮으시겠습니까?"

내가 물었다.

바트는 고개를 갸우뚱하더니 초조한 기색으로 천장 쪽으로 눈을 굴렸다.

"바쁘시면 다음번에 여쭐 수도 있습니다."

"샨들러 교육생, 지금 내가 왜 자네에게 짜증이 났는지를 알겠나?"

바트는 고개를 바로 하고 내 눈을 똑바로 바라보았다.

"음, 안다고 말씀은 못 드리겠습니다."

무슨 상상을 해도 좋았다. 내 이가 너무 하얘서 반사된 빛에 눈이 부셔 불편하다든지.

"모두가 1지망에 배치받은 게 아니라는 점을 고려하면 로스앤젤레스에 배치받았다고 환호하는 거, 좋은 취향은 아니지."

바트는 자기의 말에 힘을 보태기라도 하려는 듯 고개를 한 번 끄덕였다.

"정말 죄송합니다."

내가 말했다.

동기 대부분은 1지망에 배치받았다. 그리고 나보다 더 크게 환호성을 질렀다.

"다른 이들을 생각하게나, 그렇게 할 거지?"

바트가 말했다.

"예, 교관님."

나는 고개를 숙여 내 봉투를 쳐다보았다.

"분소에 배치된 이유를 알려주실 수 있으신지요. 그곳에서 하는 일이 무엇인지 아시는지요."

바트는 연단 위에 있던 바인더를 집어 들더니 웅얼거리는 소리로 말했다.

"자네는 방첩 분야 근무야."

그러면서 나를 지나쳐 갔다. 그리고 그게 대화의 끝이었다.

강의실에는 아무도 없었다. 나는 봉투를 다시 열고 서류를 읽었다.

콴티코에서 무슨 일이 일어났든, 결국 FBI는 고향에 있는 분소에 나를 배치함으로써 이를 바로잡았다. 나는 여성을 위해 FBI 내부에서의 상황 변화 시도를 개시할 안전한 홈베이스가 필요했다.

CHAPTER 14

그 여자애

/

오렌지 카운티, 캘리포니아
2004년 9월 ~ 2005년 8월

● 증오연설hate speech(국적, 인종, 성, 종교, 성 정체성, 정치적 견해, 사회적 위치, 외모 등에 대해 의도적으로 폄하하는 발언-옮긴이)은 미국 헌법의 보호를 받는다. 그러나 사람을 목매달고 죽이겠다는 위협은 그렇지 않다. 누군가 인터넷에서 흑인 여학생회 회원을 죽이겠다고 위협하기 시작했을 때 나는 사이버범죄 담당 부서에서 순환 근무 중이었다. 나는 즉시 이 바보를 잡아들이는 데 온 신경을 쏟았다.

내 생각에 이자는 알 카에다의 지하드 전사만큼 나빴다. 통계적으로 볼 때 이런 종류의 위협을 하는 사람은 미국에서 나고 자란 백인 남자일 가능성이 크다. 달리 말하면 그는 타 인종을 혐오하는 인종차별주의자 얼간이가 되지 않을 기회와 방법이 많았으리라는 것이다.

이 메시지의 발신처 주소를 찾아내기까지는 오랜 시간이 걸리지 않았다. 함께 일하던 남자 요원인 토드Todd와 나는 FBI 차를 타고 우리가 찾아낸 집으로 갔다. FBI 차는 검은색 선팅이 된 보트만 한 흰색 뷰익이었는데 마약 밀매업자나 몰 것 같은 차였다. 토드는 라디오를 만지작거리며 여자 친구와 지난밤에 보러 갔던 영화 이야기를 했다. 그 여자 친구는 한 번 사무실에 찾아온 적이 있었는데 토드와 너무 닮아서 깜짝 놀랐다. 둘 다 벌꿀색 머리에 각진 턱, 그리고 작지만 단단한 체구였다. 지금까지 같이 일해보니 토드는 너무 거들먹거리거나 지나치게 이래라저래라 하지 않는 좋은 파트너 같았다. 나보다 선배였으므로 사이버범죄 수사 방법을 배우는 동안 토드는 내 상관이었다.

교외에 있는 우리 용의자의 방갈로는 황폐했다. 페인트는 벗겨지고 있었고 마당의 관목은 죽어 있었다. 그래도 마당의 잔디는 다듬어져 있었다. 그리고 시멘트로 된 보도는 비질이 된 것 같았고 대문에는 플라스틱 조화로 된 화환이 걸려 있었다. 누군가가 행복한 집이라는 느낌을 만들려고 노력했던 것 같았다.

"이번에는 먼저 들어가게 해드리죠."

토드 요원이 입에 문 나무 이쑤시개를 질겅거리며 말했다. 나는 문을 두드렸다. 토드는 이쑤시개를 죽은 관목으로 던졌다. 나는 날아가는 이쑤시개를 지켜보았다.

"나무예요, 자연에서 분해되는."

토드가 말했다.

갈색과 백발이 섞인 머리를 단정하게 자른 튼튼한 체구의 아주머니가 문을 열었다. 앞치마를 두르고 보닛 모자를 썼더라면 올드 머더 허바드 Old Mother Hubbard(영미권 동요의 등장인물-옮긴이)처럼 보였을 외모였다. 그녀는 눈을 깜박이며 웃음을 지어 보였다. 정장 차림인 토드와 내가 그다지 위협적으로 보였을 리는 없었다. 그리고 웃을 때면 방울토마토 모양이 되는 뺨과 가장자리에 주름이 자글자글한 눈을 한 이 아주머니가 우리가 찾던 백인 우월주의자가 아닐 것임은 확실했다. 그보다는 보도를 청소하고 화환을 걸어둔 사람일 것이다.

"안녕하세요."

단조로운 목소리까지도 머더 허바드 같다.

"안녕하세요, 선생님. 저희는 FBI에서 나왔습니다. 몇 가지 질문드려도 되겠습니까?"

나는 미소를 지으며 권총집에 끼워둔 FBI 배지를 꺼내 보였다.

"아!"

아주머니는 흥분하기라도 한 것처럼 어깨를 잠깐 으쓱했다.

"저 사람들 때문인가요?"

그녀는 턱과 눈으로 길 건너에 있는 2층짜리 회벽 집을 가리켰다.

"들어가도 될까요?"

나는 아직 웃음을 거두지 않고 있었다. 한번 들어가기만 하면 더 자세히 조사할 수 있을 것이다. 사람은 문간에서 돌려세우는 것보다 집안에 들어왔을 때 내쫓는 게 훨씬 어려운 법이다.

"그럼요."

아주머니는 우리 일행이 얼마나 되는지를 보려는 듯 고개를 밖으로 내밀었다가 한 걸음 물러서서 문을 활짝 열었다. 실내는 실외의 반영이었다. 깔끔하게 정리되기는 했지만 황량했다. 미적 감각보다 질서가 지배하는 것 같았다.

주인은 꽃무늬 소파에 앉았다. 나는 그 옆에 있는 의자에 앉았다. 토드는 거실과 복도가 만나는 곳에 계속 서있었다.. 누군가 도망치려고 한다면 창문으로 달아나야 할 것이다.

"혼자 사세요?"

내가 물었다.

머더 허바드는 자신이 A. J.라고 부르는 사랑스러운 열아홉 살 아들에 대해 말했다. 아들은 퀴즈노스Quiznos 샌드위치 가게에서 일하는데, 어머니가 도와달라고만 하면 언제나 집안일을 도왔다.

나는 그녀에게 흑인 여학생회로 발신되는 협박 이메일을 추적해보니 이 집에 있는 컴퓨터가 발신원으로 나타났다고 설명했다. 머더 허바드는 손을 입에 가져다 댔다. 진짜 놀란 것 같았다.

"아니에요!"

그녀가 소리쳤다.

"A. J.일 리가 없어요, A. J.는 그런 일을 절대 하지 않을 거예요. 사람을 사랑하는 아이라고요! 저 뭣이냐, 길 건너편 집 잔디밭도 깎아주는데요!"

나는 집주인이 건너편 이웃들에 대해 뭔가 감정이 있다는 걸 눈치챘지만 알고 싶지는 않아서 그에 관해선 더 질문하지 않았다.

"최근에 새로 사귄 친구들과 자주 어울려 다니지 않았나요? 영향을 줄 것 같은 부류의?"

내가 물었다.

"성경책에 손을 얹고 맹세해요."

머더 허바드가 말했다.

"내 아들은 그렇게 끔찍한 일은 하지 않을 거라고요!"

눈에 눈물이 글썽거렸다. 진심으로 울음을 터뜨릴 것 같았다.

"아드님 방을 좀 살펴봐도 괜찮을까요?"

내가 요청했다.

머더 허바드는 짧은 복도를 지나 우리를 방으로 안내했다. 속이 빈 얇은 문에는 가운데에 땜질한 자국이 있었다. 아마도 뭔가에 구멍이 뚫렸다가 수리된 흔적인 것 같았다. 집주인이 문을 열어주자 나는 방으로 들어갔다. 토드는 방 밖에 서서 대기했고 머더 허바드가 그 뒤에 있었다. 깔끔하게 정리된 침대—아침마다 머더 허바드가 하는 일과日課는 같았다—위로는 나치 깃발이 걸려 있었다. 흰 원 가운데에 자로 그린 것처럼 뚜렷한 윤곽의 검은 스와스티카가 그려진 선홍색 깃발이었다.

토드와 나는 서로를 바라보았다. 나는 뒤에 있던 집주인을 흘깃 쳐다보았다. 머더 허바드는 입을 다문 채 나를 향해 잠깐 미소 지었다. 그녀는 내가 만났던 가장 멍청한 사람이든지 아니면 가장 교활한 사람 중 하나일 것이다.

"A. J.는 지금 직장에 있나요?"

내가 물었다.

"네, 3시 30분까지 근무예요."

그녀가 말했다.

"셸Shell주유소 옆에 있는 퀴즈노스지요?"

토드가 물었다.

"맞아요."

머더 허바드가 대답했다.

A. J.의 어머니가 우리가 도착하기 전에 아들에게 귀띔할까 봐 나는 최대한 빠르게 차를 몰았다.

"휴, 아주 헌신적인 어머니네요."

내가 말했다.

토드는 동요를 부르듯 아주머니의 목소리를 흉내 내며 말했다.

"내 아들은 아니야! 내 아들은 그런 일을 **절대** 할 리 없어!"

나는 최대한 문 쪽 가까이에 차를 댔다.

"들어가서 나오라고 한 다음 여기서 이야기하자고 해보는 건 어때요? 직장에서 소란을 떨 이유는 없으니."

토드가 말했다.

나는 차 밖으로 나가 토드를 돌아보았다. 직장에서 소란을 떨 이유가 없다고? 이 작자는 흑인 여학생회의 여성들을 죽이겠다는 성명을 올리고 있는데, '소란을 떠는 것'은 이 사람이 한 행위의 심각성에 비하면 한참 못 미치는 수위의 대응이었다.

토드는 내게 들어가라는 신호라도 하는 듯 손을 흔들어 보였다. 그는 차에서 나왔고 나는 퀴즈노스로 들어갔다. 짧게 자른 금발에 여드름이 난 목덜미, 그리고 굽은 어깨를 한 A. J.를 알아보기란 어렵지 않았다. 그는 나이 든 여성 직원 한 사람, 그리고 잘해야 열여섯 살 정도로 보이는 여자아이와 함께 일하고 있었다. 카운터에는 손님들이 주문하려고 줄을 서서 기다리고 있었다. 나는 어린 여자 직원이 샌드위치 주문을 받고 있던 줄 맨 앞으로 가서 내 배지를 보여준 다음 A. J와 이야기 좀 하게 가게 밖으로 보내줄 수 있는지 물었다.

직원은 놀라서 입을 딱 벌렸다. 계산을 끝내자 그녀는 몸을 돌려 A. J.에게 말했다. A. J.는 길이 30센티미터짜리 빵에 얇고 넓적하게 썬 고기를 얹고 있었다.

"어, 지금 이분하고 나가서 이야기해야 할 것 같아요."

A. J.는 나를 쳐다보았다. 나는 배지를 꺼내 보였다. 이상하게도 다른 손님들은 샌드위치 재료를 고르는 데 온통 정신이 팔려 있어서인지 상황을 알아채지 못하는 것 같았다. A. J.는 목부터 얼굴까지 점점 새빨개졌다. 그는 샌드위치를 만들다 말고 밖으로 나왔다. 토드는 A. J.를 향해 고개를 끄덕여 보였다. 그리고 우리 셋은 모퉁이를 돌아 건물 다른 쪽으로 갔다. 우리만 있었다. 지금 보니 A. J.의 어깨는 처음 보았을 때보다 더 굽어 보였다. 키는 우리 둘보다 컸지만 부지깽이처럼 마른 체구였다.

토드는 손을 들어 검지를 이용해 총 모양을 만들고 A. J.의 얼굴 앞에서 그 손을 흔들면서 성난 목소리로 한바탕 매섭게 훈시했다. 이 광경을 보는 이가 있었더라면 화를 내며 아이를 혼내는 아버지로 생각했을 것이다. 그런데 내가 생각한 실제 상황은 더 나이 먹은 사람이 젊은 사람에게 꾸지람하는 것으로 끝날 일이 아니었다. 그 애는 체포되어 기소되어야 마땅했다. 그가 다른 게시판에 올린 글을 살피고 내가 좀 더 조사해본 결과 A. J. 혼자 저지른 일 같았다. 따라서 이 친구로부터 시작해 백인 우월주의 범죄자들을 줄줄이 잡아낼 수는 없을 터였다. 그렇다 해도 이게 훈계로 끝낼 일인가? 마음에 들지 않았다.

나는 차에 돌아온 다음부터 입을 다물었다. 화가 많이 났다. 남편 본인 맘대로 하도록 남편에게 모든 것을 일임한 순종적인 아내의 위치로 전락한 느낌이었다.

"저 친구, 체포했어야 했다고 생각하지 않으세요?"

결국 나는 말문을 열었다. 우리 작은 사무실 지붕에 있는 주차장으로 차를 대고 있을 때였다.

"그래서, 감옥에 가서 진짜 범죄자가 되는 방법을 배우라고요?"

이렇게 말하고 토드는 차 밖으로 나와서 나를 기다렸다.

"이미 범죄자인걸요."

내가 말했다. 이 시점에서 나는 화를 속으로 삭이고 있었다. 시간을 거꾸로 되돌려서 내가 직접 A. J.를 체포하고 토드는 풀어주려 했더라면 어땠을까!

"계속 지켜봐요. 그 녀석, 다 때려치울 거라고 보장하죠."

토드가 말했다. 그가 이런 보장을 할 수 있을 사람 같지는 않았다. 그래, 계속 감시하지. A. J.와 머더 허바드, 아들을 끔찍하게 생각하는 그 교활한 뚱보 아줌마도. 그리고 어쩌면 토드도 지켜봐야겠다.

몇 주일 뒤 우리가 다른 사건의 용의자에 접근해서 체포할 때는 토드와 관련해서 일어난 문제는 없었다. 토드와 나는 아침 5시에 용의자의 집에서 몇 블록 떨어진 스타벅스에서 만났다. 어린 남자 직원이 졸린 눈을 하고 혼자 있다가 문을 열어주었다. 주문을 하자 다크 로스트를 우유나 설탕이 더 들어갈 수 없을 만큼 한가득 벤티 사이즈 컵에 부어주었다. 몇 분 지나지 않아서 지원 요청으로 온 다른 요원 열두 명이 차례로 들어왔다. 모두 방탄조끼 위에 FBI 잠바를 입고 있었다. 다른 요원들이 첫 커피를 주문하려고 줄을 서 있는 동안 나는 두 번째 커피를 받았다. 카페인과 글록 권총으로 무장한 우리는 테이블 주변에 모여서 토드의 작전 계획 브리핑을 들었다. 우리 말고 다른 손님은 없었다. 종업원은 냅킨 디스펜서를 채우고 테이블을 닦으며 일을 하려고 했지만 아마도 우리를 쳐다보지 않으려고 애를 먹고 있었을 것이다. 토드는 그가 카운터 뒤에 있을 때만 말했다. 그 거리에서는 우리 말이 들리지 않았다.

우리가 체포하려고 하는 커플은 극장 개봉 영화를 불법적으로 다운로

드해서 판매하는 사람들이었다. 이들은 아주 넓은 이층집들이 모여 있는 동네에 살고 있었다. 이 집들에는 대부분 차량 세 대 이상 들어가는 커다란 차고가 딸려 있었다. 이들이 화기를 소지하거나 우리에게 총격을 가할 것 같지는 않았다. 그렇지만 큰돈이 걸려 있고 향후 감방 생활이 눈앞에 어른거리는 상황이라면 무슨 일이 일어날지 몰랐다. 따라서 방탄조끼, 추가 인원, 꼼꼼한 체포 계획이 필요했다.

아침 6시 정각, 우리는 용의자의 집을 포위한 채 모두 정 위치에 있었다. 집의 모든 창문과 문은 배치된 요원이 볼 수 있거나 통제할 수 있는 거리에 있었다. 토드와 나는 정문에 있었다. 토드가 노크했다. 그러고 나서 우리 둘 다 옆으로 돌았다. 만약 불투명한 유리창을 통해 갑자기 총격이 가해질 경우 이를 피하기 위해서였다.

갑작스러운 총격은 없었다. 대신 셔츠를 걸치지 않은 중년 남자가 문을 열고는 바깥을 내다보았다. 머리보다 배에 털이 많았다.

토드가 배지를 내어 보이고 이야기를 시작했다. 그리고 내가 남자의 부인을 찾기 위해 안으로 들어가는 동안 토드는 그를 구금했다.

부인은 침실에 있었는데 흰 면 나이트가운 차림을 하고 침대 머리 쪽에 서 있었다. 머리카락이 까치집처럼 엉켜 있었다. 머리가 긴 사람이라면 아침에 일어났을 때 대부분 겪는 일이다. 여자의 배가 불룩 나와 있었다. 나는 인터넷 소셜미디어에 널리 퍼진 사진에서 그녀를 보았고 게다가 이 집 근처에서 잠복근무를 했기 때문에 창문을 통해 비친 그녀의 모습도 본 적이 있었다. 심지어 차를 타고 내리는 모습도 관찰했다. 그때는 멋진 스윙 드레스와 레깅스 위에 느슨하게 내려오는 상의를 입어서 임신한 몸을 우아하게 감췄다.

나는 배지를 꺼내 보이고 여기 온 이유를 밝혔다. 그러고 여자에게 수갑을 채우며 미란다원칙을 고지했다. 여자는 선 채 살짝 흔들렸다.

"엉뚱한 사람을 잡았어요. 우리는 그런 일 안 했어요. 나는 그런 일 안 했다고요."

여자가 나직이 말했다.

"진짜 임신이 맞는지 확인하러 선생님 배를 만져보겠습니다."

내가 말했다.

여자는 울고 있었다.

"딸이에요."

여자의 배는 단단하고 팽팽했다. 쓰다듬는 내 손에 작은 태동, 발로 걸어차는 느낌이 전해졌다.

"느껴지나요?"

그녀가 물었다.

"예."

이런 상황에서는 웃는 얼굴을 해야 한다. 그런데 그러고 나서 여자의 눈썹이 떨리기 시작했다. 기절이라도 할 것 같았다. 나는 그녀를 침대에 앉히고 복도에 있던 호세ᵒˢᵉ라는 남자 요원을 불렀다. 그는 고개를 방 안쪽으로 내밀었다.

"오렌지 주스나 뭐 마실 거 가져오는 동안 이분과 같이 있어줄 수 있습니까?"

내가 부탁했다.

호세가 들어오자 나는 주방으로 갔다. 그곳은 채광이 좋고 흰색으로 내부를 칠한 멋진 곳이었다. 마치 가정 잡지 광고에서 본 듯한 모습이었다. 도마 위에는 베이글이 담긴 봉지가 있었다. 나는 옆에 있는 칼로 베이글 하나를 반으로 자르고 크림치즈를 찾으러 냉장고로 갔다. 치즈가 놓여 있는 장소는 정확히 내가 집 냉장고에 치즈를 놓아두던 곳과 같았다. 폭신폭신한 치즈가 담긴 통이 바로 보였다. 냉장고에는 오렌지주스가 없어서 나는 컵에 물 한 잔을 채워서 티슈에 싼 베이글과 함께 침실로 가져갔다.

호세를 옆에 세워둔 채 나는 이 여자의 수갑을 풀어준 다음 손이 앞으로 오게 해서 다시 채웠다. 이렇게 하면 베이글을 먹을 수 있다. 우리는 식사하는 여자를 감시했다. 그녀는 먹다가 울다가 코를 풀다가 한 입을 더 먹었고 가끔 이렇게 중얼거렸다.

"맹세하건대 난 아니에요."

나는 그날 늦게 자리에 있는 토드를 찾았다.

"안녕하세요."

내가 인사했다. 그러고 나서 토드가 보던 서류에서 고개를 들어 나를 보기까지 기다렸다.

"안녕하세요."

결국 토드가 서류 더미 위로 펜을 든 채 나와 눈을 마주쳤다.

"앞으로 여자 용의자나 위협이 되지 않을 것 같은 사람만 맡기는 일은 그만해주시면 감사하겠습니다. 저는 위험한 남자들도 상대할 능력이 됩니다. 무슨 말씀이냐면, 저는 최악의 사람도 다뤄본 적이 있습니다."

콴티코에서 벌어진 일 이후 나는 CIA에서 근무한 적이 있다거나 거기에서 세계 최악의 테러리스트들을 심문한 적이 있다는 사실을 끄집어내지 않으려고 했다.

"알코올 중독자 아버님?"

토드가 물었다.

"아닙니다, 전혀."

내가 말했다.

"알겠어요. 뭐 그러든지."

토드는 어깨를 으쓱하고는 다시 서류 작업으로 돌아갔다.

그다음 임무로 우리는 보험 사기로 의심받는 성형외과 의사를 추적한 끝에 아늑한 풍경의 한 가정집으로 쳐들어갔다. 이 의사는 여자들에게 가슴 확대 수술을 해주고 종양 절제 수술이나 기타 비성형 시술을 했다며 보험사에 진료비를 청구하고 있었다.

이번에도 이른 아침이었다. 집을 급습하자 그의 부인이 고래고래 고함을 질렀다.

"경찰 부른다! 경찰 부른다!"

그녀는 휴대전화를 허공에 흔들어 보이다가 아주 과장된 몸짓으로 9, 1, 1을 꾹꾹 눌렀다.

"선생님."

내가 그 옆에 섰다.

"경찰 부른다니까!"

그녀는 신호가 가고 있는 전화기에 대고 헐떡이더니 소리쳤다.

"선생님, 저희가 경찰입니다."

나는 토드를 찾아 방을 훑어보았지만 보이지 않았다. 나는 다시 한 번 이 상황을 토드가 보았으면 했다. 현장의 남자 요원 모두가 나를 여성 용의자 전담이라 여기고 이 여자가 어떻게 행동하는지에는 눈길 한 번 주지 않고 있었다.

"경찰 부른다고!"

여자가 또 소리치고는 전화기를 쳐다보았다. 911에 있는 누군가가 또렷한 목소리로 통화에 응하고 있었다.

"예, 내 집에 사람들이 있어요!"

"FBI입니다, 전화 받는 분한테 집에 FBI가 있다고 말씀해주세요."

내가 말했다. 여자와 남편을 제외한 모두가 3천 포인트짜리 폰트로 등에 'FBI'라고 찍힌 잠바를 입고 있었다.

"경찰 불러줘요."

여자가 내게 말했다. 그러고는 혼란스러운 듯 고개를 흔들더니 전화를 끊었다.

"트레이시 요원."

성형외과 의사와 같이 있던 토드가 나를 불렀다. 우리가 도착했을 때 의사는 반쯤 벌거벗은 상태였는데 이제야 셔츠, 반바지 그리고 신발까지 신었다.

"이 사람, 맡기를 원해요?"

내가 적극적인 활약과 도전을 원한다는 것을 토드가 마침내 이해한 듯했다.

나는 의사의 손목에 수갑을 채우고 피의자 권리를 읽어주었다. 그러고서 연방 재판소로 데려가기 위해 그를 내 차 뒷좌석으로 이끌고 갔다.

재판소까지 가는 내내 의사는 자기가 해온 일과 지금까지 성공한 과정, 그리고 얼마나 돈을 많이 벌었는지를 떠들어댔다. 그러면서 보험회사, 현 행정부, 자신의 비행 때문에 발생한 의료 과실 보험료를 비난해댔다. 그의 주장에 따르면 자기만 빼고 모두가 잘못이었다. 도대체 이렇게 멍청한 사람이 어떻게 의대에 진학할 수 있었는지 궁금했다. 나를 운전기사라고만 생각했을까? 미란다원칙을 고지한 사람은 난데! 나는 방탄조끼를 입고 권총집을 차고 있었다. 사무실에 돌아가는 대로 이자가 말한 것을 모두 기록할 것이다.

나는 그 의사의 말을 끊지 않았다. 그가 말한 내용을 속으로 반복해 말하면서 머리에 담아두었다. 이렇게 해야 온전히 기억할 수 있다.

그리고 가능한 한 천천히 운전했다.

● ● ●

FBI 재직 기간 동안 처리하고 있었던 일은 크게 세 가지였다. 우선 퇴직 예정인 지니^{Jeannie} 요원이 맡았던 사건을 정리하는 것이었다. 지니는 늦게 출근해 일찍 퇴근했는데 일은 포기해버린 것 같았다. 지니가 마무리한 사건은 하나도 없었다. 그리고 적극적으로 수사하는 사건도 없었다. 지니의 파일을 뒤져본다는 것은 각 사건 파일—서류 두께만 10센티미터가 훨씬 넘는 경우가 많았다—을 다 읽고 모든 단서, 모든 용의자, 모든 증인, 모든 희생자에 대해 다 찾아봐야 한다는 뜻이었다. 어디에서 시작하든지 몇 시간에서 몇 주가 걸리는 일이었다. 대개는 2주 걸렸다. 가끔은 지니가 끝맺지 못한 사건 파일 무더기를 정리하면서 그녀가 집에서 지낼 때는 무슨 모습일지를 상상했다. 나는 지니가 물건을 버리지 못하는 저장 강박증이 있다고 결론 내렸다. 그녀는 ATM 영수증, 재활용 물통, 신문지, 아마존 택배상자, 뽁뽁이 포장지, 피자 전단지 하나하나가 언젠가 가치를 가질 것이라고 여기는 것 같았다. 어쩌면 싱크대가 더러운 접시로 넘쳐나고 수돗물이 나오지 않아서 붉은색 솔로Solo(일회용 플라스틱 컵의 상표명-옮긴이) 파티용 컵과 종이 접시를 사야 할지도 모르는 게 아닐까.

지니가 사무실에 정신없이 어질러놓은 서류뭉지─나 혼자 치워야 했다─를 정리하는 데는 내 상상 속에 있는 쓰레기 집보다도 더 오랜 시간이 걸릴 터였다.

하루는 우리 분소장 사무실의 문 앞에 잠깐 섰다. 좋은 분인데 사팔뜨기에 경기 중의 미식축구 코치처럼 찌푸린 인상이 얼굴에 밴 사람이었다.

"소장님, 지니 요원이 왜 자기 서류 작업을 제대로 하지 않는지, 아니면 왜 누군가 진작 정리를 시작하지 않았는지 궁금합니다."

초조할 때 버릇대로 나는 웃으며 말했다. 이 작은 분소에 이렇게 시급하지도 않은 일 때문에 바빠졌던 사람은 일찍이 없었다.

"사무실 막내가 해야지."

소장은 어깨를 으쓱하며 말했다.

그런데 나는 막내가 아닌 유일한 '여자' 막내였다.

나 말고도 두 남자 요원이 나와 같은 때 근무를 시작했다. 그중 한 명인 데런Darren은 이미 사이버범죄 분야를 깊이 파고들고 있었고 또 다른 요원 브루스Bruce는 로스앤젤레스의 갱단 전쟁에 침투해 바쁘게 활동하느라 거의 사무실에 없었다.

나는 브루스 요원과 함께 갱단 범죄 수사를 같이 한 적이 있었고 가끔은 사무실에서 도청한 통화 내용을 들었다. 갱단원 대부분은 중요 정보를 전화로는 많이 말하지 않을 정도의 머리는 있었다. 그래서 내가 들은 통화 내용의 대부분은 일상적인 대화였다.

"집에 오는 길에 크림 사 와."

"루이즈^{Louise}가 퇴근하고 타겟^{Target}(미국의 의류 체인점-옮긴이)에 가서 옷을 살 건데 제시^{Jesse}가 삼각팬티를 좋아하는지, 사각팬티를 좋아하는지 알아봐줘."

"아, 화장지 잊지 마!"

브루스가 가진 갱단 문신 구분표를 보자 나는 한 부 복사해서 책상에 붙이고 재빨리 암기했다. 문신 모양은 그 자체로는 매력적인 예술이었다. 이집트 상형문자처럼 각각의 문신은 역사, 소속, 목표를 대변했다. 얼굴에 새긴 문신이 특히 내 관심을 끌었는데 가장 흔한 것은 눈에서 흐르는 눈물방울 모양 문신이었다. 눈물방울은 선으로만 그려지기도 했고 속을 채운 형태이기도 했다. 어떤 눈물방울은 복역 기간, 어떤 것은 저지른 살인, 또 다른 것은 시도한 살인을 나타낸다. 갱단원 대다수는 어린애라서 나중에 마음이 변하면 지울 수 있기나 할지 걱정이 들기도 했다.

갱단 범죄 수사에서 내가 자주 맡았던 일로 갱단 본거지가 보이는 곳에 앉아서 그곳을 드나드는 사람을 기록하는 업무가 있었다. 나는 갱단원들을 세고 모두의 일정이 어떤지를 기록했다. 이들은 총기를 소지했고 실제 쏠 수도 있었다. 그래서 그들의 본거지를 습격할 때면 갱단원 누구도 다치지 않도록 전략적으로 진입할 요원 한 팀이 필요했다. 이런 종류의 체포 작전들 중에 스무 명 이상이 거주하던 방 두 개짜리 방갈로 습격이 가장 어려웠는데 거주자 중 열다섯 명은 화기를 능숙하게 다뤘다. 이 집에는 어린이 세 명도 있었는데 모두 열 살이 채 안 되었다.

팀의 지휘를 맡은 브루스 요원은 방갈로에 진입하면 아이들을 잡아두라는 임무를 내게 주었다. 나는 아이들에게 가혹할 수도 있겠지만 케이블 타이 수갑을 채웠다. 아빠 총을 가지고 뛰쳐나가 FBI 요원들을 공격하려 했다는 꼬맹이들 이야기는 아주 많이 들었다. 그 아이들에게는 우리가 악당이었으니까. 팀이 습격을 개시하자 나는 침실 구석으로 세 아이를 몰아넣었다. 애들이 잠자리 놀이용 성채를 만들려고 했는지 매트리스와 담요가 침실 바닥에 가로세로로 놓여 있었다. 나는 아이들에게 수갑을 채우고 내 쪽을 바라보는 방향으로 매트리스에 앉혔다. 우는 아이는 없었다. 비명을 지르는 아이도 없었다. 아이들은 나를 올려다보기만 했다. 저 사악한 금발 여자가 뭘 할지 보려고 기다리기라도 하는 것 같았다.

"안녕, 얘들아. 괜찮아, 너희들 다 괜찮을 거야. 다치게 할 사람은 없어." 내가 말했다.

가장 큰 아이가 내게 고개를 끄덕여 보였다.

곧 이 집 전체에 안전이 확보되었고 거기에 있던 모든 용의자들이 체포되고 구금되었다. 얼마 후 어린이보호국Child Protection Services 직원들이 와서 아이들 보호를 맡았다. 내 카고바지 주머니에 접이식 나이프가 있었다. 칼을 꺼내 칼날을 폈는데도 아이들은 눈 하나 깜짝하지 않았다. 가장 작은 아이가 "쿠치요cuchillo(스페인어로 '칼'-옮긴이)"라고 말했다. 얌전하게 우리에 협조해준 것을 내가 칭찬해주며 케이블 타이 수갑을 자르는 동안에도 아이들은 차분히 나를 지켜보았다. 머릿속으로 나는 이 순간이 지나면 아이들의 상황이 좀 더 나아지기를 바랐다. 자기 집에서 FBI 요원들에게 손을 묶이고 구금되었던 것이 아이들 인생의 마지막 최악의 경험이었으면 했다.

● ● ●

내가 제일 오랜 기간 관여했던 그 사건은 FBI가 지금껏 해결했던 가장 큰 방첩 사건들 중 하나였다. 용의자는 치 막Chi Mak이라는 이름의 남자였는데 1970년대에 부인 레베카Rebecca와 함께 홍콩에서 미국으로 이민 와서 파워 패러건Power Paragon이라는 회사에서 일했다. 이 회사는 미 해군을 위한 방어시스템을 개발하고 있었다. FBI 요원들은 충분한 증거를 제출해 법원으로부터 막 씨의 집에 들어가 몰래카메라를 설치하고 전화를 도청하며 자동차의 위치 추적을 할 수 있다는 허가를 받았다. 그뿐 아니라 그 집에서 나온 쓰레기는 쓰레기장으로 가기 전에 우리가 가로챘다. 쓰레기는 매주 빈 차고에서 분류되고 세밀한 조사를 받았다.

그 일을 한 사람은 나였다.

막 씨의 단순하고 간소한 삶의 방식은 내게 흥미롭게 다가왔다. 부인 레베카는 스스로 유배 생활을 택한 것 같았다. 캘리포니아에서 수십 년을 살았지만 그녀는 영어를 배우지 않았다. 그리고 영화관, 박물관, 해변 같은 곳을 찾아간다거나 TV 시청, 쇼핑 등 대부분의 사람이라면 삶의 낙이 될 만한 일을 하지 않았다. 맞다. 지금 세상이 엉망진창이라고는 하지만 문을 열고 밖으로 나가기만 해도 즐길 만한 것은 정말 많다. 음, 그녀는 바깥출입을 하기는 했다. 하루에 한 번 말없이 얼른 하고 들어오는 동네 산책이었다. 그 외에는 남편과 동행해서만 집에서 나왔고 그 대부분은 세차를 하거나 식료품점에 가는 등 가사와 연관된 일이었다.

부부는 매주 토요일에 테니스를 쳤지만 스포츠를 즐기기 위해서라기보다 체육 교사가 시켜서 하는 것 같았다. 내가 틀렸을지도 모르겠다. 이게 일주일에 한 번 있는 즐거운 시간일 수도 있다. 집에서 막 씨 부부는 말이 없이 다정히 있을 때가 많았다. 이들이 이야기할 경우 대화 주제는 대개 중국 정치와 마오쩌둥, 그리고 중국 역사에 관한 것이었다. 나도 이런 주제에 큰 관심이 있었다. 대학에서 내 부전공은 중국 역사였다. 하지만 안타깝게도 내 임무는 이 대화의 번역을 숙독하고 내용을 파악하는 것이 아니었다.

막 씨가 받는 월급은 캘리포니아주 다우니Downey의 검소한 집에 거주하는 두 사람의 생활비로는 충분했다. 그런데 그와 레베카는 마치 자동판매기의 잔돈 나오는 구멍에 남은 동전을 주워 모아서 사는 것처럼 생활했다. 이들은 오래된 옷을 입었으며 식료품 외에 다른 물건을 사는 것 같지는 않았다. 토요일마다 부부는 한 철물점에 갔는데 거기서 뭔가를 산 적은 한 번도 없었다. 처음에 FBI는 이들이 여기 들러서 정보를 전달한다고 생각했다. 결국 우리는 이들이 목재 매장에 놓인 공짜 커피를 마시러 간다는 것을 알아냈다. 또한 이들은 음식을 접시에 담지 않고 신문지에 담아 먹었다. 식사를 마치면 이들은 음식 쓰레기를 신문지에 둘둘 말아서 버렸다. 이 때문에 막 씨 집의 쓰레기는 구별해내기 쉬웠다. 신문지를 식기로 사용한 게 물을 아끼기 위해서였는지, 세제를 아끼려고 그 랬는지, 아니면 설거지 시간을 아끼려는 생각에서였는지 언제나 궁금했다. 아마 이 세 가지 이유 다였을 것이다.

일주일에 한 번 나는 카고바지와 부츠, 긴소매 티셔츠 차림으로 차고에 가서 쓰레기를 분류했다. 마스크와 손 베임 방지용 장갑을 낀 채 나는 막 씨 집에서 나온 쓰레기봉투를 열고 바닥에 깔린 방수포 위로 쏟았다. '월리를 찾아라Where's Waldo' 게임을 하는 것 같았다. 이 쓰레기에서 '월리' 가 무엇인지, 누구인지를 확신하지 못한다는 점만 달랐다. 나는 쓰레기 분류법 훈련을 받는 날 말고는 혼자서 이 일을 하고 있었는데 이 덕에 참선을 하듯 작업에 임할 수 있었다. 마음을 비운 다음 나는 특정한 것을 찾는 건 아니라고 나 자신에게 말했다. 단지 찬찬히 바라볼 뿐이었다. 뭔 가 특정한 것을 찾아다니면 기대하는 것을 찾을 가능성이 없어진다. 나 는 날카로운 의심의 눈으로 휴지 심, 여행안내서, 식단의 변화(7월의 어 느 한 주에 이들이 칠면조 가슴살을 요리했다는 것은 무슨 뜻인가?)를 비롯해 그 집에서 나온 모든 것을 꼼꼼히 살폈다.

그리고 그 집에서 나온 모든 인쇄물과 손으로 쓴 것들은 특별한 관심 대상이었다. 이들은 대개 중국어로 되어 있었다. 막 씨는 종이를 찢어서 버리는 성향이 있었기 때문에 나는 우표처럼 작은 종잇조각을 쓰레기더 미에서 끄집어내어 테이블 위에 펼쳐놓았다. 프랜Fran이라는 이름의 여성 이 쓰레기에서 끄집어낸 문서 조각을 맞춰 번역했다. 우리 사무실 직원 은 아니었지만 이 건에서 프랜은 해석 작업 전반을 도왔다.

분류된 쓰레기에서 임무 목록을 식별해낸 사람은 프랜이었다. 영어와 중국어로 쓰인 이 목록에는 막 씨가 중국 정부에 보내기로 한 기밀 문건 의 정체가 분명히 적혀 있었다. 평범한 직장인이며 일터에서 친절하고 동료를 잘 돕기로 평판이 자자한 막 씨는 사실 기밀 군사정보를 중국 정부에 넘기기 위해 미국에 왔다. 평생 동안은 아닐지도 모르겠지만 그는 재직 기간 내내 이 일을 했다. 막 씨 부부는 중국에 집 두 채를 소유하고 있었다. 언더커버로서의 삶이 끝나면 레베카와 같이 은퇴해 살려고 마련한 집 같았다. 나는 체포 당시 예순넷이던 막 씨가 계획대로 레베카와 함께 중국에서 은퇴 생활을 할 수 있었더라면 그전처럼 계속 신문지에 음식을 담아 먹었을지 몹시 궁금했다.

결국 막과 레베카는 둘 다 유죄 판결을 받았다. 레베카는 등록되지 않은 외국 정부 요원으로 활동한 죄로 3년형과 복역 후 중국으로의 추방을 선고받았다. 막 씨는 미국 군사기술을 중국으로 빼돌리려는 모의를 한 죄로 24년 6개월형을 선고받고 지금도 복역 중이다.

• • •

FBI에서 근무하는 동안 나는 사회의 구성원으로서 뭔가 생산적인 일을 한다고 느꼈다. 그리고 나는 내가 거기서 한 일에 자부심을 느낀다. 그런데 나는 재직 기간 동안 내 기술과 재능이 충분히 활용되지 못했다는 것을 언급하지 않을 수 없다. FBI의 눈에는 나는 그저 '그 여자애'였다. 그리고 내게 주어진 일은 모두 이를 반영했다. 비행 청소년(A. J.) 사건에서 나는 남편이 아이를 혼내는 동안 옆에 서서 지켜보기만 하는 어린 신부 역할이었다. (이 시나리오에서는 '아빠가 집에 오실 때까지 기다려.'라는 말이 떠오를 것이다.) 사건 현장에 아이가 있으면 나는 아이 돌보미가 된다. 아내, 딸 혹은 어머니가 관여해 있으면 나는 그들의 친구 역할을 맡는다. 지니 요원의 경우 나는 그녀의 비서로 활동하는 여자애가 되어 엉망진창인 서류를 정리해주고 오명을 씻어주는 일을 했다. 그리고 중국 스파이 사건에서 나는 우리 사무실에서 중국 역사와 정치에 대해 가장 잘 아는 사람이었지만 맡은 역할은 쓰레기를 정리하는 여자애였다. 가사 노동자, 청소부, 하녀인 것이다.

내가 사무실에서 유일한 막내였더라면 '막내라서' 그런다는 소장의 해명을 받아들였을는지도 모른다. 그런데 막내는 나 말고도 대런과 브루스가 있었다. 둘 다 나와 같은 날 배치되었다. 이들이 배당받은 사건이라면 나도 열정적으로 뛰어들었을 것이다.

고등학교 시절 나는 역사 교사가 되겠다고 결심했다. 나는 젊은이들의 삶을 바꾸고 전 지구적, 역사적 맥락에서 더 넓고 깊게 사고하도록 격려하고 싶었다. CIA에 들어갔을 때도 그러고 싶다는 희망을 그만둔 적은 없었다. 좀 더 험한 길을 택해서 예상하지 못한 일을 하고 내가 될 수 있다고 생각하지 못한 그 누군가가 될 때까지 잠시 미뤄두었을 뿐이었다. CIA에서의 내 경험과 성취는 자아감과 자신감을 되찾아주었다. 어렸을 때는 갖고 있었지만 학교폭력을 당하던 시절에 잃어버렸던 그 자존감이다. 나는 CIA에서 자신에 대해 배웠을 뿐만 아니라 정치학, 국제정치학, 세계사, 문화사 분야에서 대학원 수준의 몰입식 교육과정을 집중적으로 이수한 것이나 마찬가지였다. 내가 맞서고 있던 상대는 테러와 테러리스트였지만 다른 한편으로 나는 이슬람 문화, 예술, 건축의 엄청난 아름다움에 둘러싸여 있었고 이에 매혹되었다. 많은 과정을 거쳐 결국 나는 겉으로 보면 나와 닮은 점이 하나도 없는 사람들을 받아들이는 더 큰 관용과 자비를 얻게 되었다.

FBI 요원으로서 나는 방첩 문제에 대해 배울 수 있는 모든 것을 배우고 싶었다. 나는 내 나라를 안전하게 지킬 수 있는 새로운 방법을 찾아내고 싶었고 내 분야에서 더 능숙하고 똑똑한 전문가가 되고 싶었다. 하지만 FBI 재직 중에는 그런 것을 배우지 못했다. 퇴직 이후 나는 FBI에서 이런 경험을 한 사람이 나 하나가 아니라는 것을 알게 되었다. 현재 연방정부 동등고용기회위원회Equal Employment Opportunity Commission에다 FBI 당국의 처사에 대해 이의를 제기한 여성 요원만 열두 명이다. 이들 모두가 콴티코 훈련소에서 차별 대우를 받았다고 진술했고 이 중 일곱 명은 인종 때문에 추가적 차별을 받았다고 주장하고 있다. 나로서는 전혀 놀랍지 않은 일이다. 그리고 나는 이들의 사건이 공론화되면 될수록 여성의 목소리가 더 커지리라 기대한다. 문제를 제기할 사람들이 아주 많을 것이라서 그런 건 아니다. 현직 FBI 요원에서 여성이 차지하는 비중은 오분의 일 이하다.

나는 FBI에서 성장하기는 했다. 그러나 내가 예상했던 방법으로는 아니었다. 그 대신 나는 내면의 깊숙한 곳에서 내 진정한 자아가 성장했다. 진정한 자아야말로 삶에서 내가 진심으로 하길 원하는 것을 볼 수 있으며 목표에 도달할 방법을 배울 수 있는 터전이다. 막 씨 집에서 나온 더러워진 신문에서 기름투성이 닭 뼈를 골라내는 동안 나는 모든 것이 진정 변화하려면 힘의 균형이 바뀌어야 한다는 점을 더 분명히 깨닫게 되었다.

어린 시절 우리 집 냉장고에는 '불평하지 말고 혁명을 시작하자'라는 문구의 범퍼 스티커가 붙어 있었다. 나는 매일 이 문구를 읽었다. 하루에 열 번, 어떤 날은 스무 번까지! 이 문구는 어머니의 목소리처럼 내 머리에 깊이 각인되었다. FBI는 내 가슴속에서 불타고 있던 작은 불꽃에 기름을 부었다. 이 불꽃은 거세져서 나를 휘감았으며 나는 이를 더는 무시할 수 없었다. 불평을 그만두고 나 자신의 혁명을 시작해야 했다.

FBI 근무를 시작한 지 15개월 뒤 나는 이곳을 그만두었다.

에필로그

혁명은 지금부터다

/

**택사스주 댈러스
현재**

● 교실 앞쪽 내 책상 옆에 설치된 스크린에 증오지도^{hate map} 화면이 떴
다. 지도 맨 위에는 굵은 산세리프체로 '현재 미국에서는 954개의 증오
집단이 활동 중입니다. 이 증오지도를 가지고 이들을 추적해보시오.'라
고 적혀 있었다. 이 대화형 지도는 제목만큼 무섭지는 않고 재미있다.

교실 한가운데에는 열일곱에서 열여덟 살 정도의 여학생들이 모여 베
개를 베고 담요 위에 누운 채 스크린을 올려다보고 있었다. 조명은 꺼졌
고 실내 온도는 적당했다. 모두 쾌적해했고 편안한 자세를 취하고 있었
다. 오늘 수업의 주제는 '국내 테러리즘'이다.

멜리아^{Melia}가 손을 든다.

"네오나치 집단의 수는 어떻게 되나요?"

나는 다양한 증오를 범주화한 풀다운 메뉴^{pull-down menu}(화면에 표시된 항
목을 선택하면 그 항목 아래에 다시 하위의 메뉴 항목이 블라인드처럼 내려져

표시되는 방식-옮긴이)를 클릭해 '네오나치'를 눌렀다.

"122개야. 지난 몇 년간 가장 많이 증가한 증오집단이네. 22퍼센트 증가했어."

"KKK보다 더요?"

애미티Amity가 묻는다. 다시 풀다운 메뉴로 돌아가 'KKK'를 클릭했다. 현재 77개 지부가 있는데 17퍼센트 감소다.

"KKK보다 더하네. 그런데 이런 집단이 단 하나만 존재한다고 해도 행동을 취해야 하지 않을까?"

"그래요."

애미티가 말한다.

"댈러스의 증오집단 부분만 클릭해주실래요?"

하퍼Harper가 요청한다.

나는 미국 지도를 스크롤해 텍사스까지 내리고 댈러스를 클릭했다. 원형으로 된 표식이 서로 겹쳐 뭉쳐 있는 것이 보인다. 나는 표식 하나하나를 클릭해 이 학생들의 도시, 지금은 나의 도시이기도 한 이 도시에 어떤 증오집단이 있는지를 보았다. 격자무늬 스커트와 흰색 블레이저 재킷을 입은 이 교실의 여학생 한 명 한 명이 미국 내 증오집단의 표적이 될 수도 있다는 사실을 주목하지 않을 수 없었다. 흑인, 유대인, 이슬람, 이민자, 여성, 성소수자.

"이번 주에 했던 읽기 과제물을 생각해보렴."

내가 말했다.

"이 지도에 있는 여러 다른 집단들을 잘 살펴봐. 그리고 자신에게 물어봐. 이게 테러리즘인가? 이 집단은 모두 동등할까? 우리가 어떤 집단이 다른 집단보다 강하다고 느낀다면, 그렇다면 그건 왜일까?"

즉시 교실이 왁자지껄하는 목소리로 소란스러워졌다. 모두가 자기 의견이 있는 것 같았다.

이번이 이 수업을 한 지 일곱 번째 주다. 나는 이 수업에 '첩보의 기법

Spycraft'이라는 이름을 붙였다. 이 수업을 듣는 학생들은 오클라호마 폭탄테러 사건, 9·11을 전후로 한 여러 사건, ISIS의 창건, 빈 라덴 추적, EIT(고문)에 관한 글을 읽었고 한 달 동안 각자 다른 테러 집단—ISIS, 보코 하람Boko-Haram(나이지리아에서 생겨난 이슬람 극단주의 테러 집단-옮긴이), 알 카에다 등등—에 대해 광범위한 조사 연구를 했다. 불행히도 이 수업을 몇 명이 듣든 간에 테러 집단은 학생 한 명이 하나씩 골라 연구 주제로 삼아도 남을 만큼 그 수가 많다. 수강생들은 각자 지정받은 테러 집단의 위협 평가 리포트를 작성했다. 리포트에서 이들은 각 집단이 생물학 무기를 사용할 장소 및 시간의 통계적 가능성과 더불어 이 무기를 실제 사용할 가능성 및 능력을 분석했다. 매해 학생들은 철저한 조사를 바탕으로 통찰력 있고 총명한 분석을 담은 리포트를 냈고 나는 그 리포트들을 바인더에 철하고 여러 부를 복사해 국토안보부Department of Home Security 및 여러 상원의원, 특히 정보위원회 소속 의원들에게 보냈다.

여기서 한 걸음 더 나아가 내 학생들은 암호해독법, '위장작문법masked writing(보내려고 의도한 메시지를 무의미한 메시지로 위장하는 작문법-옮긴이)' 그리고 실토하느니 죽음을 택할 사람들로부터 정보를 얻는 방법을 배울 것이다. 그리고 현 행정부의 국내 테러리즘 정책에 대한 논문, 9월 11일의 사건을 분석하고 그 공격을 사전에 막아낼 수 있었는지 여부, 그리고 막아낼 수 있었다면 그 방법은 무엇이었을지 분석한 논문, 그리고 지금 상황에서 전쟁을 일으키는 효율적 방법과 비효율적 방법에 대한 논문을 쓸 것이다.

이 수업의 내용은 어렵다. 숙제와 독서 과제도 역시 쉽지 않다. 그러나 학생들은 스스로 문제를 분석하고 해법을 찾아가는 과정에서 자신이 발견한 것에 압도되거나 겁에 질리지 않는 법을 배운다. 이보다 이들은 문제 해결에 적극적으로 개입하고 이로부터 힘을 얻는다.

"월더 선생님, 텍사스에 있는 다른 도시들을 클릭해서 증오집단이 가장 많은 도시를 볼 수 있을까요?"

오스턴Austen이 말한다.

"댈러스는 아니기를 바란다."

나는 그렇게 말하고 학생들이 말하는 동안 클릭하기 시작했다. 수업에서 나오는 의견은 강경했다. 학생들은 열의에 불타고 있었으며 자기 목소리를 냈다. 내가 기대했던 바다. 그리고 이들은 서로를 존중하며 친절하게 대했다. 이것도 내가 기대했던 대로다. 여기에서 괴롭힘은 용납되지 않는다.

● ● ●

2010년 가을에 이 여고에서 학생들을 막 가르치기 시작했을 때 나는 FBI를 떠난 뒤 석사 학위를 받고서 마음속에 깔아둔 길을 따라 힘차게 걷게 되었다는 느낌이 들었다. 나는 역사 교사가 되었고 현재의 사건과 정치를 많이 반영한 수업을 계획했다. 그해는 9·11 사건의 9주기였다. 교내 방송 스피커에 교장 선생님이 나와서 이 테러 공격의 희생자들을 추념하기 위해 앉은 채로 1분간 침묵하자고 요청했다. 이 수업을 듣는 학생들은 1학년이다. 월드트레이드센터가 무너졌을 때 이 아이들은 유치원에 다니고 있었다. 이 학생들에게 9·11은 가장 생생하게 기억에 남은 첫 사건이 아니었을까 하는 상상이 든다. 나는 학생들의 얼굴을 쳐다보았다. 몇몇은 눈을 감고 있었는데 루비Ruby라는 한 학생이 울고 있는 모습이 눈에 들어왔다. 나는 루비에게 복도로 따라오라고 눈짓했다. 복도에는 아무도 없었고 추념 시간이 지나는 동안 완전한 침묵만이 자리를 지켰다. 루비 가족은 겨우 얼마 전 지난여름에 뉴욕에서 댈러스로 이사를 왔다.

"저는 그때 다섯 살이었고 장례식에 정말 많이 갔어요."

루비가 흐느끼며 말했다. 그녀를 껴안은 나도 울지 않을 수 없었다.

그날 오후 나는 집으로 차를 몰면서 9·11 직후 CIA에서 내가 했던 일을 생각해보았다. 나는 옥죄어오는 죄책감의 바다에서 허우적대며 범인을 잡아내고야 말겠다는 데 온 신경을 기울이고 있었다. 하지만 그때는 수영용 고글이 아닌 시야가 제약된 야간투시경을 통해 사안을 보았던 것 같다. 시야가 제약된 야간투시경으로는 주변 풍경도, 녹색 외의 다른 색도, 뉘앙스도, 심지어 얼굴 특징까지도 볼 수 없었다. 9·11을 겪은 루비의 경험을 생각해본 덕에 나는 이 야간투시경을 벗을 수 있었다. 이제야 나는 이 사건의 전반적 모습을 인식하고 이로 인해 일어난 반향 효과까지 알 수 있게 시야를 더 넓힐 수 있었고 테러범과 희생자뿐 아니라 다른 모든 이들과 공감할 수 있게 되었다. 아이들을 가르칠 때는 CIA에서 일할 때보다 더 넓은 시각에서 초점을 잡아야 한다는 것이 이해되었다. 나는 마음을 열고 테러리즘 때문에 삶이 바뀌거나 그런 과정에 있는 사람들에게 손을 내밀어야 한다. 언더커버 요원으로서 수행했던 첩보활동이라는 좁은 터널에서 벗어나 안팎을 뒤집어 사안을 관찰해야 할 때가 되었다.

그 주에 나는 내 수업의 목표를 나 자신에게 분명히 밝힐 수 있도록 생각을 적어 내려갔다. 나는 내 학생들이 미국 정치와 전 지구적 관점에서의 정책을 완전히 이해하기를 원했다. 나는 학생들이 전 세계가 이어져 있다는 것을 이해하기를 바랐다. 밤중에 자기 마을에서 미군 병사들을 단 한 번 본 예멘 소년이 미국인은 파괴를 가져온다고 생각하게 되는 이유 같은 것이 한 가지 사례가 될 것이다. 나는 학생들이 시스템과 정치가 어떻게 작동하는지, 그리고 어떻게, 왜, 어디에서 작동하지 않는지를 이해하길 원했다. 내 학생들이 '여성으로서' 제공할 수 있는 기술, 지성 그리고 견해를 FBI, CIA, 국무부, 상원 그리고 백악관과 같은 곳이 절실히 필요로 한다는 것을 나는 보여주고 싶었다. 되도록 많은 학생들이 내 수업에서 영감을 얻어서 세계에 진출하고 영향력 있는 지위에 올라 정책과 행동을 만들어내고 거기에 영향을 주기를 원했다. 그리고 나는 그 업적의 결과와 목적이 몇몇 소수의 이익을 위해서가 아니라 인류 보편의 이익을 위한 것이기를 바랐다.

이것들을 모두 이뤄내기는 고등학교 역사 교사라는 내 위치에서는 벅차 보였다. 곧 나는 두 가지를 깨달았다. 첫째, 나는 수업 전에 학생들에게 지금까지의 내 삶을 보여주고 이야기해줄 수 있다. 그리고 둘째, 나는 이 수업에서 영감을 얻은 학생들이 장차 기울어진 세상을 바로잡는 데 도움이 될 경력을 추구하도록 수업할 수 있다. 세상이 바로잡히면 증오가 멈추고 자비가 퍼질 것이다.

그렇다, 내게는 원대한 목표가 있다. 하지만 나는 목표가 원대하다고 두려워하지 않는다.

● ● ●

수업이 끝나고 나는 불을 켠 다음 학생들에게 이번 주 트윗을 꼭 하도록 주의를 환기했다. '첩보의 기법' 수업의 또 다른 숙제로는 미국 주요 신문의 기사를 매일 읽고 가장 흥미로운 기사 하나를 매주 트윗하는 것이 있었다. 매 수업 시작 전에 우리는 첩보의 기법 해시태그가 달린 트윗들을 뽑아냈고 각 트윗 작성자들은 자기가 보낸 뉴스의 핵심을 설명했다. 지금 이 트위터 글 모음은 과거 수강생들, 미래 수강생들, 현재 수강생들을 잇는 진지한 내용의 뉴스 피드가 되었다. 모든 연령대의 여성이 수집하고 관리하며 비평한 관련 정보의 체인인 셈이다.

학생들은 교실을 떠나며 시끌벅적한 토론을 계속한다. 한쪽은 모든 증오범죄는 테러의 일종이라고 생각하고 반대쪽은 살인을 저지르는 증오 집단만 테러리스트로 분류할 수 있다고 생각한다. 학생들이 지금 TV에 나오는 내용이나 주말에 한 일에 영향을 받아 주제를 바로 바꾸지 않는다는 것, 그것만으로도 나는 몸이 후끈해지는 것을 느낀다. 이 느낌은 자부심이라고밖에 표현할 길이 없다. 애너^Anna라는 한 여학생은 수업이 끝나고도 교실에 남았다. 내가 하는 다음 수업도 들었기 때문이었다. 애너는 책상으로 가서 노트북을 열더니 뭔가를 타이핑하기 시작한다. 나는 베개와 담요를 교실 구석으로 던져 넣는다.

　몇 분 안에 나의 다음 수업인 고급 미국사 실습 수강생들이 둘씩 짝지어서 또는 혼자서 교실에 들어온다. 몇몇은 생기발랄하게 토론하고 있고 다른 몇몇은 자기만의 생각에 빠진 것 같다. 몇몇 학생들이 노트북을 열어 전 시간 과제물을 점검하고 다듬는다. 뭘 쓰고 있는지는 몰라도 애너는 글 작성에 몰두하느라 옆에 앉은 절친 둘과 다른 학생 하나가 서로 머리를 땋아주는 것도 알아차리지 못할 정도였다. 나는 애너 뒤로 걸어가 어깨 너머로 힐끔 보았다. 쓰고 있던 것은 '첩보의 기법' 수업의 기말 논문이었다. 이번 학기에 관찰해보니 애너는 그 나이 때 나처럼 정치와 시사에 푹 빠져 있었다.

　몇몇 학생은 간식을 보관해두는 교실 구석에 모여 있었다. 간식은 치즈잇, 요크 페퍼민트 패티, 젤리류, 프레첼, 그래놀라바bar다. 3.8리터짜리 우유 통보다 더 큰 상자에 담긴 골드피쉬Goldfish 크래커도 있다. 애바Ava라는 학생이 크래커를 한 움큼 집어 들더니 입에 털어 넣다시피 해서 먹다가 내가 주의를 주자 멈췄다. 학생들은 내가 그런 행동을 싫어한다는 것을 안다.

　나는 교실 앞쪽 내 자리로 돌아왔다. 책상 위에는 어린 딸과 남편의 사진이 액자로 놓여 있었다. 교탁 근처 선반에는 CIA와 FBI 재직 시절에 저명 정치인들과 찍은 사진이 있다. CIA와 FBI에서 착용하던 티셔츠와 야구 모자는 벽에 걸려 있다. 나는 '첩보의 기법' 수업을 시작하던 학기에 이것들을 모아 교실에 진열했다. 교실 벽에는 또 9월 11일에 사망한 모든 이의 이름이 적힌 미국 국기가 걸려 있다.

　엘리Ellie라는 학생이 허겁지겁 교실에 뛰어 들어온다.

"지각 아니야."

내가 말한다.

"에, 그래요?"

엘리는 아주 기뻐하며 구석으로 가서 거대한 핑크색 베개로 뛰어든다. 내게도 친숙한 행동이다. 왜냐하면 나도 주변에 있는 푹신한 것에 몸을 던졌던 게 기억나니까. 사실 이 방의 모든 것은 내게 친숙하다. 모두 나의 다른 모습이다. 핑크색 쿠션을 보면 델타 감마 하우스에서 썼던 핑크색 빈백이 떠오른다. 간식은 랭글리의 CIA 본부 사무실에서 내 책상 서랍을 가득 채웠던 그 과자들이다. 그리고 티셔츠와 사진은 그 시절에서 온 모든 것의 시각적 표현이다.

"월더 선생님?"

애너가 말한다. 그리고 나는 고개를 들어 애너가 말을 잇도록 쳐다본다.

"학교 수업하고 관계없는 거 하나 여쭤봐도 돼요?"

"물론이지."

학생들은 가끔 학교 수업과 상관없는 것을 묻기도 한다. 내가 언더커버 요원이었을 때 변장을 했는지, 사람을 쏜 적이 있는지, 목숨이 위태롭다고 느꼈던 적이 있는지, 아니면 폭탄이 터지는 장면을 목격한 적이 있는지 등등.

"대학을 졸업하면 말이에요, 저 CIA에 들어갈 거예요. 그래서 말씀인데, CIA에 재미라는 게 있나요? 거기 사람들은 언제나 진지하기만 해요?"

"업무는 진지하지. 그리고 힘들어. 하지만 똑똑한 사람들이 일하는 곳이고 이 사람들도 정말 재미있는 구석이 많아. 내 말은 서커스에서 광대로 일하는 사람이 실제로는 웃긴 사람이 아닐 수도 있다는 거지. 알겠니?"

"네, 선생님 말씀이 맞아요."

애너가 말한다.

애너의 절친 벨라Bella가 큰 소리로 말한다.

"얘는 월더 선생님처럼 되고 싶대요."

"말하지 말랬지!"

애너가 부끄러워한다.

"근데 진짜 그렇잖아!"

벨라가 말한다.

"나중에 너희들, 세상 밖으로 나가서도 너희답게 행동한다면 정말 멋지겠다."

내가 말한다. 그런데 의문이 든다.

'나같이라니, 무슨 뜻이지? 애너 같은 애가 무슨 생각으로 나 같은 사람이 되고 싶다고 말하는 걸까?'

이날 오후 늦게 나는 어린이집에서 딸을 데려왔다. 이제 모든 초점은 아이에게 맞춰진다. 딸은 내게는 작은 기적이다. 나와 남편 세포로 만든 배아 열세 개 가운데 유일한 생존자가 이 아이다.

의사가 내게 전화를 해서 대리 자궁에 이식할 배아는 단 하나뿐이라고 알려왔다. 그때 나는 자궁 절제술을 받고 아이를 가지려고 노력하는 과정에서 받았던 스트레스를 씻어내기 위해 달리고 있었다. 내 첫 번째 생각은 이 아이가 딸이라면 좋겠다는 거였다. 이미 아이는 어디까지 강인하고 결의에 차 있을 수 있는지를 보여주었기 때문이다.

딸아이를 차에 태우고 나서 몇 분 뒤, 아이는 내 질문에 답하지 않겠다고 마음먹은 듯 내 말을 무시하더니 노래를 시작했다. 새처럼 지저귀는 달콤한 목소리였다.

"나는 작은 티포트, 작고 땅땅한……."

딸이 같은 노래를 부르고 또 부르자 내 생각은 학창 시절, 그리고 오늘 한 일과 내일 준비할 일로 흘러갔다. 그러고 나서 애너가 생각났다. 애너는 '첩보의 기법' 수업의 기말 과제를 내자마자 거기에 달라붙어 있었다. 애너는 나 같은 사람이 되겠다고 상상한다. 그런데 이 아이는 지난밤에 딸애의 기분 변덕을 받아내던 나를 본 적이나 있을지 궁금하다. 아니면 아침에 주방 조리대에서 시시 케밥을 훔쳐 먹고 탈이 난 우리 집 개라든지, 혹은 수업 사이 쉬는 시간 5분을 이용해 신용카드사에 전화했는데 숫자를 누르라는 기계음의 홍수에서 허우적대는 내 모습이라든지, 아니면 또 오늘 교사 식당에서 기말 과제물에 점수를 매기면서 차갑게 식은 파스타를 허겁지겁 먹는 모습을 보고도 나 같은 사람이 되기를 원할까?

딸아이가 또 노래한다.

"나는 작은 티포트……."

나는 한때 나였던 존재들에 대해 생각해본다. 나의 내면에는 언제나 나 자신이 있었다. 하지만 그 내면의 내가 밖으로 나와서 표출된 모습은 때에 따라 달랐다. 나는 한때 '축 늘어진 아기'였다. 그리고 학교폭력 피해자이기도 했다. 왠지 불편하기만 한 홈커밍 프린세스였던 적도 있었다. 이 모든 자아는 실제로 존재했다. 하지만 나는 이것들을 내 정체성으로 삼기를 거부했다.

딸의 노랫소리가 더 커진다.

"차가 다 끓으면 내가 소리치는 것을 들어주세요! 나를 기울여 따라주세요!"

노래 부르는 딸을 백미러로 힐끔 보고 나는 가장 강력한 렌즈를 통해 나 자신과 내가 해낸 것, 오늘 할 것을 보기로 마음먹었다. 나의 길을 따라오길 원할지도 모르는 젊은 여성들이라는 렌즈다.

나는 델타 감마 여학생회에 있었고 CIA에 들어가서 테러리스트들의 뒤를 쫓았다. 대량살상무기를 이용한 테러 공격을 저지한 적도 있었다. 나는 캘리포니아 여성이며 FBI에 들어가서는 미국에 있는 외국 스파이를 잡는 데 일조했다. 지금 나는 여고 역사 선생님이다. 감히 세상을 바꿔보려 노력하는 여자다.

학생들이 나의 무기다.

딸아이가 나의 무기다.

이것은 나의 혁명이다.

감사의 말

● 이런 책의 집필은 기억이나 일기, 업무 일지를 깊이 파고드는 것 이상의 일이다. 책이 나오기까지 수많은 분들이 친절과 이해, 관용과 지원을 베풀어주셨다.

부모님 스티브Steve와 주디 샨들러Judy Schandler는 내가 첫걸음마를 떼기 시작했을 때부터 나의 모든 것에 박수를 보내주셨다. 이 일과 더불어 딸이 가진 힘을 믿어주신 것만으로도 감사드리고 싶다. 변함없이 나를 사랑하고 지원해준 버니Bunny, 하워드 월더Howard Walder, 데이비드David와 레베카 월더Rebecca Walder, 매트Matt와 캣 샨들러Kat Schandler에게 감사한다. 사촌 캐런 글래스먼Karen Glassman과 디나 리트Dina Litt는 책을 쓰는 동안 내게는 치어리더 같은 역할을 해주었다. 나는 우리가 평생 서로의 치어리더가 되리라는 것을 안다.

두 훌륭한 여성 알렉시스Alexis와 캐지Kazzye가 없었다면 나는 힘든 시간을 견뎌내지 못했을 것이다. 안전함을 느낄 수 있는 친구는 누구에게나 필요하다. 리사 몰로쇽Lisa Moloshok, 로라 하지Laura Hodge, 알렉시스 월리스

Alexis Willis는 아주 오랜 시간 동안 이런 친구가 되어주었다.

직접 가서 용기 있게 오사마 빈 라덴을 만났다는 것에 대해 나는 피터 버겐에게 감사하고 싶다. 테러리즘과 싸워야겠다는 영감을 내게 불어넣은 사람이 버겐이다. 그리고 다른 많은 이들도 버겐으로부터 영감을 얻었으리라 생각한다. 책의 출판 과정에서 앞길을 닦아주고 유용한 조언을 해준 새러 칼슨Sarah Carlson에게 감사한다.

CIA에는 내가 힘을 쓰는 방법을 배우고 있는 과정이었는데도 그때부터 내 힘을 믿어주었던 분들이 많다. 이분들의 이름은 명백한 이유로 여기서 언급할 수 없다. 하지만 이 책에 나오는 어느 인물이 자기인지 아시는 분들은 내가 얼마나 깊이 감사하는지를 알아주셨으면 한다.

맥밀런 앤 세인트 마틴스 출판사Macmillan and St.Martin's Press의 직원 여러분은 끝을 모르는 관대함과 상상할 수도 없는 꼼꼼함을 발휘하며 이 책의 출판에 힘써주셨다. 앨런 브래드쇼Alan Bradshaw, 리마 와인버그Rima Weinberg, 메릴 리바비Meryl Levavi, 캐런 럼리Karen Lumley, 케빈 길리건Kevin Gilligan, 마크 러너Mark Lerner, 새러 베스 해링Sarah Beth Haring, 로라 클락Laura Clark, 레베카 랭Rebecca Lang, 캐트린 하우Kathryn Hough, 올가 그릴릭Olag Grilic를 만나기 전까지 나는 실제 책을 출간하는 데 얼마나 엄청난 노력이 들어가는지를 전혀 알지 못했다.

그리고 이 책이 아직 출판 제안 단계에 불과했을 때부터 가능성을 믿어주셨던 엘리자베스 디스가드Elisabeth Dyssegaard에게 특히 감사드린다.

로라 홀스타인Laura Holstein, 엘렌 폼페오Ellen Pompeo와 캘러미티 제인 프로덕션Calamity Jane Productions의 뛰어난 창의력을 가진 인재 모두와 팀버맨/베벌리 프로덕션Timberman/Beverly Productions의 캐이티 디멘토Katie DiMento, 새러 팀버맨Sarah Timberman과 CAACreative Artists Agency(방송작가협회)의 엘리자베스 뉴먼Elizabeth Newman에게도 이 책의 출간을 기다리며 보여주신 참을성, 신뢰, 인내력에 감사의 말씀을 드린다.

유능한 저작 에이전트 개일 호흐먼Gail Hochman의 도움이 없었더라면 이 모든 것은 불가능했을 것이다.

셰릴 호그 스미스Cheryl Hogue Smith, 론 태너Ron Tanner, 지오프 베커Geoff Becker, 마이클 다운스Michael Downs의 통찰력 있고 현명한 피드백에 깊이 감사드린다.

호커데이 학교Hockaday School의 내 학생들은 남자들의 세상에서 여자로 살아가기 위한 희망, 인내, 노고와 힘에 대해 내가 상상했던 그 이상의 것을 가르쳐주었다. 나는 이 책을 읽은 학생들이 자신을 자랑스럽게 생각하기를 바란다. 여러분은 매일매일 내게 영감을 주었다.

출판 과정 동안 내 편이 되어준 호커데이 학교의 역사부 여러분께 감사드린다.

델타 감마 여학생회는 내가 내 힘을 찾고 이 세상에서 내가 누구인지를 알아낼 수 있었던 장소다. 나는 학생회에서 보낸 시간 동안에 배운 것에 대해 언제나 감사해할 것이다.

나를 가르쳐주고 그것을 내가 더 잘 활용할 수 있도록 자원을 제공해준 서던캘리포니아대학교와 채프먼대학교에게도 감사한다.

이 책의 출간은 전적으로 제시카 아냐 블라우Jessica Anya Blau의 창의성, 사랑, 탁월함 덕분이다. 나는 평생의 친구를 찾았다고 믿는다.

양가 조부모님께서 살아 계셔서 이 페이지를 읽으실 수 있다면 좋았으련만. 하지만 내가 얼마나 사랑받는 존재인지를 알려주셔서 감사하다는 말씀을 전하고 싶다.

나는 특히 외조부모님 잭 데이비스Jack Davis와 게리 데이비스Gerry Davis에게 감사드리고 싶다. 이들은 내가 세계 최고의 첩보원이 되리라는 것을 단 한 번도 의심하지 않으셨다.

마지막으로 남편 벤 월더Ben Walder에게 감사하고 싶다. 남편은 내가 책을 써야 한다고 맨 처음 제안한 사람이다. 남편은 첩보요원이었던 나를 두려워하는 대신 나에게 깊은 감명을 받았다. 내 힘에 기가 눌리는 대신 오히려 그는 자신도 여기에서 힘을 얻는다고 느꼈다. 남편은 곁에 있으면서 내가 집필 중에 맥이 빠져 힘들어하고 기운 없는 모습을 보이면 진심으로 나를 격려하고 일으켜 세워주었다. 힘들지만 보람 있는 이 일을 내가 시작하고 마무리할 수 있도록 남편이 편안한 분위기를 만들어준 것에 나는 언제까지나 감사할 따름이다.

한국국방안보포럼(KODEF)은 21세기 국방정론을 발전시키고 국가안보에 대한 미래 전략적 대안을 제시하기 위해 뜻있는 군·정치·언론·법조·경제·문화 마니아 집단이 만든 사단법인입니다. 온·오프라인을 통해 국방정책을 논의하고, 국방정책에 관한 조사·연구·자문·지원 활동을 하고 있으며, 국방 관련 단체 및 기관과 공조하여 국방 교육 자료를 개발하고 안보의식을 고양하는 사업을 하고 있습니다. http://www.kodef.net

KODEF 안보총서 110

언익스펙티드 스파이

The Unexpected Spy

초판 1쇄 인쇄 2021년 7월 28일
초판 1쇄 발행 2021년 8월 3일

지은이 트레이시 월더
펴낸이 김세영

펴낸곳 도서출판 플래닛미디어
주소 04029 서울시 마포구 잔다리로71 아내뜨빌딩 502호
전화 02-3143-3366
팩스 02-3143-3360
블로그 http://blog.naver.com/planetmedia7
이메일 webmaster@planetmedia.co.kr
출판등록 2005년 9월 12일 제313-2005-000197호

ISBN 979-11-87822-61-5 03840